Rainer M. Schröder • Im Zeichen des Falken

OMNIBUS

Photo: Leane Hasberg

DER AUTOR

Rainer M. Schröder, 1951 in Rostock geboren, hat vieles studiert (Operngesang, Jura, Theater-, Film- und Fernsehwissenschaft) und einige Jobs ausprobiert (Bauarbeiter, Trucker, Reporter, Theaterautor, Verlagslektor), bevor er sich für ein Leben als freier Autor entschied. 1980 ging er in die USA, bereiste das Land und kaufte sich in Virginia eine Farm. Dort lebte er als Autor und Hobbyfarmer. Aber immer wieder brach er zu neuen Abenteuerreisen auf. Er hat zahlreiche Jugendbücher, Romane, Sachbücher sowie Hörspiele und Reiseberichte veröffentlicht. Er lebt in Wipperfürth, in Florida - oder ist irgendwo unterwegs auf dem Globus.

DIE SERIE

Europa um 1830. Es ist die Zeit der Restauration und der Geheimbünde, von aufregenden Erfindungen und abenteuerlichen Entdeckungsreisen. Tobias Heller, Sohn eines Ägypten-Forschers, besitzt einen Ebenholzstock mit einem Silberknauf, der ein Geheimnis birgt. Dieser Knauf ist der Auslöser turbulenter Ereignisse, die mit einer nächtlichen Flucht im Ballon von Gut Falkenhof beginnen. Die Jagd nach dem Schatz der Pharaonen beginnt – sie führt Tobias, den arabischen Diener Sadik und die Landfahrerin Jana durch ganz Europa.

Alle vier Bände sind im OMNIBUS-Taschenbuch erschienen.

Rainer M. Schröder

Im Zeichen des Falken

OMNIBUS

OMNIBUS

Der Taschenbuchverlag
für Kinder und Jugendliche
von C. Bertelsmann,
München

Band 20212

Von Rainer M. Schröder ist bei
OMNIBUS erschienen:

Im Zeichen des Falken (20212)
Auf der Spur des Falken (20230)
Im Banne des Falken (20176)
Im Tal des Falken (20187)
Abby Lynn – Verbannt
ans Ende der Welt (20080)
Abby Lynn – Verschollen
in der Wildnis (20346)
Sir Francis Drake – Pirat
der Sieben Meere (20126)
Dschingis Khan – König der Steppe (20050)
Die Irrfahrten des David Cooper (20061)

Bei C. Bertelsmann ist erschienen:

Entdecker, Forscher, Abenteurer

Umwelthinweis:
Dieses Buch wurde auf chlorfrei gebleichtem Papier gedruckt.

Erstmals als OMNIBUS Taschenbuch Oktober 1995
Gesetzt nach den Regeln der Rechtschreibreform

Umschlagbild: Doris Eisenburger
Umschlagkonzeption: Klaus Renner
us · Herstellung: Peter Papenbrok/han
Druck: Presse-Druck Augsburg
ISBN 3-570-20212-7 · Printed in Germany

10 9 8 7 6

Inhalt

In Liebe
meinem Sohn Axel
und meinem ersten Enkel
Tobias Wiemer.

Möge euer Leben das
Abenteuer eurer Wünsche sein!

ERSTES BUCH

Tobias

Februar 1830

Auge in Auge!

Der hohe, weitläufige Dachboden vom Landgut *Falkenhof* mit seinem Gewirr mächtiger Stützbalken und Querstreben aus eisenharten Eichenbalken lag in Dämmerlicht getaucht. Zu beiden Seiten des mannshohen Mittelganges standen unter den Dachschrägen alte, ausrangierte Schränke, klobige Seekisten und eisenbeschlagene Truhen. Sie enthielten allerlei Trödel vergangener Generationen und bargen wohl auch so manches Geheimnis. Im Zwielicht waren sie nur als Silhouetten zu erkennen, und Tobias Heller wusste mehr, wo welche Truhe und welches wurmstichige Möbelstück stand, als dass er sie tatsächlich sehen konnte. Nur dort, wo die beiden Dachluken aufgeklappt waren, zeichnete sich das kalte, stählerne Blau des Winterhimmels mit fast blendender Helle ab. Der Staub, den Tobias und der Franzose aufgewirbelt hatten, tanzte hier im Sonnenlicht. Es fiel in Form von zwei breiten, scharfkantigen Lichtbalken schräg und genau parallel zueinander durch die rechteckigen Öffnungen im Dach.

»*Allons!* Nur zu, *mon ami!*«, forderte ihn der Franzose auf und sein hageres Gesicht mit dem bleistiftschmalen Schnurrbart, der wie ein schwarzer Kohlestrich rechts und links auf die Oberlippe gemalt schien, verzog sich spöttisch. Gleichzeitig machte er mit seinem Florett eine einladende Geste. Sie hatte fast etwas Geringschätziges an sich, da er den Arm tief sinken ließ und sich dadurch für einen gegnerischen Angriff scheinbar sträflichst entblößte. Nur seine Augen, in denen kein Anzeichen von Spott und Leichtsinn zu finden war, verrieten, dass er sehr wohl wusste, was er tat und welches Risiko er einging.

»Nun zeig Maurice Fougot schon, wie gut du die Klinge zu führen verstehst, Tobi!«

Tobias ignorierte seine schmerzenden Muskeln, fasste das Florett fester und ließ ihn nicht aus den Augen. Sein Atem dampfte in der frischen Februarluft, die mit dem Licht des klaren Mittags durch die Dachluken strömte. Doch auf seiner Stirn stand der Schweiß dicht in feinen Perlen und er schmeckte Salz auf den Lippen. Es war ein eigenartiger, ihm jedoch nicht unangenehmer Geschmack, denn es war nicht allein der Geschmack seines eigenen Schweißes und damit seiner körperlichen Anstrengung, sondern was er auf den Lippen schmeckte, war seine ungeheure innere Erregung und Anspannung. Er hätte lügen müssen, um zu sagen, dass er diese nicht genoss.

»Na, worauf wartest du noch...? Keine *courage* für einen Angriff...? Wie lange willst du mich denn noch warten lassen, *mon petit* Tobi?« Der Franzose, der mehr als doppelt so alt war wie sein jugendlicher Gegner und diesem zweifellos auch an Kraft und Ausdauer überlegen, ließ seine Klinge spielerisch gegen die von Tobias wippen. Es war ein leichter Schlag, so wie man einem unartigen Kind einen warnenden Klaps versetzt, und damit in dieser Situation genauso von oben herab herausfordernd wie seine Worte. Und kaum hatten sich ihre Klingen flüchtig berührt, da wich er auch schon mit leichtfüßig tänzelnden Schritten zurück, näher an die geöffneten Dachluken heran – und damit in das helle Licht.

Tobias hasste es, wenn man seinen Namen verstümmelte und ihn wie ein kleines Kind Tobi nannte. Schon vor sechs Jahren, und zwar genau an seinem zehnten Geburtstag, hatte er sich das ausdrücklich verbeten – von jedermann auf Gut *Falkenhof*. Es war sein einziger Wunsch gewesen, und sogar Agnes Kroll, die grauhaarige und wohlbeleibte Köchin und Haushälterin, hatte sich seitdem daran gehalten, obwohl es ihr anfangs doch sehr schwer gefallen war. Denn sie hatte ihn von Kindesbeinen an bemuttert und ihn so in ihr Herz geschlossen, wie sie es auch bei einem eigenen Kind, das ihr verwehrt geblieben war, nicht intensiver hätte tun können.

Ja, es machte ihn wütend, so gönnerhaft und gleichzeitig

doch auch so herablassend behandelt zu werden. Ganz besonders von Maurice Fougot. Er hatte den Franzosen von Anfang an nicht leiden mögen. Aber er hielt seine Wut im Zaum, denn er wusste, dass ihn der Franzose mit wohl durchdachter Absicht so nannte. Er wollte ihn reizen und ihn zu einer unbedachten Handlung verleiten, um den Vorteil auf seiner Seite zu haben. Doch diesen Gefallen würde er ihm nicht tun. Auf diesen billigen Trick fiel er nicht mehr herein. Früher, ja, da hatte er seinem hitzigen Temperament in solch einem Moment blindlings nachgegeben und dann auch die Quittung dafür erhalten. Er hatte jedoch schnell gelernt sich zu beherrschen und in derart kritischen Situationen seinen Verstand die Entscheidungen fällen zu lassen. Denn so hitzköpfig er manchmal auch sein mochte, so gehörte er doch ganz gewiss nicht zu denjenigen, die einen schwer wiegenden Fehler zweimal begehen.

Es gab Situationen im Leben, da erhielt man keine Gelegenheit, eine falsche Entscheidung beim zweiten Mal wieder gutzumachen. Das hatte ihm sein Onkel Heinrich, dem das Gut *Falkenhof* eine knappe Kutschenstunde südwestlich von Mainz gehörte und der in seinen jungen Jahren viel von der Welt gesehen hatte, immer wieder eingebläut.

Auch sein Vater Siegbert Heller, der um fast zwanzig Jahre jüngere Bruder seines Onkels, der sein ganzes Leben der Erforschung unbekannter Länder gewidmet hatte, damit wieder einige der ›weißen‹ Flecken von den Landkarten verschwanden, die noch unerforschte Regionen kennzeichneten, auch sein Vater betonte immer wieder, wenn er von seinen gefährlichen Entdeckungsreisen in Afrika und Arabien berichtete, dass neben Erfahrung und Wissen in erster Linie Selbstkontrolle und ein scharfer Verstand die wichtigsten Eigenschaften waren, die ein Entdeckungsreisender brauchte, wollte er auch noch von dem berichten können, was er gesehen und erlebt hatte.

Tobias erinnerte sich noch sehr genau daran, wie sein Vater ihm einmal von einer gefährlichen Situation mit feindseligen Wüstennomaden der Sahara erzählt und ihm geschildert hatte, wie es ihm gelungen war, die Gefahr abzuwehren und schließlich sogar das Wohlwollen der Nomaden zu erringen. Damals, es war schon einige Jahre her, ihm aber dennoch so frisch in Erinnerung, als wäre es erst gestern gewesen, damals hatte sein Vater seinen Bericht mit den ihm unvergesslichen Worten beendet: »Ein Toter hat keine zweite Chance, mein Sohn. Deshalb musst du dir verdammt sicher sein, dass du das Richtige tust, wenn dein Leben und das deiner Begleiter auf dem Spiel steht.«

All dies fuhr Tobias wie ein einziger Gedanke, der jedoch mehr ein Gefühl war, durch den Kopf, während er dem Franzosen nachsetzte, die bernsteinfarbenen Augen voller Wachsamkeit und das Florett in der Sixt-Auslage haltend. Einige Strähnen seines sandbraunen Haares klebten ihm verschwitzt am Kopf. Sein schlanker, kräftiger Körper stand unter einer hohen Anspannung. Wie eine Klaviersaite, die bis an die Grenze ihrer Belastbarkeit gedehnt wird. Doch dieser Anspannung lag keine Nervosität oder gar Angst zu Grunde. Im Gegenteil. Es war fast eine freudige Erregung, die von ihm Besitz ergriffen hatte. Er wusste, dass er dieses Gefecht zu seinen Gunsten entscheiden konnte, wenn er nur die Nerven bewahrte und sein Können im entscheidenden Moment richtig einsetzte.

›Lass dich nicht locken…! Lass ihn kommen!‹, ermahnte er sich im Stillen. ›Verlier nicht den Kopf…! Hab Geduld!‹

Tobias ahnte, was der Franzose im Schilde führte. Ja, er war sich sogar ganz sicher. Das Rückzugmanöver und dieses gegenseitige spielerische Klingenspiel täuschten ihn nicht. Der Franzose wollte ihn unter die offene Luke in das helle Lichtfeld locken. Ihm würde die Sonne dann in den Rücken scheinen, während sie ihn, Tobias, blenden und den Angriff zu spät erkennen lassen würde.

Das Gesicht des Franzosen, ja, seine ganze Haltung trug einen Ausdruck von spöttisch aufreizender Selbstsicherheit, die die Zwillingsschwester des Leichtsinns war, wie Onkel Heinrich einmal gesagt hatte. Hier jedoch eines nur vorgetäuschten Leichtsinns!

Tobias sah dem Franzosen genau an, dass er im nächsten Moment einen Ausfall machen und den Angriff wagen würde, sowie er aus dem Schatten ins Licht vortrat. Möglich, dass er seinen Angriff mit einer Finte einleitete.

Nun gut, sollte er es doch versuchen! Er würde ihm schon die passende Antwort erteilen – mit seinem Florett!

Tobias rückte ein, zwei Schritte weiter vor, während die Klingen unablässig in Bewegung waren. Sie zuckten hin und her und schienen miteinander zu spielen, während sie sich in Wirklichkeit gegenseitig abtasteten und auf eine Gelegenheit zum blitzschnellen Vorstoß warteten. Der Franzose versuchte eine Flankonade, jedoch ohne ernsthafte Vehemenz und Schnelligkeit, wohl um ihn zu testen, und Tobias parierte den Flankenstoß betont schulmäßig und ohne Phantasie zu zeigen. Hell klirrte Stahl auf Stahl. Doch es war ein kaltes Klirren und ein kaltes Funkeln, wie auch der Himmel jenseits der Dachluken von einem kalten, harten Blau war.

Nur noch ein Schritt, und die Sonne würde ihm ins Auge stechen!

»*Mon dieu!* Ich sterbe bald vor Langweile! Ist das deine *idée* von männlichem Kampf? *Terrible!* Dein Vater würde sich deiner schämen, wüsste er, wie zögerlich du bist, Tobi! Ah, kein Wunder, warum er dich in der Obhut deines Onkels gelassen hat und ohne dich zu seiner neuen Expedition nach Ägypten aufgebrochen ist!«, höhnte Maurice Fougot und bewegte sich zentimeterweise rückwärts. Die blank polierte Glocke seines Floretts warf das Sonnenlicht funkelnd zurück.

Ohne sich dessen bewusst zu sein, fuhr sich Tobias mit der Zungenspitze über die Lippen, blieb ihm jedoch eine Erwiderung schuldig. Das Vibrieren seiner Klinge schien von seinem ganzen Körper aufgenommen und erwidert zu werden und durch seine Hand wieder in die Klinge zurückzufließen. Er war bereit! Mehr als bereit sogar!

Gleich! Nur ruhig Blut!

Der rechte Mundwinkel des Franzosen hob sich verächtlich

und mit ihm der pechschwarze Kohlestrich auf der rechten Oberlippe. »Ich seh schon, es wird wohl noch einige Zeit dauern, bis du ein Mann bist und dich wie ein solcher zu benehmen weißt! Bis dahin passt wohl dieser Kameltreiber… Wie war doch noch der Name deines Freundes und heidnischen Muselmanen…? Ah ja, Sadik Talib, nicht wahr? Bis dahin passt er wohl auf dich auf und schützt dich vor den Widrigkeiten des Lebens, nicht wahr? Du solltest deinem Vater dankbar sein, dass er dir seinen treuen Diener zurückgelassen hat. Das zeugt von großer Weitsicht, denn du brauchst ihn in der Tat. Weißt du was, du solltest besser mit Steckenpferdchen spielen, als zur Waffe eines Mannes zu greifen.«

»Verdammter Froschschenkelfresser!«, gab sich Tobias nun wutentbrannt, deutete einen Ausfallschritt an und befand sich für einen winzigen Augenblick im grellen Licht der Lukenöffnung.

Der Franzose fiel auf die Täuschung herein, weil er seinen Blick auf die gegnerische Klinge gerichtet hielt und nicht auf die Augen seines Gegenübers, der sie bei seiner Vorwärtsbewegung augenblicklich zusammengekniffen hatte. Er antwortete nun auf Tobias' scheinbar halbherzigen Angriff mit einem *flèche,* einem Sturzangriff.

Doch Tobias stand in dem Moment schon nicht mehr im grellen Rechteck der Dachöffnung. Er hatte das Gewicht verlagert, kaum dass er mit dem Oberkörper nach vorn gekommen war, und stand längst wieder im Schatten des Dachstuhls über ihm, als der Franzose vorsprang und den Stoß ausführte.

Tobias parierte den Angriff mit einer blitzschnellen Drehung seines Handgelenkes. Diesmal war der Klang der aufeinander treffenden Klingen nicht mehr spielerisch hell, sondern scharf und durchdringend, und das Florett des Franzosen fuhr an seiner Brust vorbei ins Leere.

Fast im selben Augenblick erfolgte Tobias' *riposte,* sein Gegenangriff. Sein Arm streckte sich – und brachte die Spitze mitten ins Ziel. »Getroffen!«, schoss es ihm im selben Augenblick durch den Kopf, als er den Widerstand spürte, der sich seiner Klinge entgegenstellte. »Du bist mir auf den Leim gegangen, Maurice Fougot...! Ich habe dich erwischt...! Es ist aus...! Du bist geschlagen...! Endgültig!«

Universalgelehrter und Geheimbündler

Umgürtet von Wäldern, Wiesen und Weiden erhob sich Gut *Falkenhof* auf einer sanften Anhöhe. Es zählte nicht zu den herausragenden herrschaftlichen Landgütern des Großherzogtums Hessen-Darmstadt, doch auf seine Art war es schon beeindruckend. Es war als massives Geviert aus rostrotem Backstein erbaut, recht ungewöhnlich für diesen Landstrich. Zweigeschossig und wie eine kleine Festung ragte es auf. Der quadratische Innenhof war groß genug, dass ein halbwegs geschickter Kutscher auch ein klobiges Fuhrwerk mit einem Zweiergespann auf dem Platz wenden konnte.

Die beiden doppelflügeligen Tore, je eins im West- und im Ostflügel des Gevierts eingelassen, hatten die Baumeister so hoch und breit bemessen, dass ein hoch beladener Heuwagen ohne Schwierigkeiten durch die Rundbögen der Einfahrten fahren konnte. Die Tore waren aus Eichenbalken gezimmert, von denen ein jeder den Umfang eines kräftigen Männeroberschenkels hatte. Eisenbänder hielten sie zusammen. Zur Verzierung trug jede Torhälfte noch ein halbes Dutzend weitere Eisenbeschläge, die fast über die gesamte Breite des Flügels liefen und wie Lanzen mit kunstfertig geschmiedeten Spitzen aussahen. Von weitem bot sich dem näher kommenden Betrachter das trügerische Bild eines Gitters aus Speeren, das den Torbogen zum *Falkenhof* versperrte.

Das Tor gen Osten ging auf einen Feldweg hinaus. Es trennte die Stallungen, die auf der linken Seite des Hofes lagen, von

Scheune und Lagerschuppen auf der rechten. Im Ostflügel hatten sich früher, als das Gut noch richtig bewirtschaftet wurde, auch die armseligen Quartiere des Personals und der Landarbeiter befunden. Zum Westtor dagegen führte eine lange Allee alter Ulmen vom Wald her, hinter dem die Landstraße nach Mainz lag, die leichte Anhöhe herauf. In diesem Trakt des trutzigen Gevierts hatte schon immer die jeweilige Herrschaft der Adelsfamilie von Falken ihre Zimmer, die Bibliothek, Salons und Festräume gehabt. Jetzt wurden sie vom Universalgelehrten Heinrich Heller, von Sadik Talib, Tobias und dessen Vater bewohnt – sofern Letzterer auf *Falkenhof* weilte, was bei seinen oft mehrjährigen Forschungsreisen selten und dann auch nie für allzu lange Zeit der Fall war.

Den letzten Spross der Adelsfamilie, Major Bertram von Falken, Träger des Roten Adlerordens zweiter Klasse und Ritter des Eisernen Kreuzes, hatten die erdrückenden Schulden gezwungen das Gut zu verkaufen. Mätressen und Kartenspiel hätten ihn in den Ruin getrieben, hieß es in Mainz und auf den umliegenden Gütern – nicht ohne Häme bei manchen.

Heinrich Heller hatte sich nicht darum gekümmert, weshalb der Major verkaufen wollte oder musste. Er hatte die Sache als das gesehen, was sie war, nämlich eine günstige Gelegenheit in einer ansonsten deprimierenden Lebenslage: *Falkenhof* war groß genug, sodass er endlich ausreichend Platz für seine vielfältigen Experimente und Studien hatte, lag abgeschieden und doch auch wieder nahe genug an Mainz, wo er aufgewachsen war und studiert hatte, und wurde zudem noch zu einem erschwinglichen Preis angeboten.

1819 war das gewesen. In jenem Jahr hatte er seine Professur der Philosophie und Naturwissenschaften in Gießen verloren und die Stadt quasi bei Nacht und Nebel verlassen müssen. Es hatte ihn betrübt, nicht aber überrascht. Ihn überraschte damals schon lange nichts mehr.

Männer wie er, die sich für die Menschenrechte, für die Einheit und Freiheit Deutschlands einsetzten und sich vehement gegen Zensur und Fürstenwillkür aussprachen, konnten kaum mit dem Wohlwollen der Herrschenden rechnen. Nicht seit der österreichische Staatskanzler Fürst Metternich – nach Napoleons vernichtender Niederlage bei Waterloo im Juni 1815 und seiner Verbannung nach St. Helena – in Europa das Heft in die Hand genommen hatte. Mit der ›Heiligen Allianz‹ der Fürsten und gekrönten Häupter Europas hatte Metternich eine Epoche der Restauration, des Rückschritts eingeleitet. Das angeblich gottgewollte Recht des Mächtigen auf Herrschaft war wieder zum obersten Prinzip erhoben worden. Und Hand in Hand war damit die Unterdrückung aller liberalen und republikanischen Ideen gegangen.

Die *Karlsbader Beschlüsse* vom 20. September 1819 versuchten alle Forderungen nach Reformen und nach mehr Freiheit gleich im Keim zu ersticken: Die Burschenschaften, in der sich die studentische Opposition mit ihrem Wahlspruch »Ehre, Freiheit, Vaterland« formiert hatte, wurden ebenso verboten wie die Turnvereine, die ein anderes Sammelbecken republikanischer Anhänger waren.

Aber damit nicht genug des Rückschritts und der Freiheitsbeschneidung. Alle Universitäten erhielten staatliche Aufpasser, die Kuratoren. Ihre Aufgabe war es, nicht nur aufmüpfige Studenten zu überwachen, sie der Universität zu verweisen oder gar ihre Inhaftierung zu veranlassen, wenn sie sich politisch in Wort oder Schrift gegen das herrschende System ausgesprochen hatten –, nein, ihre Bespitzelung galt hauptsächlich allen fortschrittlich denkenden Professoren. Sie waren einer besonders unerbittlichen Verfolgung von Metternichs Spionen ausgesetzt.

Des Weiteren mussten alle Druckschriften unter zwanzig Bögen zur Vorzensur eingereicht werden. Und in Mainz hatte man eine »Centraluntersuchungskommission« eingesetzt. Eine eigenständige Behörde, deren alleinige Aufgabe darin bestand, angeblich revolutionäre Umtriebe, demagogische Verbindungen und Geheimbünde im Volk aufzudecken und diese so genannten »Umstürzler« einzukerkern und mundtot zu machen. Ein blühendes Denunziantentum und eine politische Friedhofsstille waren die Folge gewesen.

Das System der Unterdrückung, der Argumentation mit Knüppel und Kerker, hatte Erfolg gebracht. Doch ob auch den gewünschten? Gewiss, die Flammen waren ausgetreten, nicht jedoch die Glut unter der Asche. Unter der scheinbar friedlichen Oberfläche gärte es noch immer in allen 39 Kleinstaaten des Deutschen Bundes. Vielleicht sogar mehr denn je!

»Elf Jahre ist das nun schon her, seit ich Gießen verlassen musste«, murmelte Heinrich Heller und rollte die kostbare Papyrusrolle mit den altägyptischen Hieroglyphen zusammen. Seit den frühen Morgenstunden hatte er sich mit ihrer Entzifferung beschäftigt. Doch nach dem Mittag hatte er sich nicht mehr so recht auf die Arbeit konzentrieren können. Immer wieder waren seine Gedanken in die Vergangenheit seines eigenen, schon über sechzig Jahre währenden Lebens gewandert.

»Elf Jahre«, murmelte er erneut. »Wie rasch doch die Zeit vergeht!« Er schüttelte den Kopf und fuhr sich gedankenverloren über den eisgrauen Bart, der ein viel jünger scheinendes Gesicht umrahmte. Die Falten und Furchen, die das Alter hinterlassen hatte, unterstrichen zusammen mit der hohen Stirn und der fast kantigen Kinnpartie viel eher das ausdrucksstarke Gesicht des Gelehrten, der nie ein weltfremder Träumer gewesen war. Durch den Zwicker mit seinen runden, goldgefassten Gläsern auf der kurzen Nase bekam sein Gesicht jedoch auch seine lebensfrohe, heitere Note, wie sie auch seinem Wesen entsprach.

Im Gegensatz zu seinem viel jüngeren Bruder und auch zu seinem Neffen war er von kleiner, untersetzter Figur. Um die Leibesmitte herum hatte das gute Essen, das Agnes Kroll auf den Tisch des Hauses brachte und das er in reichhaltigen Portionen genoss, sichtbare Spuren in Form eines kleinen Bauches hinterlassen.

An diesem Februartag trug Heinrich Heller weite, schwarze Tuchhosen und über einem altmodischen Hemd mit gerüschter Brust eine smaragdgrüne Seidenweste mit gelbem Lilienmuster. Was seine Kleidung betraf, hatte der Herr Professor schon immer einen sehr eigenen, um nicht zu sagen eigentümlichen Geschmack an den Tag gelegt. Aber das war auch wirklich die einzige Marotte, die man ihm nachsagen konnte. Sonst hatte er nichts von einem exzentrischen Privatgelehrten an sich.

Exzentrisch war er nur in seiner Sucht nach universalem Wissen, die vor keinem scheinbar noch so unbedeutenden Objekt der Wissenschaft Halt machte. So beschäftigte er sich genauso intensiv mit der Chemie wie mit der Insektenkunde, und die noch junge Wissenschaft der Aeronautik faszinierte ihn nicht weniger als die Artenkunde der Muscheltiere. Über die Farbenlehre vermochte er so sachkundig zu dozieren wie über Astrologie, Mineralogie und die Anatomie des menschlichen Körpers. Seine Sammlungen und Experimentierstätten nahmen den ganzen Südflügel vom *Falkenhof* ein. Und seine Bibliothek umfasste mehrere tausend, meist ledergebundene Bände. Dazu kamen noch zahlreiche handschriftliche Texte aus aller Herren Länder sowie kostbare Dokumente und Karten aus vergangenen Jahrhunderten, die allein ein Vermögen wert waren.

Die Experimentierstätten und die Bibliothek hätten so manch anderen Gelehrten vor Neid erblassen lassen, und er wusste auch, wie glücklich er sich seiner Mittel und Möglichkeiten schätzen durfte. Doch der liebste Ort auf Gut *Falkenhof* war ihm sein kleines Studierzimmer, in dem er auch die altägyptischen Schriftrollen aufbewahrte und zu entschlüsseln versuchte.

Es war ein holzgetäfelter, leicht zu überschauender Raum mit eingebauten Bücherwänden, zwei schlichten Glasschränken, die mit allerlei Papieren und merkwürdigen Dingen aus aller Welt voll gestopft waren, und mit einem alten Schreibtisch, auf dem immer ein heilloses Durcheinander von Notizen, Büchern und anderem zu herrschen schien. Eine chinesische Seidenmalerei an der Wand, zwei persische Teppiche auf dem dunklen Parkettboden, ein patinagrüner Kerzenkandelaber unter der stuckverzierten Decke und zwei schon leicht abgewetzte, dunkelgrüne Ledersessel mit einem zusammenklappbaren Beistelltischchen aus Kirschholz vor dem Kamin vervollständigten die Einrichtung.

Heinrich Heller war so in seine Gedanken versunken gewesen, dass er völlig vergessen hatte, Holz im Kamin nachzulegen. Ein kalter Windzug brachte ihm sein Versäumnis schnell zu Bewusstsein.

»Ah, das vermaledeite Feuer! Ist es mal wieder passiert! Ein Kohlebecken sollte ich mir an die Seite stellen! Es wird Zeit, dass der Frühling kommt«, redete er mit sich selbst, wie er es oft tat, legte die Papyrusrolle aus der Hand und ging zum Kamin. Dabei zog er das steife linke Bein ein wenig nach. Eine lebenslängliche Erinnerung an eine abenteuerliche Dschunkenreise über das Südchinesische Meer – und den Taifun, der den Mast wie einen Kienspan splittern ließ. Der stürzende Mast hatte seine Knie zerschmettert. Doch er hatte das Ziel, das er sich gesetzt hatte, erreicht – und war zurückgekommen, vor fast vierzig Jahren!

»Vierzig Jahre? Ich als junger, wissbegieriger Abenteurer auf einer Dschunke zwischen lauter Halsabschneidern? Das klingt nach einer Geschichte aus einem anderen Leben – und doch ist es ein und dasselbe«, murmelte er fast belustigt, während er mit dem Kamineisen in der Glut stocherte und dann trockene Scheite auflegte. Augenblicke später loderten Flammen aus der Glut und leckten gefräßig am Holz hoch.

Er blieb vor dem Feuer stehen und genoss die Wärme, die ihm entgegenschlug, und seine Gedanken wanderten wieder zurück. Nicht ins Südchinesische Meer, sondern nach Gießen.

Wenn er es recht betrachtete, konnte er überhaupt von Glück reden, dass er damals nur seine Professur und sonst nichts verloren hatte. Nur knapp war er einer Einkerkerung entgangen. Doch mit seiner Lehrtätigkeit war es endgültig vorbei gewesen.

Anfangs hatte es ihn geschmerzt. Aber dann hatte er sich ohne Verbitterung damit abgefunden. Die völlige Freiheit von den Pflichten eines Professors, auch wenn sie nicht ganz freiwillig gewählt war, bot ihm doch die Möglichkeit, sich seinen vielen Interessengebieten ungestört und unbelastet von jedweden Ablenkungen widmen zu können.

Und so hatte er Gut *Falkenhof* erstanden und Gott mehr als einmal dafür gedankt, dass sich sein Vater sich nicht mit altägyptischen Schriftzeichen und »weißen« Flecken auf der Landkarte beschäftigt hatte, sondern ein nüchterner und vor allem geschäftstüchtiger Tuchfabrikant gewesen war. Ihm hatten er und sein jüngerer Bruder es zu verdanken, dass sie ihren ganz besonderen Leidenschaften nachgehen konnten, ohne sich um den täglichen Lebensunterhalt sorgen zu müssen. Ihr Vater hatte ihnen ein erhebliches Barvermögen hinterlassen, sowie zwei immer noch recht einträgliche Tuchfabriken, eine in Mainz und eine in Frankfurt.

Die Flammen warfen ihren roten unruhigen Schein auf sein Gesicht, und es schien, als würde sein eisgrauer Bart glühen. Während er so vor dem Kamin stand und in das auflodernde Feuer blickte, wurde sein Ausdruck ernst und sorgenvoll. Die Zukunft bereitete ihm Sorgen. In vielerlei Hinsicht.

Doch vor allem sorgte er sich um Tobias.

Fougot gibt auf

Es gab ein dumpfes, trockenes Geräusch, das so gar nicht zu diesem Kampf zu passen schien, und die Florettklinge bog sich weit durch, als die stumpfe Spitze das wattierte Lederwams des Franzosen traf. Federnd sprang Tobias zurück, hob die Waffe in einem jahrelang antrainierten Reflex zum Gruß und ließ das Florett dann sinken. Abwartend und mit fliegendem Atem stand er da. Die Erregung, die ihn noch vor einem Augenblick von Kopf bis Fuß erfüllt hatte, wich nun einem Gefühl, das weniger von Triumph als von Genugtuung geprägt war. In dieses Gefühl mischte sich aber auch die ernüchternde Erkenntnis, sich total verausgabt und eine extreme Gratwanderung hinter sich gebracht zu haben.

Einen scheinbar unendlich langen Augenblick verharrte Maurice Fougot in dieser grotesken Haltung: den Oberkörper weit nach vorn gebeugt und das Florett mit dem ausgestreckten Fechtarm schräg nach unten auf die Bohlen gerichtet – ins Leere. Es schien, als hätte ihn jegliche Kraft verlassen, sich aus der Niederlage aufzurichten und dem Blick seines Schülers zu begegnen, der nun nicht länger sein Schüler mehr war.

Für Tobias war Maurice Fougot immer nur »der Franzose« gewesen. All die Jahre, die er bei ihm schon Unterricht im Fechten nahm, hatte er ihn nicht gemocht und nie eine persönliche Beziehung zu ihm gefunden. Maurice Fougot hatte sich auch nie darum bemüht, seine Sympathie zu gewinnen. Im Gegenteil. Vom ersten Tag an hatte er ihm zu verstehen gegeben, dass er der festen Überzeugung sei, seine Zeit mit ihm nur zu vergeuden. Allein die großzügige Bezahlung seines Onkels habe ihn bewogen, sich zweimal die Woche mit ihm »zu beschäftigen«, wie er sich wörtlich ausgedrückt hatte.

Er hatte sich stets unnahbar, überheblich und häufig genug auch regelrecht abweisend verhalten. Ein ausdrückliches Lob hatte er nie ausgesprochen. Blendende Paraden und Angriffe hatte er höchstens mit einem gönnerhaften Nicken oder einem eher widerwillig klingenden Grunzlaut zur Kenntnis genommen. In seiner Kritik hatte er sich dagegen ganz und gar nicht wortkarg gezeigt, sondern von ausgesprochen scharfer Beredsamkeit.

Nein, gemocht hatte er den Franzosen wahrlich nicht, jedoch als Meister seines Faches respektiert. Er war der beste Lehrer gewesen, den er je gehabt hatte, und es waren schon einige vor ihm auf *Falkenhof* gewesen, um ihn in der Kunst des Fechtens zu unterrichten. Deshalb empfand er nun eine merkwürdige Verlegenheit, nachdem er ihn mit seinen eigenen Waffen besiegt und sich ihm mehr als ebenbürtig gezeigt hatte. Fast schämte er sich – für Maurice Fougot, weil dieser ihm nichts mehr entgegenzusetzen hatte, und weil er seinen Lehrer, auch wenn er ihn nicht mochte, zum wiederholten Mal so gedemütigt hatte. Er hatte plötzlich das Gefühl, etwas verloren zu haben, etwas, das er im Augenblick nicht zu benennen wusste.

Der verlegene Moment verstrich, als sich Maurice Fougot aufrichtete. Auch er hob das Florett kurz zur Respektsbezeugung, die das Gefecht abschloss.

»*Bien…!* Das war keine schlechte Parade«, brach er das Schweigen. Sein Gesicht war völlig ausdruckslos und verriet nicht das Geringste von dem, was in ihm vor sich ging. Er legte das Florett aus der Hand und öffnete die Gurte seines Lederwamses. »Vielleicht war die Zeit mit dir doch nicht ganz vertan.«

Tobias traute seinen Ohren nicht. Das war das erste Mal, dass der Franzose unmissverständlich zum Ausdruck brachte, wie gut er geworden war. Er fühlte Stolz, denn diese Worte waren mehr als nur ein Lob. Es war das Eingeständnis, dass er vor seinen kritischen, ja, ungnädigen Augen bestanden hatte. Aber es verstärkte auch seine Verlegenheit, und dabei war Schüchternheit bei ihm sonst wahrlich kein ausgeprägter Wesenszug!

»Danke, Monsieur.«

»*Non-sens…!* Du brauchst dich nicht zu bedanken!«, erwiderte Maurice Fougot und seine Stimme hatte wieder die ihr eigene Schärfe und Distanz. »Ich habe dir nichts geschenkt, nicht so viel, *compris?*« Und er schnippte mit den Fingern.

Tobias nickte nur stumm, fuhr sich mit dem linken Handrücken über die schweißnasse Stirn und legte nun auch das Florett zu Boden, um sich vom fest geschnürten Lederwams zu befreien.

In dem Moment trat eine Gestalt aus dem Dunkel des hinteren Dachbodens, wo sich die Treppe befand. Es war Sadik Talib, der Araber und langjährige Diener seines Vaters.

»*Es-salum 'alekum,* Sihdi Fougot«, grüßte er mit seiner melodischen Stimme, die manchmal einen ganz gewöhnlichen Satz zu einem halben Lied werden ließ. »Der Friede sei mit Euch.«

Der Franzose fuhr herum und zog in sichtlicher Verwunderung, ihn hier oben auf dem Dachboden zu sehen, die Augenbrauen hoch. »Dein Wort in Gottes Ohr, beziehungsweise bei dir wohl in Allahs Ohr, aber das mit dem Frieden wird sich erst noch herausstellen müssen«, gab er wenig freundlich zur Antwort.

Sadik Talib, der eine grobe Wollhose und über einem dicken bleigrauen Pullover noch eine warme Lammfelljacke trug, war einen Kopf kleiner als Tobias und von schmächtiger, jedoch sehniger Gestalt. Ausgeprägte Wangenknochen, eine scharfe Nase und hellblaue Augen unter buschig schwarzen Brauen gaben seinem Gesicht mit der getönten Haut ein markantes Aussehen. Schlank und feingliedrig waren seine Hände, die so geschickt im Umgang mit den verschiedensten Dingen waren.

Sein genaues Alter vermochte er nicht zu nennen, doch er musste Anfang vierzig sein, wie Tobias Vater, denn hier und da durchzogen schon graue Strähnen sein krauses blau-schwarzes Haar. Zudem konnte er sich noch gut daran erinnern, wie Napoleon Bonaparte die Mameluken bei den Pyramiden besiegt hatte. Damals war er schon alt genug gewesen, eine Stellung anzunehmen, und seine Eltern hatten ihn an einen reichen Weinhändler aus Alexandria verkauft. Bei Napoleons Landung in Ägypten hatte er sich mit seinem Herrn in Kairo aufgehalten und dort auch im Juli 1798 den Einzug der siegreichen französischen Truppen erlebt, und das lag inzwischen immerhin schon zweiunddreißig Jahre zurück, denn mittlerweile schrieb man das Jahr 1830.

Tobias fühlte sich gleich besser, als er Sadik erblickte, der ihm Freund und Bruder zugleich geworden war. Er hoffte, dass Sadik seinen Kampf mit angesehen hatte, wagte in Gegenwart des Franzosen jedoch nicht, ihn danach zu fragen.

Sadik trat näher, ein freundliches Lächeln auf dem Gesicht,

das unter der dunklen Tönung aber noch immer einen Anflug von Blässe hatte. Der Winter in diesen nordischen Breiten war ihm schlecht bekommen und lange hatte er das Bett gehütet, niedergeworfen von einer schweren Erkältung, die einfach nicht hatte von ihm weichen wollen. Das war auch mit ein Grund gewesen, warum Tobias' Vater Anfang Dezember des vergangenen Jahres ohne ihn gen Ägypten aufgebrochen war.

Der Franzose hängte das Wams an den Haken, der aus einem Stützbalken ragte.

»Bist du schon lange hier oben?«, wollte er wissen und fragte sich im Stillen wohl, ob der Araber gehört hatte, was er über ihn gesagt hatte.

»Lange genug, Sihdi Fougot«, antwortete Sadik vieldeutig.

»Hast du zugesehen?«, fragte Tobias mit glänzenden Augen, weil er sich nun doch nicht länger beherrschen konnte und Sadiks Urteil wissen wollte, denn auch er wusste eine Klinge ausgezeichnet zu führen. Nur zog er den Säbel einem Florett vor.

Sadik nickte und sagte in seiner Heimatsprache: *»Wamalla jazlimi-'n-nasa juzlami.«*

»Und was heißt das?«, fragte Maurice Fougot forsch.

»Dass man sich im Leben entscheiden muss, ob man entweder der Hammer oder der Amboss sein will«, erklärte Sadik Talib, der viel belesen und eine geradezu unerschöpfliche Quelle von arabischen Weisheiten und Sprichwörtern war. Zu jeder Gelegenheit wusste er eine passende Stelle aus dem Koran zu zitieren oder den Spruch eines Weisen anzuführen. Gelegentlich waren es äußerst merkwürdige, ja, sogar komische Sprichwörter. Und Tobias hegte manchmal den Verdacht, dass einige dieser ungewöhnlichen Sprüche auf seinem eigenen Mist gewachsen waren. Sadik Talib hatte es faustdick hinter den Ohren, das stand eindeutig fest!

Der Franzose hob die Brauen an. »Und?«

»Tobias wollte immer Hammer sein. Doch nicht jeder, der hämmert und klopft, ist ein Schmied, heißt es an den Feuern der Beduinen«, flocht Sadik ein weiteres Sprichwort ein.

»Doch er hat bewiesen, dass er die richtige Entscheidung getroffen hat.«

Maurice Fougot hatte für Sadiks oftmals blumige Art zu reden wenig übrig, wie sein dünnes Lächeln verriet. »Ja, so kann man es wohl auch ausdrücken.«

Sadik bewahrte sein Lächeln. »Es gibt viele Vögel am Himmel, aber jede Art pfeift anders.«

Tobias musste sich ein Lachen verkneifen. Sadik war bisher noch keinem eine Antwort schuldig geblieben und er war der deutschen Sprache ebenso mächtig wie der französischen. Auch Englisch beherrschte er nicht schlecht, denn bevor er in die Dienste seines Vaters getreten war, hatte er schon viele Jahre lang reichen Abenteurern und ernsthaften Forschungsreisenden aus England und Frankreich mit seinen vielfältigen Fähigkeiten auf ihren Reisen als Dolmetscher und Mädchen für alles zur Seite gestanden.

Der Fechtlehrer ging auf die anzügliche Bemerkung nicht ein und griff nach seiner Jacke. »Es wird Zeit, dass ich in die Stadt zurückkomme. Es liegt Schnee in der Luft. Und vorher muss ich noch mit deinem Onkel sprechen. Also, *au revoir,* ... Monsieur Tobias!«, verabschiedete er sich kühl.

»Ja, *au revoir,* Monsieur Fougot«, erwiderte Tobias etwas beklommen. Er hatte das merkwürdige Gefühl, dass er ihn nicht wiedersehen würde.

»Sabah en-nur!«, rief Sadik ihm nach. »Euer Tag möge erleuchtet sein!«

Der Franzose blieb kurz stehen, warf einen Blick zu Tobias und Sadik zurück und gab ein leises, schwer zu deutendes Lachen von sich. Er nickte, als wäre die Erleuchtung in der Tat über ihn gekommen, und eilte dann zur Treppe. Seine Stiefel polterten energisch die Stufen hinunter und verklangen kurz darauf auf dem Flur des Obergeschosses.

Tobias wartete, bis er sicher sein konnte, dass ihn der Franzose auf keinen Fall mehr hören konnte. Dann wandte er sich Sadik zu. Und nun stand ihm die Freude im Gesicht geschrieben, das erwachsenere Züge trug, als man von einem Sechzehnjährigen gemeinhin erwarten konnte.

»Du hast alles mit angesehen, nicht wahr? Ich wette, dir ist nichts entgangen! Dem Franzosen habe ich es heute gezeigt!«, sprudelte er hervor und ließ sich von seiner eigenen Begeisterung mitreißen. »Schon die letzten Wochen habe ich ihn häufig geschlagen. Sechzehn zu vier und einmal auch siebzehn zu drei. Aber heute hat er nur einen einzigen Stich angebracht. Doch das ist reine Dummheit gewesen. Ich bin mir meiner Sache einfach zu sicher gewesen und auf eine Finte hereingefallen. Aber danach hat er keinen Treffer mehr landen können. Ich dagegen neunzehn! Neunzehnmal hintereinander ist er mir in die Klinge gelaufen, und dabei hat er jeden miesen Trick versucht, den er kennt, und du weißt, der Franzose kennt mehr Tricks als ein Straßenköter Läuse hat!«

Sadik nickte bedächtig. »*Aiwa…!* Ja, ich habe alles gesehen.«

»Und auch alles *gehört?*«

»Allerdings.«

»Er hat dich einen Kameltreiber genannt!« Empörung sprach aus seiner Stimme. »Ich an deiner Stelle hätte den Franzosen zu einem Duell gefordert – aber ohne Schutzkleidung!«

Sadik lächelte belustigt. »Weshalb denn, du Hitzkopf? Kamele sind der ganze Stolz eines wahren Beduinen. Je mehr Kamele, desto höher sein Ansehen, habe ich dir das nicht oft genug erzählt? Also, weshalb hätte ich mich darüber erregen sollen?«

»Und was ist mit dem ›heidnischen Muselmanen‹?«, wollte Tobias wissen, der sich von Maurice Fougots abschätzigen Äußerungen über seinen Freund Sadik persönlich verletzt gefühlt hatte und es noch immer tat.

Dieser hob in einer Geste der Abgeklärtheit die Hände. »Die Worte galten weniger mir denn dir. Er wollte, dass dir der Zorn die Augen trübt und deiner Hand die Führung des Verstandes raubt. Außerdem: Die Katzen sterben nicht daran, dass die Hunde sie verfluchen. Oder wie Scheich Abdul Kalim, dessen

Weisheit noch heute von vielen Stämmen gerühmt wird, gesagt hätte: Das Gebell der Schakale macht auf die Wolken keinen Eindruck.«

Tobias wusste nicht, ob er sich auf den Arm genommen fühlen oder lachen sollte, und so verzog er das Gesicht zu einem schiefen Grinsen. »Du immer mit deinem weisen Scheich Abdul Kalim! Manchmal glaube ich, dass der Bursche nur in deiner blühenden Phantasie existiert!«

Sadik Talib zuckte nur gleichgültig mit den Achseln und antwortete auf diese Unterstellung mit unübertrefflicher Schlagfertigkeit: »Auch wenn du Gold in den Kot steckst, so bleibt es doch Gold, mein Freund.«

Tobias seufzte resignierend. »Ich gebe auf. Du hast gewonnen. Mit Worten gewinnst du jedes Gefecht, Sadik. Aber du hast noch immer nichts dazu gesagt, dass ich Fougot neunzehn zu eins in die Knie gezwungen habe.«

»Du warst gut heute«, erklärte Sadik lapidar.

»Neunzehnmal besser als der Franzose!«, betonte Tobias und hatte Mühe, seine Enttäuschung zu verbergen, denn er hatte mehr als diesen trockenen Kommentar von ihm erwartet.

»Am Festtag sind alle große Herren«, erwiderte der Araber mit seiner Vorliebe für rätselhafte Antworten. »Oder: Das Bellen aus der Ferne ist leichter als das Knurren in der Nähe.«

»Was heißen soll?«

Sadik antwortete nicht sofort, sondern schob seinen Pullover hoch und zog ein kostbares Messer aus einer kunstvoll gearbeiteten Scheide aus gehämmertem Silber, die innen mit dunklem Holz ausgeschlagen war. In die gut zwei Finger breite Klinge waren arabische Schriftzeichen eingraviert. Von weitem ähnelten sie Feuerzungen. Das Griffstück bestand aus Elfenbein, das im Laufe der Jahre eine fast gelbliche Farbe angenommen hatte. Ornamente, die auf beiden Seiten einen Skarabäus einrahmten, waren in das Elfenbein geschnitzt. Er nahm die Spitze der beidseitig geschliffenen Klinge zwischen Daumen und Zeige- und Mittelfinger, sah sich um und deutete schließlich auf einen alten Kleiderschrank, dessen linke Seite angekohlt war und der auch sonst überall Brandspuren aufwies.

»Siehst du den Schrank und die Rosette über den Türen?«

»Tab'an!«, antwortete Tobias auf Arabisch. »Natürlich!«

Der Schrank stand etwa zehn, zwölf Schritte von ihnen entfernt neben anderem Gerümpel unter der Dachschräge. Sadik hob die Hand mit dem Messer.

»*Hasib...!* Pass auf!«, rief Sadik und schleuderte das Messer.

Es flog mit einem leisen, hohen Sirren durch die Luft und bohrte sich tief ins Holz. Die Klinge ragte mitten aus der Rosette heraus, teilte sie in zwei fast gleich große Hälften.

Tobias folgte ihm zum Schrank. »Ich weiß, dass du so gut mit dem Messer umzugehen verstehst wie niemand sonst, den ich kenne. Aber ich verstehe nicht, was das mit mir und dem Franzosen zu tun haben soll.«

»Sehr viel. Überlege!«

»Nein, das ist mir zu hoch, Sadik. Du wirst dich schon zu einer Erklärung durchringen müssen, die auch ein Nicht-Araber und vor allem ein Nicht-*Beduine* versteht«, zog er ihn damit auf, dass er besonders stolz auf seine beduinische Abstammung war.

Sadik zog das Messer aus der Rosette. »Geh mit dem Finger über den Einschnitt!«, forderte er ihn auf.

Tobias verzog spöttisch das Gesicht, leistete seiner Aufforderung aber Folge. »Also gut, ich habe gefühlt. Aber was soll das, Sadik?«

»Was genau hast du gefühlt?«

»Die Einkerbung im Holz natürlich!« Die Ungeduld sprach unverhohlen aus seiner Stimme.

»Kein Blut?«

Tobias furchte die Stirn. »Nein, kein Blut. Natürlich nicht!«

»Hätte ich auf einen Menschen geworfen, du hättest Blut gespürt, viel Blut sogar«, sagte Sadik mit ruhigem Ernst. »Und das ist es, worauf all das Üben gerichtet ist, das Messerwerfen und das Fechten – nämlich den Gegner zu treffen! In sein Fleisch!

Möglichst da, wo ihn der Stich tötet oder doch zumindest kampfunfähig macht.«

Tobias bekam einen trockenen Mund. »Willst du damit sagen, dass all die Gefechte mit Fougot nicht das Geringste bedeuten, weil es kein wirklicher Kampf auf Leben und Tod ist?«

Der hagere Araber fuhr fast versonnen mit dem Daumen über die Klinge seines Messers, ließ es dann in die Scheide unter seinem Pullover gleiten und sagte dabei: »Oh, es bedeutet schon etwas. Sehr viel sogar, Tobias. Du hast Sihdi Fougot geschlagen. Doch wenn man einmal so weit ist, bleibt man nicht dort stehen. Nein, du wirst dich nicht damit begnügen.«

Tobias schluckte. »Ich will mich meiner Haut so gut wie möglich erwehren können, wenn ich auf Entdeckungsreisen in Gefahr gerate und es daraus keine andere Möglichkeit als den Kampf gibt.«

Ein Lächeln huschte über das hagere Gesicht des Arabers. »Ja, ich weiß, du kannst es nicht erwarten, deiner Heimat den Rücken zu kehren und deinen Vater auf seinen Forschungsreisen zu begleiten – oder besser noch ganz eigene, unerforschte Wege zu gehen.«

»Mein Vater hat mir das Pistolenschießen beigebracht«, fuhr Tobias fort, weil er das Gefühl hatte, sich verteidigen zu müssen, »und mein Onkel war es, der den Franzosen verpflichtet hat, als ich von meinem Vater und auch von dir im Fechten nichts mehr lernen konnte. Und bist du es nicht gewesen, der mir voller Stolz erzählt hat, dass ein Beduine den Umgang mit der Waffe genauso selbstverständlich von Kindesbeinen an lernt wie das Melken der Kamelstuten und das Erzählen von Geschichten?«

Sadik nickte mit einem Schmunzeln auf den Lippen. »O ja, davon habe ich dir sehr wohl erzählt. Doch eine schnelle Hand und ein ausgezeichnetes Arabisch machen dich noch lange nicht zum Beduinen, mein Freund«, sagte er mit sanfter Zurechtweisung. »Ich wollte dir auch nur sagen, dass du eines nie vergessen sollst, wenn du eine Waffe in die Hand nimmst:

Wenn du sie niederlegst, kann sie vom Blut eines anderen befleckt sein! Du wirst es erfahren: Eines Tages wird Blut an deiner Klinge sein, Tobias! Und das ist eine Erfahrung, die einen jeden Menschen verändert. Zum Guten oder zum Schlechten, das weiß man vorher nicht.«

Sadiks Mahnung verursachte ihm Unbehagen, und so wechselte er schnell das Thema. »Komm, hilf mir, die Luken zu schließen«, bat er. »Und verrat mir, wo du den ganzen Tag gesteckt hast. Ich hab dich kaum zu Gesicht bekommen. Hast du dich vorm Holzhacken drücken wollen?«

»Ich war auf meinem Zimmer und habe gelesen.«

»So? Was hat dich denn so in den Bann geschlagen und alles andere vergessen lassen?«

»Der Koran.«

»Den ganzen Vormittag?«, fragte Tobias ungläubig, während er eine der Luken schloss.

Sadik reckte sich nach dem Aufstellholz der zweiten Luke. »Ein Buch ist wie ein Garten, den man in der Tasche trägt, heißt es in meiner Heimat. Und der Koran ist der schönste von ihnen allen.«

»Na, nichts gegen den Propheten Mohammed und Allah und deinen Koran, Sadik, aber da kenne ich noch ein paar andere Gärten, die mir entschieden besser gefallen«, erwiderte Tobias.

Sadik zuckte darüber großmütig mit den Schultern. »Wie ein Brot aussieht, hängt immer vom Hunger des Betrachters ab.«

»Entschuldige, Sadik. Ich wollte nicht über deinen Glauben spotten«, sagte Tobias, weil er seine unüberlegten Worte sofort bereute, und berührte ihn am Arm. »Vergiss, was ich Dummes gesagt habe und stell mir eins von deinen Rätseln!«

»Du magst viele Stärken haben, aber das Lösen arabischer Rätsel gehört kaum dazu«, neckte ihn Sadik.

»Eines Tages komme ich schon noch dahinter. Übung macht den Meister. Also los, fang schon an«, bat Tobias.

Sadik zog die Stirn kraus. »Mal sehen. Ein einfaches arabisches Rätsel für einen jungen Hitzkopf wie dich«, murmelte er mit lustigem Augenzwinkern, während sie zur Treppe gingen. Dann blieb er stehen und tat, als wäre ihm etwas eingefallen. Dabei wusste Tobias ganz genau, dass Sadik ein Rätsel nach dem anderen erzählen konnte, pausenlos und stundenlang, wenn es von ihm verlangt würde. »Ah ja, das könnte etwas für dich sein.«

»Nun mach schon!«, drängte Tobias.

»Dann höre gut zu.« Sadik stellte sich in Positur und rieb erst einmal seine Nasenflügel mit Daumen und Zeigefinger. »Es ist ein typisches Beduinen-Rätsel, so viel will ich dir verraten. Also aufgepasst: ›Ich habe einen Überwurf voller Knöpfe. Er lässt sich weder falten noch tragen.‹ Na, nun sag, was es ist!«

»Ein Überwurf voller Knöpfe, der sich weder tragen noch falten lässt«, wiederholte Tobias murmelnd und überlegte angestrengt. »Ein Überwurf...«

Sadik wartete geduldig ans Treppengeländer gelehnt, die Arme vor der Brust verschränkt, ein vergnügtes Lächeln auf den Lippen.

Tobias kam nicht drauf. »Gib mir noch einen Hinweis, bitte!«

Der Araber schüttelte den Kopf. »*La...!* Nein, kommt nicht in Frage. Ich habe dir schon genug verraten. Versuche wie ein Beduine zu denken!«

So sehr Tobias sich auch bemühte, ihm wollte nichts Rechtes zu dem Rätsel einfallen. Schließlich gab er auf.

»Mist! Ich komm nicht drauf! Was ist es?«

»Der Himmel und die Sterne«, lüftete Sadik des Rätsels Lösung. »Ich sagte dir doch, dass es ein typisches Beduinen-Rätsel ist.«

Tobias schlug sich mit der flachen Hand vor die Stirn. »Natürlich! Das Firmament! Mein Gott, es ist so einfach! Warum bin ich bloß nicht darauf gekommen?«

»Deine Frage erinnert mich an die Geschichte vom Blinden, den man fragte: ›Was suchst du?‹ Worauf dieser antwortete: ›Einen Korb voller Augen‹«, spottete Sadik.

Tobias gab sich empört. »Danke, Sadik! Und ich Dummkopf war versucht mich wegen dir mit dem Franzosen anzulegen.«

»Aber eben auch nur versucht!«

Sie mussten nun beide lachen.

Doch als sie vom Dachboden stiegen, ging es Tobias nicht aus dem Sinn, was Sadik Talib ihm prophezeit hatte, und er sollte noch oft an diese Worte denken: »Eines Tages wird Blut an deiner Klinge sein, Tobias!«

Der gescheiterte Plan

Das Feuer prasselte munter im Kamin und vertrieb den Hauch von Kühle aus dem Studierzimmer, als es klopfte. Heinrich Heller war an seinen Schreibtisch zurückgekehrt und wollte sich gerade setzen. Er wandte sich nun um und rief: »Ja, bitte, herein!«

Die Tür ging auf und Lisette erschien, die junge Frau von Jakob Weinroth, der bei ihm als Kutscher und Stallknecht angestellt war, während sie im Haushalt arbeitete und auch mal Agnes in der Küche zur Hand ging.

»Monsieur Fougot wünscht Sie zu sprechen, Herr Professor«, meldete sie mit ihrer zarten Stimme.

»Nur zu, Lisette! Führ ihn herein!«, rief er erfreut.

Lisette knickste leicht, gab die Tür frei, und Maurice Fougot trat an ihr vorbei ins Zimmer.

»Ich hoffe, ich störe Sie nicht bei einer wichtigen Arbeit, Monsieur Professeur, so beschäftigt, wie Sie immer sind«, sagte der Franzose mit freundschaftlicher Höflichkeit und Respekt, während Lisette die Tür geräuschlos hinter ihm schloss. Er sprach den Titel Professor französisch aus, sodass die Betonung auf der letzten Silbe lag und aus dem letzten o ein ö wurde.

»Ach was!«, fegte dieser die Bedenken des Fechtlehrers mit einer fröhlich-einladenden Handbewegung beiseite. »Im Gegenteil. Es ist mir stets ein außerordentliches Vergnügen, mit

Ihnen zu plaudern. Kommen Sie, setzen wir uns ans Feuer und leisten Sie mir bei einem Glas Cognac Gesellschaft. Französischen Cognac!«, fügte er augenzwinkernd hinzu. »Es ist heute ein ungemütlich kalter Tag, da werden wir uns auch zu so früher Stunde schon ein Glas erlauben dürfen, was meinen Sie?«

Maurice Fougot neigte zustimmend den Kopf. »Ich nehme dankend an.«

»Bitte, nehmen Sie doch Platz!« Heinrich Heller führte ihn zu den Sesseln am Feuer, holte dann die Cognac-Karaffe und zwei Gläser und goss ein.

Sie prosteten sich zu.

Der Franzose kippte den großzügig bemessenen Cognac auf einen Zug hinunter, atmete mit einem schweren Seufzer aus und sagte: »In der Tat, der war nötig!«

Heinrich Heller sah ihn ahnungsvoll an. »War es *so* schlimm?«

»Schlimmer«, antwortete der Franzose knapp.

Nun war es am Professor zu seufzen. »Unsere wohl durchdachten Vorkehrungen haben also nichts genutzt«, stellte er betrübt fest und griff zur Karaffe, um das Glas seines Gastes noch einmal zu füllen.

Maurice Fougot schüttelte den Kopf. »Nicht das Geringste, Monsieur Professeur. Es hat ihn überhaupt nicht berührt. Ohne jeden *effet.* Nicht den geringsten Eindruck hat es auf ihn gemacht.« Er zuckte mit den Achseln. »*Alors,* es kam ja nicht überraschend. Ich habe es geahnt.«

»Ja, das haben wir wohl beide.«

Einen Augenblick schwiegen sie und nur das Knistern der Scheite und das Prasseln der Flammen waren zu hören. Dann bat der grauhaarige Gelehrte: »Erzählen Sie, wie es gelaufen ist.«

Maurice Fougot drehte sein Glas in der Hand und ließ sich mit der Antwort Zeit. »Ich bin mit ihm auf den Dachboden gegangen. Wegen des Dämmerlichtes, Sie verstehen. Erschwerte Bedingungen.«

Heinrich nickte mit einem müden Lächeln. Der ganze Tag war für Tobias unter »erschwerten Bedingungen« abgelaufen. Und dennoch hatten sich ihre Hoffnungen nicht erfüllt!

»Er wollte gleich zur Waffe greifen«, fuhr der Fechtlehrer fort. »Doch ich habe ihn Fußarbeit machen lassen. *Pratique* ohne Waffe, das er schon immer so sehr hasst. Da hat er sich in den vergangenen drei Jahren nicht geändert. Nun, wir haben geübt. *Exercice.* Eine geschlagene Stunde. Wie bei einem Anfänger. Körperhaltung, Schrittfolge. Immer wieder von vorn. Fast wäre er mir mit bloßen Händen an die Kehle gegangen!« Er lachte freudlos auf.

»Zum Teufel noch mal, er hätte müde sein *müssen*«, warf Heinrich Heller irritiert ein. »Er hat am Vormittag zwei Stunden lang kräftig beim Holzschlagen mit anpacken müssen und Ihr Unterricht fand diesmal direkt nach dem Mittagessen statt – und zwar nach einem extrem schweren und fetten Essen, wie vereinbart! Himmel, wie kann er nach all dem nicht müde gewesen sein!? Ich bin am Schreibtisch eingenickt!«

Maurice Fougot verzog spöttisch das Gesicht. »Oh, müde war er wohl schon, und das macht es ja um so schlimmer.«

»Ja, ich verstehe. Natürlich. Bitte, fahren Sie fort.«

Maurice Fougot erlaubte sich ein halbes Lächeln. »Der Rest ist schnell berichtet, Monsieur Professeur. Als wir endlich zum Florett griffen, glaubte ich schon, es hätte etwas genutzt, unser Plan. Er war so zornig auf mich, dass er nicht warten konnte, es mir zu zeigen.«

»Und Sie haben den Punkt eingeheimst.«

Maurice Fougot sah ihn mit einem merkwürdigen Lächeln an, aus dem ebenso Verdrossenheit wie Stolz sprach.

»Ja, den ersten Punkt habe ich erreicht, Monsieur Professeur«, sagte er betont langsam und legte eine dramatische Pause ein, bevor er hinzufügte: »Aber dabei blieb es auch. Es war der einzige Treffer, der mir gelang – gegenüber neunzehn, die Ihr Neffe anbringen konnte!«

Heinrich Heller atmetete tief durch und lehnte sich zurück.

»Also gut, der Tag ist gekommen, von dem wir beide wussten, dass er nicht mehr fern war. Nur wünschte ich, er wäre nicht ganz so schnell gekommen.«

»Er liegt schon hinter uns«, bemerkte der Fechtlehrer lakonisch und nippte an seinem Cognac.

Heinrich Hellers Gestalt straffte sich auf einmal. »Herr im Himmel, warum reden wir so im Trauerton darüber, über Sie und Tobias? Gut, unsere persönlichen Hoffnungen haben sich nicht erfüllt. Aber ist das ein Grund, in Wehmut zu versinken? Objektiv gesehen sollte das genaue Gegenteil der Fall sein!«

Maurice Fougot sah ihn skeptisch an.

»Sie haben Großartiges geleistet«, erklärte Heinrich Heller. »Sie können stolz sein!« Er erhob sich und streckte ihm die Hand hin. »Ich möchte Ihnen meine Hochachtung und meinen aufrichtigen Dank aussprechen und ich bin sicher, das auch im Namen meines Bruders sagen zu können: Sie waren ausgezeichnet!«

Maurice Fougot lächelte ein wenig gerührt, als er die ihm dargebotene Hand ergriff und den herzlichen Druck erwiderte. »*Merci,* aber das Gleiche gilt auch für Tobias. Er war der beste Schüler, den ich je hatte – und es gibt nichts mehr, was ich ihm noch beibringen könnte.«

Sie nahmen wieder Platz. Heinrich Heller strich sich über seinen vollen, jedoch akkurat geschnittenen Bart. »Nun, ich bin sicher, dass Sie ihm die ein oder andere Finesse ...«

Maurice Fougot ließ ihn erst gar nicht ausreden und sagte höflich, aber mit Nachdruck: »*Excusez-moi,* dass ich Ihnen ins Wort falle, aber es ist, wie ich sagte: Es gibt nichts mehr, was ich ihm noch beibringen könnte, auch keine Finessen. Es fällt mir nicht weniger schwer als Ihnen, aber wir müssen der Tatsache ins Auge sehen: Tobias ist kein Schüler mehr, was die Kunst der Klingenführung betrifft. Er ist mir ebenbürtig. Zumindest. Und er kann zudem noch den Vorteil der Jugend zu seinen Gunsten in die Waagschale werfen.«

»Die sich aber auch zum Nachteil auswirken kann«, gab

Heinrich Heller zu bedenken. »Es stände ihm gewiss nicht schlecht zu Gesicht, würde er noch ein wenig mehr Selbstdisziplin an den Tag legen. Er ist in einem ungestümen Alter. Und ich schätze Ihren Einfluss auf den Jungen sehr hoch ein. Es wäre mir deshalb sehr daran gelegen, dass Sie auch weiterhin zweimal die Woche mit ihm üben.«

Maurice Fougot lächelte etwas wehmütig. »Damit täte ich keinem von uns einen Gefallen, glauben Sie mir. Tobias kann mich nicht ausstehen...«

»Sie waren streng mit ihm, gut! Aber...«

»Ich war mehr als streng mit ihm«, fiel der Franzose ihm ins Wort. »Wir haben vorher darüber geredet, Monsieur Professeur. Er sollte mich von Anfang an unsympathisch finden, ja, mich aus ganzem Herzen ablehnen. Es war Teil meines Konzeptes.«

Heinrich Heller nickte. »Jaja, Sie wollten ihn herausfordern, seinen Ehrgeiz wecken, es Ihnen eines Tages heimzuzahlen.«

»*Correct!* Nach meiner ersten Stunde mit ihm erkannte ich sofort sein ungeheures Talent. Ich hatte einen ganz seltenen Diamanten vor mir. Doch es war noch ein Rohdiamant, und um ihm den wirklich meisterlichen Schliff zu geben, brauchte ich seine ungeteilte Hingabe und einen geradezu brennenden Ehrgeiz. Und das in seinem jugendlichen Alter mit gewöhnlichen Anreizen und gutem Zuspruch zu erreichen, hielt ich für genauso ausgeschlossen wie Sie. Deshalb habe ich es ihm bewusst erschwert, indem ich ihn so gut wie nie lobte, mich arrogant und verächtlich verhielt und ihn wie einen dummen kleinen Jungen behandelte, der ein Florett nicht von einem Steckenpferd unterscheiden kann«, sinnierte Maurice Fougot, den Blick in die Flammen gerichtet. »Und es ist mir nicht leicht gefallen, drei Jahre lang bei dieser Rolle zu bleiben. Wie oft hatte ich das Verlangen, ihm zu zeigen, wie stolz mich seine Fortschritte machten, wie bewundernswert schnell er komplizierte Kombinationen und Taktiken begriff und wie sehr er mir ans Herz gewachsen war. Aber ich habe mir all das um seiner selbst willen versagt, weil ich ein Ziel vor Augen hatte, so schwer es mir auch fiel, die tiefe Abneigung in seinen Augen zu lesen.« Er schwieg und auch Heinrich Heller sagte nichts.

Es war Maurice Fougot, der schließlich wieder das Wort ergriff. »*Non,* es ist unmöglich, dass ich jetzt noch kommen und mit ihm fechten kann. Meine Aufgabe ist beendet. Er braucht von nun an jemanden als Partner, mit dem er sich im Guten messen kann, den er respektiert und der auch sein Vertrauen, womöglich sogar seine Freundschaft zu gewinnen vermag.«

»Ja, das leuchtet mir ein«, räumte Heinrich Heller ein und seine Stimme hatte einen sorgenvollen Unterton.

»Sie sorgen sich um Tobias, nicht wahr, Monsieur Professeur?«

»In der Tat. Wie ich es schon sagte, er befindet sich in einem schwierigen Alter – und sein Vater ist vor ein paar Monaten, wie Sie ja wissen, wieder zu einer längeren Reise aufgebrochen.«

»Tobias wäre wohl gern mit gegangen.«

Heinrich Heller lachte leise auf. »Gern ist mächtig untertrieben! Er hat gebettelt, geweint und geflucht! Nichts hat er unversucht gelassen, seinen Vater umzustimmen und die Erlaubnis zu erhalten, ihn begleiten zu dürfen. Ich glaube, er hätte seinen linken Arm dafür gegeben. Aber natürlich blieb sein Vater hart. Tobias ist eben noch nicht erwachsen, obwohl er andererseits auch kein Junge mehr ist. Er steckt dazwischen, und genau das ist es, was es so schwierig macht.«

»Es wäre wohl leichter für ihn und Sie, wenn er nicht so aufgeweckt und seinen Gleichaltrigen in vielen Dingen nicht schon so himmelweit überlegen wäre«, mutmaßte Maurice Fougot.

Heinrich Heller verzog das Gesicht. »Ja, ich hätte es nie für möglich gehalten, dass ich die außergewöhnlichen Begabungen des Jungen einmal auch als schwere Belastung empfinden würde. Aber so ist es gekommen. Ach, ich wünschte, mein Bruder hätte seinen brennenden Ehrgeiz und die Sucht, die ihn immer wieder in die unerforschte Fremde hinauszieht, diesmal länger beherrschen können. Warum ist er nicht zwei, drei Jahre bei uns geblieben? Er hätte die Zeit gut dafür nutzen können, seine Reisetagebücher zu bearbeiten und zu veröffentlichen und sich um seinen Sohn zu kümmern.« Er seufzte schwer. »Aber andererseits verstehe ich ihn natürlich. Ich kenne diesen inneren Drang, der ihn ruhelos vorantreibt, nur zu gut. Ich weiß, wie es ist, wenn man meint, nicht mehr atmen zu können und von den Mauern seines bürgerlichen Zuhauses in der Heimat erdrückt zu werden. Männer wie Tobias' Vater kennen in Wirklichkeit nur ein Zuhause und eine Heimat – Unterwegssein in fremden Ländern. Denn hinter jedem Tal, das das Ziel ihrer Expedition war, liegt immer wieder ein neues, noch nicht erforschtes Tal. Ich habe selbst eine gute Portion Reisefieber mitbekommen und weiß, wovon ich spreche. Doch es hat nie mein Leben beherrscht, wie es bei meinem Bruder der Fall ist. Ich glaube, er würde an Schwermut und Fernweh sterben, würde man ihn zwingen, seine Forschungsreisen aufzugeben und ein bürgerliches Leben zu führen. Und ich fürchte, auch Tobias hat das im Blut. Nur ist diese Veranlagung bei ihm noch nicht durchgebrochen. Aber wie lange wird es noch gut gehen?«

Verständnisvoll und interessiert hatte Maurice Fougot zugehört. »Wie lange wird Ihr Bruder fort sein?«

Heinrich Heller hob die Hände. »Wer kann das schon sagen? Die Quellen des Nils will er erforschen, und diesmal wird er seine Expedition von Madagaskar aus beginnen. In einem guten Jahr will er wieder zurück sein, so hat er versprochen. Doch Pläne sind leicht geschmiedet und Vorsätze schnell gefasst. Ob sie sich dann aber auch mit der Wirklichkeit vereinbaren lassen, steht auf einem anderen Blatt geschrieben.«

»Sie rechnen also nicht damit, dass er so bald wieder zurück sein wird«, folgerte Maurice Fougot.

»Nein«, kam die Antwort ohne langes Zögern. »Als mein Bruder zu seiner letzten Expedition aufbrach, hörte ich Ähnliches von ihm. Erst zweieinhalb Jahre später sah ich ihn hier wieder – von der Malaria gezeichnet und dem Tod mehr als einmal nur knapp entronnen, doch schon mit neuen Plänen und jenem fiebrigen Glanz in den Augen, der mehr verrät als tausend Worte. Dass er über ein halbes Jahr geblieben ist, lag nur an seiner schlechten körperlichen Verfassung.«

»Gott sei Dank hat sich Ihr Bruder gut erholt«, bemerkte der Fechtlehrer.

Heinrich Heller schien Fougots Worte gar nicht gehört zu haben, denn er ging nicht darauf ein. »Wissen Sie«, fuhr er fort, ganz in seine sorgenvollen Gedanken versunken, »für Tobias war es damals nicht so schlimm, als sein Vater *Falkenhof* verließ. Er war keine dreizehn Jahre, in vieler Hinsicht noch ein Kind. Und wenn er auch damals natürlich schon von aufregenden Expeditionen träumte und sich wünschte, eines Tages zusammen mit seinem Vater loszuziehen, so wusste er doch, dass es nur ein schöner Traum war. Ein Traum, der sich bestenfalls irgendwann später einmal erfüllen würde. Sein Vater war mehr ein Idol – bewundert, aber unerreichbar.«

»Während Sie ihn aufgezogen haben.«

»Nun ja, ich war ihm schon mehr als nur ein Vater und doch zwangsläufig auch weniger, wenn Sie verstehen, was ich meine. Ich habe ihn auf meine Art erzogen und ihm das mitgegeben, was ich ihm anzubieten hatte.«

Maurice Fougot lächelte. »O ja, ein ganzes Universum an Wissen.«

Heinrich Heller erwiderte das Lächeln. »Tobias ist wie ein Schwamm, der alles in sich aufsaugt. Ich habe in der Tat dafür gesorgt, dass Geist und Körper beschäftigt waren, zusammen mit Ihnen und Karl Maria Schwitzing, seinem Hauslehrer, der eine beachtliche Kapazität ist. Aber die Jahre, wo wir leichtes Spiel mit ihm hatten, sind ein für alle Mal vorbei.«

»Wem erzählen Sie das, Monsieur!«

»Sie haben mir heute gesagt, dass es nichts mehr gibt, was Sie Tobias beibringen können«, sagte Heinrich Heller nachdenklich. »Und der Tag, an dem Herr Schwitzing mir Gleiches sagen wird, liegt auch nicht mehr in allzu ferner Zukunft. Er hat mich schon vorgewarnt. Und was soll dann geschehen?«

»Universität?«

Fast geringschätzig winkte Heinrich Heller ab. »Er würde sich zu Tode langweilen! Bei aller gebotenen Bescheidenheit, aber was er hier in jungen Jahren schon gelernt hat, stellt den Lehrplan so mancher Universität in den Schatten.«

»Und was ist mit Ihnen? Sie könnten ihn mit Ihrem Wissen doch noch eine Ewigkeit in Atem halten.«

»Ach, es geht ja nicht allein um die Anhäufung von möglichst viel Wissen, Monsieur Fougot. Der Junge weiß heute schon zehnmal mehr, als er von seiner Reife her sinnvoll nutzen und in praktische Entscheidungen umsetzen kann.«

»Wissen und Weisheit sind eben noch längst nicht ein und dasselbe«, pflichtete Maurice Fougot dem Gelehrten bei.

»Ein wahreres Wort ist selten gesprochen worden. Aber es wäre vermessen, von ihm zu erwarten, dass er auch die Reife eines erwachsenen Mannes an den Tag legt, nur weil sein Gehirn mit mehr Wissen voll gestopft ist, als so manch gelehrter Mann sich in mühseliger Arbeit hat aneignen können«, nannte Heinrich Heller das Dilemma beim Namen. »Er braucht jetzt mehr als nur Buchwissen, das ist das Problem, vor dem ich stehe – und er auch, nur dass er sich dessen natürlich nicht bewusst ist. Und ich tauge nicht dazu, einen so ungestümen Geist wie Tobias zu zähmen, der ganz nach seinem Vater schlägt. Nicht auf meine alten Tage.«

»Was Sie für ihn getan haben, Monsieur Professeur, bedarf wohl keiner wortreichen Würdigung, und ich weiß, dass Tobias Sie liebt und verehrt«, versuchte der Fechtlehrer ihn ein wenig aufzumuntern.

Heinrich Heller lächelte müde. »Was in meiner Macht stand, habe ich getan, und darin wird sich auch in Zukunft nichts ändern. O ja, es gibt noch so unendlich vieles, was er nicht weiß und von mir lernen könnte. Aber ich bin einundsechzig, und wer weiß, wie viele Jahre mir noch auf Gottes Erde vergönnt sind? Es wäre wohl zu viel von mir verlangt, dass nun ich zu seinem Lehrer werden soll, der ich zwar so oder so schon immer gewesen bin, jedoch nicht mit einem festen Stundenplan à la Karl Maria Schwitzing. Nein, ich kann diese Aufgabe so nicht übernehmen – und ich würde daran gewiss scheitern. Abgesehen davon kann ich meine wissenschaftlichen Studien nicht hintenanstellen. Was das betrifft, bin ich nicht weniger egoistisch als mein Bruder, und ich glaube, in meinem Alter ist dies kein Fehler, sondern eine Notwendigkeit.«

»So sehe ich es auch. Ihre Verdienste um die Erziehung von Tobias stehen außer Frage. Sie haben wahrlich nicht die geringste Veranlassung, sich Selbstvorwürfe zu machen.«

»Das tue ich auch nicht. Ich mache mir nur *Sorgen* um ihn. Denn ich spüre seine Unruhe. Wie lange kann ich ihn noch halten? Es zieht ihn magisch in die Welt! Es ist ein wahrer Segen, dass der gute Sadik bei ihm ist. Sonst wäre er wohl schon längst versucht gewesen, auf eigene Faust loszuziehen und die Abenteuer zu suchen, die er bisher nur aus Büchern und Erzählungen anderer kennt. Nun ja, der Apfel fällt eben nicht weit vom Stamm. Also, was beklage ich mich?« Er zwang sich zu einem Lächeln, das aber wenig überzeugend ausfiel.

»Ich bedaure, Ihnen nicht helfen zu können«, sagte Maurice Fougot mit aufrichtigem Mitgefühl. »Wenn ich es recht betrachte, bin ich für meinen Teil doch recht froh, dass ich Tobias so weit habe bringen können – auch wenn sich in den Stolz der bittere Tropfen eines verletzten Egos mischt, denn niemand ist gern der Unterlegene. Aber offenbar sollte es so und nicht anders sein und ich habe meine Aufgabe im rechten Augenblick zum Abschluss gebracht.«

Etwas in der Stimme des Franzosen ließ Heinrich Heller aufhorchen. »Oh! Das klingt nach Abschied«, sagte er überrascht und mit fragendem Unterton.

Maurice Fougot nickte. »Ja, ich werde schon bald nach Paris zurückkehren.«

»Aber gewiss doch nicht wegen Tobias, nicht wahr?«

Der Fechtmeister lächelte. »Nein, auf so wackeligen Beinen steht mein Selbstbewusstsein nun wieder nicht«, scherzte er und fuhr dann ernst fort: »Ich muss nach meinen Eltern schauen. Wie Sie sich vielleicht erinnern werden, führen sie noch immer ihren kleinen Betrieb. Außerdem, die Zeit ist unruhig geworden, Monsieur Professeur.«

Dieser zog spöttisch die Augenbrauen hoch. »Es ist doch sehr still überall.«

»Es ist die Stille vor dem Sturm«, erwiderte der Franzose, »womit ich Ihnen gewiss nichts Neues verrate.«

Heinrich Heller hielt es für ratsamer, nicht darauf einzugehen. Im Stillen fragte er sich jedoch, ob Fougot vielleicht etwas wusste, von seinen verbotenen Aktivitäten im Geheimbund *Schwarz, Rot, Gold.* Aber nein, das war unmöglich! Fougot gehörte nicht zum Kreis der Eingeweihten, und wer von ihnen würde so töricht sein, über seine Zugehörigkeit zu einem derart illegalen Geheimbund zu reden – und damit Existenz und Leben aufs Spiel zu setzen?

Wenn Fougot etwas wusste, dann mit Sicherheit nur das, was allgemein über ihn in der Stadt und auf den anderen Gehöften und Gütern geredet wurde. Es war bekannt, wie er dachte. Die reaktionären Geister hielten ihn für einen verkappten Revolutionär, dem man nicht über den Weg trauen durfte. Und für die Liberalen war er ein fortschrittlich denkender Gelehrter, der sich einmal schwer verbrannt und sich danach ganz zurückgezogen hatte und nur noch für seine Wissenschaft lebte. Nun, die Reaktionäre lagen der Wahrheit schon viel näher, wenn sie ihm nicht über den Weg trauten!

»Ach, ich beneide Sie und Ihre Landsleute!«, sagte er in einem schwärmerischen Tonfall und damit das Thema geschickt wechselnd.

»Darf ich fragen, wieso?«

»Sie sind um vieles zu beneiden. Um die Revolution von 1789! Ich habe sie noch erlebt. Zwanzig war ich da! Gut, ich kam nicht gerade zur Erstürmung der Bastille nach Paris, aber doch noch früh genug, um diesen gewaltigen Umschwung mitzuerleben. Ja, ich beneide euch Franzosen für diese geschichtliche Großtat – wie ich auch die Amerikaner um ihren Unabhängigkeitskrieg, um ihre Freiheit und ihre Einheit beneide. Was können wir Deutschen denn der Proklamation der Menschenrechte, der Abschaffung des Adels und Männern wie Rousseau und Voltaire entgegensetzen?«

»Kant und Lessing zum Beispiel«, gab der Franzose das Kompliment zurück. »Die deutschen Verfechter von Humanität, Toleranz und deutscher Aufklärung.«

»Große Namen und große Werke – aber wo sind die *Taten* geblieben?«, hielt Heinrich Heller ihm mit leidenschaftlichem Engagement entgegen. »Wo ist *unsere* Revolution geblieben, die uns von dem Joch der Willkür und der Bevormundung reaktionärer Monarchen und Regenten hätte befreien können? Frankreich ist eine große geeinte Nation. Und Deutschland? Zersplittert in neununddreißig souveräne Kleinstaaten, in eine lächerliche Vielzahl von Herzog- und Fürstentümern und in einige Freie Städte und fünf Königreiche! Hier kocht quasi jeder Stamm sein eigenes Süppchen und argwöhnt, dass der andere ihm da hineinspucken oder ihm seine Macht streitig machen könnte. Hundert Meilen gereist – und ein Dutzend Schlagbäume und Zollstationen gesehen! Das ist Deutschland! Ein Trauerspiel!«

»Ja, da muss ich Ihnen Recht geben. Frankreich ist eine große und geeinte Nation und mit unseren Freiheiten sieht es nicht ganz so düster aus wie in diesen Landen. Aber vergessen Sie nicht, dass die Revolution auch viel Blut gekostet hat«, gab Maurice Fougot zu bedenken.

Das ließ Heinrich Heller nicht gelten und er wischte den Einwand mit einer fast ungeduldigen Bewegung beiseite. »Das trifft auch auf den Dreißigjährigen Krieg zu und er hat letztlich nichts zum Wohl der Menschheit bewegt! Nein, die blutigen Auswüchse der französischen Revolution ändern nichts an ihrer Größe und Bedeutung.«

»Dann bewundern Sie auch das Genie Napoleon Bonaparte, den die Revolution ja mehr oder weniger hervorgebracht und der sie mit seiner Machtergreifung sozusagen beendet hat?«, fragte Maurice Fougot interessiert und herausfordernd zugleich.

»Ich hüte mich davor, mit dem Begriff Genie leichtfertig umzugehen. Ich weiß auch nicht, ob ich ihn auf Napoleon anwenden würde, auch wenn ich ihm Außergewöhnlichkeit, ja, sogar eine gewisse Größe nicht absprechen möchte«, antwortete Heinrich Heller abwägend. »Napoleon hat Europa über ein Jahrzehnt mit Krieg überzogen, mit hunderttausendfachem Tod, Leid und Elend. Das überschattet in meinen Augen all seine anderen Verdienste, die er sich zweifellos erworben hat. Es widerstrebt mir jedoch zutiefst, Bewunderung für einen Menschen zu hegen, der den Krieg als etwas Nützliches, ja, sogar Erstrebenswertes hält und ihn zur Erreichung seiner Ziele einsetzt.«

»Ist eine Revolution denn kein Krieg?«

Heinrich Heller schüttelte den Kopf. »Nicht, wenn das Volk die Revolution trägt! Wer einen anderen fesselt und der Freiheit beraubt, kann ihm schlechterdings Gewalttätigkeit vorwerfen, wenn dieser sich von seinen Fesseln zu befreien versucht und sich dabei nicht allein aufs Betteln beschränkt.«

Maurice Fougot wiegte den Kopf. »Ein Argument, das mich überzeugt. Aber nun wird es Zeit, dass ich mich auf die Rückfahrt begebe, so sehr ich es auch schätze, mit Ihnen zu reden. Die Straße ist schlecht und …« Er ließ den Satz unbeendet und vollführte nur eine Geste, die alles mit einschloss.

»Selbstverständlich. Bitte entschuldigen Sie, dass ich Sie so lange mit meinen persönlichen Sorgen aufgehalten habe. Ihre Frau Gemahlin wird sicher schon voller Unruhe auf Sie warten. Erlauben Sie mir, dass ich Sie hinunterbegleite!« Er klingelte nach Lisette und ließ sich seinen warmen Umhang bringen.

Die beiden Männer begaben sich hinunter in den Hof, wo Jakob Weinroth, ein breitschultriger Mann von sprödem Wesen und unermüdlichem Arbeitseifer, den Einspänner des Franzosen sogleich vorfuhr.

Der Himmel schien tiefer gesunken zu sein und hatte sein strahlendes Blau verloren. Ein helles Bleigrau herrschte nun vor. Die Sonne zeichnete sich dahinter nur noch als verschwommener heller Fleck ab wie ein Licht im Nebel. Es war auch kälter geworden.

Heinrich Haller schickte einen Blick zum Himmel hoch und sagte mit einem Anflug von Verdrossenheit: »Es wird Schnee geben. Dabei wird es Zeit, dass der Frühling ins Land zieht. Der Winter war lang genug und in einer Woche schreiben wir schon März!«

»Ich glaube, es wird ein interessantes Jahr, das wir alle nicht vergessen werden«, sagte Maurice Fougot, als sie sich verabschiedeten, und schien von seinen eigenen Worten überrascht.

»Ja, dagegen würde ich auch keinen einzigen Kreuzer wetten wollen«, pflichtete Heinrich Heller ihm zu, umfasste die Hand des Franzosen mit beiden Händen und versicherte noch einmal, wie sehr sie alle – er, Tobias und auch dessen Vater – in seiner Schuld stünden. »Ich hoffe, wir hören von Ihnen, auch aus Paris.«

Er versprach es und setzte sich auf den überdachten Kutschbock des Einspänners, während Jakob schon zum Westtor lief und es öffnete. »In den nächsten Tagen schicke ich Ihnen noch etwas für Tobias. Ich hoffe, er wird es zu schätzen wissen. Nun, wir werden sehen«, sagte er leichthin, zog seine Handschuhe über und griff zu den Zügeln.

»Au revoir, mon ami!«, sagte Heinrich Heller bewegt.

Maurice Fougot nickte ihm lächelnd zu. »*Au revoir,* Monsieur Professeur…! Und sagen Sie Tobias doch bitte bei Gelegenheit von mir, dass ich nicht weiß, wie Froschschenkel schmecken.«

Er erntete einen verständnislosen Blick.

»Jaja, Sie haben schon richtig verstanden!«, rief Maurice Fougot ihm zu und ließ das Pferd antraben. »Sagen Sie ihm nur, ich hätte noch nie in meinem Leben Froschschenkel gegessen!« Er lachte und die Räder des Einspänners ratterten über das Kopfsteinpflaster der Tordurchfahrt.

Jakob zögerte mit dem Schließen des Tores, als wüsste er, dass der gelehrte grauhaarige Herr von *Falkenhof* dem Franzosen noch einen Augenblick nachblicken wollte.

Heinrich Heller schaute der Kutsche tatsächlich nach, wie sie an den kahlen Ulmen der Allee vorbeizog. Schnell wurde der Hufschlag leiser. Zwei Krähen flogen von einer Astgabel auf und stiegen in den tiefen, grauen Himmel auf. Es lag kaum noch Schnee, sodass die Landschaft einem dreckigen, unansehnlich fleckigen Boden glich. Doch das würde nicht so bleiben.

»Wo bleibt Pagenstecher nur?«, murmelte er vor sich hin, während er den Blick auf die kleiner werdende Kutsche gerichtet hielt. Die Krähen kehrten wieder zurück. »Wenn er doch nur bald kommt und alles bringt, was ich bestellt habe! Was hält ihn nur so lange in Frankfurt auf? Ob er mit meinen Zeichnungen und Angaben nicht klargekommen ist? Unsinn! Pagenstecher ist nicht auf den Kopf gefallen. Und wenn er etwas nicht verstanden hätte, hätte er sich längst gemeldet. Auf ihn ist Verlass. Gewiss wird er bald eintreffen. Und dann wird Tobias erst einmal beschäftigt sein und nicht mehr so leicht auf dumme Gedanken verfallen. Bis in den Sommer wird es ihn bestimmt in Atem halten, dafür werde ich schon sorgen, bei Gott!«

Die Kutsche verschmolz mit den Schatten des Waldes. Heinrich Heller wandte sich ab und ging ins Haus zurück. Dröhnend fiel hinter ihm das Tor zu.

Er lachte kurz auf und schüttelte den Kopf. »Froschschenkel! Was für ein Tag!«

Expedition Sudan

Tobias stand am Fenster seines Zimmers, die Ellbogen auf die Marmorplatte gestützt und den Kopf in die Hände gelegt. Mit gemischten Gefühlen sah er dem Einspänner seines Fechtlehrers nach. Er ahnte nicht, dass sein Onkel unten am Tor stand und dem Franzosen mit ähnlich nachdenklichem Blick hinterherschaute.

Tobias stand noch dort, als der Wagen von Maurice Fougot längst im Wald verschwunden war und die Allee wieder verlassen dalag. Die Ulmen, in einer beinahe perfekten Doppelreihe ausgerichtet, reckten ihre laublosen Äste wie in einer stummen Geste in den schneegrauen Himmel. Wie eine vergessene Abteilung steif gefrorener Paradesoldaten, fuhr es ihm durch den Sinn.

Das gleichmäßige Ticken des Metronoms, das rechts vom Fenster auf der Kommode stand, erfüllte den Raum. Es gehörte zu den ersten Exemplaren, die der Wiener Instrumentenmacher Johann Nepomuk Mälzel, der das Metronom 1815 erfunden hatte, angefertigt hatte. Onkel Heinrich, an jeder Erfindung stets brennend interessiert, hatte sich sogleich eines aus Wien schicken lassen. Später hatte er es seinem Neffen überlassen, der schon als kleines Kind von diesem Gerät fasziniert gewesen war.

Die Gleichmäßigkeit des Metronoms übte auch jetzt noch einen magischen Zauber auf ihn aus. Das rhythmische Schwingen des messingbeschwerten Pendels und das monotone *Klack-klack* trugen ihn stets rasch aus der Wirklichkeit in die Welt seiner Träume. Ihm war dann, als würde das Metronom die Zeit zerschlagen, die seinem Gefühl nach auf *Falkenhof* zum Stillstand gelangt war – während sie jenseits der dicken Mauern des Gevierts überall mit atemberaubender Geschwindigkeit von einem aufregenden Geschehen zum nächsten raste.

»Das Leben ist eine saftige, jeden noch so großen Hunger stillende Frucht, die nur unter einer unansehnlichen, schwer zu schälenden Schale verborgen liegt!«

Tobias erinnerte sich an diese Worte, als er in den grauen Nachmittag hinausblickte. Wer ihn damit hatte trösten wollen, wusste er nicht mehr zu sagen. Sowohl sein Onkel als auch Sadik kamen dafür in Frage. Weisheiten dieser Art hatten beide in ausreichender Zahl zur Hand, wenn es darum ging, ihm Geduld zu predigen und ihn auf später zu vertrösten, wenn er erwachsen war.

Er lachte bitter auf. Von wegen saftige Frucht! Ihm erschien es vielmehr so, als wäre das Leben, zumindest das seine, eine ordinäre Zwiebel. Wie viele Häute man auch von ihr schälte, es erschien darunter doch nur wieder eine weitere Schale. Und statt Hunger zu stillen, biss einem der Saft nur höhnisch in die Augen. Ja, so und nicht anders sah sein Leben aus. Eine reizlose Schale nach der anderen bis zum bitteren Kern, der auch nichts weiter als eine beißende Zwiebelschale war. Nirgendwo eine saftige Frucht!

Tobias richtete sich abrupt auf, wandte sich vom Fenster ab und brachte das Pendel des Metronoms mit einer fast ärgerlichen Handbewegung zum Stehen. Er nahm das schmale, ledergebundene Buch vom Tisch und verließ sein Zimmer. Onkel Heinrich fragte sich bestimmt schon, wo er denn bloß blieb. Sein Hauslehrer, der schmächtige Schwitzing, hatte sich vor ein paar Tagen mit einer Erkältung ins Bett gelegt. Deshalb achtete jetzt sein Onkel darauf, dass er die Tage nicht allein mit seinen Träumereien verbrachte.

Er ging den dunklen Flur hinunter, in dem es immer ein wenig muffig roch, ganz besonders während der langen Wintermonate. *Falkenhof* war einfach zu groß, als dass man jeden Raum richtig warm halten konnte. Noch nicht einmal im Westflügel war das möglich.

Lang zog sich der Gang hin. Vierundvierzig Schritte hatte Tobias einmal gezählt. Genau in der Mitte lag der Treppenaufgang, der die beiden Stockwerke und den Speicher miteinander verband. Teppiche bedeckten in der Mitte den kalten Steinboden. Hier und da hingen Gobelins an den Wänden sowie romantische Landschaftsmalereien in Öl. Bei dem wenigen Licht sahen sie dennoch sehr düster aus, was auch an den schweren Rahmen mit ihren geschnitzten Verzierungen lag. Lisette hatte die Öllampen noch nicht entzündet, die in regelmäßigen Abständen zu beiden Seiten an den Wänden hingen. Dann hätte alles schon viel freundlicher ausgesehen. So aber bedrückte der dunkle Gang ihn nicht weniger als soeben der Blick auf die kahlen Bäume der Allee.

In Ägypten brennt jetzt die Sonne vom Himmel, ziehen Kamelkarawanen über endlose Dünenkämme und wiegen sich in grünen Oasen die Wedel hoher Palmen zu Füßen kühl sprudelnder Quellen!

Tobias gab einen unterdrückten Stoßseufzer von sich und zwang sich, das Bild in seinem Kopf nicht noch weiter auszumalen.

Auf dem Weg zum Studierzimmer seines Onkels ging er auch am Arbeitszimmer seines Vaters vorbei. Einer inneren Eingebung folgend, blieb er stehen. Nach kurzem Zögern legte er seine Hand auf die Türklinke. Die Tür war unverschlossen und er trat ein.

Der Raum war nicht sonderlich groß. Manche der Gästezimmer waren gut doppelt so geräumig. Die schweren Vorhänge aus goldbraunem Samt waren fast völlig zugezogen. Nur wenig Licht drang durch einen gerade handbreiten Spalt ins Zimmer, und dieser Dämmerschein betonte in Tobias Augen den besonderen Zauber nur noch, den das Zimmer seines Vaters auf ihn ausübte. Geheimnisse, Abenteuer, fremde Welten – hier wurden sie fast greifbar. Hier sprachen sie mit ihm, lockten ihn und gaben ihm ein Gefühl der Ahnung, wie es sein musste, unter der Sphinx zu stehen, im Wüstensand ein Nachtlager aufzuschlagen oder ins Herz des Schwarzen Kontinents vorzudringen und auf das Wohlwollen von skrupellosen Sklavenhändlern angewiesen zu sein, die Geleitschutz durch kriegerische Gebiete versprachen.

Erzählte und verschwiegene Geschichten erfüllten den Raum, dass Tobias meinte, vor Erregung und Fernweh kaum noch atmen zu können.

Da war die große Weltkarte an der Wand mit dem aufregenden Gewirr von Linien, die die Routen früherer Expeditionen seines Vaters darstellten. Daneben die Karte von Afrika, die Küsten voller Details, doch das Innere nur mit spärlichen Eintragungen versehen. Die Sahara! Timbuktu im Westen, Chartum im Osten. Und vor der Ostküste Madagaskar!

Tobias' Hand glitt über die kostbaren Bände, die links von der Tür in einem offenen Regal standen. Er kannte jedes einzelne Buch. Die dreibändige Ausgabe von Marco Polos Reisen. Die dicke Abhandlung über den Eroberungszug von Alexander dem Großen. Das Bordbuch des Columbus. Die Eroberungsgeschichte des Pizarro. Cortez und die Vernichtung des Maya-Reiches. Ja, und eines seiner Lieblingsbücher: Die Aufzeichnungen des Weltumseglers James Cook. Seine Reisen ins Südmeer und die Suche nach der *Terra Australis.*

Tobias trat zum Schreibtisch. Ein schon brüchiger Bambusfächer bedeckte einen achtlos zur Seite geschobenen Kompass. Daneben ein Sextant, der bei einer Reise beschädigt worden war und nun nicht mehr zur genauen Positionsbestimmung taugte. Er hatte repariert werden sollen, doch es war vergessen worden.

Ein halbes Dutzend Briefe, beschwert von einem etwa unterarmlangen und genauso breiten Stück Walknochen. Tobias nahm ihn auf. Er kannte jede Einzelheit auswendig, die der Harpunierer eines Walfängers vor über zwanzig Jahren in den Knochen geritzt hatte: Links einen stolzen Dreimaster, den Walfänger *Topaz,* davor im aufgewühlten Wasser drei Langboote. In jedem stand ein Harpunierer mit wurfbereiter Harpune am Bug, während sich die Männer hinter ihm kräftig in die Riemen legten. Und im Vordergrund dann der riesige Wal, der wohl gerade aufgetaucht war und eine Wasserfontäne ausblies. Unten rechts trug er die Inschrift des Seemanns, der sich auf die Kunst des Schnitzens offenkundig genauso gut verstand wie auf das Harpunieren von Walen: Charles Buckney, 1. Harpunierer der *Topaz,* Marquesas Inseln 1807.

Noch keine zwanzig Jahre alt war sein Vater damals gewesen, als er an Bord der *Topaz* um die halbe Welt gesegelt war und seine ersten großen Abenteuer erlebt hatte!

Tobias legte den Walknochen wieder zurück und ließ seinen Blick über das zusammengefaltete Moskitonetz und den ramponierten Tropenhelm wandern, die auf einer Kommode lagen, zusammen mit einer Wasserflasche aus Ziegenleder, einer geflochtenen Peitsche und mehreren ledernen Kartenrollen. Bei den mit bunten Kordeln zusammengebundenen Stößen von Papieren und ausgeblichenen Schreibkladden, die rechts vom Schreibtisch ein ganzes Aktenregal füllten, blieb sein Blick hängen. Oben auf dem hüfthohen Sprossenregal waren, zwischen zwei bronzenen Buchständern in Form von Pyramiden, fast zwei Dutzend Tagebücher aufgereiht. Alle hatten einen weinroten Ledereinband und trugen ein schlichtes weißes Etikett auf der Vorderfront. Darauf hatte sein Vater jeweils nur das Land und den entsprechenden Zeitraum seiner Tagebuchaufzeichnungen notiert.

Tobias zog aus der Reihe der Tagebücher wahllos eins heraus. Es trug die Aufschrift: Sudan, Mai 1814 – Juli 1814.

1814! Das Jahr, in dem er geboren war!

Er schlug das Tagebuch auf und es bereitete ihm keine Schwierigkeiten, bei dem wenigen Licht die klare, schwungvolle Schrift seines Vaters zu lesen. *Falkenhof* verblasste zu einer vagen Erinnerung. Sein Herz begann schneller zu schlagen, und ein glückliches Lächeln trat auf sein Gesicht, als er sich in die Aufzeichnungen seines Vaters stürzte und die Beschreibungen seiner Sudan-Expedition so gierig in sich aufnahm wie ein Verdurstender die ersten Schlucke Wasser.

Er versank völlig in dieser Welt, die vor seinem geistigen

Auge zu plastischem Leben erwachte und ihn mit all seinen Sinnen verschlang.

Dass er nicht länger allein im Zimmer war, merkte er erst, als sich eine Stimme hinter seinem Rücken vernehmbar räusperte und ihn dann fragte: »Sag mal, habe ich dir schon mal die Geschichte vom magischen Ring erzählt?«

Tobias schreckte zusammen und fuhr herum.

Sadik stand in der Tür.

Rätsel des Bàdawi

Tobias fühlte sich wie abrupt aus dem Schlaf gerissen, verstört, noch halb im Traum und unfähig, richtig zu verstehen und zu reagieren. Für einen langen Augenblick starrte er Sadik wie einen Fremden an, ohne recht zu begreifen, was geschehen war und wo er sich denn nun wirklich befand. Denn wenn seine Augen auch den Raum und den Gang hinter Sadik sahen, so war sein ganzes Denken und Fühlen doch noch von dem packenden Geschehen gefangen, das tausende Meilen vom *Falkenhof* entfernt in der Wüste des Sudan stattfand. Ihm war, als hörte er das wilde Heulen des Sandsturmes, der peitschend über die Männer und Kamele hinwegfegte, die hinter einer Düne Schutz gesucht hatten.

Sadik lächelte. »Nein, ich glaube, ich habe sie dir noch nicht erzahlt. Aber du solltest sie kennen«, sagte er und seine Stimme war sanft wie Seide.

Der Sudan, die Wüste und der Sandsturm – die lebendigen Bilder in seinem Kopf verloren an Kraft und verklangen zu dem schmerzlichen Gefühl, einen Blick erhascht zu haben, aber von der Erfüllung seiner Wünsche ausgesperrt worden zu sein.

»Sadik!«, sagte er nun überrascht und als müsste er sich seiner Gegenwart noch einmal vergewissern. Und dann, als er sich der Situation bewusst wurde, in der er ihn ertappt hatte, schoss ihm die Hitze der Verlegenheit ins Gesicht. »Ich... habe dich gar nicht kommen hören.«

»*Aiwa...,* ja, das war schwerlich zu übersehen«, erwiderte der Araber mit leichtem Spott. Er streckte die Hand aus: »Lässt du mich sehen, wohin du aus der Wirklichkeit geflüchtet bist?«

»Ich bin nicht geflüchtet!«, entgegnete Tobias angriffslustig, weil er sich darüber ärgerte, dass er sehr wohl ein Gefühl hatte, sich entschuldigen zu müssen. Doch er händigte ihm das Tagebuch aus. »Ich habe zufällig mal hereingeschaut. Das ist alles.«

»Und dir war einfach danach, ein bisschen in den Tagebüchern deines Vaters zu schmökern, ja?«

»Na und? Ist das vielleicht verboten? Er hat mir das erlaubt! Wann immer ich will!«, erklärte Tobias herausfordernd und reckte das Kinn vor.

»Habe ich etwas anderes behauptet?«, fragte Sadik ihn belustigt. »Willst du mich jetzt zum Duell fordern? Genügt es dir für heute nicht, Sihdi Fougot in den Staub gezwungen zu haben, junger Freund?«

Tobias schnitt eine grimmige Miene. »Ach, lass mich doch mit dem Franzosen in Ruhe, Sadik! Er war ein guter Fechtmeister. Aber was sagt es letztlich schon, dass ich ihn geschlagen habe? Es gibt bestimmt zehnmal bessere Fechter als ihn! Also was bedeutet es schon, dieser komische Sieg? Nicht die Bohne gegen das, was du und mein Vater erlebt habt!« Und er tippte mit den Fingern von unten gegen das Tagebuch, das Sadik aufgeschlagen in den Händen hielt.

Der Araber warf einen Blick auf die Eintragungen.

»Ah, die Sudan-Expedition von 1814!« Seine porzellanblauen Augen unter den schwarzen Brauen leuchteten auf. »Das war in der Tat ein bisschen gefährlicher als dein Gefecht auf dem Dachboden.«

»Mach dich nur über mich lustig!«

»Der Scherz in der Rede ist wie das Salz in der Speise, Tobias.«

»Dann verwendest du offenbar eine Menge Salz in deinen Speisen«, brummte Tobias scheinbar vorwurfsvoll, obwohl er sich Sadik in Wirklichkeit anders gar nicht vorstellen konnte – und auch nicht wollte. Er mochte ihn, so wie er war. Deshalb sagte er sofort darauf versöhnlich: »Erzähl mir lieber, wie ihr damals den Sandsturm überlebt habt und was dann passiert ist, wenn du mich schon nicht weiterlesen lässt.«

Sadik schloss den ledernen Band und stellte ihn an seinen Platz zurück. »Dein Onkel hat mich losgeschickt zu sehen, wo du steckst und ob du deinen Unterricht bei ihm vergessen hast.«

»Ist er in seinem Studierzimmer?«

»Nein, drüben in der neuen Werkstatt.«

»Ach, dann ist er bestimmt schon so sehr in seine neuen Experimente mit der Bilderkiste vertieft, dass er mich darüber längst vergessen hat«, erklärte Tobias, jedoch mehr zu seiner eigenen Beruhigung als in dem Versuch, Sadik davon überzeugen zu wollen.

Dieser machte auch ein sehr skeptisches Gesicht. »Das bezweifle ich. Sihdi Heinrich ist zwar ein Gelehrter, aber keiner, der nach dem Hahnenschrei schon vergisst, dass der Morgen angebrochen ist.«

»Egal. Erzähl, wie es war!«, drängte Tobias.

Sadik Talib ließ sich selten zweimal bitten, eine Geschichte zu erzählen. »Es war ein fürchterlicher Sturm, den Allah uns in seinem Zorn geschickt hatte. Wir fürchteten um unser Leben, ja, hielten das Ende der Welt für gekommen. Drei schrecklich lange Tage und drei noch schlimmere Nächte tobte er über und um uns. Und dann, am Morgen des vierten Tages, legte sich der Sturm so plötzlich, wie er uns überfallen hatte. Es war eine Stille um uns, in der man das Rieseln des Sandes aus unseren Haaren und das Tränen unserer wund geriebenen Augen hören konnte. Jetzt sahen wir, dass zwei unserer Begleiter im Sand erstickt waren, keine zehn Schritte von der Stelle entfernt, wo dein Vater und ich Schutz gesucht hatten. Doch es hätten auch zehn Tagesreisen sein können, denn in dem Sturm verschluckte das sandige Dunkel die eigene Hand vor Augen, wie auch alles andere um uns herum. Doch wir hatten nicht nur die beiden *bàdawi,* die Beduinen verloren, sondern auch fünf unserer sieben Kamele, die sich losgerissen hatten. Auch die Stute, die unser kostbarstes Gut trug – nämlich die Schläuche mit unserem *maijah.* Was wir an Wasser bei uns trugen, hatten wir während der drei Tage und Nächte längst getrunken – zusammen mit noch mehr Sand.«

Sadik machte eine Pause, und Tobias, der ihm fast andächtig gelauscht hatte, wagte nicht zu sprechen, sondern wartete gespannt, dass er fortfuhr. Das Wissen, dass Sadik und sein Vater der Gefahr entronnen waren, nahm der Geschichte in Tobias' Augen nichts von ihrer Spannung. Sadik war dabei gewesen! Er hatte all das erlebt, und was konnte ihn auf *Falkenhof* näher an das Abenteuer, das in seinen Augen das wahre erstrebenswerte Leben war, heranbringen, als ihm zu lauschen?

»Doch wir hatten Glück«, setzte der Araber dann seinen Bericht fort. »Allah, der Gnädige und Barmherzige, lenkte unsere Schritte in seiner großen Güte in die rettende Richtung und führte uns noch gerade rechtzeitig zu einer kleinen Oase, wo wir Wasser, Obdach und freundliche Aufnahme fanden.«

Tobias fühlte sich von dem schnellen Ende ein wenig enttäuscht und um einen Gutteil der Geschichte betrogen. »Jetzt hast du aber eine Menge ausgelassen!«

»Wir waren über ein Jahr unterwegs, und so lange wird Sihdi Heinrich nicht auf dich warten wollen«, erinnerte ihn der Araber an seine Pflicht.

Tobias seufzte schwer. »Ich weiß wirklich nicht, warum ich mich noch weiter mit Seneca und Ovid und all den anderen Philosophen herumschlagen soll, während all das da draußen in der Welt geschieht!«, beklagte er sich.

»Die Welt, wie du es nennst, läuft dir nicht davon. Du bist noch jung«, erwiderte Sadik ruhig. »Der Beduine nimmt nach vierzig Jahren Rache und glaubt, er habe sich damit beeilt.«

»Du hast gut reden! Du hast schon so viel von der Welt gesehen und ich versaure hier auf *Falkenhof!*«

»Das Heraufsteigen der Leiter geht nur Stufe um Stufe, Tobias. Auch deine Zeit wird kommen.«

Tobias verzog das Gesicht. »Welch ein Trost!«

In Sadiks Augen stand tiefes Verständnis. »Ich weiß, es ist schwer für dich, deinen Vater fern von hier zu wissen und dir vorzustellen, was er alles erleben mag. Aber als er in deinem Alter war, hat auch er das Abenteuer nur in Büchern gefunden.«

»Aber er hatte keinen Vater, der ständig auf Forschungsreisen in fernen Länder war und unglaubliche Dinge berichten konnte, wenn er nach Hause zurückkehrte! Sein Vater war Tuchhändler, der nie über Frankfurt hinausgelangt ist und der nie Pläne für neue Expeditionen geschmiedet hat, sondern nur darüber geredet hat, welches Tuch sich wo zu welchem Preis am gewinnbringendsten veräußern ließ«, begehrte er auf.

Sadik lächelte. »Wofür seine Söhne ihm heute unendlich dankbar sind.«

Tobias sah verdrossen drein. »Ich finde das gar nicht lustig.«

Der Araber nickte ernst. »Nein, ich weiß, wie schlimm es in dir aussieht. Du bist unglücklich. Deshalb solltest du, wie ich schon sagte, die Geschichte vom magischen Ring kennen.«

Neugier zeigte sich in Tobias' Augen, während sein Gesicht noch Abwehr zeigte. »Und? Was ist das für eine Geschichte?«

»Erst musst du mir versprechen, dass du nicht herumtrödelst und sofort zu Sihdi Heinrich gehst, wenn ich sie dir erzählt habe«, verlangte Sadik.

Tobias zuckte mit den Achseln. Er musste so oder so zu seinem Onkel. Sadik hatte völlig Recht, an der Nase herumführen ließ er sich nicht. »Also gut, ich werde danach nicht mehr herumtrödeln. Und nun erzähl!«

Sadik nahm das Versprechen mit einem wohlgefälligen Nicken zur Kenntnis. »Es war einmal ein mächtiger König, der alles besaß, was sein Herz begehren konnte. Doch er war nicht zufrieden mit seiner Macht und all seinen Reichtümern. Er war von einer seltsamen Unruhe befallen und spürte unerklärlicherweise ein starkes Verlangen nach etwas, das folgende Bedingungen erfüllen musste: Es sollte ihn traurig stimmen, wenn er glücklich war – und glücklich stimmen, wenn er traurig war.«

Tobias schüttelte den Kopf. »Das ist doch unmöglich! Paradox!«

Sadik lächelte. »Ja, so schien es. Doch er rief die Weisen des Landes zu sich in seinen Palast und erklärte ihnen, dass es genau das war, was er von ihnen zu erhalten wünschte. Und die Weisen begaben sich in die Einsamkeit und versuchten die Aufgabe zu lösen. Eines Tages dann hatten sie die Antwort gefunden, und als sie wieder vor den König traten, und dieser nach dem Ergebnis ihrer Mühen fragte, reichten sie ihm einen Ring. Und dieser magische Ring trug folgende Inschrift: ›Auch das wird vergehen!‹«

Ein Lächeln huschte über Tobias' Gesicht. »Gut«, sagte er nur, und als er den Gang hinunterging, fühlte er sich nicht gerade fröhlich, doch irgendwie ruhiger.

Schwitzings Botschaft

Durch ein langes, schmales Fenster, das vergittert war, fiel das graue Licht des Nachmittags. Es reichte bei weitem nicht aus, um arbeiten zu können. Und so hatte Heinrich Heller vier Öllampen angezündet, zwei Kanonenöfen, die rechts und links vom schmalen Fenster standen, sorgten für ausreichende Wärme, aber gelegentlich auch für einen Schub Rauch. Denn wenn der Wind kräftig wehte, dann passierte es schon mal, dass er den Rauch in den provisorischen Abzugsrohren zurückdrückte. Es gab noch eine Menge an seiner neuen Werkstatt zu verbessern, aber für solch profane Dinge wie Ofenrohre hatte er keine Zeit, zumal der Frühling ja vor der Tür stand.

Heinrich Heller saß an einem langen ausrangierten Faktoreitisch, der mit einer Vielzahl von Glaszylindern, Kolben, Röhren, Brennpfannen und Auffanggefäßen voll gestellt war. Zu seiner Linken stand ein Mikroskop. Es war das beste, was man zur Zeit in Europa besitzen konnte, denn es verfügte schon über die Immersionslinse. Mit dieser vom Italiener Giovanni Battista Amici erst vor drei Jahren erfundenen Speziallinse war es nun möglich, eine noch stärkere Vergrößerung zu erhalten. Zu seiner Rechten stand eine *camera obscura,* die er mit einer Irisblende ausgerüstet hatte.

Als Tobias den lang gestreckten Raum betrat, der im Südflügel zu ebener Erde lag und auf den Innenhof hinausging, hob sein Onkel nur flüchtig den Kopf. »Ah, schau an! Spät kommst du, aber immerhin kommst du noch. Ich hielt dich schon für verloren«, bemerkte er mit sanftem Tadel.

»Tut mir Leid, Onkel. Ich... ich war noch für einen Moment in Vaters Zimmer«, rang er sich zur Ehrlichkeit durch.

»Soso, für einen Moment«, spöttelte Heinrich Heller und wandte sich wieder den Silberplatten für die *camera obscura* zu, mit deren Lichtempfindlichkeit er experimentierte.

»Na ja... und dann kam noch Sadik dazu und wir gerieten ins Reden.« Tobias bemühte sich, sein verspätetes Kommen zu entschuldigen. »Du weißt ja, wie es ist, wenn Sadik zu erzählen anfängt.«

»O ja, aber ich weiß auch, wie es ist, wenn *du* ins Fragen gerätst und nicht genug von seinen Geschichten erfährst«, erwiderte der Gelehrte und gab ihm damit zu verstehen, dass er sehr wohl wusste, wer hier zu tadeln war.

Tobias ersparte sich darauf eine Antwort. Was hätte er auch sagen können? Sein Onkel kannte und durchschaute ihn viel zu gut, als dass er ihm noch etwas hätte vormachen können.

»Was steht denn heute auf dem Lehrplan?«, wechselte Heinrich Heller nachsichtig das Thema.

»Seneca. Sein Brief an Paulinus«, sagte Tobias mit wenig Begeisterung in der Stimme.

»Ah, *De brevitate vitae!* Über die Kürze des Lebens! Ein ausgezeichneter Text! Und heute noch genauso zutreffend wie vor zweitausend Jahren, als er ihn schrieb!«, begeisterte sich sein Onkel.

»Tote Sprachen sind wie ein totes Meer, in dem absolut nichts lebt«, brummte Tobias, der die Begeisterung seines Onkels für die Schriften der Römer und Griechen nicht im Geringsten teilte. Dass es ihm keine große Mühe bereitete, diese Sprachen zu lernen, änderte nichts daran.

Heinrich Heller lachte amüsiert auf. »Die Torheit der Jugend! Sag mir, was außer ein paar Ruinen und Vasen von der römischen und griechischen Kultur geblieben ist?« Und er gab gleich die Antwort. »Ihre Schriften! Nur das Wort steht auch viele tausende Jahre später noch, wenn Weltreiche zerstört und Paläste längst zu Staub zerfallen sind. *Exegi monumentum aere perennius!*«

Ein auffordernder Blick traf Tobias. Dieser zog eine leichte Grimasse und übersetzte ohne langes Überlegen: »Ein Denkmal schuf ich, dauerhafter als Erz.«

»Und von wem stammt das?«

»Horaz.«

»Gut, gut!«, lobte Heinrich Heller zufrieden. »Ich sehe, unser lieber Schwitzing hat dir die Lateiner trefflich ans Herz gelegt.« Er zwinkerte ihm zu.

»Aber vor die Ewigkeit des Nachruhms haben die Götter die Überlieferung gesetzt«, hielt Tobias ihm schlagfertig vor. »Auch die genialste Schrift taugt nichts, wenn sie verloren geht. Und die meisten Schriften *sind* verloren gegangen!«

Heinrich Heller hob die Augenbrauen. »Nicht schlecht, mein Junge. Das ist ein Wort, das ich gelten lassen muss. Aber nun setz dich und lass hören, was Seneca uns zu sagen hat.«

Tobias sah sich nach einer zweiten Sitzgelegenheit um und ließ seinen Blick durch den Raum schweifen. Außer diesem einen Faktoreitisch gab es noch zwei weitere, die gleichfalls mit allerlei wissenschaftlichen Gerätschaften voll gestellt waren.

Diese drei Tische standen so zueinander, dass sie von der Decke aus gesehen den Buchstaben H bildeten. Sie berührten sich jedoch nicht, sodass man zwischen ihnen hindurchgehen konnte.

Dunkle Regale, unterteilt in dutzende von Schubladen der verschiedensten Größe, bedeckten einen großen Teil der hinteren Wand. Hier bewahrte sein Onkel viele seiner Chemikalien auf sowie Mineralien und einen Teil seiner Insekten- und Muschelsammlung.

Früher hatte dieser große Raum mit dem kreuzförmig gemauerten Deckengewölben einmal ganz anderen Zwecken gedient, nämlich landwirtschaftlichen. Sein Onkel nutzte ihn nun aber nicht allein als Experimentierwerkstatt, sondern offenbar auch als Lagerraum. Denn am hinteren Ende, dort wo eine breite Tür auf den Innenhof hinausführte, standen schon seit Jahresbeginn mehrere dutzend Fässer aufgestapelt. Und etwas getrennt davon lagerten fünfzehn große Korbflaschen, von denen eine jede gut und gern ihre zwanzig Liter fasste. Sie standen auf einer dicken Lage Stroh und auch zwischen die einzelnen Flaschen war Stroh gestopft.

Tobias hatte sich nicht sonderlich dafür interessiert, was sein Onkel mit ihnen bezweckte, denn das Merkwürdige war bei ihm die Norm. Zudem wusste er, dass sein Onkel über Experimente und Vorhaben, die er noch nicht praktisch in Angriff genommen hatte, kein Wort verlor – und auch nicht daran dachte, Fragen zu beantworten. Doch am Tag der Anlieferung hatte er zufällig aufgeschnappt, dass es sich in den Fässern um Eisenspäne handelte. Und die großen Korbflaschen enthielten irgendeine Säure, weshalb sie auch das Giftzeichen aufgemalt trugen, den Totenkopf mit den gekreuzten Knochen. Nun, er würde schon erfahren, was sein Onkel mit Tonnen von Eisenfeilspänen und solchen Mengen Säure vorhatte.

Tobias entdeckte einen alten Lehnstuhl mit geflochtener Rückenlehne, holte ihn aus der Ecke und setzte sich an das untere Ende des Tisches.

»Dem Franzosen Niépce ist es schon vor ein paar Jahren gelungen, mit der *camera obscura* Bilder zu machen«, murmelte sein Onkel vor sich hin und blickte dann auf. »Aber weißt du, wie lange er die Platte hat belichten lassen müssen?«

Tobias zuckte mit den Schultern.

»Gut acht Stunden! Das war 1827 in seinem Landhaus in Châlons-sur-Saône. Ein Bild aus seinem Arbeitszimmer. Aber doch noch sehr verschwommen. Daguerres Bilder sind da schon schärfer, auch wenn sich dieser als Wissenschaftler gebärdende Seiltänzer und Lebemann mit fremden Federn schmückt«, murmelte er mit widerwilliger Anerkennung in der Stimme und fuhr sich nachdenklich über den Bart. »Aber befriedigend ist das alles noch nicht. Nein, noch längst nicht! Es muss doch machbar sein, dass die Bilder nicht seitenverkehrt wiedergegeben werden und vor allem nicht so schrecklich lange Belichtungszeiten brauchen... Kreideschlamm und Chlorsilber geschichtet...« Er fuhr aus seinen Gedanken auf. »Tobias! Worauf wartest du? Lass hören, was Seneca seinem Freund Paulinis ›Über die Kürze des Lebens‹ geschrieben hat.«

Tobias schlug mit einem unterdrückten Seufzer das Buch auf und begann den lateinischen Text zu übersetzen. Er kam ihm ohne Stocken von den Lippen, doch es klang unverhohlen lustlos, eben nach einer lästigen Pflicht, der er sich nun mal leider nicht entziehen konnte.

»Die Zeit unseres Lebens ist nicht kurz – nur vertan haben wir viel davon. Das Leben ist lang genug und reicht aus zur Vollendung größter Taten, wenn es als Ganzes gut angelegt würde; sobald es aber durch Verschwendung und Achtlosigkeit zerrinnt, sobald es nur für schlechte Zwecke verwendet wird, dann merken wir erst, vom äußersten Verhängnis bedroht, dass es vergangen ist – dass es vergeht, haben wir nicht erkannt...«, leierte Tobias herunter.

»Wie wahr!«, unterbrach ihn sein Onkel an dieser Stelle. »Das Leben ist in der Tat lang genug, um alles zu vollbringen, was man sich vornimmt. Du solltest dir das zu Herzen nehmen.«

»Ach, das ist doch bloß wieder ein Spruch, Onkel!«, wehrte Tobias verdrossen ab.

»Im Sprichwort liegt die Welt, mein Junge! Aber ich weiß, in deinem Alter ist man für die Weisheit eines Seneca noch nicht recht empfänglich. Aber das wird sich schon ändern – mit den Jahren.«

»Mit den Jahren!« Tobias schlug das Buch mit einer energischen Bewegung zu. »Ich muss mit dir reden, Onkel Heinrich!«, sagte er eindringlich.

»Tun wir das denn nicht?«

»Ernsthaft! Bitte!«

Heinrich Heller legte die Silberplatte aus der Hand und lehnte sich zurück. »Also gut, reden wir ernsthaft. Was hast du auf dem Herzen?«, fragte er, obwohl er wusste, was seinen Neffen beschäftigte, seit sein Vater wieder abgereist war, und es bedrückte ihn sehr.

»Ich möchte die Welt sehen!«, platzte es aus Tobias heraus.

»Das wirst du auch, ganz bestimmt«, versicherte sein Onkel.

»Ja, aber nicht irgendwann einmal! Ich halte es einfach nicht länger hier aus. Immer nur *Falkenhof* und immer neue Fougots und Schwitzings! Und ab und zu einmal eine Fahrt nach Mainz. Das genügt mir nicht mehr. Ich will wirklich etwas sehen und erleben, etwas, das nicht vor unserer Haustür liegt und nicht aus Büchern kommt!«, sprudelte es aus ihm hervor. »Das hat aber nichts mit dir zu tun. Ich bin immer gern bei dir gewesen, aber ich habe nun mal einfach das Gefühl zu ersticken! Kannst du das denn nicht verstehen?«

Heinrich Heller machte ein betrübtes Gesicht.

»Wenn ich es nicht verstände, wäre es gewiss leichter – zumindest für mich, mein Junge«, sagte er ernst. »Ich kann deine Ungeduld und deinen inneren Tumult sehr gut verstehen, aber das Verstehen allein bringt uns einer Lösung deines Problems nicht näher. Du bist erst sechzehn!«

»Und spreche mehr Sprachen als du«, wandte Tobias rasch ein.

Ein warmherziges Lächeln huschte über das Gesicht des Gelehrten. »Gewiss, deine Sprachbegabung ist ein Geschenk Gottes, das nur wenigen gegeben ist, und du bist mir auch in der Kunst des Fechtens weit überlegen, wie Monsieur Fougot mir berichtet hat.«

»Hat er das?« Es klang ehrlich verblüfft.

»O ja!«

Tobias lachte trocken auf. »Na, wie ich ihn kenne, ist ihm das bestimmt so schwer gefallen, als müsste Sadik darauf verzichten, in seine arabische Sprichwortkiste zu greifen!«

»Ganz und gar nicht.«

»Na!«, sagte Tobias zweifelnd.

»Du hast nur geglaubt ihn zu kennen. Kaum etwas ist wirklich so, wie es auf den ersten Blick scheint, Tobias. Licht scheint weiß zu sein, doch nimm ein Prismenglas, und du siehst, wie es sich in seine bunten Spektralfarben auffächert«, belehrte ihn sein Onkel.

Tobias zeigte sich davon wenig beeindruckt. »Ich habe ihn drei Jahre lang genossen, Onkel, und egal, wie er zu dir gewesen sein mag, für mich war er immer ein aalglatter, kalter Fisch. Ich vermute, ich habe ihn heute das letzte Mal genossen, oder?«

Heinrich Heller nickte. »Er geht nach Frankreich zurück. Aber nicht wegen dir. Er hat wohl einige familiäre Dinge zu erledigen.«

»Also, ich werde ihm bestimmt keine Träne nachweinen«, versicherte Tobias betont gleichgültig.

»Oh, da fällt mir ein, ich soll dir von ihm ausrichten, dass er noch nie in seinem Leben Froschschenkel gegessen hat. Ich nehme an, du kannst dir darauf einen Reim machen, was ich nicht kann.«

»So, hat er das gesagt?« Tobias grinste jetzt.

»Ja, und dass du ihm über den Kopf gewachsen bist und er stolz auf dich ist.«

»Ersteres war ja offensichtlich«, sagte Tobias ein bisschen großspurig, weil er nicht wusste, wie er mit dieser unerwarteten Anerkennung umgehen sollte. »Letzteres erstaunt mich dagegen sehr. Aber du lenkst vom Thema ab, Onkel! Über Maurice Fougot wollte ich nicht mit dir sprechen.«

»Es gehört alles dazu. Denn du ziehst ja unter anderem auch aus der Tatsache, dass du ihm nun überlegen bist, den falschen Schluss, jetzt reif zu sein für das große Abenteuer jenseits vom *Falkenhof,* und das ist nun mal ein Trugschluss. Und wenn du auch mit links oder sogar beidhändig Monsieur Fougot in Grund und Boden fechten könntest: Dennoch bist und bleibst du nun mal erst sechzehn Jahre alt, besser gesagt *jung.* Und das ist einfach kein Alter, in dem man den heimischen Herd verlassen und die Welt erobern kann!«

Tobias hatte Mühe, seinen Ärger unter Kontrolle zu halten und nicht damit herauszuplatzen, dass Erwachsene offenbar *eine* Kunst ganz ausgezeichnet beherrschten: nämlich jede Situation so zu drehen, ja, zu *verdrehen,* bis sie so aussah, wie es ihnen in den Kram passte. In dieser Beziehung war auch sein Onkel, auf den er sonst nichts kommen ließ, keine Ausnahme.

»Ständig reitet jeder auf meinem Alter herum! Vater, Sadik und du!«, entgegnete er und erregte sich trotz besseren Vorsatzes. »Vater ist mit neunzehn schon einmal halb um die Welt gesegelt, und er war damals weder mit seinen körperlichen noch mit seinen geistigen Fähigkeiten weiter als ich heute. Nicht, dass ich mir etwas darauf einbilde, aber so ist es doch nun mal! Und ich erinnere mich noch gut daran, was du mir einmal gesagt hast, nämlich, dass das Alter kein Maßstab für Reife und Weisheit ist! Also was denn nun?«

Heinrich Holler lächelte gequält. »Tja, solche Worte sind wie eine zweischneidige Klinge, und es kommt immer darauf an, in wessen Hand sie liegt«, versuchte er sich aus der Klemme zu lavieren.

»Ich bin kein kleines Kind mehr!« Tobias ließ nicht locker.

»Das habe ich auch nicht gesagt.«

»Aber ihr behandelt mich so!«, begehrte Tobias auf.

»Was erwartest du denn von mir? Ich bin dein Onkel, nicht

dein Vater. Denkst du denn, ich könnte dich einfach so aus dem Haus gehen lassen? Und wohin willst du gehen? Vielleicht deinem Vater hinterher, nach Madagaskar? Das schlag dir aus dem Kopf. Und komm mir jetzt nicht damit, dass Sadik dich ja begleiten kann!«

Tobias spürte Aufwind und sein Gesicht leuchtete auf. Es ging nun schon nicht mehr darum, *ob* sein Onkel ihn gehen lassen würde, sondern nur noch *wohin*. Und darauf hatte er schon die passende Antwort parat: »Nach Paris!«

»Nach Paris?«, wiederholte Heinrich Heller, ohne sonderlich verblüfft zu sein. »Hast du vielleicht doch Sehnsucht nach Monsieur Fougot?«

Tobias schüttelte unwillig den Kopf. »Natürlich nicht. Aber in Paris wohnt doch Monsieur Roland, der ein guter Freund von Vater ist.«

Heinrich Heller musste seinem Neffen im Stillen zugestehen, dass das ein äußerst geschickter Schachzug war. Jean Roland war in der Tat ein guter Freund von Tobias' Vater. Und da er dessen Abenteuerlust teilte, hatte er sich seiner letzten Nilquellen-Expedition angeschlossen, einer Expedition, die die sechsköpfige Gruppe, zu der auch Sadik gehört hatte, um Haaresbreite in den Tod geführt hatte.

»Nun ja, aber wer weiß, mit welchen Plänen sich Monsieur Roland gerade trägt«, sagte er ausweichend, um Zeit zum Nachdenken zu gewinnen. Paris. Für Tobias schon ein Teil der großen, abenteuerlichen Welt – und doch noch keinen Kontinent entfernt vom *Falkenhof*. Und Monsieur Roland war ein Mann mit Vernunft und Verantwortungsgefühl. Verleger einer sehr liberalen Zeitung. So gesehen keine schlechte Wahl.

»Aber das wissen wir doch haargenau!«, setzte Tobias unerbittlich nach. Als sein Vater *Falkenhof* verlassen hatte, war sein erstes Reiseziel auf dem Weg nach Madagaskar Paris gewesen. Denn er hatte gehofft, Jean Roland von seinem neuen Plan begeistern und bewegen zu können, ihn auch diesmal zu begleiten. Doch dieser hatte sich ihm nicht angeschlossen. »Es stand doch im Brief, den Vater uns aus Paris geschickt hat: Monsieur Rolands Frau erwartet im Herbst ein Kind und auch wegen seiner Zeitung kann er nicht weg. Er bleibt in Paris. Das sind seine Pläne! Und ich kann Französisch so gut wie Maurice Fougot. Bestimmt nimmt mich Monsieur Roland in seinem Haus auf. Und einen Sohn in meinem Alter hat er auch. André heißt er!«

»Wer sagt dir denn, dass ihr euch verstehen werdet?« Heinrich Heller lächelte insgeheim über seinen eigenen Einwand. Wie wenig er den Vorschlägen seines Neffen noch entgegenzusetzen hatte!

»Wir raufen uns schon zusammen!«

»Und was willst du da machen?«

»Was immer ich darf!«, erwiderte Tobias wie aus der Pistole geschossen. »Bei so einer Zeitung gibt es bestimmt viel zu lernen, oder nicht?«

»Ja, gewiss…«

»Nun sag schon ja! Bitte, Onkel Heinrich. Sag, dass du Monsieur Roland schreibst und anfragst, ob ich zu ihm kommen kann«, bat Tobias inständig.

Heinrich Heller wand sich, obwohl er wusste, dass die Würfel schon gefallen waren. Tobias hatte sich das alles zu gut zurechtgelegt, als dass er dagegen ernsthafte Einwände hätte erheben können.

»Ich werde darüber nachdenken, Tobias. Lass uns eine Nacht darüber schlafen.«

»Was gibt es denn groß darüber nachzudenken?«, begann Tobias. »Vater hätte bestimmt nichts…« Er führte den Satz nicht mehr zu Ende, denn in diesem Moment wurden Stimmen im Innenhof laut, und dann war Hufschlag zu hören.

Ein Reiter.

Heinrich Heller nahm die günstige Gelegenheit wahr, das Gespräch an diesem Punkt zu unterbrechen und seine endgültige Entscheidung noch etwas hinauszuzögern. Schnell stand er auf und trat ans Fenster. »Ah, das ist der junge Schwitzing! Bestimmt bringt er eine Nachricht, wie es seinem Vater geht!«

Und bevor Tobias ihn noch zurückhalten konnte, eilte er schon zur Tür hinaus in den Innenhof, wo die hohen Mauern lange Schatten warfen. Bald würde die Dämmerung hereinbrechen. Der junge Schwitzing musste sich sputen, wenn er noch vor der Dunkelheit wieder in Mainz sein wollte.

Tobias zog eine Grimasse, war jedoch alles in allem sehr zufrieden mit sich und dem, was er erreicht hatte. Er wusste, dass sein Onkel sich nicht sperren und ihn nach Paris gehen lassen würde. Nur Monsieur Roland musste noch seine Zustimmung geben, aber das war bestimmt nur eine Formsache, und im März konnte er dann in Paris sein. Frühling in Paris! Er malte es sich schon aus, wie es sein würde. Schade nur, dass er so wenig über André wusste. Vater hatte nicht viel von ihm geschrieben. Aber warum sollte er sich nicht mit ihm verstehen? Sprachschwierigkeiten gab es keine. Doch auch wenn er ein wahres Ekel sein sollte, würde ihn das nicht hindern, nach Paris aufzubrechen. Was war schon Mainz gegen diese Stadt? Nicht viel mehr als ein Kuhdorf mit einer Festungsmauer und einer Menge Soldaten!

Tobias fuhr aus seinen euphorischen Gedanken auf, als sein Onkel die Tür vehement aufstieß und in die Werkstatt stürmte. Er war regelrecht außer Atem und sein Gesicht strahlte vor überschwänglicher Freude. Die Nachricht, dass sein Hauslehrer Karl Maria Schwitzing wieder genesen war, konnte schwerlich der Grund für diese Begeisterung sein. Doch was war es dann?

»Pagenstecher ist zurück!«, rief sein Onkel und wedelte mit einem Brief, den der junge Schwitzing gebracht haben musste.

Tobias sah ihn verständnislos an. »Wer?« Der Name rief nur eine ganz schwache Erinnerung in ihm wach. Möglich, dass sein Onkel ihn schon einmal erwähnt hatte, doch nie in einem wirklich interessanten Zusammenhang. Gehörte er vielleicht zu den Männern, mit denen er sich in unregelmäßigen Abständen traf, zu dem verbotenen Geheimbund?

»Arnold Pagenstecher! Er ist aus Frankfurt zurück!« Heinrich Heller lachte befreit. Das war Rettung in höchster Not! Jetzt würde Tobias ganz andere Gedanken haben als Paris!

»Morgen fahren wir nach Mainz! Pagenstecher hat ihn gebracht! Endlich ist er da!«

»Wer ist Pagenstecher und was hat er gebracht?«, fragte Tobias verstört.

»Den Ballon! *Unseren* Ballon!«

Paris kann warten

Beim ersten Licht des neuen Tages war Tobias wach. Kein langes Mahnen war nötig, um ihn heute aus dem warmen Bett zu bringen. Und er brauchte auch nicht erst das Gesicht in das eiskalte Wasser der Waschschüssel zu tauchen, um die Schläfrigkeit zu vertreiben und vollends wach zu werden.

Sowie er an den Ballon dachte, war er hellwach. Sein Onkel hatte sich in seiner Tuchfabrik in Frankfurt einen Ballon nach seinen genauen Angaben zurechtschneiden und nähen lassen, der bald vom *Falkenhof* aufsteigen würde. Natürlich mit ihm, Tobias, an Bord!

»Pagenstecher hat *unseren* Ballon gebracht.« Jawohl, das waren die Worte seines Onkels gewesen! Und Onkel Heinrich gehörte nicht zu denjenigen, die gedankenlos etwas daherschwätzten. Bei ihm war ein Wort noch ein Wort. Und das hieß, dass er ihn von vornherein in die Pläne für seine Ballonfahrten mit eingeschlossen hatte.

Buchstäblich beflügelt schlug er die Daunendecke zurück und sprang aus dem Bett. Schnell wusch er sich an der Waschkommode. Das Wasser aus dem Porzellankrug, das ihm sonst stets den Atem nahm und ihm am ganzen Körper eine Gänsehaut verursachte, machte ihm an diesem Morgen überhaupt nichts aus. Er prustete nur fröhlich und fuhr noch mit halb nassem, tropfendem Gesicht aus seinem knöchellangen Nachthemd aus Flanell.

Im Handumdrehen war er angezogen. Und diesmal versäumte er es auch nicht, den Nachttopf, dessen Deckel mit Monden und Sternen bemalt war, unter dem hochbeinigen Bett hervorzuziehen und ihn unten im Hof zu leeren, wie Onkel Heinrich es ihm aufgetragen hatte. Die Vorhaltung, dass dafür doch Lisette da war, hatte dieser nicht gelten lassen. Auch wenn man ihn auf *Falkenhof* mit »junger Herr« anspreche, so sei er doch noch längst kein Herr, der sich von vorn bis hinten bedienen lassen könne, hatte er gesagt. Und auch, dass es ihm gar nicht schaden könne, diese Dinge vorerst noch selbst zu erledigen, etwa sein Zimmer in Ordnung halten und das Nachtgeschirr am Morgen leeren. Nur dann könne er später den Wert der Dienste, die andere ihm leisteten, entsprechend würdigen.

An diesem Morgen fand Tobias nichts daran auszusetzen, selbst mit dem bunten Porzellantopf die Treppe hinunterzuflitzen. Was war schon dabei? Stand er nicht über diesen Kleinigkeiten? Zumindest bald! Hoch in die Lüfte würden sie steigen, und er würde zu den ganz wenigen Menschen zählen, die die Welt aus der Luft betrachten und sich ein wenig den Vögeln gleich fühlen dürften!

In der Nacht hatte es geschneit, wie der Franzose prophezeit hatte. Die Dächer des Gevierts trugen weiße Umhänge, als hätte sie jemand in der Nacht mit glänzenden Seidentüchern verhängt. Pulverig feiner Schnee bedeckte auch den Innenhof etwa daumenhoch. Doch er lag hier trotz der frühen Morgenstunde nicht mehr so unberührt wie auf den Dächern und Fenstersimsen. Die Spuren derber Stiefel durchzogen den weißen Teppich mehrfach vom Nordflügel hinüber zu den Stallungen und der Kutschenremise im Osttrakt. Jakob Weinroth war schon lange vor ihm auf den Beinen gewesen und hatte die Pferde versorgt. Jetzt drang sein nicht eben melodiöses Pfeifen aus dem Kutschenhaus. Er hatte an diesem Morgen gut zu tun, musste er doch nicht nur die Kutsche fahrbereit machen, sondern auch das schwere Fuhrwerk, und er war ein Mann, der auf seine Arbeit hielt und sie sehr genau nahm.

Tobias war der Erste am Frühstückstisch – für eine schier endlos lange Zeit, wie es ihm schien. Ungeduldig wartete er, dass sein Onkel und Sadik erschienen. Doch die hatten es wohl nicht so sehr mit der Eile. Im Gegenteil. Sie ließen ihn warten. Wie konnten sie an solch einem Tag nur so herumtrödeln? Wo blieben sie denn bloß? Die Sonne schien ja schon durchs Fenster!

Agnes brachte ihm schon mal eine Tasse heißen Kakao, konnte es sich jedoch nicht verkneifen, ihn ein wenig zu necken. »Ist der junge Herr heute mal aus dem Bett gefallen? Oder steht etwas ganz Besonderes auf dem Tagesplan?«

»Du weißt ganz genau, dass wir nach Mainz wollen, Agnes. Also hör auf damit!«, erwiderte Tobias voller Unruhe. »Sag mir lieber, wo mein Onkel bleibt.«

»Lisette war vor kurzem bei mir in der Küche, um heißes Rasierwasser für den Herrn Professor zu holen. Es wird also nicht mehr lange dauern«, beruhigte sie ihn.

»Lange ist sehr relativ, Agnes! Im Rasieren hat mein Onkel die Ruhe weg – wie auch in manch anderen Dingen«, brummte Tobias und trank seinen Kakao.

Endlich hörte er Schritte im Flur vor dem Esszimmer und dann erschien sein Onkel. Er war in einen Anzug aus warmer, kastanienbrauner Wolle gekleidet. Darunter blitzte extravagant eine honiggelbe Weste hervor, und burgunderrot leuchtete seine Krawatte. Die Kanten seines grauen Bartes waren makellos gerade und beigeschnitten und die Wangen sauber ausrasiert.

»Schlecht geschlafen, mein Junge?«, zog auch er ihn auf, während er sich ans Kopfende des ovalen Tisches setzte.

»Weshalb sollte ich?«, fragte Tobias zurück, um Gelassenheit bemüht. Zumindest äußerlich.

»Jaja, weshalb auch«, sagte er lachend und zwinkerte ihm zu.

Tobias konnte nicht umhin und stimmte in das Lachen ein. Sein Onkel war an diesem Morgen sprichwörtlich die gute Laune in Person. Mit fast übersprudelnder Gesprächigkeit redete er über alles Mögliche, was ihm einfiel: über den erfolgreichen Freiheitskampf des griechischen Volkes gegen die türkischen Besatzungstruppen, über Lord Byrons Beteiligung an dieser Volkserhebung und seine Gedichte, über Frankreichs kriegerischen Konflikt mit Algier, über das erste Lokomotiven-Wettrennen, das im Oktober letzten Jahres bei Liverpool stattgefunden und das der britische Ingenieur George Stevenson mit seiner *Rocket* gewonnen hatte, und über die Vorteile eines Röhrenkessels gegenüber anderen Konstruktionen von Dampfkesseln. Über alles Mögliche plauderte er und kam dabei von der Fortpflanzungsgeschwindigkeit des Schalls über die ersten Versuche, eine Schreibmaschine zu bauen, die der badische Forstmeister Karl Friedrich Freiherr Drais unternahm, bis zur Herstellung von Spiritus aus Zuckerrüben.

Nur über den Ballon sprach er nicht!

Tobias jedoch war zu stolz, seine Ungeduld zu zeigen und von sich aus das Gespräch darauf zu bringen.

Sein Onkel genoss den Tag und alles, was dazugehörte. Kräftig langte er zu, als Lisette frische Bratkartoffeln, knusprig braune Speckscheiben und gefüllte Omeletts auf den Tisch stellte. Dazu gab es einen starken Kaffee, den sich Tobias mit viel warmer Milch verdünnte.

»Nimm ordentlich, mein Junge!«, forderte Heinrich Heller seinen Neffen leutselig auf, der jetzt nicht an Essen interessiert war und sich nur wünschte, dass die Frühstückstafel so schnell wie möglich aufgehoben wurde. »Es ist bitterkalt geworden und für die Fahrt nach Mainz brauchst du eine gute Unterlage. Eine ordentliche Portion Speck und Bratkartoffeln im Magen helfen gegen die Kälte wie ein paar Extradecken.«

»Ich habe aber keinen großen Hunger, Onkel.« Tobias legte das Besteck zusammen und schob seinen Teller zurück, in der Hoffnung, dass sein Onkel nicht ewig am Frühstücksstuhl kleben bleiben würde.

Doch Heinrich Heller dachte gar nicht daran, sich zur Eile drängen zu lassen, und häufte sich noch eine Portion Kartoffeln sowie das halbe Omelett, das Tobias liegen gelassen hatte, auf seinen Teller. Und dabei sagte er leichthin und scheinbar ahnungslos zu Sadik Talib: »Allah scheint dich heute auch nicht gerade mit einem gesunden Appetit gesegnet zu haben, mein lieber Sadik. Ist dir vielleicht irgendetwas auf den Magen geschlagen?«

Sadik, der kurz nach Heinrich Heller ins Esszimmer gekommen war, hatte eine außergewöhnliche Wortkargheit an den Tag gelegt und sich überhaupt nicht an dem munteren Tischgespräch beteiligt. Sein Gesicht zeigte auch nicht die Spur von freudiger Erwartung, wie Tobias und sein Onkel sie mit ihren Mienen verrieten. Es zeigte im Gegenteil einen geradezu düsteren Ausdruck, was eigentlich so gar nicht seinem Wesen entsprach.

»Aiwa«, sagte er mit einem knappen Nicken. »Das Fluggerät!«

Heinrich Heller tupfte sich den Mund mit seiner Serviette ab. »So? Was hast du denn gegen einen Ballon einzuwenden?«, wollte er wissen.

»Er wird Unglück bringen!«

Tobias lachte. »Unglück? Eine Menge Spaß, Sadik! Das wird er bringen!«

Sadik sah ihn ernst an. »Allah lässt das Samenkorn und den Dattelkern hervorsprießen. Er ruft die Morgenröte hervor und setzt die Nacht zur Ruhe ein und Sonne und Mond zur Zeitrechnung«, zitierte er den Koran mit besorgter Stimme. »Er ist es auch, der euch die Sterne gesetzt hat, damit sie euch zu Land und zur See recht leiten ...! So steht es in der Heiligen Schrift geschrieben, 6. Sure, Vers 98. *Zu Land und zur See!* Von der *Luft* sagt der Koran nichts!«

Heinrich Heller überlegte sich seine Antwort gut. »Mohammed war gewiss ein weiser Mann und großer Prophet, aber dass er die Luft zu erwähnen vergessen hat, bedeutet noch lange nicht, dass Allah etwas gegen Ballonfahrten hat! Er hat einfach nicht daran gedacht, wie er auch nicht an Dampfmaschinen und Schreibfedern aus Stahl gedacht hat – und doch hätte er gewiss beide benutzt, hätte es sie schon zu seiner Zeit gegeben.«

»Hätte Allah gewollt, dass wir fliegen, hätte er uns Flügel gegeben!«, beharrte Sadik.

»Und er hätte uns zu Kamelen gemacht, wenn er uns schneller als nur mit unseren beiden Füßen hätte vorankommen lassen wollen«, warf Tobias spöttisch ein.

Sein Onkel schmunzelte darüber, doch Sadik ließ das nicht als Argument gelten. »Allah hat das Vieh zu unserem Nutzen geschaffen, nicht jedoch den Ballon!«

»Niemand wird dich zwingen in den Ballon zu steigen, Sadik«, beruhigte ihn Heinrich Heller und schloss das Thema ab, indem er sich erhob. »Und nun lasst uns aufbrechen. Jakob hat schon die Pferde vor Kutsche und Fuhrwerk gespannt. Seht zu, dass ihr warm gekleidet seid!«

Tobias eilte davon, holte seinen warmen Umhang und war als Erster unten im Hof, wo die Pferde im Geschirr standen und schon genauso unruhig schienen wie er selbst. Sie scharrten mit den Hufen im frischen Schnee, ruckten und warfen die Köpfe hoch. Weiß dampfte es aus ihren Nüstern in den jungen Morgen. Erste Sonnenstrahlen fielen über die Dachgiebel im Osten in den Hof und tauchte den Westtrakt in helles Licht, sodass die Ziegelwände in einem fast rot-goldenen Ton aufleuchteten.

Jakob Weinroth, der mit dem schweren Fuhrwerk der Kutsche folgen würde, vergewisserte sich noch einmal, dass die große zusammengefaltete Plane auf der Ladefläche gut beschwert war und nicht verrutschen konnte. Indessen brachten Agnes und Lisette aus der Küche die letzten, im Ofen erhitzten und mit Wolltüchern umwickelten Ziegelsteine und legten sie zu den anderen auf den Boden der Kutsche. Die in den Ziegelsteinen gespeicherte Hitze würde das Innere des Wagens angenehm wärmen und verhindern, dass sie mit eisgefrorenen Füßen in Mainz eintrafen. Auch Sadik, der die Kutsche lenken würde, bekam eine Lage heißer Ziegelsteine auf das Trittbrett des Kutschbockes, zusätzlich zu den Decken. Er war so dick in warme Sachen eingemummt, dass nicht mehr viel von ihm zu sehen war. Sogar um den Kopf hatte er sich ein schwarzes Wolltuch geschlungen, groß wie ein halber Umhang, sodass von seinem Gesicht nur noch die Augen zu sehen waren.

Tobias nahm bei seinem Onkel auf der gepolsterten Rückbank Platz, der Schlag fiel zu, die Kutsche ruckte an und rumpelte durch das Tor der Allee hinunter.

Endlich ging es los!

Unsterblicher Ruhm für zwei Verbrecher?

Sie hatten den Ober-Olmer Wald hinter sich gelassen, waren hinter dem Dorf Marienborn auf die Überlandchaussee eingebogen, die den Namen Pariser Straße trug, und näherten sich mittlerweile mit flottem Tempo der Abzweigung nach Bretzenheim. Sadik ließ den Braunen laufen, der nach langen, faulen Tagen im Stall ohne Zweifel Vergnügen darin fand, mit stolz erhobenem Schweif durch den Neuschnee nach Mainz zu traben. Im gedämpften Klang der Hufe zog die verschneite, friedliche Landschaft unter einem klaren Winterhimmel vorbei. Kaum ein anderes Gefährt war ihnen bisher begegnet. Nur hier und da sahen sie ein Gehöft abseits der Straße, geduckt unter dem Schnee, und die dünne Fahne, die aus einem Kamin fast lotrecht aufstieg und erst weit über dem Anwesen verwehte.

»Nun sag schon endlich, Onkel Heinrich«, drängte Tobias, die Füße auf den warmen Ziegelsteinen und eine Decke um die Hüften gewickelt. »Was ist es für ein Ballon und wieso hast du ihn in Frankfurt fertigen lassen? Wie groß ist er? Und wie sieht die Gondel aus?«

»Eine Menge Fragen für einen noch so frühen Morgen«, neckte ihn Heinrich Heller. »Aber bevor *ich* dir erzähle, was du zu erfahren nicht erwarten kannst, wirst *du* mir ein, zwei Fragen beantworten müssen. Die Gelegenheit ist günstig, herauszufinden, wie gut der liebe Schwitzing dir die neuere Geschichte vermittelt hat – und was du davon behalten hast.«

»Wovon denn?«

»Von den Anfängen der Ballonfahrt natürlich«, sagte sein Onkel vergnügt. »Wer war es, der den ersten Ballon in die Lüfte gebracht hat?«

»Das waren die Brüder Montgolfier im Jahr...«, Tobias überlegte kurz, »...1783?«

»Exakt! Michael Joseph und Etienne Jacques, zwei Papierfabrikanten aus Annonay bei Lyon. Und der erste richtige Ballon, den sie mittels Heißluft aufsteigen ließen, war noch aus Leinwand und Papier. Aber mitgefahren ist in dem Ballon noch keiner. Die ersten Passagiere der Lüfte waren ein Hahn, eine Ente und ein Schaf. Sie befanden sich in einem Käfig, der an dem Ballon namens *Martial* hing. Diesen ließen die Gebrüder Montgolfier am 19. September in Anwesenheit von König Ludwig XVI. und Marie Antoinette sowie vor angeblich 130000 Schaulustigen über Versailles in die Lüfte steigen. Dass er schon acht Minuten nach seinem Aufstieg über einem Wäldchen nördlich des königlichen Schlosses wieder niederging, änderte nichts an der Sensation und dem Triumph der Brüder.«

»Aber sie waren nicht die Ersten, die mit einem Ballon geflogen sind, nicht wahr?«, glaubte sich Tobias erinnern zu können.

»Nein, den ersten Menschenflug der Geschichte vollbracht zu haben, können Pilâtre de Rozier und der Marquis d'Arlandes für sich in Anspruch nehmen«, erzählte sein Onkel. »Pilâtre de Rozier, der erste Luftnavigator, war ein neunundzwanzigjähriger Physiker, und sein Freund, der Marquis, ein aus dem aktiven Dienst ausgeschiedener Infanterie-Major mit höfischen Ambitionen. Und was konnte mehr die Aufmerksamkeit des Königs erregen, als der Teilnehmer des ersten Menschenfluges? Es war in der Tat eine großartige und einmalige Gelegenheit, sich vor der Welt in Szene zu setzen, und die hat er sich auch nicht entgehen lassen.« Ein spöttischer Ton schwang in seiner Stimme mit. »Aber welche tieferen Gründe sie auch bewogen haben mochten, Mut war beiden nicht abzusprechen, denn damals steckte der Ballonflug ja wahrlich noch in den Kinderschuhen. Zu leicht konnte sich die papierverkleidete Hülle entzünden und das Feuer dann auch auf die Strohvorräte auf der Galerie übergreifen, mit denen ja während des Fluges nachgeheizt werden musste, wenn die Luft im Ballon abkühlte und er zu sinken drohte.«

Tobias hörte aufmerksam zu. Alles, was Onkel Heinrich über den Ballonflug erzählen konnte, interessierte ihn brennend. Denn bald würde auch er zu den Navigatoren der Lüfte zählen und hoch über Städten und Wäldern in einer kleinen Gondel stehen, über sich nur die Hülle des Ballons und den Himmel!

»Aber nicht allein für den Navigator und alle anderen Passagiere an Bord bestand Todesgefahr«, fuhr Heinrich Heller fort, während Bretzenheim linker Hand an ihnen vorbeizog und es nun nicht mehr weit bis zu den vorgeschobenen Bastionen der Mainzer Festung war. »In Gefahr waren auch die Stadtviertel, Paläste und Kirchen auf der Flugroute, ja, sogar die Felder der Bauern und ihre Gehöfte, wenn der Ballon zu einer Feuerfackel wurde und abstürzte.«

An diesen Aspekt des Ballonfluges hatte Tobias bisher noch keinen Gedanken verschwendet und ihm wurde nun etwas mulmig zu Mute. »Willst du deinen Ballon auch mit Heißluft fliegen?«

»Gott bewahre nein!«, rief dieser aus. »Dafür ist mir mein Leben, auch wenn es sich schon stark seinem Ende zuneigt, doch noch zu teuer. Wenn mir keine andere Wahl blieb, nun, dann wäre ich versucht, das Risiko auf mich zu nehmen. Aber es gibt ja etwas Sicheres als ein offenes Feuer unter dem Ballon. Der *Falke*, so werde ich unseren Ballon taufen, wird mit Gas gefüllt, mein Junge.«

»Brauchst du etwa dafür die Fässer mit Eisenspänen und die Säure?«

»Du hast es erraten. Eisenfeilspäne und Vitriolsäure erzeugen ein Gas, das nur halb so schwer ist wie Luft. Das werden wir verwenden.«

Tobias nickte zufrieden und beruhigt. »Und was ist aus den beiden geworden, Rozier und d'Arlandes?«

»Na, wenn es nach dem Willen von König Ludwig gegangen wäre, hätten nicht sie den ersten Flug angetreten, sondern zwei Schwerverbrecher.«

Tobias sah ihn verständnislos an. »Schwerverbrecher? Aber warum denn das?«

»Mein Junge, noch nie zuvor war ein Mensch mit einem Ballon aufgestiegen, ohne dass er von Seilen gehalten wurde. Und niemand vermochte zu sagen, wie der Flug ausgehen und ob Menschen so weit oben überhaupt am Leben bleiben würden«, gab sein Onkel zu bedenken. »Deshalb sollten zwei zum Tode Verurteilte den ersten freien Aufstieg wagen und dafür nach geglücktem Versuch begnadigt werden.«

»Ganz schön gemein«, urteilte Tobias.

»Freiwillige gab es genug, denn wem der Tod sowieso gewiss ist, greift auch nach dem kleinsten Strohhalm. Aber Rozier und d'Arlandes protestierten heftig gegen diesen Vorschlag. Zwei zum Tode Verurteilte sollten die ersten Luftfahrer werden und zu unsterblichem Ruhm gelangen? Unmöglich! Nicht mit ihrem Ballon *Le Reveillon!*«

»Das Erwachen...! Na, das wäre für die beiden wirklich ein schönes Erwachen aus ihren Träumen von Ruhm und Ehre gewesen«, meinte Tobias belustigt.

»Ja, das sagten sie sich auch und setzten Himmel und Hölle in Bewegung, vor allem aber ihre einflussreichen Freunde bei Hof, um den Monarchen umzustimmen. Sie packten ihn bei seiner Ehre. Sollte ganz Europa Zeuge werden, wie zwei gemeine Verbrecher in den Himmel aufstiegen, anstatt diesen Schritt in eine neue Epoche der Menschheitsgeschichte zwei Adligen wie dem Marquis und Rozier zu überlassen, wie es die Ehre verlangte? Nun, sie hatten Erfolg. Nach einer Audienz gab der König seine Zustimmung. Und noch im selben Jahr, am 21. November 1783, fand der Start in den Gärten des Schlosses *La Muette* statt. Fünfundzwanzig Minuten hielten sie sich in der Luft, schwebten über ein fasziniert nach oben starrendes Paris und die Seine hinweg und vollbrachten eine sanfte Landung am Wachtelberg in der Nähe einer Mühle – ohne Schaden an Leib und Seele.« Er zwinkerte seinem Neffen zu und seufzte. »Ja, es war ein wahrhaft historischer Flug, den sogar Benjamin Franklin als begeisterter Zuschauer erlebte.«

»Der amerikanische Freiheitskämpfer?«, fragte Tobias.

»Ja, und großartige Staatsmann. Franklin, der gefeierte Held der Pariser Gesellschaft, weilte damals in Frankreich, um nach dem erfolgreichen Unabhängigkeitskrieg der amerikanischen Kolonien den Friedensvertrag von Versailles mit den Abgesandten der geschlagenen Kolonialmacht Großbritannien auszuhandeln und zu unterzeichnen. Genauso ein Triumph für ihn wie für Rozier und d'Arlandes der Flug mit dem *Le Reveillon.*«

»Und wann steigen *wir* mit dem *Falken* auf, Onkel?«, fragte Tobias, begierig nun mehr über *ihren* Ballon und *ihre* Pläne zu erfahren.

»Das hängt ganz davon ab, wie lange wir brauchen, um die nötigen Vorbereitungen zu treffen. Eine Ballonhülle und die Mittel zur Erzeugung des Gases zu haben, reicht allein nicht aus. Wir brauchen einen vorbereiteten Startplatz und ...«

»Wo wird der sein?«, fiel ihm Tobias ins Wort.

»Ich denke, der Innenhof mit seinen großzügigen Ausmaßen bietet sich dafür an«, erwiderte Heinrich Heller. »Besser als auf freiem Feld ist er allemal, schon was den Windschutz betrifft – und den Blickschutz vor Gaffern aus der Umgebung. Ich möchte unseren Ballon so lange wie möglich geheim halten, deshalb habe ich Pagenstecher auch strengstes Stillschweigen aufgetragen und den Ballon in Frankfurt und nicht hier bei unserer Tuchfabrik in Mainz fertigen lassen. Auf das Personal von *Falkenhof* können wir zum Glück ja blind vertrauen. Agnes, Lisette, Jakob und Klemens stehen schon lange Jahre in meinen

Diensten und wissen, wem ihre Loyalität gehört. Das ist sehr beruhigend.«

»Ja, für Klemens würde auch ich die Hand blind ins Feuer legen, dass er keinem auch nur ein Sterbenswörtchen verrät«, scherzte Tobias.

Klemens Ackermann war das Faktotum von *Falkenhof*, den Heinrich Heller beim Kauf des Gutes aus Barmherzigkeit mit übernommen hatte, denn nirgends sonst hätte er noch Arbeit gefunden bei der abergläubischen Landbevölkerung. Klemens war nämlich vor zweiundfünfzig Jahren stumm und mit einem Buckel auf dem Landgut zur Welt gekommen. Es hieß, er wäre das uneheliche Kind einer hübschen Wäscherin und des damaligen Gutsbesitzers gewesen, der keinem Weiberrock hätte widerstehen können und seine Macht dem weiblichen Personal gegenüber dementsprechend schamlos ausgenutzt hätte. Heinrich Heller hatte nie bereut, ihn behalten zu haben, denn er war ihm nicht nur treu ergeben, sondern wusste auch kräftig mitanzupacken und machte sich auf vielfältige Weise auf dem Landgut nützlich.

»Lass man gut sein, Tobias. Klemens steht schon seinen Mann«, sagte Heinrich Heller auf das Lachen seines Neffen hin. »Und auch wenn er mit Engelszungen reden könnte, würde kein Wort über seine Lippen kommen.« Dann brachte er das Gespräch wieder auf den Ballon zurück. »Es wird in der Gegend viel Aufregung geben, wenn bekannt wird, dass sich der verrückte Professor von *Falkenhof* einen Ballon zugelegt hat. Die Leute werden zu uns pilgern, voller Sensationslust, und auch die sich fein dünkenden Herrschaften von den anderen Gütern werden sich plötzlich bei uns ein Stelldichein geben, weil sie darauf spekulieren, bei einem Aufstieg mitgenommen zu werden.«

»Glaubst du das wirklich? Sie schneiden dich doch, weil sie dich für einen gefährlichen Jakobiner, einen Anhänger der Französischen Revolution, halten und dich lieber heute als morgen im Kerker sähen«, wandte Tobias ein.

»Sie werden sich eines anderen besinnen und es plötzlich ganz mondän finden, mit einem wie mir zu verkehren. Natürlich nur so lange, bis sich ihre Neugier gelegt hat und sie genug von meinem Ballon haben«, erklärte sein Onkel voller Sarkasmus. »Aber so sind die Menschen nun mal. Wenn sie sich selbst einen Vorteil versprechen, ändern sie ihre Meinung und hängen sie wie die Wetterfahne in den Wind, mein Junge. Und dann schauen sie auch großzügig darüber hinweg, dass sie vorher nichts mit einem zu tun haben wollten.«

»Aber was willst du dagegen tun?«

»Ich werde dir etwas verraten: Ich habe den Ballon aus schwarzem Taft und schwarzer Seide fertigen lassen. Sagt dir das etwas?«

»Ein schwarzer Ballon?« Tobias war verblüfft. Ballons hatte er sich bisher stets nur als bunte, am Himmel leuchtende Gebilde vorgestellt – und so hatte Schwitzing sie ihm auch beschrieben. Ein schwarzer war ganz sicher nicht darunter gewesen!

Sein Onkel lächelte verschwörerisch, beugte sich zu ihm hinüber und sagte gedämpft, als könnte jemand sie belauschen: »Der bei Nacht so gut zu sehen sein wird wie ein Mohr in einem pechschwarzen Kellergewölbe!«

Tobias riss den Mund auf. »Du willst ... bei Nacht aufsteigen?«, stieß er ungläubig hervor.

»Sicher? Warum auch nicht? Natürlich werden es Fesselaufstiege sein, also an einem oder mehreren Seilen. Meine Messungen und Experimente kann ich auch sehr gut bei Dunkelheit vornehmen, wenn alle anderen in ihren Betten liegen und nicht mal im Schlaf davon zu träumen wagen, dass wir fünfzig, hundert Meter und höher mit unserem Ballon am Himmel stehen! Und wenn wir dann mit der Handhabung des *Falken* vertraut sind und ich meine wichtigsten Experimente in aller Ruhe abgeschlossen habe, nun gut, dann dürfen auch die anderen ihren Spaß haben.«

Tobias fand die Angelegenheit immer spannender. Nächtliche Ballonaufstiege am Fesselseil! Es klang fast zu phantastisch in seinen Ohren. Doch wenn Onkel Heinrich so etwas sagte, dann konnte man Haus und Hof darauf verwetten, dass er es in die Tat umsetzte.

Das letzte Stück Fahrt vor die Tore von Mainz verlief in einträchtigem Schweigen. Jeder hing seinen eigenen Gedanken nach, und Tobias hatte sehr viel, worüber er nachdenken und wovon er träumen konnte.

Nachts im Ballon!

Und das wäre erst der Anfang!

Raues Tuch um einen Seidenfalken

Eine mächtige Festungsanlage mit mehr als einem Dutzend sternförmig vorgeschobenen Bastionen umschloss die Stadt Mainz. Und trutzig ragte im Süden der Stadt die alles beherrschende Zitadelle auf.

Sie fuhren durch das Gau-Tor in die Stadt hinein, zwischen den Bastionen St. Philippi zu ihrer Rechten und St. Martini zu ihrer Linken. Sadik brauchte keine Angabe des Weges. Schon nach den ersten Besuchen hatte sich ihm die Lage der Straßen zueinander ins Gedächtnis eingeprägt. Als Tobias sich verwundert darüber geäußert hatte, wie schnell er sich in einer ihm doch völlig fremden Stadt zurechtfand, hatte Sadik ihm belustigt geantwortet: »Verglichen mit dem Gassenlabyrinth von Kairo ist Mainz doch nur ein so leicht zu überschauender Ort wie eine Karawanserei in einer kleinen Oase!«

Als Sadik die Kutsche durch das Gau-Tor lenkte, erinnerte er sich wieder daran und dachte mit einiger Wehmut an seine Heimat. Wahrlich, was war dieses Festungstor schon im Vergleich zum prächtigen Al-Qantara-Tor von Kairo, hinter dessen Zinnen sich ein wahres Meer von funkelnden Kuppeln, Minaretts und Türmen erhob?

Das schwarze Wolltuch erstickte seinen schweren Seufzer. Es war bald an der Zeit, dass er in seine Heimat zurückkehrte. Schon seit Wochen träumte er nur noch von der Weite der Wüste, von Oasen und Feigenbäumen, die sich unter ihrer süßen Last bogen, vom Gesang des Muezzins hoch oben in der Spitze des Minaretts, vom wiegenden Gang eines Kamels, von den bleichen Segeln der Feluken auf dem schlammigen Nil, den tausend Wohlgerüchen und dem Gefeilsche auf den Basaren und – mehr als alles andere – von wärmender, alles durchdringender Sonne!

Ja, wenn ihm Tobias nicht so sehr ans Herz gewachsen wäre, er hätte trotz aller Herzlichkeit, die ihm auf *Falkenhof* widerfuhr, längst sein Bündel gepackt und die lange Reise nach Ägypten angetreten. Chartum wäre sein Ziel. Dort würde er auf Sihdi Siegbert warten, wie es zwischen ihnen vereinbart war, auch wenn es lange dauern mochte, bis dieser den Sudan erreichte.

Tobias ahnte nichts von diesen Gedanken des Arabers, während sie die Gau-Gasse hinunterfuhren und zum Markt gelangten. Ihn beherrschten ganz der Ballon und die zukünftigen Abenteuer, die sie mit diesem erleben würden. Er hatte auch keinen Blick für das geschäftige Treiben auf den Straßen. Das Gedränge der Fuhrwerke, Kutschen, Reiter und Soldaten nahm er nur flüchtig zur Kenntnis.

Und Heinrich Heller? Nun, er bedauerte, als er hinausschaute, dass all die schönen Grünanlagen und Weinberge, die sich früher einmal innerhalb der Mauern der Stadt befunden hatten, dem Bau neuer Soldatenunterkünfte und Befestigungsanlagen zum Opfer gefallen waren. Nach der schweren Belagerung in den napoleonischen Befreiungskriegen von 1814 waren nicht nur alle französischen Straßennamen und Amtsbezeichnungen schnell abgeschafft worden, um einen Schlussstrich unter die Franzosenzeit zu setzen. Mainz war auch zur Bundesfestung erhoben worden. Garnisonen und Bollwerke hatten deshalb den Vorrang vor Parkanlagen und idyllischen Weinbergen erhalten. Die Allgegenwart von preußischen und österreichischen Truppen, zumal in einer solchen Stärke, verursachte ihm jedes Mal Unbehagen. Wo viel Militär ist, da bleibt wenig Raum für Freiheit. Da kann ein freier Geist nur beengt atmen.

»Ah, gleich sind wir da«, sagte er, um sich von seinen trüben Gedanken abzulenken. »Pagenstecher wird uns schon erwarten.«

»Fahren wir dann gleich wieder zurück?«

»Nein. Ich habe noch einiges andere in der Stadt zu erledigen. Und du willst doch bestimmt einen Blick auf den Rhein werfen, nicht wahr?«

»Ja, schon...« Es kam nicht gerade mit überschwänglicher Begeisterung. Der Rhein war ihm bekannt und blieb ihm – der Ballon dagegen war neu.

»Ich habe gestern vom jungen Schwitzing gehört, dass das Eis schon letzte Woche aufgebrochen ist und anderswo schwere Schäden angerichtet hat. Mainz soll aber nichts zu befürchten haben, dank der schweren Festungsmauer. Wohl das einzig Gute, was man von dem Bollwerk sagen kann«, bemerkte Heinrich Heller sarkastisch, während Sadik von der Tiermarktsgasse nach rechts in die Große Bleiche einbog. Viele Speditionen, Kolonialwarenhandlungen, Tabaksläden, Spezereien, Modegeschäfte, Weinhändler, Buchhändler und einige Wirtshäuser säumten die Straße dicht an dicht.

Das Angebot an Waren aller Art war in der Tat vielfältig und verlockend. Auf der Großen Bleiche verkaufte Jakob Nohaschek seine erlesenen Degen und Säbel, Philipp Dietrich »1001 Sorten Nudeln«, wie er für sich zu werben pflegte, und Klara Gebert ihre herrlichen Hutkreationen, die sich bei vielen Mainzer Damen außerordentlicher Beliebtheit erfreuten.

Anton Halein bot auf dieser Straße Schreib- und Zeichenmaterial sowie Tapeten in reichhaltiger Auswahl zum Kauf an und Joseph Beykirch, bekannt für seine exquisiten Kaschmir- und Seidenstoffe, Tuchwaren der gehobenen Preisklasse. David Goldschmitt hatte hier seine Wechselstube und Joseph Honig sein Maklerbüro. Ein Stück weiter unterhalb hatte Franz Merz, der Orgelmacher, sein Geschäft und Marie Seeger ihren Modesalon. Ihr gegenüber auf der anderen Straßenseite hielt August Bembe in seinem Möbellager die in Mainz größte Auswahl an Kanapees, Diwans, Sofas und Stühlen für eine anspruchsvolle Kundschaft auf Lager.

Ja, ein Geschäft reihte sich an das andere, und die Große Bleiche gehörte zu den längsten Straßen der Stadt. Sie führte hoch oben vom Münster-Tor fast schnurgerade bis zur Festungsmauer am Rhein hinunter und mündete dort auf den großen Paradeplatz. Schiffsausrüster, Holzhändler und Seiler hatten an diesem unteren Ende ihre Lagerschuppen, Werkstätten und Kontore.

Sadik kam auf dieser Straße nur sehr langsam voran, denn er war nicht der Einzige, der die Große Bleiche an diesem sonnigen Vormittag befuhr. Wahrhaftig nicht! Der Strom der privaten Kutschen, Mietdroschken, hoch beladenen Fuhrwerke, Berittenen und der Warenauslieferer mit ihren kleinen Handkarren, die sich auf oftmals riskanten Wegen durch das Gewirr schlängelten, war noch dichter als am Markt. Und er wälzte sich in beide Richtungen!

Hinzu kamen noch die vielen Fußgänger. Dienstboten, die in Eile oder auch mit aller Zeit der Welt ihre Einkäufe tätigten und sich zu einem Klatsch an der Straßenecke und vor Geschäften zusammenfanden. Boten, die flinken Schrittes zwischen all den Gefährten und Passanten über die Straße eilten. Elegant gekleidete Damen und Herren in Pelzmänteln, mit Handschuhen, Pelzmuff und Hut, die nichts Bestimmtes zu kaufen im Sinn hatten und ihre Schritte von ihrer guten Laune und den Geschäftsauslagen lenken ließen. Junge Frauen auf ihrem Weg zur Putzmacherin oder zur Anprobe für ein neues Kleid, die gut aussehenden Offizieren in ihren schmucken Ausgehuniformen kokette Blicke zuwarfen – wenn sie sich von ihren Anstandsdamen nicht beobachtet wähnten. Und natürlich die übliche Zahl zerlumpter Gestalten, Bettler, Taschendiebe und Straßenjungen, die einen schweren Winter hinter sich hatten und sich das ihre von dem geschäftigen Leben und Treiben auf der Großen Bleiche erhofften.

Nun war es wirklich nicht mehr weit. Noch zwei Häuserblocks, und es ging links in die Zanggasse. Fast am Ende der Straße lag die kleine Tuchfabrik. *Sebastian Heller & Söhne* stand in verschnörkelten Eisenlettern, die einen dunkelgrünen Anstrich trugen, über der Toreinfahrt. Kutsche und Fuhrwerk rollten in dem großen Ladehof vor den flachen Ziegelbau, in dem sich das Tuchlager befand.

Heinrich Heller hatte kaum den Kutschenschlag geöffnet und war ausgestiegen, auf den Fersen gefolgt von Tobias, als auch schon Arnold Pagenstecher auf den Hof eilte. Vom Fenster seines Kontors aus hatte er das Kommen der Kutsche seines Arbeitgebers bemerkt.

»Ah, der Herr Professor! Welch ein prächtiger Tag! Geradezu dafür geschaffen, um eine Fahrt in die große Stadt zu unternehmen und sich ein wenig unters Volk zu mischen, nicht wahr?«, begrüßte er ihn. »Und der junge Herr ist heute auch mit von der Partie. Na, mich hätt's auch gewundert, wenn's nicht so gewesen wäre.« Er schenkte Tobias ein verschwörerisches Augenzwinkern.

Arnold Pagenstecher, der die Mainzer Tuchfabrik für Heinrich Heller leitete, war ein schlanker, hager wirkender Mann in seinen späten Vierzigern mit schütterem Haar, einem gleichfalls hageren Gesicht und sehr wachsam blickenden Augen, denen in der Fabrik und auch sonstwo so leicht nichts entging. Er war noch von Heinrich Hellers Vater eingestellt worden, aber erst nach dessen Tod, nach dreißigjähriger Firmenzugehörigkeit, von Heinrich Heller zum Leiter der Fabrik bestellt worden. Verdientermaßen, wie dieser fand, denn Pagenstechers Geschäftssinn und Kenntnisse standen denen seines seligen Vaters in nichts nach.

Und auch das gegenseitige Vertrauen war gegeben. Sonst hätte er ihn auch nicht mit dieser verantwortungsvollen Reise nach Frankfurt und der Überwachung der Ballonherstellung und der Gondel betraut.

Heinrich Heller tauschte ein paar nichts sagende Höflichkeiten mit ihm aus, während sie in den Lagerschuppen mit den schweren Holzregalen gingen und Jakob Weinroth das Fuhrwerk vor den Eingang lenkte.

»Was haben Sie ihnen in Frankfurt für eine Geschichte aufgetischt?«, erkundigte sich Heinrich Heller.

Pagenstecher lachte vergnügt. »Oh, etwas von einem zu Tode gelangweilten Adeligen in Darmstadt, der der Jagd, üppiger Tafelfreuden und ausschweifender Feste überdrüssig geworden ist und nicht weiß, womit er sich und seinen Freunden einen bisher noch nicht genossenen Reiz schenken kann. Bis er dann auf die Idee mit dem Ballon gekommen ist.«

Der Gelehrte schmunzelte amüsiert. »Nicht schlecht, wirklich nicht schlecht. Und hat man Ihnen diese Geschichte auch abgenommen?«

»Ich bitte Sie! Ein schwarzer Ballon! Auf so eine verrückte Idee kann doch nur ein zu Tode gelangweilter Adliger mit zu viel Geld kommen.«

Sie lachten, auch Tobias, der den dürren Pagenstecher ganz nach seinem Geschmack fand.

»Aber das Emblem?«, wandte sein Onkel dann ein, während Pagenstecher sie den Mittelgang hinunterführte und dann die Doppeltür zu einem kleineren Lagerraum aufschloss. »Das müsste sie doch stutzig gemacht haben. Die Farben entsprechen doch nicht gerade der Geisteshaltung eines übersättigten Adligen.«

»Da habe ich ganz allein Hand angelegt, als alles andere schon fertig war, und ich verstehe mich darauf noch immer so gut wie die beste Näherin«, erklärte Pagenstecher nicht ohne Stolz.

Heinrich Heller nickte zufrieden. »Trefflich gemacht. Ich wusste, dass diese Sache bei Ihnen in den besten Händen liegen würde.«

»Was nun die Reisekosten betrifft…«, begann Pagenstecher mit sichtlichem Unbehagen.

»Später, später!«, wehrte Heinrich Heller ab. »Ich weiß, dass Sie keinen Kreuzer ausgegeben haben, der nicht nötig gewesen wäre. Das soll Sie also nicht bedrücken. Und nun zeigen Sie uns den *Falken!*«

»Selbstverständlich! Bitte, hier entlang!«

Tageslicht fiel durch ein vergittertes Fenster in den separaten Lagerraum, der zur Zeit leer war – bis auf einen scheinbar dicken Ballen Segelleinwand, der gut fünf Schritte in der Länge und drei in der Breite maß und Tobias bis an die Brust reichte. Doch die derbe Segelleinwand verbarg nur den kostbaren Schatz, der sich darunter befand.

Pagenstecher öffnete mehrere Schnüre auf der Oberseite, schlug die Leinwand zurück – und enthüllte schwarze Seide. Es war ein herrlich glänzender, satter Schwarzton. Schwarz waren auch die starken Kordelschnüre, die den Ballon als Netz überzogen und an dessen unterem, verstärktem Ende die Gondel hängen würde.

Die Hülle des *Falken!*

Pagenstecher trat zurück. Wortlos, aber mit einem verstehenden, stolzen Lächeln in den klaren Augen.

Heinrich Heller strich mit den Fingerspitzen über die Ballonseide und lächelte entrückt. Erst nach einer ganzen Weile sagte er zu Tobias: »Komm her und fühl es. Innen Taft und außen Seide. *Falkenhof* wird einen prächtigen Ballon sein Eigen nennen können!«

Andächtig strich nun auch Tobias über den kühlen, glatten Stoff. Er fühlte sich so dünn unter seinen Fingern an, dass er nicht begreifen konnte, wie der Stoff die Belastung aushalten und sie samt Gondel und Ballast in die Luft heben sollte.

»Tausendzweihundert Quadratmeter Seide und Taft, mein Junge«, erklärte sein Onkel.

»Der allerersten Wahl!«, warf Pagenstecher ein. »Vierundzwanzig blütenblattförmige Stoffbahnen zu einer Eiform zusammengenäht. Die Näherinnen haben wochenlang daran gearbeitet.«

»Und die Verarbeitung!«, schwärmte Heinrich Heller. »Kein Vergleich zu früher, wo man die Hülle geteert hat, damit die Luft nicht so schnell entweicht. Erzählen Sie dem Jungen, wie der *Falke* präpariert ist, Pagenstecher!«

»Doppelt gefirnisstes Gewebe! Abgedichtet mit Kautschuk der ersten Güteklasse. Zweifach aufgetragen auf alle Nähte. Für die Qualität verbürge ich mich mit Ansehen und Position! Nicht eine Stunde habe ich die Männer bei der Arbeit unbeaufsichtigt gelassen«, rühmte er sich mit feierlichem Ernst.

»Prächtig! Ganz prächtig!« Heinrich Heller schwellte förmlich die Brust vor Stolz und Freude.

»Und was ist mit dem Emblem?« Tobias wandte sich jetzt an Pagenstecher. »Was genau haben Sie denn aufgenäht, Herr Pagenstecher. Bestimmt einen Falken, nicht wahr? Aber in welchen Farben? Schwarz doch bestimmt nicht. Dann würde er sich ja nicht von der Hülle abheben.«

»Tja, wenn du mich so fragst...« Er zögerte und schaute Heinrich Heller fragend an, der den Kopf schüttelte und sagte: »Das wirst du schon früh genug sehen, mein Junge. Lass dich nur überraschen.« Er schlug das Segeltuch wieder über die zusammengelegten Bahnen Seide und Taft und verschnürte sie gut. »Und nun sollten wir uns den anderen Dingen zuwenden, die erledigt werden müssen.«

»Ich schicke zwei Männer, die beim Aufladen zur Hand gehen«, sagte Pagenstecher, während sie den Lagerraum verließen. »Die Gondel steht im Nebenraum, gleichfalls in Segeltuch eingeschlagen.«

»Was ist mit der Seilerei?«, fragte Heinrich Heller.

»Kaspar Willms hält alles, was Sie geordert haben, für Sie bereit, Herr Professor.«

»Prächtig! Prächtig!«

Tobias grinste. Sein Onkel war in Hochstimmung und fand an diesem Tag offenbar alles prächtig. Na, es war aber auch ein toller Tag. Das mit dem Ballon war wirklich eine Sensation, die einen schon auf der Erde zu Höhenflügen bewegen konnte!

Jakob und Sadik standen vorn beim Tor. Sie unterhielten sich nicht, was bei dem wortkargen Stallknecht kein Wunder war. Er beschränkte sich bei einem Gespräch darauf, zu nicken, den Kopf zu schütteln oder knapp nachzufragen, wenn ihm etwas nicht klar genug schien. Sadik war damit zufrieden. Jakob war ein rechtschaffener Mann, fleißig und auf seine Art warmherzig. Aber was hätten sie beide reden sollen? Es trennten sie einfach Welten, als dass sie sich etwas zu sagen gehabt hätten, was über Gemeinplätze und das Wetter hinausging.

Heinrich Heller deutete mit dem Kopf auf die beiden. »Warte du bei ihnen, Tobias. Ich gehe nur noch schnell mit aufs Kontor. Es dauert nicht lange.«

»In Ordnung, Onkel.«

Jakob hatte sich eine Pfeife angezündet und der würzige Duft wehte herüber. Sadik, noch immer bis zu den Ohren eingehüllt, blickte selbstvergessen zum blauen Himmel hoch, an dem Vögel kreisten. Aus der Fabrik drang das unablässige, gleichmäßige Rattern der Webmaschinen.

Tobias setzte sich nahe des Tors auf eine Kiste.

Sadik wandte sich ihm zu. »Zufrieden?«, tönte es dunkel unter dem Wolltuch hervor.

»Und wie!«, Tobias strahlte ihn an.

Der Araber nickte, aber nicht erfreut. Auch wenn er das Tuch dicht um seinen Kopf gewickelt hatte, sah Tobias doch, dass Sadiks Gesicht verschlossen war. Das Unheil, das er mit dem Ballon zu ahnen glaubte, konnte er ihm geradezu von den Augen ablesen.

»Komm, Sadik! Schau nicht so finster drein!«

Sadik verzog keine Miene. »Kennst du die Geschichte von dem allzeit optimistischen Tölpel?«, fragte er mit Grabesstimme.

Tobias seufzte. »Nein, aber sicher wirst du diese ungeheure Wissenslücke gleich füllen«, spottete er.

»Es war einmal ein Tölpel, der immer glaubte, dass schon alles sein gutes Ende nehmen würde, sofern er den Dingen nur voller Vertrauen und Zuversicht auf Allah entgegensähe. Eines Tages kam er in eine große Stadt mit einer mächtigen Turmruine, vor dessen Besteigung ihn jeder warnte. Doch die Neugier lockte ihn zu sehr und voller Vertrauen auf Allah kletterte er die hundertvierzehn Stufen des Turms hoch…«

»So viele Stufen, wie der Koran Suren hat?«, warf Tobias ein.

Sadik nickte knapp. »Ja, und als er die Spitze erreicht hatte, bröckelte ein Stein unter seinen Füßen weg und er fiel in die gähnende Tiefe. Doch er schrie nicht und beklagte auch nicht seine Torheit, sondern sagte sich, als er schon die Hälfte des Sturzes hinter sich gebracht hatte: ›Na, bis jetzt ist ja noch alles gut gegangen.‹ «

»Doch am Ende der zweiten Hälfte brach er sich natürlich das Genick«, sagte Tobias, erheitert über die Verbindung, die Sadik zwischen dieser Geschichte und ihrem Ballon herstellte.

»Allerdings«, bestätigte Sadik.

»Er hätte eben einen Ballon haben müssen«, zog Tobias ihn auf, der für Sadiks Schwarzmalerei nur Belustigung übrig hatte. Nur weil der Koran keine Ballons erwähnt! Die Gebrüder Montgolfier und Rozier und d'Arlandes hatten bestimmt nicht erst im Koran nachgeschlagen, bevor sie in ihren Ballon gestiegen waren!

Sein Onkel kehrte Augenblicke später mit Pagenstecher und zwei kräftigen Arbeitern zurück. Er wandte sich an Sadik und Jakob. »Ihr ladet… das Segeltuch auf das Fuhrwerk. Doch gebt gut Acht!«, trug er ihnen auf, zog dann ein versiegeltes Schreiben aus seiner Jacke und reichte es dem Stallknecht. »Wenn ihr mit dem Laden fertig seid, bringst du das hier dem Mechanikus Johann Reitmaier. Du findest seine Werkstatt Auf der Rose. Kennst du die Gasse?«

Jakob nahm das Schreiben mit einem Nicken entgegen.

»Prächtig! Sag ihm, er soll sich damit beeilen… und dass ich eine schnelle Anfertigung entsprechend honorieren werde.«

Wieder nur ein Nicken.

»Dann macht euch an die Arbeit«, sagte er gut gelaunt, legte seinen Arm um Tobias' Schulter und trat mit ihm hinaus auf den Hof. »Und wir beide werden uns derweil ein wenig in Mainz verlustieren!«

Drohung eines Bluthundes

Höchst befriedigt mit Pagenstechers Abwicklung des geheimen Projektes, schlenderte Heinrich Heller mit seinem Neffen die Große Bleiche hinunter. Gelegentlich blieb er vor einem Geschäft stehen, um sich die Auslagen anzusehen, oder wechselte ein paar freundliche Worte mit Bekannten, die er zufällig auf der Straße traf.

Sie wandten sich nun in Richtung Dom, und während sie in die Straße Am Schießgarten abbogen und dann die Hintere Judengasse hinunterspazierten, erzählte Heinrich Heller Tobias von verschiedenen Experimenten, die er mit dem Ballon vorzunehmen gedachte. Es handelte sich insbesondere um Messungen von Magnetismus, Elektrizität und Temperaturveränderungen mit wachsender Höhe sowie der Besonderheiten der oberen Luft, die noch längst nicht zur Zufriedenheit ernsthafter Wissenschaftler erforscht sei, von meteorologischen und astrologischen Möglichkeiten sowie neuen Methoden der geografischen Vermessung, die ein solcher Ballon bot.

Tobias verstand kaum die Hälfte von dem, was sein Onkel ihm in seiner Begeisterung in den leuchtendsten Farben und mit vielen Fachausdrücken an den Himmel der Wissenschaft malte. Aber er zeigte sich interessiert und hörte ihm geduldig zu, weil dieser sich an den schier grenzenlosen Möglichkeiten berauschte – und an seinen eigenen Worten.

Als sie auf den Platz am Flachsmarkt kamen, drang ihnen der

Duft gebratenen Fleisches in die Nase, und Heinrich Heller unterbrach seine wissenschaftlichen Ausführungen mit der mehr erdverbundenen Bemerkung: »Ah, so ein bemerkenswerter Tag macht Hunger. Zumindest geht es mir so. Wir sollten uns nachher eine Stärkung genehmigen, denn vor dem Nachmittag werden wir nicht auf *Falkenhof* sein. Was hältst du von einer guten Portion Knödel mit Schweinebraten?«

Tobias lachte. »Sehr viel!« Jetzt, als sein Onkel vom Essen sprach, meldete sich auch sein leerer Magen. Viel hatte er ja zum Frühstück nicht hinuntergebracht.

»Im Gasthaus *Zum Goldenen Karpfen* Auf dem Brande führt der Leopold Haas eine ausgezeichnete Küche. Da werden wir einkehren, mein Junge«, sagte Heinrich Heller und beschleunigte seine Schritte.

Doch Augenblicke später, sie befanden sich auf der Quintius-Gasse, stutzte Heinrich Heller plötzlich und blieb fast abrupt stehen.

»Was ist?«, fragte Tobias.

Sein Onkel reagierte nicht. »Mein Gott, das ist doch Melchior Riebel!«, stieß er bestürzt hervor.

Tobias folgte der Blickrichtung seines Onkels und sah nun die Kutsche, die zwanzig Schritte vor ihnen hinter einer Toreinfahrt stand. Zwei Gendarmen waren vor der daneben liegenden Haustür postiert, aus der gerade ein junger Mann trat, bleich das Gesicht, doch den Kopf aufrecht erhoben und das Gesicht eine Miene des Trotzes. Es war offensichtlich, dass er das Haus nicht aus freien Stücken verließ, denn er wurde von zwei Männern flankiert. Einer von ihnen trug die Uniform eines Polizeisekretärs. Der andere, von kleinem untersetztem Wuchs, mit Halbglatze und einem schmallippigen Gesicht, trug einen schlecht sitzenden Anzug – und einen Ausdruck grimmiger Zufriedenheit.

»Du kennst den Mann, den sie da abführen?«, fragte Tobias.

»Flüchtig. Ein Schullehrer. Die anderen beiden kenne ich fast noch besser. Auf jeden Fall besser, als mir lieb ist«, murmelte Heinrich Heller leise und voller Ingrimm. »Polizeisekretär Zehlbach tut nur seine Pflicht, wenn auch gewiss nicht widerwillig. Gefährlich ist der andere, der kleine Glatzkopf mit dem verkniffenen Gesicht. Das ist der Bluthund Pizalla!« Er spuckte den Namen förmlich aus. »Franz Xaver Pizalla! Er gehörte dieser Bande von Gesinnungsschnüfflern von der Mainzer Centraluntersuchungskommission an. War seines Zeichens Kurator und hat so manchen hinter Schloss und Riegel gebracht, der es gewagt hat, einen freien Gedanken zu äußern. Und er tut's immer noch! Der arme Riebel!«

»Gehört er auch zum ...«, Tobias unterbrach sich noch gerade rechtzeitig, um das Wort »Geheimbund« nicht auszusprechen, »... zu deinen Freunden?«

»Gott bewahre nein«, antwortete sein Onkel fast erschrocken und ging langsam weiter.

Der verhaftete Schullehrer stieg in die wartende Kutsche, gefolgt vom Polizeisekretär. Die beiden Gendarmen stellten sich hinten auf das Trittbrett und umfassten die Haltegriffe. Xaver Pizalla hatte seinen Fuß schon auf der Trittstufe, als er den weißhaarigen Professor auf der Straße bemerkte. Ein merklicher Ruck ging durch seinen kleinwüchsigen Körper und er fasste ihn scharf ins Auge. Der Blick, den er ihm über die Köpfe der anderen Schaulustigen hinweg zuwarf, hatte etwas Hasserfülltes, Fanatisches – und Drohendes. Tobias sah, dass sein Onkel dem Blick des ehemaligen Kurators standhielt, ja, ihn mit kaum verhohlener Verachtung erwiderte, und ein flaues Gefühl machte sich in ihm breit, das nicht vom Hunger herrührte. Der Hass, den er da sah, machte ihm Angst.

Xaver Pizalla hob seinen Spazierstock und deutete in einer knappen, zornigen Bewegung auf Heinrich Heller. Dann wandte er sich jäh um, stieg in die Kutsche und schlug den Schlag heftig zu.

»Komm weiter!« Die Stimme seines Onkels klang hart und gepresst.

»Was hat er damit gemeint?«, fragte Tobias besorgt, als sie die

Schaulustigen hinter sich gelassen hatten, die auf die Geste von Pizalla hin sofort alle zu seinem Onkel gestarrt hatten.

»Ach, mach dir darüber keine Gedanken, mein Junge. Die lächerliche Geste eines geltungsbedürftigen Mannes. Nichts weiter.«

»Aber er kennt dich – und hasst dich. Das habe ich ihm deutlich angesehen!«

»Hass, nun ja… Sagen wir mal so: Uns verbindet unsere Gegensätzlichkeit«, antwortete Heinrich Heller und war um einen leichten Tonfall bemüht. Ohne Zweifel wollte er die ernste Bedeutung des Vorfalls herunterspielen. »Er ist der Speichellecker einer auf Duckmäusertum bedachten Weltanschauung – und ich bin ein kleiner Störenfried, das Sandkorn im Getriebe der Großen.«

»Aber er kann dir gefährlich werden, nicht wahr?«

Heinrich Heller legte ihm wieder seinen Arm um die Schultern. »Mein Junge, alles und nichts kann dem Menschen auf Gottes Erde gefährlich werden. Ich kann mir auch das Genick brechen, wenn ich morgens aus dem Bett steige. Und ein unbedachtes Wort kann einen unvorsichtigen Mann genauso lebensgefährlich treffen wie ein lockerer Dachziegel.«

»Du musst dich also vor diesem Pizalla in Acht nehmen, nicht wahr?«

Sein Onkel lachte auf, doch es war kein Lachen, das frei von Herzen kam. Es hatte einen bitteren Beiklang. »Es ist nie falsch, Umsicht an den Tag zu legen. Weißt du, was Sadik jetzt an meiner Stelle gesagt hätte? Er hätte Mohammed zitiert mit den Worten: ›Vertraue auf Allah – aber binde zuerst deine Kamele an!‹ So, aber nun vergiss den Burschen und lass uns nicht mehr darüber reden. Da drüben ist ja schon das Gasthaus!«

Der dunkle, rauchgeschwängerte Schank- und Speiseraum mit seiner niedrigen Balkendecke und den gewölbten Butzenscheibenfenstern war schon gut besucht. Sie bestellten und das Essen erwies sich in der Tat als äußerst herzhaft und in den Portionen großzügig bemessen.

Doch der große Hunger, den er bis dahin noch gespürt hatte, war Tobias vergangen, sodass er nur zwei der vier saftigen Knödel aß und auch ein dickes Stück Braten auf dem Teller liegen ließ.

Es kam bei Tisch auch kein rechtes Gespräch zwischen ihnen auf, weil sein Onkel mit seinen Gedanken doch noch bei Riebel und Pizalla war. Dass Tobias so viel vom guten Essen zurückgehen ließ, hätte er sonst nicht ohne Tadel gelassen. Und er hatte diesmal auch keine Ruhe, sich nach der Mahlzeit noch ein Gläschen Port zu gönnen, wie er es sonst stets tat, wenn er irgendwo einkehrte. Er hatte es eilig, die Zeche zu bezahlen und nach *Falkenhof* zurückzukehren.

Als sie wieder auf der Großen Bleiche waren, begab er sich aber erst zielstrebigen Schrittes zur Buchhandlung von Florian Kupferberg. »Sieh dich nur um und sag mir, wenn du etwas findest, was dich zu lesen interessiert«, sagte er zu Tobias, als der Besitzer des Geschäfts bei ihrem Eintreten augenblicklich hinter seinem Schreibpult hervortrat. Er war ein kräftiger Mann um die vierzig mit einer hohen Stirn und buschigen Brauen. Er trug schwarze Ärmelschoner über seinem weißen Hemd und eine wollene Weste, die Staubflecken aufwies. Außer ihnen dreien hielt sich niemand sonst in der Buchhandlung auf.

Tobias nickte. »Ich werd mal schauen...«

»Professor Heller! Schlechte Nachrichten! Einen Moment!«, stieß Florian Kupferberg mit aufgeregter, aber gedämpfter Stimme hervor, eilte zur Tür und verriegelte sie.

Tobias ahnte, dass sein Onkel nicht gekommen war, um sich nach Büchern umzusehen. Der Buchhändler hatte seinen Onkel schon mehrfach auf *Falkenhof* aufgesucht, zusammen mit einigen anderen Männern, von denen Tobias wusste, dass auch sie Mitglieder des Geheimbundes *Schwarz, Rot, Gold* waren. Erst seit knapp einem Jahr wusste er von den illegalen Aktivitäten seines Onkels. Zufällig hatte er ein Gespräch zwischen ihm und seinem Vater belauscht, in dem dieser seinem Bruder ans Herz gelegt hatte, seine verbotene politische Betätigung für eine

Deutsche Nation und mehr Freiheitsrechte doch tunlichst aufzugeben. Später hatte er seinem Onkel gestanden, Zeuge dieser Unterhaltung geworden zu sein, und Heinrich Heller hatte ihm von dem Geheimbund gleich gesinnter Männer erzählt und ihren Zielen – jedoch ohne Namen zu nennen und nachdem er ihm sein Ehrenwort abgenommen hatte, zu niemandem ein Wort darüber zu verlieren.

Er nahm wahllos eine Broschüre auf, die den ellenlangen Titel trug *Skizze der bis jetzt bekannten Lebensmomente des ehrwürdigen Findlings Kaspar Hauser in Nürnberg – Mit einer naturgetreuen Abbildung desselben* und die 24 Kreuzer kosten sollte. Doch in Wirklichkeit spitzte er die Ohren, um etwas von dem Gespräch seines Onkels mit dem Buchhändler mitzubekommen.

»Nikolai Grebert war vorhin bei mir, Herr Professor! Stellen Sie sich vor: Der junge Riebel ist verhaftet worden! Pizalla hat ihn abgeholt! Heut Vormittag!«, raunte Florian Kupferberg abgehackt, während er mit seinem Onkel vor einem Buchregal stand und vorgab, eine zwölfbändige Ausgabe von Shakespeares Werken neu einzuordnen.

»Ich weiß«, erwiderte sein Onkel ruhig.

»Sie haben es schon gehört?«

»Nein, gesehen.«

Der Buchhändler sog die Luft hörbar ein. »Himmel, Sie waren zugegen?«

»Sozusagen.«

»Mein Gott, erzählen Sie!«

»Was gibt es da groß zu erzählen? Pizalla hatte seinen großen Auftritt und genoss ihn sichtlich. Ich schätze, er fühlte sich gleich einen Absatz größer«, lautete die bissige Antwort.

»Und Riebel?«

Tobias sah aus den Augenwinkeln, wie sein Onkel den Mund zu einem halb spöttischen, halb mitleidigen Lächeln verzog. »Er hielt sich glänzend, wie man es von einem Schwärmer wie ihm auch nicht anders erwarten konnte. Hoch erhobenen

Hauptes hat er sich zur Kutsche eskortieren lassen, stolz und mit gestrafften Schultern. Ein König hätte auch nicht würdiger zum Schafott gehen können. Nur wird es für ihn keine Gelegenheit geben, zum bewunderten Märtyrer zu werden.«

»Sie gehen mit dem armen Riebel aber arg ins Gericht, Professor«, flüsterte Florian Kupferberg.

»Leider muss ich das tun. Ein ehrenwerter Mann, dieser Melchior Riebel, und seine Gesinnung ist über jeden Zweifel erhaben. Ein freier Geist mit dem rechten Ziel im Auge. Aber dies allein reicht in solch schweren Zeiten einfach nicht. Man muss nicht nur das angestrebte Ziel im Auge behalten, sondern auch die Wege, die einen dahinführen können – ohne dass man auf halbem Weg plötzlich vor einem unüberwindbaren Abgrund steht oder gar in diesen stürzt, wie ihm jetzt geschehen«, bemerkte Heinricht Heller nüchtern. »Von so genannten Helden, die sich blindlings in die Gefahr stürzen und die große Geste mit der großen Tat verwechseln, habe ich nie viel gehalten. Jemand, der umsichtig ans Werk geht und auch morgen noch für die gute Sache streiten kann, ist mir zehnmal lieber – bei aller persönlichen Anteilnahme für Riebel.«

»Ja, gewiss. Er war reichlich unvorsichtig, vor seinen Schülern kein Blatt vor den Mund zu nehmen«, räumte Florian Kupferberg ein.

»Bedauerlich, aber ich habe es kommen sehen.«

»Wie auch immer, Pizalla hat damit wieder einen mehr auf dem Gewissen! Letztes Jahr Ziegler und nun Riebel! Der Bursche ist schärfer als seine Vorgesetzten.«

»Aber sie pfeifen ihn auch nicht zurück.«

»Pizalla gehört an den nächsten kräftigen Ast geknüpft. Der Teufel soll ihn holen!«, stieß Florian Kupferberg in ohnmächtigem Zorn hervor.

»Ich fürchte, den Gefallen wird uns der Teufel schuldig bleiben.«

»Wir werden noch mehr auf der Hut sein müssen, Herr Professor.«

»Allerdings.«

»Sollen wir unser Treffen besser auf unbestimmte Zeit verschieben?«, hörte Tobias den Buchhändler raunen, während er die Kaspar-Hauser-Broschüre aus der Hand legte und nach einer Abhandlung über den englischen Mathematiker, Physiker und Astronomen Sir Isaac Newton griff.

»Dafür sehe ich keinen Grund«, antwortete sein Onkel. »Riebel gehörte nicht zu unserem Kreis. Ich glaube nicht, dass wir etwas zu befürchten haben, solange wir an unserem vorsichtigen Vorgehen festhalten und keine unnützen Risiken eingehen. Pizalla kann uns nichts anhaben, sofern wir uns hier nur in der Öffentlichkeit strengster Zurückhaltung befleißigen. Unsere Arbeit trägt auf andere Weise Früchte – und ich wage zu behaupten, dass es Früchte sind, die sich dann auch von selbst vermehren.«

Florian Kupferberg nickte mit ernster Miene. »Da muss ich Ihnen beipflichten. Also, es bleibt dabei. Ich lasse Ihnen eine Nachricht zukommen, wenn ich mit den anderen gesprochen habe.«

»Ja, verbleiben wir so«, sagte sein Onkel und fügte noch etwas hinzu, was Tobias nicht verstehen konnte, wie auch nicht die Antwort des Buchhändlers. Denn die beiden Männer entfernten sich nun ein Stück von ihm, und Tobias gab es auf, noch etwas aufschnappen zu wollen.

Einige Minuten später drang die Stimme seines Onkels laut durch das Geschäft zu ihm: »Na, hast du inzwischen ein Buch gefunden, das du gern haben möchtest, mein Junge?«

»Nein, heute nicht ... bis auf diese Kaspar-Hauser-Broschüre vielleicht«, fügte er schnell hinzu. »Er soll wie ein Tier im Wald gelebt haben.«

»Es gibt auch genügend zweibeinige Tiere in einer Stadt wie Mainz«, erwiderte sein Onkel, worauf Florian Kupferberg ein bitteres Lachen hören ließ, fragte nach dem Preis und bezahlte.

»Alles Gute, Herr Professor!«, wünschte der Buchhändler, als er die Tür entriegelte und sie hinausließ.

Heinrich Heller nickte nur.

Es war jetzt um die Mittagsstunde merklich ruhiger auf der Straße. Und die Hälfte des Weges zur Tuchfabrik gingen sie still nebeneinander her. Dann sagte Heinrich Heller unvermittelt: »Deinen spitzen, roten Ohren nach zu urteilen, ist dir kaum ein Wort entgangen, das wir gesprochen haben.«

Tobias versuchte erst gar nicht, es abstreiten zu wollen. »Du hättest bestimmt nicht so gut verständlich gesprochen, wenn du gewollt hättest, dass ich nichts davon mitbekomme, Onkel.«

Dieser lachte, und seit Riebels Verhaftung war es das erste Mal, dass die Stimme seines Onkels wieder unbeschwert fröhlich klang. »Du bist wahrlich nicht auf den Kopf gefallen. Es war in der Tat meine Absicht, dass du hörtest, was ich mit Kupferberg sprach. Du bist alt genug, um dir auch darüber Gedanken zu machen. Was ich über Riebel gesagt habe, sollst du dir zu Herzen nehmen. Leichtsinn ist kein Mut und Vorsicht keine Feigheit! Der arme Riebel hat das leider durcheinander gebracht. Du wirst diesen Fehler hoffentlich nie begehen!«

»Ich werde mir Mühe geben«, versicherte Tobias.

»Gut, dann hat das Gespräch ja mehr als einen Zweck erfüllt. Und nun lass uns sehen, ob Jakob und Sadik zum Aufbruch bereit sind.«

Sie waren es. Der in Segelleinwand verpackte Ballon und die Gondel lagen auf dem Fuhrwerk, zusammen mit mehreren dicken Rollen Seil, die Jakob von der Seilerei abgeholt hatte. Auch bei Johann Reitmaier war er schon gewesen.

»Der Mechanikus lässt ausrichten, dass er Ihren Auftrag mit Vorrang ausführen wird«, teilte er Heinrich Heller mit. »Drei Tage wird es aber schon dauern, wie er sagte.«

»Dann wäre ich schon sehr zufrieden«, freute sich Tobias' Onkel und wollte wissen, ob er und Sadik schon etwas zu Mittag zu sich genommen hätten, was der Stallknecht bejahte. Pagenstecher hatte ihnen Brote und eine Kanne Kaffee bringen lassen.

»Was wird mit Schwitzing?«, wollte Tobias wissen, als sein

Onkel sich von Pagenstecher verabschiedet hatte und zu ihm zur Kutsche zurückkehrte.

»Was soll mit ihm sein? Du hast doch gehört, dass er wieder wohlauf ist.«

»Wäre es nicht besser, er würde noch eine Weile zu Hause bleiben und sich richtig erholen?«, fragte Tobias nicht ohne eigennützige Hintergedanken. Karl Maria Schwitzing hatte das Angebot, auf *Falkenhof* zu wohnen, von Anfang an abgelehnt und zog es vor, morgens und abends eine Stunde mit der Kutsche unterwegs zu sein und mit seiner jungen Frau in Mainz wohnen zu bleiben. Im Winter war das beschwerlich, aber das nahm er offenbar gern in Kauf.

»Nach so einer Erkältung muss man vorsichtig sein, und die Fahrt täglich von Mainz zum *Falkenhof* und am Nachmittag zurück... ich meine, da kann er sich bei dem kalten Wetter doch einen Rückfall holen. Außerdem, da wir doch jetzt den Ballon haben und du davon noch nichts in die Öffentlichkeit dringen lassen möchtest...« Er ließ den Satz offen.

»Wie besorgt du bist, Tobias«, zog sein Onkel ihn auf. »Doch ich glaube fast, dir liegt noch mehr an ein paar unterrichtsfreien Wochen, nicht wahr?«

»Und wenn schon! Würde das meiner Bildung einen so schweren Schlag versetzen?«, entgegnete Tobias. »Und du hast mir doch versprochen, dass ich bei all den Vorbereitungen und den Experimenten dabei sein kann... Bitte, Onkel Heinrich. Wenn ich doch schon nicht nach Paris gehe... vorläufig«, setzte er vorsichtshalber hinzu.

Heinrich Heller lachte. »Also gut, fahren wir bei Schwitzing vorbei und informieren ihn, dass er sich erst einmal seiner Gesundheit und seiner jungen Familie widmen kann – bei vollen Bezügen! Du bist mir wahrlich ein teurer Junge, weißt du das?«

»Fällt das bei so viel teurer Seide und Taft überhaupt noch ins Gewicht, Onkel?«, fragte Tobias spitzbübisch zurück.

»Ab in die Kutsche mit dir, du Naseweis!«, befahl Heinrich Heller, doch seine Augen blitzten vergnügt.

Sie fuhren bei Schwitzing vorbei, dessen Nase noch immer triefte und der nur zu dankbar war, die nächste Zeit nicht nach *Falkenhof* zu müssen, ohne dadurch finanzielle Einbußen zu erleiden.

Dann beeilten sie sich, dass sie aus Mainz und auf die Landstraße kamen. Heinrich Heller war wieder bester Dinge und schien den Zwischenfall mit Riebels Verhaftung und Pizallas Drohgebärde vergessen zu haben. In angeregtem Gespräch ging die Zeit dahin, während Sadik darauf achtete, dass Jakob Weinroth mit dem schwer beladenen Fuhrwerk den Anschluss nicht verlor.

Sie waren kurz vor Marienborn, als es passierte: der entsetzliche Unfall.

ZWEITES BUCH

Jana

März 1830

Ein entsetzlicher Unfall

Den Rotfuchs zog es in den heimatlichen Stall und Sadik musste ihn an die Zügel nehmen. Hätte er ihm seinen Willen gelassen, wäre Jakob Weinroth die Kutsche in Minutenschnelle aus den Augen geraten. Doch er nahm ihn nur sehr ungern an die Kandare, denn es war bald Zeit für die rituellen Waschungen und die Nachmittagsgebete, die acht *raktas,* auf seinem Gebetsteppich. Sie mussten in Richtung der Kaaba in Mekka ausgeführt werden, die vom *Falkenhof* weit, sehr weit im Südosten lag.

Doch Sadik übte sich in Geduld und beruhigte sich mit dem Gedanken, dass Allah es ihm in seiner Barmherzigkeit und Güte schon nachsehen werde. In der Welt der Ungläubigen fand er nun mal nicht immer zu den vorbestimmten Zeiten die Gelegenheit, das *salat,* das rituelle Gebet zum Lobe Allahs, zu sprechen.

Um Abbitte zu leisten für diese Pflichtversäumnisse und um wenigstens ein klein wenig zum Wohlgefallen Allahs zu tun, sprach er schon mal die *Al-Fatiha,* die erste Sure des Korans, die den Anfang eines jeden Gebets bestimmte.

»Bis-mil-la-hir-rah-ma-nir-ra-him. Al-ham-du lil-la-hi rab-bil-ala-min…«, murmelte er in einem leisen Singsang, während der Rotfuchs durch eine lang gezogene Kurve trottete, die zu beiden Seiten von Bäumen und dichtem Gestrüpp gesäumt war. »Im Namen Allahs, des Allbarmherzigen! Lob und Preis sei Allah, dem Herrn aller Weltenbewohner, dem gnädigen Allerbarmer, der am Tage des Gerichtes herrscht. Dir allein wollen wir dienen…«

Sadik gelangte nur bis zum fünften Vers der ersten Sure. Denn als die Kutsche die scharfe Biegung hinter sich gelassen hatte und die Landstraße wieder ein gutes Wegstück schnurgerade vor ihnen lag, stockte ihm der Atem, und vergessen waren Allah und die Sure.

Keine zwanzig Kutschenlängen vor ihm zog ein hoher, bunt bemalter Kastenwagen mit klobigen Rädern durch den Schnee. Es war ganz offensichtlich der Wohnwagen eines Zigeuners, denn nur fahrendes Volk wagte sich mit solch einem obskuren Gefährt auf die Straßen. Er hielt auf die schmale Brücke zu, die kurz vor Marienborn über ein kleines Gewässer führte, das noch unter einer festen Eisdecke lag. Sadik konnte vom Kastenwagen nur die Rückseite sehen, in die eine schmale Tür eingelassen war. Und auf dieser Rückfront prangte ein magisches Auge, das ihn aus der Tiefe eines mitternachtsblauen Sternenhimmels anzustarren schien. Unterhalb dieses Auges ragte aus einem angedeuteten Meer eine Hand, die einen Fächer von sieben geheimisvollen Tarotkarten hielt.

Sadik glaubte feurige Schwerter, einen goldenen Kelch, Totengebein und sogar einen kopfunter Gehängten auf diesen Karten entdecken zu können. Doch er hatte nicht die Zeit, um genau hinzuschauen. Denn seine Aufmerksamkeit und sein Erschrecken galten in erster Linie der karmesinroten Kutsche, die aus Richtung Marienborn heranjagte, gezogen von einem Vierergespann pechschwarzer Hengste.

Es war die extravagante Kutsche des Grafen von Prettlach. Die Sitzbänke im Innern waren mit goldenem Samt bezogen, während Seitenwände und Decke mit königsblauer Seide bespannt waren. Innen wie außen trugen die Zierleisten einen Überzug aus Blattgold und mit Blattgold überzogen war auch das gräfliche Wappen auf dem Schlag. Und was die Pferde betraf, so waren es wohl die feurigsten Hengste, die man im Umkreis einer Tagesreise und weiter finden konnte, wie es hieß.

Jeder in und um Mainz kannte diese ungewöhnliche Kutsche mit dem satansschwarzen Vierergespann – und ihren Besitzer, den aufgeschwemmten Grafen von Prettlach, dessen exzentrischer Lebensstil Inhalt zahlloser Skandalgeschichten war. Er war ein Mann, der seinen Reichtum und seine Macht rücksichtslos zu seinen Gunsten und den seiner Freunde einsetzte.

Diese Rücksichtslosigkeit bewies er bekanntermaßen auch auf der Landstraße. Seine Kutscher hatten die Anweisung – unter Androhung sofortiger Entlassung –, jeden von der Straße zu drängen, der in seinen Augen die Unverschämtheit und Respektlosigkeit aufbrachte, bei seinem Nahen nicht schon freiwillig an den Rand zu fahren und ihm auszuweichen.

Der Zigeuner vor ihm ahnte nichts davon und unterschätzte wohl auch die Geschwindigkeit, mit der ihm die Kutsche entgegenflog. Er machte auf jeden Fall keine Anstalten, sein Pferd zu zügeln und seinen Wagen an die Seite zu lenken.

Sadik stockte der Atem. Er hörte schon das wilde Trommeln der im gestreckten Galopp dahinrasenden Hengste und den scharfen Knall der Peitsche, die der Kutscher über den Köpfen der Tiere tanzen ließ.

Der Kastenwagen befand sich bereits auf der ansteigenden Auffahrt zur Brücke, als dem Zigeuner offenbar dämmerte, was passieren würde, wenn er nicht auf der Stelle zur Seite auswich und die Brücke freigab.

Was dann geschah, spielte sich in nur wenigen Sekunden ab. Der Zigeuner riss das Pferd nach rechts von der Straße und versuchte es gleichzeitig zum Stehen zu bringen, während die gräfliche Kutsche jeden Moment über die Brücke rasen musste.

Unglücklicherweise war der Boden abschüssig. Das hintere rechte Rad des Kastenwagens verlor festen Untergrund und geriet im Schnee ins Rutschen. Augenblicklich neige sich der ganze Wagen gefährlich auf die Seite, rutschte seitlich den Hang hinunter und drohte umzustürzen. Jetzt geriet das Pferd in Sadiks Blickfeld. Es war ein zotteliger Brauner. Er legte sich mit einem schrillen Wiehern, das voller Angst war, ins Geschirr und mühte sich vergeblich, sich gegen die gewaltige Kraft zu stemmen, mit der ihn der rutschende Wagen rückwärts zog. Und in sein durchdringendes Wiehern mischte sich eine panikerfüllte menschliche Stimme.

Im selben Moment dröhnten acht Paar Hufe im Galopp über die schweren Bohlen der Brücke und die Kutsche flog an dem wegrutschenden Zigeunerwagen vorbei, ohne dass der livrierte Mann auf dem Kutschbock auch nur den Kopf zur Seite wandte. Noch immer feuerte er die Hengste mit Peitsche und Zurufen an. Und Sadik glaubte, regelrechte Schadenfreude aus der Stimme des Kutschers herauszuhören, als er an ihnen vorbeiflog. Wie Jakob Weinroth hinter ihm, so hatte auch er früh genug die Straße geräumt, wenn auch mit einer lästerlichen Verwünschung auf den Lippen.

Dass der Zigeunerwagen aber dann doch nicht ganz den Hang hinunterstürzte, sich überschlug und zerschellte, verdankte er einer knorrigen Eiche. Sie ragte auf halbem Weg abwärts aus der schneebedeckte Erde auf.

Der bunte Kastenwagen krachte mit der oberen Kante der rechten Seite gegen den Stamm. Holz splitterte. Doch das Gefährt kam zum Stehen. Es war ein sehr harter, abrupter Halt.

Ein gellender Schrei. Die Gestalt, die vom Kutschbock geschleudert wurde, sah aus wie eine lebensgroße Puppe. Sie flog mehrere Meter durch die Luft, durchbrach ein Gebüsch und schlug am Ufer des kleinen Flusses auf. Schnee stob auf. Regungslos blieb die Gestalt liegen.

»Allmächtiger!«, stieß Sadik entsetzt hervor. Hastig band er die Zügel um den Griff der Bremse, befreite sich von seinen Decken und schwang sich vom Kutschbock.

Der Kutschenschlag flog auf. Tobias und sein Onkel sprangen heraus. Jakob Weinroth war ebenfalls vom Bock seines Fuhrwerkes gesprungen, lief durch den Schnee und rief ihnen etwas zu, was sie nicht verstehen konnten.

»Was ist passiert?«, fragte Heinrich Heller verstört und sah im selben Augenblick den Gauklerwagen an der Eiche auf der Böschung. »O mein Gott!«

»Das war doch Graf Prettlachs Kutsche!«, rief Tobias nicht weniger erschrocken und verwirrt. Sie hatten nur das Trommeln der Hufe, schrilles Pferdewiehern und dann ein lautes

Krachen gehört, gefolgt von einem Schrei, der ihnen durch Mark und Bein gegangen war. Die vier schwarzen Hengste und die rotgoldene Kutsche waren wie ein Spuk an ihrem Fenster vorbeigehuscht. »Hat er den Zigeuner von der Straße gedrängt?«

Sadik nickte ergrimmt. »Allahs Fluch möge über ihn kommen! Bis in die Ewigkeit soll er in Satans flammendem Feuer brennen! Umgebracht hat er den Zigeuner! Denn den Sturz hat er wohl nicht überlebt.«

»Sturz?«, wiederholte Heinrich Heller betroffen. »Wovon redest du?«

Der Araber deutete hinunter zum Ufer des zugefrorenen Flusses. »Da unten liegt er. Als der Wagen gegen den Baum krachte, hat es ihn, wie vom Katapult geschossen, in die Luft geschleudert. Niemand überlebt so einen schweren Sturz!«

Tobias stieß einen Laut des Erschreckens aus.

Jakob Weinroth, der sie mittlerweile erreicht und Sadiks Worte gehört hatte, nickte. »Auch ich hab ihn fliegen sehen, Herr. Der ist hin. Macht nur noch dem Sargmacher Freude, der Zigeuner. Aber nur, wenn er auch als Toter für die Kiefernkiste bezahlen kann. Kein weiches Herz, was der Reuthers Carl in seiner Brust trägt. Aber wen wundert's. Dem Bestatter ist der Tod die willkommene Ernte und auch er liebt nicht den leeren Halm«, sagte er und vergaß in der Erregung und Bestürzung des Augenblicks seine übliche Wortkargheit.

»Arrogantes Adelsgesindel!«, stieß Heinrich Heller zornig hervor. »Aber was stehen wir hier herum und reden! Vielleicht ist er noch gar nicht tot.«

Jakob Weinroth schüttelte nur den Kopf.

Doch Sadik sagte: »Richtig, schauen wir nach. Holen müssen wir ihn so oder so.«

»Bleib du hier oben«, sagte Heinrich Heller zu seinem Neffen.

»Nein, ich möchte mitkommen, Onkel!«

Dieser zog die Augenbrauen hoch, zögerte und sagte dann: »Gut, wenn du den Anblick verträgst, komm mit.«

Sie stiegen den Hang hinunter, Sadik und Jakob voran, gefolgt von Tobias und seinem Onkel. Am Fuß der Böschung stand der Schnee so hoch, dass sie tief einsackten. Der Wind hatte ihn wohl gegen den Hang getrieben und zu einer kleinen Schneewehe aufgehäuft.

Die Gestalt lag mit dem Gesicht im Schnee. Die Arme von sich gestreckt und das rechte Bein grässlich verdreht. Blut tränkte den unberührten Schnee an dieser Stelle.

Tobias schluckte heftig, als sich Übelkeit in ihm regte. Er hatte noch nie einen Toten gesehen, und er wusste nicht, ob sich ihm beim Anblick einer übel zugerichteten Leiche nicht der Magen umdrehen würde. Doch er hatte mitkommen wollen und konnte nun nicht mehr zurück. Er ging näher heran, wenn auch etwas zögerlich. Der gestreifte, in dunklen Farben gehaltene Umhang des Zigeuners war bis zu den Hüften hochgeschlagen und ließ weite braune Hosen sehen, die in kurzen geschnürten Stiefeln endeten. Ihm fiel auf, dass eine Sohle fast völlig durchgelaufen war. Sein Blick ruhte für einen kurzen Moment auf dem rechten Bein, das zwischen Hüfte und Knie gebrochen war. Die Hose war aufgefetzt, und das warme ausströmende Blut dampfte in der kalten Luft des Februarnachmittags.

Schnell wandte Tobias den Blick ab und schaute auf den Kopf des Zigeuners, der unter einer dicken rot-braunen Strickmütze verborgen war. Sie reichte ihm bis weit über die Ohren. Neben dem Kopf lag seine rechte Hand, an deren Gelenk etwas golden glitzerte.

Jakob Weinroth blickte zum Wagen hoch, der in einer seltsamen Stellung am Baum lehnte.

»Mächtig weiter Flug!«, bemerkte er. »Geradewegs in den Himmel, wie mir scheint. Ein kurzer und doch so weiter Weg.«

»Dreh ihn um, Sadik!«

Der Araber packte die Gestalt an der Schulter und drehte sie auf den Rücken. Das Erstaunen und die Betroffenheit war bei allen gleich groß.

»Heilige Maria Gottes! Es ist überhaupt kein Zigeuner!«, stieß Jakob Weinroth hervor. »Es ist eine *Zigeunerin!*«

Ja, sie blickten in das schmale, blasse Gesicht eines Mädchens!

»Sie lebt, Allah sei Dank«

Das Mädchen schien in einem Bett struppig schwarzer Haare zu liegen, die einen scharfen Kontrast zu der weißen Schneedecke um sie herum bildeten. Um die Stirn lief eine schwarze Kordel, in die bunte Glasperlen eingeflochten waren und an der eine Goldmünze hing. Die Kordel war verrutscht, sodass die Münze nun ihr linkes Auge bedeckte.

Sadik beugte sich über sie, brachte sein Gesicht nahe an ihren Mund, während er gleichzeitig nach ihrem Handgelenk fasste und den Puls fühlte. »Sie atmet noch!«, stieß er hervor. »Allah sei Dank, sie lebt! Der tiefe Schnee hier hat ihren Aufprall wohl etwas gedämpft.«

»Nein!«, sagte Jakob ungläubig. »Nach diesem Sturz?«

»Himmel, wenn Sadik sagt, sie lebt, dann lebt sie!«, rief Heinrich Heller und seine Stimme bekam augenblicklich einen energischen Klang. »Die Blutung, Sadik! Wir müssen die Blutung an ihrem Bein zum Stillstand bringen. Jakob, lauf schnell hoch zur Kutsche! Hol meinen Spazierstock und die Peitsche!«

Verständnislos sah ihn der Stallknecht an. »Spazierstock und Peitsche? Ja, aber...«

»Frag nicht lange! Lauf schon!«, fiel ihm Heinrich Heller ungeduldig in die Rede, und Jakob beeilte sich, dass er die Böschung hochkam, um das Verlangte zu bringen.

Sadik hatte unterdessen zu seinem Messer gegriffen. Mit zwei raschen Schritten hatte er die Hose am rechten Bein weit aufgeschnitten, sodass die Wunde nun offen lag. Ein spitzer Knochen ragte aus dem Fleisch, aus dem das Blut pulsierte.

Tobias wandte sich schnell ab und schaute auf das Gesicht des Mädchens, während es in seinem Magen rumorte. Hitze stieg in ihm auf und der Schweiß brach ihm aus allen Poren, als stände er in der Mittagssonne eines heißen Sommertages. Er wünschte jetzt, er wäre bei der Kutsche geblieben.

Der Araber riss sich das Tuch vom Kopf, schnitt das Gewebe kurz mit dem Messer ein und packte dann mit beiden Händen zu, zerrte es auseinander, sodass er einen langen Streifen erhielt.

»Tobias!«, rief er scharf.

Tobias drehte sich zu ihm um, vermied es aber, dass sein Blick auf die Wunde und das abgewinkelte Bein fiel.

»Ja?«

»Ich brauche noch vier lange Streifen. Hilf mir«, forderte er ihn auf und drückte ihm Messer und Tuch in die Hand.

Tobias war nur zu dankbar, etwas tun zu können, und ging hastig daran, das lange Tuch in vier Streifen zu schneiden.

»Sie hat viel Blut verloren«, hörte er seinen Onkel sagen.

»Ihr Puls ist aber noch recht kräftig«, gab Sadik zur Antwort, während er den Oberschenkel abband. »Sie kann durchkommen – vielleicht. Aber erst muss ich das Bein notdürftig richten und schienen, sonst können wir sie nicht hochtragen.«

Jakob stolperte und rutschte die Böschung herunter. »Stock und Peitsche, Herr!«, rief er atemlos.

»Reichen sie zum Schienen, Sadik?«, fragte Heinrich Heller, und nun verstand Jakob, weshalb er ihn so eilig nach beidem geschickt hatte.

»Notdürftig. Aber ein Stück Brett dazu wäre noch besser. Helfen Sie mir! ... Ja, ein bisschen anheben. Gut, das reicht.«

»Die Tücher, Sadik«, sagte Tobias und hielt sie ihm hin, den Blick starr auf das bleiche Gesicht des Mädchens gerichtet. Nur nicht an das denken, was Sadik im Augenblick mit dem Bein anstellte!

Er zwang seine Gedanken in andere Bahnen. Wie sie wohl hieß und wie alt sie sein mochte? Ihr Alter ließ sich schwer schätzen. Sechzehn? Vielleicht siebzehn? Aber was verstand er schon von Mädchen und jungen Frauen. Auf *Falkenhof* gab es nur Agnes und Lisette, und beide kannte er schon so lange, dass er nie über ihr Alter nachgedacht hatte. Aber diese Haut war glatt und rein, und sie war recht hübsch, zumindest das konnte er feststellen. Doch wie eine Zigeunerin – so wie er sich diese immer vorgestellt hatte, denn gesehen hatte er bisher noch keine – wirkte sie keineswegs. Von dem Stirnband mal abgesehen.

Sie hatte die Augen geschlossen. Der Mund war etwas geöffnet, sodass er ihre Zähne sehen konnte. Sie leuchteten so weiß wie der Schnee um sie herum, nein, doch eher wie die Perlmuttschalen, die er von der Muschelsammlung seines Onkels her kannte. Er sah jetzt, dass sie unter dem Umhang eine kurze Jacke und ein buntes Flickenhemd trug. Was wollte sie so mutterseelenallein mit einem Zigeunerwagen auf der Landstraße?

»Ob vielleicht noch jemand im Wagen ist?«, sprach er seine Gedanken laut aus.

»Himmelherrgott, daran habe ich ja noch gar nicht gedacht! Gut, dass du uns daran erinnerst! Lauf schnell hin und sieh nach! Ruf, wenn du jemanden findest!«, forderte ihn sein Onkel auf.

»Ja, ich bring auch ein Stück Brett mit! Bretter sind da ja genug zu Bruch gegangen!«

»Ein Brett! Natürlich! Jakob, geh du mit ihm. Du kannst hier doch nicht helfen. Ich kümmere mich schon mit Sadik um das Mädchen. Das Richten ist kein schöner Anblick. Die Schmerzen werden groß sein und vielleicht wird sie aus ihrer Bewusstlosigkeit erwachen und schreien. Also erschreckt euch nicht!«, rief er ihnen nach.

Tobias lief, so schnell er konnte, die Böschung zum Kastenwagen hoch. Erst jetzt nahm er so richtig zur Kenntnis, was seitlich auf die Wände gemalt war – nämlich jeweils ein schillernder Regenbogen. Er stieg vom hinteren Teil zwischen mehreren Baumwipfeln auf, lief unter zwei Wolken her und mündete vorn in einem Kessel voll funkelnder Goldmünzen.

Das Pferd hielt mit zitternden Flanken am Hang, warf den Kopf hin und her und bleckte die Zähne. Aus dem Weiß der Augen sprach die Angst des Tieres. Wie ein Hilferuf stieg sein schrilles Wiehern in den Himmel.

Und dann hörte Tobias noch eine andere Stimme. Nein, keine Stimme. Ein gedämpftes, hohes Kreischen. Doch es klang nicht menschlich. »Da muss noch ein Tier drin sein!«, rief er Jakob über die Schulter zu, der hinter ihm durch den Schnee stapfte. »Kümmere du dich um das Pferd. Du kennst dich damit aus. Ich seh mal im Wagen nach.«

Jakob gab einen Laut der Zustimmung von sich und Tobias zog sich auf den Kutschbock hoch. Zwei gewiss nicht kostbare Teppiche hingen vor dem Durchstieg, der ins Innere des Kastenwagens führte.

Es knirschte über ihm, und der Wagen bewegte sich ein wenig, sodass er das Gleichgewicht auf dem schrägen Kutschbock zu verlieren drohte. Schnell hielt er sich an der Dachkante fest. Das Pferd ruckte wie wild.

»Jakob! Nun tu schon was! Ich will nicht auch noch durch die Luft fliegen! Ich denke, du kannst es so gut mit Pferden!«

»Sachte, sachte!« Tobias wusste nicht, ob die Beruhigung ihm galt oder dem Braunen. Er wartete jedoch ab, wie Jakob mit dem nervösen Pferd zurechtkam.

Der Stallknecht redete ihm gut zu, während er sich ihm langsam von vorn näherte. Dabei gab er aber auch eine Reihe merkwürdiger Schnalz- und Brummgeräusche von sich, als wäre das die Sprache, die ein Pferd in Wirklichkeit verstand. Der Braune sprach auch tatsächlich darauf an. Erst scharrte er noch mit einem Huf und rollte die Augen. Doch als Jakob ins Zaumzeug griff, ihm über die Schnauze strich und weiter mit einer Mischung aus Worten und Lauten zu ihm redete, da wurde er sichtlich ruhiger.

Tobias schlug die Teppichstücke zur Seite, stieg vorsichtig über die Sitzbank ins Innere des Wagens und schaute sich um. Er sah auf der rechten Seite eine Schlafkoje, vor sich einen schmalen Mittelgang, in dem jetzt Decken, Töpfe und vieles andere in einem wilden Durcheinander lagen, und linker Hand eine lange Sitzbank. Darüber ragten Haken aus der Wand. An einigen hingen noch Kleidungsstücke, zusammengeschnürte Bündel und Dinge, die er auf den ersten, schnellen Blick nicht einzuordnen wusste. Das Mädchen war allein gewesen. Das sah er sofort. Zumindest ohne *menschlichen* Begleiter.

Jetzt wandte er seine Aufmerksamkeit dem Loch im gewölbten Dach zu. Links oben hatte die Eiche ein halbes Dutzend Bretter eingedrückt. Mehrere gesplitterte Bretter ragten zu ihm herunter. Er packte ein armlanges Stück, das nur noch von zwei, drei Nägeln gehalten wurde, zerrte und drehte es, bis er es samt den Stiften aus dem u-förmigen Stützbalken gerissen hatte, auf dem es angenagelt gewesen war.

Das merkwürdige Kreischen ignorierte er. Es klang weder nach einem Hund noch nach einer Katze, dessen war er sicher. Aber welches Tier hier auch immer unter den durcheinander geworfenen Sachen liegen mochte, das Mädchen im Schnee war im Augenblick wichtiger. Sadik und sein Onkel brauchten das Brett zum Schienen.

Schnell brachte er es ihnen. Das Bein lag jetzt gerade im schmutzig braunen Schnee und die Wunde war notdürftig mit dem Rest von Sadiks großem Tuch verbunden.

»Im Wagen ist noch ein Tier eingeschlossen!«, rief er ihnen zu und erntete kaum mehr als ein Nicken, denn sie gingen sofort daran, dem gebrochenen Bein mit dem untergeschobenen Brett Halt zu geben. Stock und Peitschenstiel pressten sie an die Seiten und schnürten das Ganze mit den vier langen Stoffstreifen fest.

Er sah, dass er hier nicht gebraucht wurde. »Ich seh nach dem Tier und bin gleich wieder zurück«, sagte er und lief wieder zum Wagen hoch. Jakob war inzwischen dabei, den Braunen auszuspannen. Das Kreischen aus dem Innern machte ihn sichtlich nervös. Tobias hatte den Eindruck, als ginge es ihm nicht allein darum, das Pferd den Hang hochzuführen. Er wollte wohl auch so schnell wie möglich vom Wagen weg. Und er erhielt auch gleich die Bestätigung seiner Vermutung, als er auf den Kutschbock stieg.

»Geben Sie bloß Acht, junger Herr!«, warnte ihn der Stallknecht und warf einen bedeutungsvollen Blick auf den teppichverhängten Eingang. Argwohn, Aberglaube und die seltsamen Geschichten, die bei der Landbevölkerung erzählt wurden, fanden ihren Ausdruck auf seinem Gesicht. »Wer weiß, was das ist! Das ist ein Zigeunerwagen! Vielleicht sollten Sie auf Sadik warten. Der wird sich *damit* besser auskennen.« Er sagte es in einem Tonfall, als wollte er das Mädchen der schwarzen Magie und der Hexerei verdächtigen – und andeuten, dass auch ein Araber diesen Teufelskünsten bestimmt nicht fernstand. Gleichzeitig führte er den Braunen vom Wagen fort, denn der letzte Gurt war geöffnet.

Tobias war nicht gerade die Gleichgültigkeit in Person. Das Kreischen, das er keinem ihm bekannten Tier zuordnen konnte, ließ auch ihn ein wenig nervös werden. Doch er dachte nicht daran, das vor dem Stallknecht zu zeigen. Das verbot ihm sein Stolz. Und so sagte er mit einer Mischung aus Spott und betonter Gleichmütigkeit: »Einer muss sich in die Hexenstube wagen, Jakob. Aber versprich mir, zu meiner Rettung zu kommen, wenn du mich schreien hörst und es gleich raucht, zischt und nach Schwefel stinkt!«

Jakob furchte die Stirn, nicht sicher, ob der junge Herr es ernst meinte oder ihn verspottete. Deshalb hüllte er sich lieber wieder in Schweigen und blieb, den Braunen am Zügel, abwartend stehen.

Tobias verschwand hinter den Teppichen. Durch das Loch im Dach fiel ausreichend Licht ins Innere. Einen Augenblick blieb er ganz vorn im Gang stehen und lauschte. Das Kreischen erklang vom anderen Ende des Wagens. Das Tier lag offenbar unter all dem Kram begraben, der von Sitzbank und Schlafkoje in den schmalen Durchgang gefallen war.

»Na dann: nur Mut!«, sagte er sich, biss sich auf die Lippen und begann vorsichtig in dem wüsten Durcheinander zu suchen. Er stellte zwei verbeulte Töpfe, einen bauchigen Kessel und eine schwere Pfanne auf die Sitzbank und warf zwei Fransenkissen auf den platt gelegenen Strohsack, der unten in der Schlafkoje lag. Er räumte ein langes Bündel Holzstangen sowie ein dickes Paket fest verschnürter Leinwand aus dem Weg.

Nun war das Kreischen nicht nur viel lauter, sondern er sah unter der Decke, die auf dem Boden lag, auch etwas zappeln. Ein Tier, das recht klein sein musste und von unten immer gegen die Decke sprang, von der es sich nicht befreien konnte.

Vielleicht doch eine Katze?

»Ist ja schon gut. Ich befreie dich ja auch von der Decke. Nur ruhig! ... Ich bin auch ganz ruhig! ... Heilige Mutter Gottes, und *wie* ruhig ich bin!«, murmelte er und hatte einen ganz trockenen Mund.

Er suchte das Ende der Decke, um sie ganz langsam anzuheben. So viel Licht drang hier nun doch nicht herunter, als dass er auch im Knien alles hätte erkennen können.

Das Zappeln und Kreischen nahm noch zu, als das Tier die suchende Hand spürte. Dann spürte Tobias auf einmal die harten Bretter des Bodens unter seinen Fingern – und im nächsten Moment schrie er gellend auf, vor Schreck und Schmerz, als ihn das Tier in den Daumen biss. Es fühlte sich an, als hätte ihm jemand mit einem halben Dutzend Nähnadeln in den Finger gestochen.

Er zuckte zurück. »Verdammtes Vieh!«

»Allmächtiger!«, hörte er draußen Jakob erschrocken rufen.

Im selben Moment flitzte ein braunes pelziges Etwas unter der Decke hervor. Es war schnell wie der Blitz. Und bevor sich Tobias noch von seinem Schrecken erholt hatte, saß es über der Schlafkoje auf einem schmalen Bord mit hoch gezogener Außenkante.

»Herr Tobias! ... Ist etwas passiert, junger Herr?«, rief der Stallknecht besorgt.

Tobias hatte den Daumen, wo das Tier ihn gebissen hatte, unwillkürlich in den Mund gesteckt. »Ja, ich meine, nein – es ist alles in Ordnung!«, rief er zurück.

»Und was ist mit dem Tier, junger Herr?«

Tobias starrte auf das braune Geschöpf, das ihn aus großen runden Augen neugierig beäugte. »Es ist ein Affe, Jakob!«

»Ein *Affe?*«, tönte es ungläubig zurück.

»Ja, und zwar so bissig, wie er klein ist«, brummte Tobias.

»Ein Affe! Zigeuner! Na, dann führ ich den Braunen mal nach oben auf die Straße!«, rief Jakob hörbar erleichtert.

Tobias hielt seinen Daumen in das Licht. Es war kein tiefer Riss. Die Zähne des Affen hatten nur die Haut geritzt.

Er musterte das Tier eingehender. Es war nicht viel größer als etwa fünfundzwanzig, dreißig Zentimeter. Sein Fell war dunkelbraun, das Gesicht etwas heller. Er trug eine kleine Kette um den Hals. Seine Pfoten, die sich an der Kante festhielten, waren so feingliedrig, dass sie wie winzige Menschenhände aussahen. Doch das Merkwürdigste an diesem fremdartigen Geschöpf war der Schwanz, der fast so lang wie sein Körper war – und bedeckt von schneeweißen Haaren.

Ein Affe mit einem weißen Schwanz!

Tobias starrte ihn so neugierig an, wie die Augen des Affen ihn anstarrten. Angst schien er jetzt keine mehr zu haben, denn er saß völlig ruhig auf dem Bord und verzog nun sogar das Gesicht, als grinse er über ihn.

Es war die ungehaltene Stimme seines Onkels, die Tobias aus dem Studium des Affen riss.

»Tobias! Herrgott, wo bleibst du denn?«

Tobias überlegte kurz, ob er versuchen sollte, den Affen zu fangen und mit einem Stück Kordel, das sich in dem Wagen bestimmt auftreiben ließ, festzubinden. Doch die Stimme seines Onkels ließ keinen Aufschub zu. Man brauchte ihn wohl bei dem Mädchen.

»Lauf mir bloß nicht weg!«, drohte Tobias dem Affen mit erhobenem Zeigefinger, was dieser mit einer erneuten Grimasse beantwortete. Dann beeilte er sich, dass er aus dem Wagen und zurück zu Sadik und seinem Onkel kam. Die Zigeunerin war noch immer bewusstlos.

»Wir tragen sie jetzt hoch. Fass mit an, Junge!«, forderte Heinrich Heller ihn auf. »Du trägst sie am Kopfende. Aber pass auf, dass du nicht ausrutschst!«

»Im Wagen ist ein Affe! Aber ein ganz kleiner! Er reicht mir gerade bis ans Knie!«, teilte Tobias ihnen mit.

Sadik verzog das Gesicht. »Auch das noch!«

»Was meinst du damit, Sadik?«, fragte Tobias, während er in die Knie ging und seine Arme unter den Oberkörper des Mädchens schob. Schnee drang in seine Jackenärmel.

Sadik antwortete mit einem arabischen Sprichwort: »Einer sprach, o Affe, Allah möge dich in eine hässliche Gestalt verwandeln. Und der Affe antwortete: Nach dieser Verwandlung gibt es keine mehr!«

»Er ist aber gar nicht hässlich!«, widersprach Tobias.

»Später, später!«, sagte Heinrich Heller ungeduldig. »Das Mädchen muss aus dem Schnee ins Warme.«

»Ich bin bereit«, sagte Tobias.

»Dann hoch mit ihr – aber langsam!«

Sie hoben das bewusstlose Mädchen auf. Zu dritt trugen sie es den Hang hoch. Sadik hielt ihre Beine, Heinrich Heller hatte sie um die Hüfte gepackt und Tobias hielt ihren Oberkörper. Ihr Kopf ruhte in seiner rechten Armbeuge.

Mehrmals drohten sie ins Rutschen zu geraten, aber es ging gut. Sie erreichten die Straße ohne Zwischenfall. Doch es war ein gutes Stück Arbeit, das Mädchen in die Kutsche zu bugsieren, ohne dass ihr gebrochenes Bein noch mehr Schaden nahm. Sie setzten es aufrecht in die Ecke, sodass das Bein der Länge nach auf der Sitzbank ruhte.

»Es wäre besser, ihr Bein würde höher liegen«, meinte Sadik. »Aber mit der Kutsche sind wir dreimal schneller auf *Falkenhof* als mit dem schweren Fuhrwerk.«

Heinrich Heller wandte sich seinem Neffen und dem Stallknecht zu. »Ihr bleibt hier. Ich schicke euch Klemens mit dem offenen Einspänner. Gemeinsam müsstet ihr es schaffen, den Zigeunerwagen wieder auf die Straße zu bugsieren.« Er sah Jakob Weinroth fragend an.

Dieser nickte zuversichtlich.

Heinrich Heller stieg in die Kutsche, um während der Fahrt auf das Mädchen zu achten. Sadik saß schon auf dem Kutschbock. Augenblicke später ratterte die Kutsche über die Brücke, und der Rotfuchs durfte nun zeigen, wie tüchtig er sich ins Geschirr legen konnte.

Tobias zog seinen Umhang enger um die Schultern. Die Sonne war ohne Kraft und die Kälte durchdrang ihn. Vor einer Stunde war nicht damit zu rechnen, dass Klemens mit dem Einspänner bei ihnen war, auch wenn er sich noch so sehr beeilte. Also Zeit genug, schon mal alles vorzubereiten, Seile am Zigeunerwagen zu befestigen – und sich um den Affen zu kümmern.

Falkenhof im Schatten des Todes

Die tiefen Schatten der Nacht krochen schon aus den Wäldern, nahmen dem Schnee seine Leuchtkraft und überzogen ihn mit dem Grau des Dämmerlichtes, als die lange Allee von *Falkenhof* endlich vor ihnen auftauchte.

Tobias fuhr mit dem Zigeunerwagen vornweg. Hinter ihm folgte Jakob mit dem Fuhrwerk. Klemens Ackermann bildete mit dem Einspänner das Schlusslicht.

Warmes, gelbliches Licht fiel aus den Fenstern im Westflügel in die nun schnell hereinbrechende Nacht. Tobias war froh, als er die Lichter am Ende der Allee sah. Wie gelbe Lampions schienen sie im kahlen Geäst der Bäume zu hängen.

Es war ein schweres Stück Arbeit gewesen, den Zigeunerwagen wieder auf die Straße zu holen, ohne dass er zur Seite wegkippte und unten am Fuß der Böschung zu Bruch ging. Mit Seilen und der Zugkraft der Pferde allein war es nicht getan gewesen. Zuerst hatten sie drei, Jakob, Klemens und er, den Wagen Stück für Stück herumgehoben, bis er mit der Rückseite am Eichenstamm lehnte und die Deichsel geradewegs nach oben zur Straße wies. Das hatte sie arg ins Schwitzen gebracht, und Tobias hatte von Jakob und Klemens einige neue Flüche gelernt, die sein Onkel besser nie erfuhr. Erst nachdem sie den Wagen herumgedreht hatten, waren die Pferde eingesetzt worden. Der Rest war ein Kinderspiel gewesen, aber eben nur der Rest! Was hatte er Graf Prettlach insgeheim verwünscht! Die Pest hatte er ihm an den Hals gewünscht!

Mit dem Affen hatte er dagegen nicht so viel Mühe gehabt, wie er befürchtet hatte. Unter dem im Wagen herumliegenden Kram hatte er einen Gitterkäfig aus fingerdicken Bambusstangen samt einigen Trockenfrüchten gefunden. Als er ihn auf die Sitzbank gestellt und die Tür geöffnet hatte, war das Äffchen von sich aus hineingeschlüpft, hatte nach einem trockenen Apfelstück gegriffen und es sich schmecken lassen. Dass Tobias die Tür rasch hinter ihm verschlossen hatte, hatte es nicht gestört.

Tobias lenkte den Zigeunerwagen durch das Tor in den Innenhof, hielt vor den Stallungen und wickelte die Zügel um den eisernen Peitschenhalter. Jakob würde sich um Pferd und Wagen kümmern.

Es war ein langer, aufregender Tag gewesen, und er war erleichtert, endlich zurück zu sein, und voller Unruhe, wie es dem Mädchen wohl ging. Fast hätte er darüber den Affen vergessen. Er klemmte sich den Bambuskäfig unter den Arm und eilte, so schnell er konnte, hinauf in den ersten Stock.

Dort, wo die Gästezimmer lagen, stand eine Tür offen, und unruhiges Licht fiel aus dem Zimmer in den Flur. Tobias lief darauf zu. Lisette ging ihm entgegen, eine Schüssel Wasser in der einen Hand und einen flachen Korb mit blutigen Verbänden in der anderen. Ihr Gesicht war kreideweiß und ließ die Vermutung zu, dass sie mit Übelkeit zu kämpfen hatte.

»Wie geht es ihr?«, wollte Tobias wissen.

»Es ist grässlich! Ekelhaft.« Ihre Stimme zitterte und sie schluckte krampfhaft. »Ich bin ein Hausmädchen, und das da ist wirklich nicht meine Aufgabe!« Sie schüttelte sich und ging hastig weiter, ohne Tobias eine Antwort auf seine Frage gegeben zu haben.

Zögernd trat er ins Zimmer. Im Kamin brannte ein loderndes Feuer und die Wärme schlug Tobias nach den langen Stunden im Freien wie der Hitzeschwall aus einem jäh geöffneten Backofen entgegen. Sie nahm ihm für einen Moment den Atem. Er hakte den Umhang vor der Brust auf, stellte den Bambuskäfig vor die Wand neben der Tür und zog sich den warmen Umhang von den Schultern. Er legte ihn neben den Käfig. Dann trat er ans Bett. Sadik und sein Onkel standen auf der anderen Seite des Himmelbettes mit den rankenverzierten Pfosten.

Das Gesicht des Mädchens sah noch bleicher aus, als er es in Erinnerung hatte. Ganz spitz schien es geworden. Ihre Augen waren noch immer geschlossen, doch sie bewegte sich. Ihre Lippen zitterten und sie stöhnte. Er sah, wie sich ihre linke Hand ins Betttuch krallte. Die Kordel mit den Glasperlen und der Münze trug sie nicht mehr um die Stirn, auf der Schweiß glänzte.

»Gut, dass du wieder da bist, mein Junge«, sagte sein Onkel. »Alles in Ordnung mit dem Zigeunerwagen?«

Tobias nickte und glaubte einen fetten Kloß in der Kehle zu haben. Es erschien ihm lächerlich, sich angesichts des Mädchens darüber beklagen zu wollen, wie schwer es doch gewesen war, ihn wieder auf die Straße zu ziehen, und wie eisig sich seine Füße anfühlten.

»Wie geht es ihr?«, brachte er nur heraus.

»Wir haben gerade noch mal den Verband gewechselt. Die Wunde ist ausgewaschen, verbunden und gut versorgt, und der Bruch ist gerichtet und geschient. Mehr können wir im Augenblick nicht für sie tun.«

»Willst du denn keinen Arzt rufen, Onkel?«

»Sadik ist der beste Arzt, den sie sich wünschen kann«, erwiderte sein Onkel.

»Ich bin kein wirklicher *hakim,* nicht nach unserem Verständnis«, wehrte Sadik sofort ab. »In meiner Heimat würde mich keiner an einen Kranken lassen.«

»Aber du kennst dich in der Heilkunde besser aus als alle Knochenflicker, die mir in meinem nicht gerade kurzen Leben begegnet sind«, sagte Heinrich Heller nachdrücklich. »Also stell dein Licht nicht unter den Scheffel, mein Freund!«

»Ich habe eine Menge gelernt, als ich in den Diensten des *hakim* Ibn Al-Amid stand«, räumte Sadik bereitwillig und ohne falsche Bescheidenheit ein. »Er war ein berühmter Arzt und ein großer Gelehrter, so wie Sie es auf Ihrem Gebiet sind, Sihdi Heinrich. Und in acht Jahren eignet man sich schon dieses und jenes nützliche Wissen an, auch wenn man nur der Helfer eines so gelehrten Mannes ist.«

Tobias sah den Araber überrascht an. »Du warst Diener eines arabischen Wunderheilers?«

»Weder war ich Diener, noch war Ibn Al-Amid ein Wunderheiler«, stellte Sadik richtig. »Ich ging ihm in vielen Dingen zur Hand und Ibn Al-Amid stand allen anderen Ärzten von Bagdad vor.«

»Aber das habe ich ja gar nicht gewusst! Warum hast du mir nie davon erzählt, Sadik?«

»Es gibt noch viele Seiten aus dem Buch meines Lebens, die du nicht kennst, Tobias«, antwortete der Araber mit einem leichten Lächeln. »Ich bin immer ein unsteter Geist gewesen und habe es nie lange an einem Ort ausgehalten. Bei Ibn Al-Amid hielt es mich nur so lange, weil er fast wie dein Vater war. Kaum war er mit mir zu einer Reise nach Damaskus aufgebrochen, da gingen ihm schon Pläne für einen Aufenthalt in Kairo durch den Kopf. Und überall war er ein überaus hochwillkommener Gast, umlagert von jungen Studenten und erfahrenen Ärzten.«

Ein gequälter Schrei entrang sich den Lippen des Mädchens und ihr Gesicht verzerrte sich in sprachloser Pein.

»Die Schmerzen werden stärker!«, stellte Heinrich Heller fest. »Du solltest ihr doch noch etwas geben.«

Sadik nickte und öffnete ein längliches Sandelholzkästchen, das auf der Kommode neben dem Bett stand und das Tobias erst jetzt bemerkte. Wie er sah, war es in acht verschieden große Felder unterteilt, die offenbar mit Arzneien gefüllt waren. Aus einer der kleineren Unterteilungen nahm er zwei Kügelchen, die etwa so groß wie ein Kirschkern und von undefinierbar grünbrauner Farbe waren. Sie schienen porös zu sein.

Sadik befeuchtete die Kuppe seines Zeigefingers mit etwas Wasser, rollte die Kugeln ganz kurz über die Kuppe und tat dann etwas, das Tobias vor Erstaunen den Mund aufsperren ließ: Er schob je ein Kügelchen in jedes ihrer Nasenlöcher! Dabei bediente er sich eines kaum daumenlangen Holzstäbchens, dessen Enden glatt und rund geschmirgelt waren. Vorsichtig schob er ihr die grün-braunen Kugeln so weit hoch, bis sie festsaßen, ohne dem Mädchen aber völlig die Luft zu nehmen.

»Heiliger Antonius!«, stieß Tobias unwillkürlich hervor. »Du stopfst ihr die Nase zu?«

Sadik lächelte. »Keine Sorge, die Schwämme lösen sich rasch auf. Sie werden ihr gut tun und ihr die Schmerzen nehmen«, beruhigte er ihn.

»Was sind das für Schwämme?«, wollte Tobias wissen.

»Es sind Narkoseschwämme, mein Junge«, erklärte ihm sein Onkel. »Die Schwammstücke sind mit dem Saft von Haschisch, Wicken, Bilsenkraut und Mandragora getränkt und in der Sonne getrocknet. Bei Gebrauch muss man sie nur etwas anfeuchten, wie du gesehen hast. Die Schleimhäute nehmen die narkotisierende Lösung auf und versetzen den Patienten in einen Tiefschlaf.«

»Stimmt das, Sadik?«

»Ja, so wirken Narkoseschwämme«, bestätigte der Araber.

Tobias blickte beeindruckt zu Sadik hinüber. »Wenn ich mir also auch so eine Kugel in die Nase stopfen würde, dann würde ich in einen Tiefschlaf fallen, ob ich will oder nicht?«, fragte er.

»So ist es!«, bestätigte Sadik.

»Phantastisch!«

»Es ist ein altes arabisches Heilmittel und kein Zauberelixier, damit du erst gar nicht auf falsche Gedanken verfällst«, meinte sein Onkel.

»Und von solchen Heilmitteln hast du noch mehr in deiner Kiste?«, fragte Tobias.

»Ja, so einiges, was man auf einer langen und gefährlichen Reise mitnehmen kann, ohne dass es verdirbt«, lautete Sadiks vage Antwort.

Das Mädchen wurde sichtlich ruhiger, ihr schmerzerfülltes Stöhnen wurde zu einem Seufzen und auch ihre Hand entkrampfte sich.

»Das ist wohl im Moment alles, was wir für sie tun können, Tobias«, sagte Heinrich Heller, kam um das Bett herum und berührte seinen Neffen am Arm. »Lassen wir sie schlafen.«

»Ich werde bei ihr bleiben«, sagte Sadik.

Heinrich Heller hatte sich das wohl schon gedacht, denn er nickte nur. »Wenn etwas ist, wir sind im Studierzimmer.«

»Was sollen wir mit dem Affen tun?«, wollte Tobias wissen und deutete auf den Käfig.

»Das ist ja ein Makak!«, rief Heinrich Heller überrascht.

»Ein was?«

»Ein asiatischer Zwergaffe vom Stamm der Makaken. Und dazu auch noch mit einem weißen Schwanz. Das ist ein Glückssymbol, mein Junge! Die Laoten nämlich sehen in einem solchen Affen mit weißem Schwanz die Verkörperung ihres Gottes Wischnu«, erklärte er.

»Ich glaube, er ist recht zutraulich, auch wenn er mich in seiner Angst in den Daumen gebissen hat«, sagte Tobias. »Was sollen wir mit ihm anfangen?«

Heinrich Heller überlegte. »Mir scheint, er fühlt sich hier im Warmen recht wohl. Er gehört dem Mädchen. Also, warum sollen wir ihn nicht in ihrer Nähe lassen? Er macht einen sauberen Eindruck. Hast du etwas dagegen, Sadik? Ich weiß, ihr Araber habt nicht viel für Affen übrig. Aber dies ist kein gewöhnlicher Affe, Sadik. Es ist ein Makak, ein Glückssymbol.«

Sadik sah nicht gerade glücklich aus und blickte mit finsterem Gesicht zum Affenkäfig hinüber. »Meinetwegen. Er kann bleiben«, brummte er dann.

Abendland und Morgenland

Tobias und sein Onkel ließen Sadik mit dem Mädchen und dem Affen allein und begaben sich in das Studierzimmer. Dort klingelte Heinrich Heller nach Lisette. Ihr Gesicht hatte mittlerweile wieder eine frischere Farbe angenommen. Doch als sie ansetzte, sich zu beklagen, fiel er ihr sofort ins Wort: »Sei beruhigt, du wirst im Krankenzimmer weder heute noch in Zukunft gebraucht. Sadik wird ihre Pflege übernehmen.«

»Ja... aber...« Sie holte noch einmal Luft. »Er ist doch ein Mann! Das schickt sich doch nicht, auch wenn es nur eine Zigeunerin ist!«, stieß sie schockiert hervor.

»Das *nur* möchte ich nicht noch einmal hören!«, tadelte sie der Gelehrte. »Sie ist schwer krank und zudem unser Gast! Und sie ist eine Zigeunerin, wie du ein Hausmädchen bist. Oder möchtest du, dass andere von dir sagen, du wärest *nur* ein Hausmädchen, Lisette?«

Sie errötete bis zu den Haarspitzen. »Nein, natürlich nicht, Herr Professor... aber... der Araber... ich meine, wo sie doch ein Mädchen ist«, stammelte sie, »wäre es da nicht besser, einen Arzt... oder die Hebamme aus Marienborn...«

»Weder ein Arzt noch eine Hebamme werden hier gebraucht!«, beschied Heinrich Heller sie ruhig, aber bestimmt. »Und du tätest gut daran, dir nicht meinen Kopf zu zerbrechen.«

Die Röte auf ihrem Gesicht wurde noch dunkler. »Entschuldigen Sie«, murmelte sie betreten und machte dabei einen Knicks. »Ich wollte nicht...«

»Schon gut, Lisette. Ich weiß sehr wohl, was du wolltest und was nicht. Aber die Dinge sind bei mir und Sadik schon in den besten Händen. Und nun lauf zu Agnes und sag, sie soll dem Jungen etwas zu essen bereiten.«

»Großen Hunger hab ich nicht«, sagte Tobias schnell. »Zwei Leberwurstbrote sind schon genug. Aber heißen Kakao möchte ich.«

»Und ich wollte gerade Grog vorschlagen.«

Tobias grinste. »Oh, dann natürlich keinen Kakao!«

Lisette beeilte sich, dass sie aus dem Zimmer kam. Als sie die Tür hinter sich zugezogen hatte, fragte Tobias nach kurzem Zögern: »Und du bist sicher, dass es nicht nötig ist, nach einem Arzt zu schicken?«

»Dein Vertrauen in Sadiks Können und in das der arabischen Heilkunst überhaupt ist wohl nicht sehr groß, wie?«, fragte Heinrich Heller zurück.

»Na ja…«

»Sadik versteht sich besser auf die Heilkunst als jeder Arzt hier weit und breit«, versicherte sein Onkel. »Du musst mir und ihm vertrauen.«

Tobias machte keine sehr überzeugte Miene.

»Ich weiß, was in deinem Kopf herumgeistert. Europa, das Abendland – die Wiege der Kultur, wo die Wissenschaften Triumphe feiern«, fuhr Heinrich Heller mit leichtem Spott fort. »Das hat man uns und auch dir eingebläut. Aber dem ist nicht so, mein Junge. Das Morgenland hat schon eine hohe Kultur gehabt, als Europa noch ein Land der Barbarei war, und während im dunkelsten Mittelalter bei uns der Aberglaube mit seinen Teufelsaustreibungen und Hexenverbrennungen und all seinen anderen schrecklichen Begleiterscheinungen die Menschen beherrschte und ins Elend drückte, da leuchtete im Morgenland schon lange der helle Stern der Wissenschaft! Jahrhunderte waren und sind uns diese Kulturen teilweise an Wissen voraus! In der Astronomie genauso wie in der Medizin!«

»So? Davon ist bei Schwitzing aber nie die Rede gewesen«, wandte Tobias ein.

Es klopfte. Lisette brachte die Brote und den Grog und zog sich schnell wieder zurück.

»Ich halte große Stücke auf den guten Schwitzing und er hat dir zweifellos eine überaus solide Bildung angedeihen lassen. Dass du von *diesen* Dingen aber nichts von ihm erfahren hast, kann ihm nicht als Verschulden angekreidet werden«, griff sein Onkel den Faden auf, als sie wieder allein waren. »Es ist nicht mangelnder Wille oder gar vorsätzliches Unterschlagen bei ihm, sondern nur mangelndes Wissen… nun, vielleicht auch mangelndes Interesse an einer gerechteren Bewertung der kulturellen Höchstleistungen dieser so genannten ›heidnischen Völker‹.«

»Und was sind das für Höchstleistungen?«, fragte Tobias mit vollem Mund.

»Warte! Ich werde dir ein Beispiel geben!« Heinrich Heller setzte seinen Grog ab, erhob sich aus dem Sessel vor dem Kamin und trat an eines der Bücherregale. Nach kurzem Suchen zog er ein in Schweinsleder gebundenes, ziemlich ramponiertes Buch hervor, kehrte zu Tobias ans Feuer zurück, rückte seinen Zwicker zurecht, blätterte kurz und sagte dann: »Ah, da haben wir ja schon eine nette Stelle! Der Brief eines Kranken an seinen Vater. Hör nur gut zu!«

Er begann vorzulesen.

»›Lieber Vater! Du fragst, ob du mir Geld schicken sollst. Das ist nicht nötig. Wenn ich entlassen werde, erhalte ich vom Krankenhaus neue Kleidung und auch fünf Goldstücke, sodass ich nicht gleich wieder arbeiten muss. Du brauchst von deiner Herde also kein Tier zu verkaufen. Wenn du mich aber noch hier finden willst, solltest du dich mit deinem Kommen beeilen. Ich liege auf der orthopädischen Station neben dem Operationssaal. Wenn du durch das Hauptportal kommst, gehst du an der südlichen Außenhalle vorbei. Das ist die Poliklinik, wohin sie mich nach meinem Sturz gebracht haben. Dort wird jeder Kranke von den Assistenzärzten und Studenten unter-

sucht, und wer nicht unbedingt Krankenhausbehandlung braucht, erhält dort sein Rezept, das er sich nebenan in der Krankenhausapotheke anfertigen lassen kann. Ich wurde nach der Untersuchung dort registriert und dem Oberarzt vorgeführt, ein Wärter trug mich in die Männerstation, bereitete mir ein Bad und steckte mich in saubere Krankenhauskleidung.

Aber du lässt linker Hand auch die Bibliothek und den großen Hörsaal, wo der Chefarzt die Studenten unterrichtet, hinter dir. Der Gang links vom Hof führt zur Frauenstation. Du musst dich rechts halten... Wenn du Musik oder Gesang aus einem Raum vernimmst, sieh ruhig mal hinein. Vielleicht bin ich dann schon in dem Tagesraum für die Genesenden, wo wir Musik und Bücher zu unserer Unterhaltung haben.

Als der Chefarzt heute Morgen mit seinen Assistenten und Pflegern auf Visite war und mich untersuchte, diktierte er dem Stationsarzt etwas, was ich nicht verstand. Aber hinterher sagte er mir, dass ich morgen aufstehen darf und bald entlassen werde. Dabei will ich gar nicht so schnell fort von hier. Alles ist so hell und sauber. Die Betten sind weich, die Laken aus weißem Damast und die Decken flaumig und fein wie Samt. In jedem Zimmer ist fließendes Wasser, und jedes wird geheizt, wenn die kalten Nächte kommen. Fast täglich gibt es Geflügel oder Hammelbraten für den, dessen Magen es verträgt. Mein Nachbar hat sich schon eine ganze Woche lang kränker gestellt, als er es war, nur um die zarten Hühnerbrüstchen noch ein paar Tage länger genießen zu können. Der Chefarzt hat aber Verdacht geschöpft und ihn gestern nach Hause geschickt, nachdem er zum Beweis seiner Gesundheit noch einen halben Laib Brot und ein ganzes Huhn verzehren durfte. Also komm, bevor mein letztes Huhn gebraten wird!‹«

Heinrich Heller blickte auf. »Na, wie klingt das?«

Staunend hatte Tobias zugehört. »Unglaublich – für ein Krankenhaus! Ist der Brief wirklich echt?«

»O ja! Hätten wir *heute* so ein Krankenhaus in Mainz oder

sonstwo, dann könnten wir uns glücklich schätzen, nicht wahr? Aber dieser Brief ist nicht etwa ein paar Jahre oder Jahrzehnte alt, mein Junge, sondern er wurde vor gut *achthundert* Jahren verfasst!«

»Unmöglich!«, staunte Tobias.

»Ja, da staunst du, nicht wahr? Städte wie Kairo und Bagdad hatten damals dreißig, vierzig von solchen Krankenhäusern, wo die Behandlung und Pflege kostenlos waren – und zwar für alle Schichten des Volkes, ob arm oder reich. Es war jedem mächtigen Kalifen und Sultan Ehre und Verpflichtung zugleich, solche Krankenhäuser zu gründen und aus seinem Privatvermögen zu finanzieren und die ärztliche Wissenschaft zu fördern.«

»Das klingt fast nach Tausendundeiner Nacht«, meinte Tobias beeindruckt.

»Und jetzt die Beschreibung eines europäischen Hospitals! Des *Hotel-Dieu* in Paris...«

»*Herberge Gottes?* Ein seltsamer Name«, meinte Tobias und machte sich über das letzte Leberwurstbrot her.

»Ja, und nach Aussage von Zeitgenossen war es das beste Hospital in ganz Europa – gut fünfhundert Jahre *später* errichtet als die eben zitierten Krankenhäuser in Bagdad.«

»Nun lies schon vor!«

»Ich warte besser, bis du mit dem Brot fertig bist.«

Tobias zog die Augenbrauen hoch. »So schlimm?«

»Das Urteil überlasse ich gleich dir selber.«

»Mach es nicht so spannend. Fang nur an!«

Sein Onkel setzte sich zurecht und begann wieder vorzulesen.

»›Auf dem ziegelgepflasterten Boden lag Stroh aufgeschichtet, und auf dieser Streu drängten sich die Kranken... die Füße der einen neben den Köpfen der anderen, Kinder neben Greisen, ja sogar, unglaublich, aber wahr, Männer und Weiber untermischt... Individuen, die mit ansteckenden Krankheiten be-

haftet waren, neben solchen, die nur an einem leichten Unwohlsein litten; Leib an Leib gepresst ächzte eine Gebärende in Kindeswehen, wand sich ein Säugling in Konvulsionen, glühte ein Typhuskranker in seinem Fieberdelirium, hustete ein Schwindsüchtiger und zerriss sich ein Hautkranker mit wütenden Nägeln die höllisch juckende Haut...‹«

Tobias hatte Mühe, den letzten Bissen hinunterzuschlucken. »Onkel! Bitte!«

Heinrich Heller zog in gespielter Verwunderung die Brauen hoch und schaute ihn über den Rand seines Zwickers hinweg spöttisch an. »Was ist? Das entspringt nicht meiner Phantasie, mein Junge, sondern ist verbürgte Tatsache!«, erklärte er und fuhr lesend fort:

»›Den Kranken fehlte es oft am Notwendigsten; man gab ihnen die elendesten Nahrungsmittel in ungenügenden Quantitäten und unregelmäßigen Zwischenräumen... mit einiger Reichhaltigkeit nur dann, wenn wohltätige Bürger aus der Stadt sie ihnen brachten. Zu diesem Zwecke standen die Tore des Spitals Tag und Nacht offen. Jeder konnte eintreten, jeder konnte bringen, was er wollte, und wenn die Kranken an einem Tag halb verhungerten, konnten sie sich vielleicht an einem anderen Tage in unmäßigem Suff berauschen und durch Überanstrengung des Magens töten. Das ganze Gebäude wimmelte von scheußlichstem Ungeziefer, und die Luft war am Morgen in den Krankensälen so pestilenzialisch, dass Aufseher und Wärter nur mit einem Essigschwamm vor dem Munde einzutreten wagten. Die Leichen blieben gewöhnlich vierundzwanzig Stunden und oft länger auf dem Sterbelager, ehe sie entfernt wurden, und die übrigen Kranken hatten während dieser Zeit das Lager mit dem starren Körper zu teilen, der in der infernalischen Atmosphäre bald zu riechen begann und um den die grünen Aasfliegen schwärmten...‹«

»Genug!«, bat Tobias und schüttelte sich. »Das reicht mir völlig von der *Herberge Gottes!*«

Heinrich Heller schlug das Buch zu. »Das zu den primitiven Heiden des Morgenlandes, gegen die wir stolz in Kreuzzügen angetreten sind, um ihnen die hohe Kultur des Abendlandes zu bringen!«, sagte er sarkastisch.

»Aber das verstehe ich nicht: Wieso haben wir dann nicht diese viel fortschrittlichere Heilkunde übernommen und die Hospitäler hier auch so eingerichtet und geführt?«

Ein trauriges Lächeln huschte über das Gesicht seines Onkels, das seine Müdigkeit widerspiegelte. »Weil es der Kirche nicht passt, um es einmal grob zu formulieren. Irdische Heilmethoden waren bei den Kirchenfürsten und Priestern nicht gefragt. Jahrhunderte beharrten sie darauf, dass die Krankheit von der Sünde herrührt und dass diejenigen keine Medizin brauchen, die nur festen Glaubens sind und auf Gott und Jesus Christus vertrauen.«

»Aber das eine hat doch mit dem anderen nichts zu tun!«

»Die Kirche sah es aber anders, mein Junge. Der große Kreuzzugsprediger Bernhard von Clairvaux verbot seinen auf der Reise erkrankten Mönchen ausdrücklich, Ärzte zu Rate zu ziehen, weil es sich ›nicht zieme, ihr Seelenheil durch den Gebrauch irdischer Hilfe in Gefahr zu bringen‹. Nein, weltliche Arzneien verdammte man jahrhundertelang als mangelndes Vertrauen in den Allmächtigen. Unsere Kenntnis von der Behandlung und Heilung Kranker hinkt deshalb auch Jahrhunderte hinter dem zurück, was Sadik vertraut ist. Und noch heute halten Männer von großem Ruf daran fest, dass Exorzismus ein geeignetes ärztliches Heilmittel sei!«, empörte er sich.

»Exorzismus? Ist das nicht Teufelsaustreibung?«

»Ja! Erst vor sechs Jahren haben einige Professoren in Leipzig diesen wissenschaftlichen Unsinn bekräftigt. Das wichtigste Heilmittel wäre die Teufelsaustreibung, weil die Krankheit ihrer Überzeugung nach ihren eigentlichen und innersten Sitz in der durch Sünde wild gewordenen Seele hätte! Und diese Herrschaften nennen sich Wissenschaftler!«, erregte er sich. »Darüber hätten die Ärzte des arabischen Großreiches schon vor tausend Jahren schallend gelacht. Und es wäre wirklich zum Lachen, wenn dieser Unsinn nicht so vielen Menschen Leid und Tod brächte!«

Nachdenkliches Schweigen kehrte zwischen ihnen ein. Tobias hielt sein Grogglas mit beiden Händen umfasst und blickte in die züngelnden Flammen.

»Bist du jetzt wenigstens ein wenig ruhiger und vertrauensvoller, was Sadiks Heilkenntnisse betrifft, auch wenn er kein ganzer *hakim* ist?«, fragte Heinrich Heller nach einer Weile.

»Ja«, antwortete Tobias. »Wird... das Mädchen überleben?«

»Das kann zu diesem Zeitpunkt keiner sagen. Es ist ja nicht nur das gebrochene Bein und die Wunde. Der Sturz war gewaltig und ganz sicherlich hat sie sich auch eine schwere Gehirnerschütterung zugezogen, vielleicht noch innere Verletzungen, von denen wir nichts wissen. Doch wie ich es dir und Lisette schon einmal gesagt habe: Sie ist bei Sadik in den allerbesten Händen. Keiner könnte mehr für sie tun.«

»Ich glaube, ich gehe heute früh zu Bett«, sagte Tobias.

»Tu das, mein Junge.«

Tobias gab seinem Onkel einen Kuss auf die Wange, wünschte ihm eine gute Nacht und ging den Flur hinunter zu seinem Zimmer. Auf dem Weg dorthin schaute er aber noch bei Sadik und dem Mädchen hinein.

Behutsam öffnete er die Tür und verharrte mitten in der Bewegung. Sadik kniete auf seinem Gebetsteppich und vorrichtete sein Nachtgebet, die dreizehn *rakats*. Sein Rücken war der Tür zugewandt – seine Blickrichtung gen Mekka. Tobias hörte ihn leise beten.

Vom Mädchen im Bett drang kein Laut. Sie hatte den Kopf zur Seite gedreht, sodass er nur die Flut ihrer schwarzen Haare sehen konnte.

Der Zwergaffe befand sich jedoch nicht mehr in seinem Bambuskäfig, sondern er lag zusammengerollt auf der Bettdecke!

So unbemerkt, wie er die Tür geöffnet hatte, schloss er sie auch wieder. In seinem Zimmer entzündete er kein Licht. Wolken zogen vor einem abnehmenden Mond vorbei.

Im Dunkeln zog er sich aus, schlüpfte in sein Nachthemd und kroch unter die Bettdecke. Er war hundemüde und konnte doch lange nicht einschlafen. Die Ereignisse des Tages zogen an ihm vorbei. Die Fahrt nach Mainz, der Ballon, Riebels Verhaftung und Pizallas Drohung, der Unfall auf der Rückfahrt, ein vielleicht mit dem Tode ringendes Zigeunermädchen auf *Falkenhof.* Hatte er das wirklich alles an einem einzigen Tag erlebt? Und er hatte nach Paris gewollt, um etwas zu erleben!

Leben in Allahs Händen

»Die großen Arkana!... Das Schicksalsrad!... Der Magier! Wo bleibt... der Magier?... Zehn... der... Schwerter!« Die kurzatmige Stimme des Mädchens wand sich in eine verzweifelte Höhe und fiel dann in ein keuchendes, abgehacktes Flüstern zusammen, als hätte sie plötzlich alle Kraft verlassen. »Zehn... der Schwerter!... Nur... zehn... der... Schwerter...«

Ein Schauer lief Tobias über den Rücken. »Wovon redet sie, Sadik?«

»Ich weiß es nicht. Sie hat hohes Fieber und phantasiert«, antwortete der Araber, und sein Gesicht sah müde aus. »Ihr Körper kämpft den Kampf seines Lebens.«

»Kannst du denn gar nichts für sie tun?«

»Ich habe alles getan, was ich tun konnte, Tobias. Aber auch wenn der größte *hakim* an meiner Stelle an ihrem Bett sitzen würde, wäre jetzt auch für ihn der Zeitpunkt erreicht, wo er alles Weitere in die Hände Allahs legen und auf ihn hoffen müsste«, erklärte er und erhob sich von der Bettkante. »Was mir noch zu tun bleibt, ist, frisches Wasser zu holen.«

»Das kann ich doch tun«, bot Tobias sich an.

»Lass nur. Ein wenig Bewegung und frische Luft können mir nach der langen Nacht nur gut tun«, wehrte er ab und nahm Kanne und Schüssel von der Kommode, auf der auch sein Koran aufgeschlagen lag. »Bleib du bei ihr. Wenn du etwas tun möchtest, so nimm den Schwamm und befeuchte ihr gelegentlich die Lippen. Das Fieber trocknet ihren Körper aus. Aber lange werde ich nicht wegbleiben.«

Tobias wäre lieber frisches Wasser holen gegangen, als allein mit dem kranken Mädchen im Zimmer zu bleiben. Doch er behielt das für sich.

Er holte sich einen Stuhl, schob ihn an die Seite des Bettes, wo auch die Kommode stand, und kämpfte mit seiner Beklommenheit. Der kleine Affe lag neben der linken Hand der jungen Zigeunerin, doch er schlief nicht. Mit wachen Augen blickte er zu ihm hoch.

Die Lippen der Kranken bewegten sich und murmelten etwas, was er nicht verstehen konnte. Er griff nach dem Schwamm und benetzte vorsichtig ihre Lippen. Ein Wassertropfen rann an ihrem Kinn herunter. Dann berührte er vorsichtig ihre Stirn – und erschrak. Ihm war, als hätte er eine heiße Ofenplatte berührt. Ihre Haut schien in Flammen zu stehen. Entsetzt zuckte seine Hand zurück.

Ihr Gesicht glühte!

Angst schnürte ihm die Kehle zu. War das Fieber vorhin auch schon so hoch gewesen? Wo blieb Sadik bloß? Was sollte er nur tun? Mit jagendem Herzen forschte er in dem Gesicht des Mädchens, ob sich ihr Zustand nicht in den letzten Minuten rapide verschlechtert hatte. Ihr Atem! Ging er jetzt nicht viel schneller und flacher als vorhin noch? Und glühte nicht ihr ganzes Gesicht? Rang sie vielleicht schon mit dem Tode, jetzt in diesem Moment, vor seinen Augen, und er bemerkte es nicht?

Ihm wurde heiß und kalt und er bekam eine Gänsehaut. Er fühlte sich so entsetzlich hilflos. Warum hatte Sadik ihn nur allein gelassen!

Ein verzweifelter, blinder Zorn wallte mit der Angst in ihm auf. Zorn auf den Grafen, auf die junge Zigeunerin – vor allem aber auf das ungerechte Schicksal, das ausgerechnet in der Stunde ihrer Rückkehr von Mainz nach *Falkenhof* auch die Zigeunerin und die Kutsche des Grafen auf ein und dieselbe Straße zusammengeführt hatte. Womit hatte er das verdient! Wo er doch auf Paris verzichtet hatte! Statt sich an dem Ballon und den künftigen Abenteuern zu erfreuen, lag eine dunkle, bedrückte Stimmung auf *Falkenhof.* Und er saß hilflos und voller Angst am Bett eines fremden Zigeunermädchens, statt bei seinem Onkel zu sein und mit ihm die nötigen Vorbereitungen für den ersten Ballonflug zu organisieren. Verflucht sollten sie sein, der Graf, der Unfall und die...

Er führte den Gedanken nicht zu Ende, denn ihm war plötzlich bewusst geworden, was ihm da durch den Kopf gefahren war. Heftig erschrak er über die Kaltherzigkeit und den Egoismus, dem er freie Zügel gelassen hatte. Wie gemein und herzlos von ihm, mit seinem Schicksal zu hadern und voller Zorn zu sein, nur weil er nicht lachenden Gesichtes mit seinem Onkel das Abenteuer Ballonflug in Angriff nehmen konnte – während das Mädchen verzweifelt um sein Leben kämpfte!

Tobias war über seine Gedanken selbst so entsetzt und so beschämt, dass ihm die Schamesröte wie eine heiße Woge ins Gesicht schoss.

»Es tut mir Leid«, sagte er schnell zu dem Mädchen. »Ich habe es nicht so gemeint! Ich weiß auch nicht, was in mich gefahren ist. Es hat mir einfach Angst eingejagt, dass ich nicht weiß, was ich tun soll. Mein Gott, ich kann ja gar nichts tun. Und ich habe auch schlecht geschlafen und Albträume gehabt. Von dir habe ich auch geträumt. Aber ich weiß nicht mehr, was es war.«

Er sprach, als könnte er mit seinem Redestrom die gemeinen Gedanken aus der Welt schaffen und das beklemmende Gefühl der Hilflosigkeit bekämpfen. »Pettlach, der Mistkerl, müsste eigentlich im Bett liegen und sich seinen Fettbauch im Fieber abzittern. Das wäre Gerechtigkeit! Mein Onkel hat völlig Recht, wenn er Leute seines Schlages adliges Gesindel nennt. Genau das sind sie auch! Er sagt, sie unterscheiden sich von gewöhnlichen Schurken und ordinärem Räuberpack nur dadurch, dass sie Geld und Macht haben und die Gesetze stricken, mit denen sie ihren Gaunereien und Verbrechen den Anstrich der Rechtmäßigkeit geben. Pizalla gehört auch dazu. Ob Riebel in den Kerker geworfen wird, weil er offen seine Meinung gesagt hat, oder ob ein Muskelprotz in einem Wirtshaus einen anderen einfach niederschlägt, weil ihm dessen Nase nicht passt – es ist ein und dieselbe Schweinerei. Das Schlimme ist nur, dass man das Lumpenpack im Herrschaftsrock nicht vor Gericht stellen kann. Ja, mein Onkel hat nicht viel übrig für den Adel. An jedem Adelstitel klebt das Blut und Elend der einfachen Leute, und es stimmt auch. Wenn du … wenn du gesund bist, erzähle ich dir von ihm. Na ja, Pizalla wird dich bestimmt nicht interessieren. Was hast du schon mit solchen Sachen zu tun, stimmt's? Aber wenn mein Onkel es erlaubt, werde ich dir vom *Falken* erzählen, und ich …«

Die Tür ging auf. Sadik kehrte zurück.

Verlegen, als hätte er ihn bei etwas ertappt, wandte Tobias sein Gesicht schnell ab und legte den Schwamm, den er noch immer in der Hand hielt, auf den Teller zurück. Erleichtert und zugleich innerlich zutiefst beschämt, räumte er den Platz.

»Ich habe ihr die Lippen benetzt. Aber sie verbrennt, Sadik! Ihre Stirn ist glutheiß!«

»Das Fieber«, erwiderte der Araber ruhig, ging um das Bett herum und stellte Kanne und Schüssel ab. Dann fühlte er ihre Stirn. »Wie vorhin.«

Tobias wusste nicht, was er sagen sollte. Dann fiel sein Blick auf den Malak, der sich aufgerichtet hatte. Er roch an der Hand des Mädchens, kratzte sich wie ein Mensch hinter dem Ohr und legte sich dann wieder hin.

»Du hast dich also auch schon mit dem Affen angefreundet.«

»Du irrst. Kein Araber freundet sich mit einem Affen an.«

»Ja, aber du hast ihn doch aus dem Käfig gelassen und ihm erlaubt, bei dem Mädchen auf dem Bett zu liegen!«

Sadik setzte eine verdrossene Miene auf. »Weil mir nichts anderes übrig geblieben ist. Als ihr gestern aus dem Zimmer wart, hat er verrückt gespielt, wie wild an den Stangen gerüttelt und gezetert, dass auch ein Heiliger die Ruhe verloren hätte.«

Tobias grinste ein wenig schadenfroh. »Bestimmt galt das nicht dir. Er wollte wohl zum Mädchen.«

»*Aiwa,* der Gedanke ist mir auch gekommen. Deshalb habe ich ihn auch aus dem Käfig gelassen.«

»Aber warum habt ihr Araber überhaupt etwas gegen Affen?«, wollte Tobias wissen.

»Warum hat der Teufel bei euch einen Pferdefuß?«, fragte Sadik zurück.

»Dann ist der Affe für euch die Verkörperung des Teufels?«

»So ist es. Eines unserer Sprichwörter heißt: ›Missgestalteter hat Gott nichts geschaffen als einen Affen‹«, erklärte der Araber. »In unserem Volk geht die Legende um, dass der Affe ursprünglich ein Mensch gewesen sei…«

»Weil er uns in so vielem so ähnlich ist?«

»Vermutlich. Und wegen all seiner Schlechtigkeiten hat Allah ihn in einen Affen verwandelt.«

»Aber das ist doch purer Aberglaube!«

»Jedes Volk hat seinen eigenen Aberglauben«, entgegnete Sadik gelassen. »Oder ist es kein Aberglaube, wenn Lisette sich erschrickt und dreimal hastig bekreuzigt, wenn sie Salz verstreut? Oder dass Jakob keine schwarzen Katzen auf *Falkenhof* duldet, weil sie ihm aus der falschen Richtung über den Weg laufen und somit Unglück bringen könnten?«

»Doch, ist es schon.«

»Und? Bist *du* ganz frei davon?«

Tobias zögerte. »Nein. Nicht immer«, gab er dann ehrlich zu.

»Ich hätte den Affen nicht bei mir geduldet, wenn mir Sihdi Heinrich nicht versichert hätte, dass dieser Affe da ein ganz besonderer ist – ein Glückssymbol! Und weil er dem Mädchen bestimmt viel bedeutet. Deshalb habe ich ihn herausgelassen. Das Mädchen kann jetzt alles Glück der Welt gebrauchen.«

Tobias hatte sich rittlings auf einen der gepolsterten Stühle gesetzt, die Arme über der Rückenlehne gekreuzt und den Kopf darauf gelegt. Er bewunderte die Ruhe und Gelassenheit, die Sadik ausstrahlte. Und von dieser Ruhe ging auch ein wenig auf ihn über.

»Stell mir ein Rätsel, Sadik!«, forderte er ihn auf. »So eines wie mit dem Himmel und den Sternen.«

Sadik lächelte. »Ja, ein Überwurf voller Knöpfe... Was kann ich dir denn anbieten?« Er nickte. »Pass auf! Es ist grau wie die Nacht, ist aber keine Nacht. Frisst Gerste, ist aber kein Esel. Bohrt sich ins Haus, stiehlt den Käse!«

»Eine Maus!«, löste Tobias das Rätsel im Handumdrehen.

»Gut!«, lobte Sadik.

»Das war aber nicht schwer. Der Hinweis mit dem Käse hat ja schon fast alles verraten.«

»So, es war dir also zu leicht und du willst natürlich noch eins.«

»Gern.«

»Na, dann wollen wir doch mal sehen, ob du das hier auch so schnell lösen kannst«, sagte Sadik. »Von Stambul brachte man mich, in den Palast des Kalifen legte man mich und wegen meiner Schönheit ließ man mich durch Seide gehen.«

Tobias nagte grübelnd an der Unterlippe. »Von Stambul brachte man mich... und ließ mich durch Seide gehen... Seide. Eine Frau?... Seine Braut?«

Sadik schüttelte den Kopf.

»Seide gehen... Seide gehen«, murmelte Tobias. »Vielleicht ein Diwan?«

»Auch nicht.«

»Was dann?«

»Eine Schere!«

»Aber warum denn gerade eine Schere aus Stambul?«

Sadik schmunzelte. »Warum denn nicht? Der Kalif, von dem das Rätsel erzählt, ließ eben lieber in Stambul einkaufen als in Bagdad.«

Tobias blieb noch eine Weile bei Sadik. Als er ging, sagte er: »Wenn ich dich noch einmal ablösen soll, brauchst du mich nur zu rufen.«

»Das werde ich.«

Sadiks Rätsel hatte ihn nur für einen kurzen Moment aufheitern können und in gedrückter Stimmung verließ er das Krankenzimmer. Ganz *Falkenhof* lag unter dem Schatten des Todes.

Tobias suchte seinen Onkel und fand ihn in seiner neuen Experimentierwerkstatt, wo er über mathematischen Berechnungen saß. Er sah an diesem Tag sehr alt aus. Die Falten und Linien schienen sich über Nacht tiefer in sein Gesicht gegraben zu haben. Er hatte auch wenig Schlaf gefunden, da er an Sadiks Seite bis in die frühen Morgenstunden am Bett der jungen Zigeunerin gewacht und danach auch nur ein paar Stunden unruhigen Schlafes gefunden hatte. Mit dem Wissen im Hinterkopf, dass das fremde Mädchen gegen das zehrende Fieber ankämpfte, fiel es ihm schwer, sich auf nüchtern mathematische Formeln zu konzentrieren. Deshalb legte er auch sofort die Feder aus der Hand, als er seinen Neffen zur Tür hereinkommen sah.

»Wie geht es ihr?«, war seine erste Frage.

»Unverändert«, antwortete Tobias niedergeschlagen. »Sie ist glutheiß im Gesicht vor Fieber. Sadik sagt, dass er nichts weiter für sie tun kann.«

»Dann verhält es sich auch so.«

»Der verfluchte Prettlach! Nicht einmal angehalten hat er!«, stieß er in ohnmächtiger Wut hervor.

»Natürlich nicht. Was bedeutet ihm schon ein Zigeuner!«, sagte Heinrich Heller erbittert.

»Warum muss man sich das gefallen lassen, Onkel?«

Dieser seufzte schwer. »Weil sie die Macht zur Willkür haben. Aber eines Tages wird sich das ändern.«

»Aber wann?«

»Ich weiß es nicht. Solche Veränderungen geschehen nicht über Nacht. Aber die Dinge *werden* sich ändern, das ist gewiss.

Auch wenn es noch einige Zeit dauert. Aber jede noch so weite Reise beginnt bekanntlich mit dem ersten Schritt.«

»Und wie kommt ihr voran?«

»Wer ihr?«

»Na, du und Florian Kupferberg und all die anderen.«

»Wir schmieden ein Eisen, von dem wir heute noch nicht sagen können, was es eines Tages an Veränderungen bewirken wird«, antwortete er ausweichend. »Aber ich bin zuversichtlich, und entscheidend ist, dass man nicht die Hände in den Schoß legt und darauf vertraut, dass andere etwas tun.«

»Wird es eines Tages auch bei uns eine Revolution geben?«, fragte Tobias und nahm ein Prismenglas vom Tisch. Das Licht brach sich darin in bunten Farben, und er musste an den Regenbogen denken, der zu beiden Seiten auf den Kastenwagen der jungen Zigeunerin gemalt war.

»Wer weiß, möglich ist alles, auch wenn es im Augenblick nicht danach aussieht. Wenn die Menschen erst einmal erkennen, auf welch tönernen Füßen die Macht ihrer Unterdrücker steht – und wenn der einfache Soldat endlich begreift, dass er nur Kanonenfutter ist und von Fürsten und Potentaten für ihre Machtgelüste missbraucht wird, dann darf man hoffen. Aber erst wenn sich sein Bajonett nach oben kehrt, statt gegen seinesgleichen, hat solch eine Revolution Aussicht auf Erfolg.«

»Dann können wir wohl noch lange warten«, murmelte Tobias.

»Ja und nein. Einer Revolution sieht man eben nicht an, wann sie beginnt, eine zu sein. Niemand kann so recht vorhersagen, wo und wann ein Funke in ein Pulverfass fällt.«

Tobias runzelte die Stirn. »Das verstehe ich nicht.«

»Weißt du, wie der amerikanische Unabhängigkeitskrieg begonnen hat?«

»Ja, mit den Männern, die im Hafen von Boston Teekisten von einem britischen Schiff ins Meer geworfen haben, weil sie gegen eine ungerechte Besteuerung und mangelhafte Vertretung im Parlament protestieren wollten«, sagte Tobias.

»Richtig, und niemand hat zu diesem Zeitpunkt geglaubt, dass dieser lokale Protest der Funke sein würde, der überall in den Kolonien die Fackeln der Unabhängigkeitsbewegung in Brand setzen und Amerika in einen Krieg mit England führen würde. Und auch König Ludwig hat nicht geglaubt, dass ihn eine Revolution vom Thron stürzen und auf das Schafott führen würde, als am 14. Juli 1789 in Paris die Bastille erstürmt wurde. Weißt du, was er an jenem Tag abends in sein Tagebuch notiert hat?«

»Nein, was denn?«

»Rien!« Heinrich Heller lachte trocken auf. »Nichts! Die Erstürmung der Bastille war ihm nicht mal eine Erwähnung wert! So sicher war er sich seiner absoluten Macht. Für ihn war das nur ein Aufruhr des Pöbels, mit dem er in gewohnter Weise umspringen würde. Nichts von Belang. Dabei war das der Tag, an dem die Französische Revolution begann!«

Tobias legte das Prismenglas aus der Hand. »Er hat es verdient – und Prettlach auch! Ich wünschte, seine Kutsche hätte sich gestern überschlagen und er sich das Genick gebrochen!«

Heinrich Heller schlug seine Kladde zu und stand energisch auf. »Lass den Kopf nicht hängen und den Mut nicht sinken, Tobias! Es bringt nichts, Dingen nachzutrauern, die man nicht mehr ändern kann. Hoffen wir, dass sie zäh ist und einen starken Lebenswillen hat. Der Lebenswille ist oftmals genauso entscheidend wie die beste Medizin. Und jetzt lass uns zu Jakob und Klemens gehen. In solch einer Situation, wo man selbst nichts tun kann, ist es das Beste, sich zu beschäftigen und abzulenken.«

Tobias zuckte mit den Achseln und folgte seinem Onkel hinaus auf den Hof. Die Tür zur großen Scheune, die auf *Falkenhof* nicht mehr zur Einbringung und Lagerung der Ernte benutzt wurde, da das Land ja verpachtet war, stand offen. Seit Wochen lagerten hier Balken und Bretter in hohen Stapeln. Jakob und Klemens hatten schon damit begonnen, die schweren Balken auf den Hof zu tragen und in der Mitte längs den Markierungen zu einem großen Quadrat mit Innenverstrebungen auszurichten.

»Wofür ist das viele Holz?«, wollte Tobias wissen.

»Wir brauchen einen soliden Startplatz für den *Falken*«, erklärte Heinrich Heller bereitwillig. »An seinen vier Enden werden zwölf Meter hohe Balken aufragen, damit wir den Ballon, wenn er noch nicht mit Gas gefüllt ist, entfalten und hochziehen können. Das wird mit einem System von Flaschenzügen und Seilwinden geschehen, an denen zur Zeit der Mechanikus in Mainz arbeitet.«

Tobias ließ sich anhand der Pläne seines Onkels die Konstruktion des Podestes mit seinen hohen Pfosten und Seilzügen genau erklären. Es würden noch viele Tage vergehen, bis der Startplatz errichtet war.

»Du siehst, es gibt noch eine Menge Arbeit, bevor wir uns mit dem Ballon und dem Aufstieg befassen können«, schloss Heinrich Heller. »Und ich meine, es könnte nicht schaden, wenn du Jakob und Klemens nach Kräften zur Hand gehen würdest.«

Genau das tat Tobias auch. Alles war besser, als im Haus herumzuschleichen und nicht zu wissen, wie er die Zeit totschlagen sollte. Er half den beiden Männern, die Balken aus der Scheune zu schleppen. Und er griff zum Hammer, als die Verstrebungen der Bodenkonstruktion verkeilt und vernagelt waren. Hunderte von Brettern warteten darauf, auf die Balken genagelt zu werden. Verbissen leistete er seinen Beitrag. Doch mit der Ausdauer von Jakob und Klemens, die in stummer Eintracht die Arbeit verrichteten, und dem unglaublichen Gleichmaß ihrer Schläge vermochte er trotz besten Willens nicht mitzuhalten. Aber erst, wenn er den Hammer nicht mehr halten konnte und die Zahl der Nägel, die er krumm ins Holz schlug, in keinem gesunden Verhältnis mehr zu den sauberen Schlägen stand, legte er ihn aus der Hand und machte eine Pause.

Dann begab er sich zu Sadik und leistete ihm Gesellschaft. Sie sprachen jedoch nicht viel. Der Zustand des Mädchens blieb unverändert kritisch. Sadik verabreichte ihr dann und wann Narkoseschwämme. Doch jetzt halbierte er die kleinen Kugeln. »Das reicht völlig aus, um die Schmerzen auf ein erträgliches Maß zu lindern«, erklärte er ihm. »Eine ständige, zu tiefe Betäubung würde ihr mehr schaden als nutzen. Sie würde ihren Körper noch mehr schwächen.«

Zweimal ging Tobias auch mit dem Affen auf den Hof. Er war plötzlich ganz unruhig geworden, vom Bett gesprungen und im Zimmer hin und her gelaufen, dabei lauthals kreischend. Erst hatte Tobias nicht gewusst, was sein seltsames Benehmen bedeuten mochte. Die Schalen mit Fressen und Wasser, die neben seinem Käfig standen, interessierten ihn gar nicht. Also schieden Hunger oder Durst aus.

Dann war Tobias der Gedanke gekommen, dass der Affe möglicherweise ein ganz anderes Bedürfnis befriedigen wollte, und das hatte sich als richtig erwiesen. Offensichtlich war er stubenrein, denn er verrichtete seine Notdurft nur im Freien. Danach wollte er aber stets sogleich zum Mädchen ins Zimmer zurück. Dort sprang er zu ihr aufs Bett, roch an ihr, als müsste er sich vergewissern, dass sie noch lebte, und legte sich dann wieder ruhig hin.

Das stumme Sitzen und Warten im Zimmer, das Fiebergestammel und Stöhnen des Mädchens und die Tatsache, dass es sich offenbar einfach nicht zum Guten wenden wollte, drückten jedoch schwer auf sein Gemüt. Er war deshalb jedes Mal froh, wenn er wieder bei Jakob und Klemens war und hart arbeiten konnte – auch wenn ihm das Gewissensbisse bereitete. Die Dunkelheit kam daher für ihn viel zu früh. Am liebsten hätte er bis tief in die Nacht gearbeitet, obwohl ihm längst alle Muskeln schmerzten.

Er konnte sich an keinen Abend auf *Falkenhof* erinnern, der ihm so zur Qual geworden war wie dieser. Noch nicht einmal als sein Vater zu seiner neuen Expedition aufgebrochen war und er gewusst hatte, dass er ihn bestimmt nicht vor ein, zwei Jahren wieder sehen würde – wenn alles gut ging! Sicher, er hatte sich schrecklich elend gefühlt, verlassen und auch ein wenig verstoßen. Doch er hatte bei seinem Vater von Anfang an gewusst, dass dieser Tag kommen und er sich ins nächste Abenteuer stürzen würde. Er war vorbereitet gewesen. Auf den drohenden Tod einer jungen Zigeunerin unter ihrem Dach war er dagegen ganz und gar nicht vorbereitet.

Tobias zog sich gleich nach dem Abendessen in sein Zimmer zurück, nachdem er den Affen noch einmal auf den Hof hinausgeführt hatte. Wie froh war er, sich körperlich so verausgabt zu haben. Todmüde fiel er in sein Bett, und schon Augenblicke später umfing ihn der Schlaf und zog ihn in eine leere, schwarze Tiefe, in der es keine Angst und Albträume gab, sondern nur Stille und Dunkelheit.

Als er am nächsten Morgen erwachte, fühlte er sich ausgeschlafen und erfrischt, auch wenn sein rechter Arm und seine Schulter noch immer ihren schmerzhaften Protest über die ungewohnt heftige körperliche Anstrengung des Vortages kundtaten.

Sein erster Gedanke galt dem Mädchen.

»Sie hat die Nacht gut überstanden«, beruhigte ihn Sadik mit einem Lächeln, als er sich bangen Herzens in das Krankenzimmer wagte. *»Al-hamdu li-llah!...* Gott sei's gedankt!«

»Sie wird es also schaffen?«, stieß Tobias unendlich erlöst hervor.

»Aiwa, es sieht ganz danach aus. Das Fieber ist schon etwas zurückgegangen. Aber noch ist es zu früh, um zu jubilieren«, dämpfte er sogleich Tobias' Freude.

Aber es ging dem Mädchen besser! Die schwerste Krise war überstanden. Das genügte Tobias, um seine Bedrückung abzuwerfen und den Tag voll Freude und Zuversicht zu beginnen.

Nach einem kräftigen Frühstück begab er sich dann sogleich wieder zu Jakob und Klemens in den Hof, um weiter am Podest zu arbeiten. Die Sonne stand am Himmel und das geschäftige Hämmern war wie Musik in seinen Ohren. Jetzt würde sich alles zum Guten wenden!

Wie der Zufall es wollte, war es ihm vergönnt, die ersten

Worte mit der jungen Zigeunerin zu wechseln. Es war am späten Vormittag, als er mit dem Affen vom Hofgang zurückkehrte. Sadik hatte das Zimmer verlassen, um in seinem Zimmer seine rituellen Waschungen und Gebete zu verrichten, als sie aus ihren Fieberträumen erwachte.

Tobias erschrak, als sich plötzlich ihre Lider hoben und er in dunkle, flaschengrüne Augen schaute. In ihnen stand noch ein fiebriger Glanz, doch sie blickten klar und nahmen bewusst wahr, was sie sahen.

»Oh, mein Gott, endlich!«, entfuhr es ihm unwillkürlich.

»Was... ist... passiert...? Wo bin ich?«, fragte sie leise, aber doch gut verständlich.

Ihre Stimme erschien ihm völlig fremd. Es schien ihm so gar nicht die Stimme eines Mädchens zu sein, denn sie hatte eine dunkle, fast rauchige Färbung. Von der Stimme ihrer Fieberschreie und Fieberträume unterschied sie sich sehr.

»Du hast einen Unfall gehabt«, antwortete Tobias rasch.

»Unfall?« Dann schien sie sich zu erinnern. »Ja, die Kutsche... mit den schwarzen Pferden.«

»Das war Graf Prettlachs Kutsche. Er hat dich von der Straße gedrängt, und du bist vom Kutschbock geschleudert worden, als dein Wagen die Böschung hinuntergerutscht ist. Jetzt bist du bei uns – auf *Falkenhof*«, setzte er rasch hinzu.

»Unsinn«, flüsterte sie.

»Nein, das ist kein Unsinn. *Falkenhof* heißt das Landgut meines Onkels. Wir waren direkt hinter dir, als es passiert ist, und haben dich...«

»Wo... ist... Unsinn?«, fiel sie ihm mit angstvoller Stimme ins Wort.

Tobias begriff. »Unsinn? Ist das der Name deines kleinen Affen?«

»Ja... wo...?«

Tobias lachte. »Dem geht es gut. Er liegt neben dir. Gleich neben deiner linken Hand. Er ist die ganzen Tage kaum von deiner Seite gewichen.«

Die Hand des Mädchens tastete über die Bettdecke und stieß dann gegen den Affen, der sich augenblicklich aufrichtete und einen freudigen Laut von sich gab, als sie ihm mit kraftloser Hand ein-, zweimal über das Fell strich. Sie schloss die Augen und seufzte erleichtert.

»Möchtest du irgendetwas zu trinken oder zu essen?«

Ihr Kopf bewegte sich auf dem weißen Kissen kaum merklich hin und her. »Nein... müde... schrecklich müde... nur schlafen. Unsinn... bei mir bleiben«, sagte sie mit fast versiegender Stimme.

»Natürlich darf Unsinn bei dir bleiben. Für den ist gut gesorgt«, versicherte er, und dann fiel ihm ein, dass er sie das Wichtigste überhaupt noch nicht gefragt hatte – nämlich nach ihrem Namen. Wer weiß, wann sie wieder aufwachte! »Verrätst du mir deinen Namen? Ich heiße Tobias.«

Erst glaubte er, sie wäre schon wieder eingeschlafen und hätte seine Frage nach ihrem Namen nicht mehr gehört. Doch dann bewegten sich ihre Lippen.

Er beugte sich zu ihr vor.

»Jana...« Ihre Stimme war wie ein Hauch, in dem dieses eine Wort mitschwang und gleich wieder verklang. »Jana...«

Könige und Bettler der Landstraße

Das Fieber hatte sehr an Janas Kräften gezehrt und ihr Bedürfnis nach Schlaf schien unstillbar zu sein. Es war der Schlaf der Heilung. Erst am Nachmittag des folgenden Tages fand Tobias Gelegenheit, ein richtiges Gespräch mit ihr zu führen. Sadik und sein Onkel hatten strikt darauf bestanden, dass er ihren Schlaf nicht störte, und er durfte immer nur kurz ins Zimmer, um den kleinen Affen Unsinn auszuführen, der seinem Namen überhaupt nicht gerecht wurde – was aber auch niemand bedauerte.

Tobias hatte Lisette an jenem Nachmittag vor der Küche abgefangen und ihr das Tablett mit der Hühnerbrühe und dem trockenen Zwieback mit den Worten »Ich mach das schon!« abgenommen und hatte es dem Mädchen ans Bett gebracht. Ein wenig verlegen und unsicher, aber doch zu begierig, mehr von ihr und über sie zu erfahren, um sich davon abhalten zu lassen.

Jana sah noch immer sehr blass aus, wie sie so in einem von Lisettes hoch geschlossenen Nachthemden halb aufgerichtet im Bett saß, mehrere Kissen im Rücken, und die Suppe löffelte. Manchmal hielt sie inne, sog die Luft scharf ein und verzog das Gesicht.

»Schmerzen?«, fragte Tobias mitfühlend.

Sie nickte. »Es pocht und sticht im Bein, dass ich es bis hier oben fühle.« Sie deutete auf ihre Brust.

»Soll ich Sadik sagen, dass er dir was gegen die Schmerzen gibt?«

»Nein, lass nur. Ich kann es schon aushalten.«

»Er sagt, dein Bein verheilt gut. Die Wunde beginnt sich schon zu schließen. Er hat dir immer Kompressen mit starkem, altem Rotwein gemacht«, berichtete er, nun voller Stolz auf Sadiks medizinische Fertigkeiten. »Er sagt, das beugt einer Vereiterung vor. Und er hat auch eine komische Salbe auf die Verbände geschmiert. Du wirst lachen, wenn ich dir erzähle, aus was diese besondere Heilsalbe besteht.«

»Woraus denn?«

»Sie schaben von den Geschirren ihrer Lastesel und Wasserbüffel ganz besondere Schimmelstoffe ab.«

»Schimmel?«, fragte Jana ungläubig. »Du machst dich wohl über mich lustig!«

»Nein! Wirklich! Er nennt sie... warte mal... Penicilliums und Aspergillus. Er sagte, das sei das Beste gegen infizierte Wunden! Er hat mir auch erzählt, dass sie Kranken, die eine schwere Halsentzündung haben, den grünlichen Staub von verschimmeltem Brot in den Hals pusten und er dann fast über Nacht wieder gesund wird.«

Jana lachte spöttisch auf. »Solche Märchen von Wunderheilungen kenne ich zur Genüge. Die habe ich mein ganzes Leben lang gehört. Damit werden die Dummen übers Ohr gehauen!«

Tobias war fast empört. »Sadik würde so etwas nicht sagen, wenn es nicht stimmte. Und sag bloß, er hätte dich nicht gerettet!«

»Doch, natürlich...«, versicherte sie hastig und voller Dankbarkeit für die Pflege, die sie erhalten hatte. »So habe ich es nicht gemeint. Ich verdanke ihm mein Leben, nicht wahr?«

»Allerdings! Du weißt ja gar nicht, wie schlimm das mit deinem Bein aussah. Jakob wollte schon keinen Pfifferling mehr für dein Leben geben. Er hat dich schon in einer Kiefernkiste gesehen!«, hielt Tobias ihr krass vor Augen. »Dass du überlebt hast, verdankst du nur Sadiks medizinischen Kenntnissen, auch wenn er kein richtiger *hakim* ist.«

»Hakim? Was ist das?«

»Ach, das heißt Arzt auf Arabisch.«

»Ich bin ihm auch sehr dankbar, bestimmt! Und ich mag ihn, diesen Sadik. Er ist so – so sanft«, sagte sie etwas verlegen. »Vielleicht gibt es solche Mittel, von denen du gesprochen hast, wirklich in Arabien. Aber was macht denn ein Araber so weit weg von seiner Heimat hier bei euch?«

»Sadik ist schon seit vielen Jahren der Diener meines Vaters«, erklärte Tobias stolz und verbesserte sich gleich. »Na ja, Diener ist wohl das falsche Wort dafür. Er ist mehr ein Vertrauter, Dolmetscher und Führer. Mein Vater ist nämlich Forscher und Entdecker! Er sucht die Quellen des Nil!«

Jana schien sichtlich beeindruckt. »Wirklich? Ich habe ihn eher für einen echten Gutsherrn gehalten! Er hat den schönsten weißen Bart, den ich je gesehen habe. Und er war sehr nett zu mir.«

Tobias lachte. »Das ist nicht mein Vater. Das ist mein Onkel Heinrich. Ihm gehört Gut *Falkenhof* und er ist ein berühmter Forscher und Universalgelehrter! Aber früher ist er auch um die Welt gereist. Doch dann ist er Professor geworden. Aber er unterrichtet schon lange nicht mehr. Er widmet sich jetzt nur noch seinen eigenen Forschungen und Experimenten. Ich lebe bei ihm, weil mein Vater fast immer auf gefährlichen Reisen ist. Er wird jetzt auf Madagaskar sein! Eigentlich ist Onkel Heinrich mein Vater, wenn auch nicht mein leiblicher.«

Jana sah ihn fast neidvoll an. »Du hast es wirklich gut. Aber warum ist Sadik denn nicht mit deinem Vater weg, wenn er doch sein Führer und Vertrauer und Dolmetscher ist?«

»Ach, er war krank und nicht reisefähig. Mein Vater hatte aber schon feste Vereinbarungen mit einem französischen Captain für die Überfahrt nach Madagaskar getroffen, seine ganze Ausrüstung befand sich bereits an Bord, und so ist er eben allein los. Ich glaube, sie haben vereinbart, sich in Chartum zu treffen. Das ist im Sudan.«

»Sudan«, wiederholte Jana, die mit Nachnamen Salewa hieß, und sie sagte es, als spräche sie vom Mond.

»Vielleicht gehe ich bald nach Paris«, fuhr Tobias nicht ohne einen Anflug von Prahlerei fort. »Mein Vater hat da Freunde, bei denen ich wohnen kann. Aber vor dem Sommer wird das nicht gehen. Bis dahin möchte ich auf *Falkenhof* bleiben. Mein Onkel arbeitet nämlich an ganz tollen Experimenten, bei denen er mich mitarbeiten lässt.«

»Ja? Was sind das denn für Experimente?« wollte Jana wissen.

»Ach, die haben was mit der Luft und besonderen Gasen zu tun«, gab Tobias vage zur Antwort und hielt es für ratsamer, das Thema zu wechseln. »Aber sag mal, was hat denn ein Zigeunermädchen wie du so ganz allein auf der Landstraße zu suchen?«

»Ich bin keine Zigeunerin!«, widersprach sie heftig.

Überrascht sah er sie an. »Bist du nicht? Aber der Wagen und so...«

»Wir nennen uns fahrendes Volk, Schausteller und Gaukler, was immer du willst«, erklärte sie. »Aber von Zigeunern stamme ich nicht ab. Das ist ein richtig eigener Volksstamm, musst du wissen. Die sind wie eine große Familie, eine Sippe, und es gibt viele verschiedene Sippen in ganz Europa. Man wird auch nicht einfach so eine Zigeunerin, nur weil man mit einem Wagen durch die Lande zieht. Als Zigeunerin wird man geboren. Meine Eltern waren auf jeden Fall keine Zigeuner, aber rumgezogen sind sie auch.«

Das war für Tobias etwas ganz Neues. »Das wusste ich nicht. Aber wieso bist du dann ganz allein unterwegs? Sind deine Eltern tot? Meine Mutter ist schon ganz früh gestorben. Ein Jahr nach meiner Geburt. Es gibt nur eine Miniatur von ihr, aber die hat mein Vater immer dabei.«

Jana nickte. »Ich habe meine Eltern auch nicht gekannt. Sie sollen an einer Epidemie gestorben sein, noch in Polen, im Winterquartier eines kleinen Zirkus, dem sie sich angeschlossen hatten. Aufgewachsen bin ich bei meiner Tante Helena und meinem Onkel René.«

»Also so wie ich!«

Sie zögerte. »Na ja, nicht so ganz. Denn Helena ist nicht wirklich meine Tante und René schon erst recht nicht mein Onkel.«

»Was heißt nicht richtig? Das klingt kompliziert.«

Jana lachte. »Ach, Helena ist nur über tausend Ecken mit meiner Mutter verwandt gewesen und hat mich zu sich genommen, als meine Eltern starben. So drei muss ich damals gewesen sein.«

»Und wie alt bist du jetzt?«

»So genau weiß ich das nicht. Sechzehn, glaube ich.«

»So alt bin ich auch!«

»Helena ist nicht gut im Rechnen. Aber ich habe Schreiben und Lesen von René gelernt – und Jonglieren und Akrobatik auf dem Seil«, erklärte sie stolz. »Aber am besten schlage ich die Karten!«

»René ist aber doch kein polnischer Name, oder?«

»Natürlich nicht. Er ist ja auch kein Pole, sondern halb Franzose und Deutscher, so hat er jedenfalls erzählt, und er erzählt viel, wenn die Abende lang sind und noch Branntwein in der Flasche ist. Aber als Jongleur und Seiltänzer ist er wirklich einmalig. Seine Nummer hat immer viele Leute angelockt«, berichtete Jana. »Er lebt auch nur so mit Tante Helena zusammen… du weißt schon.«

»Nein«, sagte Tobias begriffsstutzig.

»Na, eben als ihr Geliebter.«

Tobias wurde leicht rot im Gesicht. »Ach so«, sagte er gedehnt. »Und mit den beiden bist du durch die Lande gezogen?«

»Ja, als Könige und Bettler der Landstraße!«, verkündete sie mit glänzenden Augen. »So sehen wir uns selber.«

»Das sind aber zwei Extreme!«

»Ja, wie eben das Leben auf der Landstraße auch ist! Denn es ist immer ein Auf und Ab. Mal geht es uns ganz toll und dann folgen wieder schwere Zeiten. Vor allem im Winter, wenn das Wetter schlecht ist und nirgendwo fahrendes Volk gut gelitten ist. Im Frühjahr aber wird es dann wieder lustig. Es beginnt mit den großen Maifesten, und bis in den Herbst hinein sind überall Volksfeste, wo man sich trifft und gute Geschäfte machen kann.«

»Dann hast du sicher schon eine Menge gesehen«, meinte er.

Sie tunkte einen Zwieback in die Suppe und schob ihn dann schnell in den Mund. »Und ob! Du glaubst gar nicht, was ich schon alles gesehen habe. Bist du schon mal in Danzig oder in Königsberg gewesen?«, fragte sie ein wenig undeutlich mit vollem Mund.

Tobias schüttelte den Kopf. Er war noch nie über die Gegend um Mainz hinaus gewesen.

»Ich aber! In Rostock waren wir, in Hamburg und Amsterdam. Ach, überall! Kreuz und quer sind wir gezogen. Ich war sogar schon mal in Frankreich. In Nancy lebt nämlich Renés Familie. Und in Berlin sind wir fast vier Monate gewesen. Da ging es uns richtig gut. Aber das ist schon ein paar Jahre her. In letzter Zeit sind wir viel durch Böhmen und Bayern gefahren. Immer von einem Volksfest zum anderen. Mal sind wir in großen Städten, doch meist in kleineren Orten. Da sind die Leute noch viel neugieriger, weil bei ihnen Zirkus und Schausteller nicht so häufig auftauchen wie in den großen Städten.«

Tobias spürte regelrecht Neid auf ihre Freiheit und auf das, was sie alles schon gesehen und erlebt hatte. Wie kümmerlich nahm sich dagegen sein Leben aus! »Und wo sind deine Tante und dein… Onkel jetzt?«

Jana zuckte mit den Achseln. »Was weiß ich. Vielleicht noch in Wiesbaden. Es interessiert mich auch nicht.« Es klang ein wenig schroff.

Das ließ ihn aufhorchen. »Und warum bist du von ihnen weg?«

»Weil ich genug von ihnen hatte«, lautete die kurz angebundene Antwort, nachdem sie bisher so redselig gewesen war.

Tobias zuckte mit den Achseln. Gut, wenn sie darüber nicht reden wollte, würde er auch nicht weiter fragen. Zumindest vorläufig nicht. Aber irgendwann würde er den Grund schon aus ihr herauskitzeln, das nahm er sich in diesem Moment vor.

»Hast du denn keine Angst, so allein auf der Landstraße zu sein?«

»Hättest du Angst?«

»Natürlich nicht!«

»Also, warum sollte ich dann Angst haben?«, fragte sie zurück, wie verwandelt und irgendwie angriffslustig.

»Na ja, weil du doch ein Mädchen bist!«, sagte er verwirrt von der Art ihrer Fragen.

Ein blitzender Blick aus ihren tiefgrünen Augen traf ihn. »Und? Haben Mädchen vielleicht einen Arm oder ein Bein weniger als Jungen?«, fragte sie scharf. »Oder glaubst du, Mädchen und Frauen hätten da eine hohle Nuss, wo Jungen und Männer einen Kopf mit Verstand haben?«

»Das habe ich nicht gesagt!«, verteidigte er sich, verstört von ihrer Heftigkeit, aber auch etwas verärgert, dass sie ihn so anblaffte.

»Aber gedacht!«

»Habe ich auch nicht!«

»Hast du doch! Sonst hättest du das ja nicht so gesagt!«, beharrte sie.

»Ich weiß gar nicht, was du auf einmal hast!«

»*Ich* habe gar nichts! Ich mag es nur nicht, wenn ihr immer glaubt, Mädchen müssten Angst haben, während ihr… Ach, vergiss es«, brach sie dann ab und das wütende Feuer in ihren Augen erlosch.

Einen Augenblick herrschte betretenes Schweigen. Dann sagte Tobias versöhnlich und kam sich dabei großmütig vor: »Ich wollte dir nicht auf die Zehen treten, Jana. Mut musst du ja wohl schon haben, wenn du dich so allein auf die Landstraße traust. Aber es ist nun mal nicht alltäglich, dass man ein Mädchen wie dich ohne erwachsene Begleitung mit einem Wagen durch die Gegend ziehen sieht.«

»Schon gut«, lenkte nun auch sie ein, und ihr plötzlich angespanntes Gesicht sagte ihm, dass sie wieder Schmerzen hatte. »Ich mag es nur nicht, wenn jemand glaubt, Mädchen wären dumm und könnten nicht das, was Jungen können.«

Tobias hatte da seine Bedenken, beließ es aber dabei. Er wollte sich nicht mit ihr streiten. »Möchtest du, dass ich dir was zu lesen bringe?«

Sie schüttelte den Kopf. »Danke, aber nach Lesen ist mir nicht. Ich bin noch immer schrecklich müde.«

»Dann geh ich besser, damit du schlafen kannst.«

»Danke.«

»Wofür denn?«, wehrte er ab und nahm ihr das Tablett ab.

»Dass du dich mit mir unterhalten hast und dich um Unsinn kümmerst und überhaupt…«

Ihre Worte machten ihn verlegen. »Aber das ist doch selbstverständlich!«

»Ist es nicht!«

»Ist es doch.«

»Wollen wir uns schon wieder streiten?«

Er sah sie verdutzt an und dann lachten sie beide.

Er war schon bei der Tür, als ihm noch etwas einfiel, was er sie unbedingt hatte fragen wollen. »Sag mal, was sind die großen Arkana… das Schicksalsrad und vor allem Zehn der Schwerter?«

Ihre Augenbrauen gingen hoch. »Warum fragst du das?«

»Du hast davon gesprochen, als du im Fieber phantasiert hast.«

»Es sind Karten aus dem Tarotspiel. Zehn der Schwerter ist das Symbol für – Untergang.«

»Ach so, Spielkarten.« Er klang enttäuscht.

»Es sind mehr als nur gewöhnliche Spielkarten. Aus den Karten des Tarot kann man viel herauslesen.«

Er zog die Brauen hoch. »Auch die Zukunft?«

Jana zögerte sichtlich. »Ja, eine mögliche Zukunft.«

»Was ist eine ›mögliche Zukunft‹?«

»Die Karten geben einen Hinweis darauf, was passieren kann. Aber da man nach dem Schlagen eine… nun, Ahnung von der möglichen Zukunft erhalten hat, kann man sich darauf einstellen und etwas dagegen tun, dass sie genau so eintrifft.«

»Und das kannst du, die Zukunft wahrsagen?«, fragte er, fast ein wenig spöttisch.

»Ich kann die Karten deuten«, antwortete sie, ohne das von ihm benutzte Wort wahrsagen zu verwenden. »Und ich kann es besser als Tante Helena, die mich im Schlagen der Tarotkarten unterrichtet hat. Sie sagt, ich hätte – das zweite Gesicht.«

Sie sagte es mit solch einem gelassenen Ernst, dass er sich das Grinsen verkniff, das ihm schon fast auf die Lippen geschlichen war. »Würdest du mir auch mal die Karten legen?«

»Sicher, wenn du es möchtest. Du musst mir nur die Karten bringen. Sie liegen unter der Sitzbank gleich vorn im ersten Fach in einer Holzschatulle. Es ist nicht zu übersehen, denn auf den Deckel ist das magische Auge aufgemalt, wie hinten auf dem Wagen.«

Er nickte. »Gut, ich bringe sie das nächste Mal mit. Vielleicht lässt Sadik mich heute Abend noch einmal zu dir. Weißt du, er und mein Onkel sind ganz streng. Sie sagen, ich darf dich nicht zu lange besuchen, weil du sehr geschwächt bist und viel Schlaf brauchst.«

»Das stimmt auch.«

»Dann bis nachher, mal sehen.«

Als er auf den Flur hinaustrat, stieß er fast mit Sadik zusammen, der gekommen war, um Janas Verband zu erneuern. Mit gerunzelter Stirn sah er ihn an. »Warst du bis jetzt bei ihr?«

»Ich habe ihr die Suppe und den Zwieback gebracht«, wich er einer direkten Antwort aus.

»Na, die Zeit hätte gut und gern für zehn Suppen und einen ganzen Sack voll Zwieback gereicht«, meinte er vorwurfsvoll. »Du darfst sie nicht zu sehr anstrengen, Tobias! Nach so einem schweren Fieber strengt auch reden an.«

Tobias gab sich zerknirscht und versprach, das nächste Mal daran zu denken. Dann brachte er das Tablett in die Küche zurück und lief in den Hof, wo Jakob und Klemens noch immer damit beschäftigt waren, die Bretter des Podestes zu vernageln. Es fehlten aber nur noch ein paar Quadratmeter. Bei Einbruch der Dunkelheit würden sie damit fertig sein, sodass sie am Morgen mit dem komplizierten Aufbau der hohen Pfosten beginnen konnten.

Janas Kastenwagen stand in der Kutschenremise. Er fand die Schatulle mit den Tarotkarten ohne langes Suchen. Das Kästchen und auch das magische Auge waren schon sehr abgegriffen, woraus er schloss, dass sie die Karten sehr oft zur Hand nahm. Er schaute jedoch nicht hinein. Aus einem unerfindlichen Grund hätte er das für einen Vertrauensbruch gehalten. Er ahnte, dass die Karten für sie eine große Bedeutung hatten und etwas ganz Persönliches waren.

Bald gab es Abendessen. Er brachte das Kästchen deshalb erst einmal auf sein Zimmer und suchte anschließend seinen Onkel in dessen Studierzimmer auf. Er schrieb etwas nieder.

»Störe ich, Onkel?«

Heinrich Heller schaute auf. »Nein, nein, komm nur herein. Ich bin sowieso ins Stocken geraten. Und zudem wird uns Agnes auch gleich zu Tisch rufen.«

»Schreibst du an einer neuen wissenschaftlichen Abhandlung?«

»Nein, ich sortiere nur meine Gedanken«, erwiderte er leichthin.

Tobias fiel auf, dass sein Onkel die halb beschriebene Seite von seiner Schreibunterlage nahm und sie in die linke Schublade schob, die er stets abgeschlossen hielt. Auch jetzt drehte er den Schlüssel um und steckte ihn in seine Westentasche. Das war ungewöhnlich, denn es war sonst seine Art, alles einfach liegen zu lassen oder nur zur Seite zu legen. Sehr selten hatte er gesehen, dass sein Onkel ein Schriftstück, an dem er gerade arbeitete, nicht liegen ließ, sondern wegschloss. Waren es geheimbündlerische Gedanken, die er da gerade formuliert hatte?

Heinrich Heller sah ihm offenbar an, welche Überlegungen ihn beschäftigten. »Zerbrich dir bloß nicht den Kopf, was das wohl war, was ich soeben weggeschlossen habe«, sagte er und bedachte seinen Neffen mit einem belustigten Blick. »Die Richtung, in die deine Vermutungen gegangen sind, stimmt schon. Das da«, und er deutete auf die verschlossene Schublade, »ist einer von den kleinen Schritten auf einer langen Reise. Das wolltest du doch wissen, nicht wahr?«

Tobias grinste, weil sein Onkel ihm angesehen hatte, was ihm durch den Kopf gegangen war, und fragte mit hoch gezogenen Augenbrauen: »Könnte das vielleicht auch so ein Zündfunke sein, der das Pulverfass hoch jagt?«

»Für so explosiv halte ich meinen bescheidenen Beitrag nicht, mein Junge. Man entfacht mit Schriften dieser Art nicht von heute auf morgen ein loderndes Feuer in den Köpfen angstvoller und träger Menschen. Wenn es in ihnen zu glimmen und zu schwelen beginnt, hat man es schon sehr weit gebracht. Denn das Stroh in den Schädeln der Gleichgültigen fängt leider nicht so schnell Feuer wie das vom Feld«, sagte er und der Sarkasmus in seiner Stimme war Ausdruck seiner inneren Enttäuschung. Würde er den Tag einer vereinten deutschen Nation und der Verwirklichung der Menschenrechte überhaupt noch erleben? Er schüttelte den kleinmütigen Gedanken ab wie ein lästiges Insekt, das einen Ochsen nicht auf seinem Weg beirren kann.

Und viel lebhafter setzte er hinzu: »Aber was in dieser Schublade liegt, ist doch explosiv genug, um eine Menge Leute in Pizallas Arme und von da geradewegs in den Kerker zu expedieren. Nämlich mich und dich, viele meiner Freunde und Mitstreiter und vielleicht sogar auch deinen Vater. Man weiß nie, wie Männer wie Pizalla die Wahrheit verdrehen, um auch andere ins Unglück stürzen zu können, die völlig unschuldig sind. Aus diesem Grunde darf der Inhalt dieser Schublade nie in falsche Hände geraten.«

Tobias nickte beklommen. Darüber, dass er selbst und auch sein Vater in Gefahr sein könnten, hatte er noch nicht nachgedacht.

»Sollte mir mal etwas passieren...«, fuhr Heinrich Heller fort.

»Was soll dir denn passieren, Onkel?«

Der Gelehrte lächelte. »Mein Junge, in meinem Alter können eine Menge Dinge passieren, auch wenn man seinen Kopf nicht so weit zum Fenster hinausstreckt, wie ich es tue. Aber auch ein junger Mensch ist nicht gefeit gegen die merkwürdigen Zufälle des Schicksals. Denk nur an Jana. Wären wir nicht Zeugen von Riebels Verhaftung gewesen, hätte ich wohl kaum das Bedürfnis gehabt, so schnell wieder nach *Falkenhof* zurückzukehren, und Jana wäre im Schnee verblutet.«

Tobias mochte gar nicht daran denken.

»Also, sollte mir irgendwann einmal etwas zustoßen, dann sorge dafür, dass die Unterlagen aus dieser Schublade verschwinden. Versteck sie gut oder verbrenn sie«, trug Heinrich Heller ihm auf. »Den Schlüssel findest du hier in der Dose unter dem Tabak.« Er zog das unterste rechte Schubfach auf und holte eine alte, unansehnliche Blechdose hervor. »Ich kaufe regelmäßig frischen Tabak, obwohl ich mir das Rauchen längst abgewöhnt habe, damit niemand auf die Idee verfällt, die Dose könnte einen anderen Zweck erfüllen.«

»Es wird bestimmt nichts passieren«, versicherte Tobias, um auch sich selbst zu beruhigen. »Aber ich weiß jetzt, wo der

Schlüssel ist, und werde auch nicht vergessen, was du mir aufgetragen hast.«

»Gut. Es ist immer besser, auch für die scheinbar unwahrscheinlichsten Fälle Vorsorge zu treffen. Möge der Herrgott es uns allen ersparen, dass Pizalla oder seinesgleichen eines Tages *Falkenhof* auf den Kopf stellen. Aber wenn das geschieht, soll ihnen kein Triumph vergönnt sein. Und dabei wollen wir es belassen«, schloss Heinrich Heller das Thema in fast fröhlichem Plauderton ab. »Ich glaube, jetzt ist es Zeit, dass wir den Kochkünsten unserer werten Agnes die Ehre geben!«

Sie begaben sich ins Speisezimmer, und kaum hatten sie am Tisch Platz genommen, da erschien auch Sadik.

»Nun, wie lautet das heutige Bulletin aus dem Krankenzimmer?«, fragte Heinrich Heller.

»Al-Falak, 113. Sure«, antwortete der Araber in offensichtlich gehobener Stimmung.

Heinrich Heller schmunzelte. »Die Morgenröte! Eine sehr optimistische Sure. Sehr gut. Mit den letzten zwanzig Suren kenne ich mich aus, weil sie so kurz sind«, räumte er ein. »Allah hat sie also von dem Übel befreit, das er schuf.«

Sadik nickte. »Sie ist noch schwach, aber um ihr Leben brauchen wir uns nicht mehr zu sorgen, Sihdi. Ich bin sehr zufrieden, wie ihr Bein heilt. In ein paar Wochen wird nur noch eine Narbe von ihrer Verletzung erzählen.«

»Wie lange muss sie denn noch das Bett hüten?«, wollte Tobias wissen.

»Sie hat gutes Wundfleisch, die Zigeunerin ...«

»Jana ist keine Zigeunerin«, korrigierte Tobias den Araber sogleich. »Darauf legt sie großen Wert!«

Spöttisch zog Sadik die Augenbrauen hoch. »So? Tut sie das?«

»Ja, sie kann jonglieren, auf dem Seil tanzen und die Karten schlagen, aber eine richtige Zigeunerin ist sie nicht. Fahrendes Volk nennen sie sich, Könige und Bettler der Landstraße.«

»Streite nie mit dem Stadtherrn oder einer Zigeunerin, heißt es bei uns«, entgegnete Sadik ungerührt. »Und die Wege zur Hölle sind gepflastert mit Weiberzungen.«

Heinrich Heller lachte auf.

Tobias fand Sadiks Sprüche aber gar nicht zum Lachen. »Mach dich nur darüber lustig. Ich glaube ihr!«, sagte er erbost.

Sadik zuckte mit den Achseln. »Der Muezzin muss rufen, beten mag, wer beten will«, erwiderte er lakonisch.

Heinrich Heller beendete den Streit, bevor er richtig aufflammen konnte. »Was macht es auch für einen Unterschied, ob sie nun Zigeunerin ist oder nicht. Hauptsache, es geht ihr gut und sie kommt bald wieder auf die Beine, im wahrsten Sinne des Wortes.« Und zu Sadik gewandt, sagte er: »Du wolltest uns mitteilen, wie lange sie wohl noch im Bett bleiben muss.«

»Eine gute Woche, nehme ich an. Dann kann sie wohl die ersten Gehversuche unternehmen.«

Tobias schluckte seinen Groll hinunter. »Aber weiterziehen kann sie dann noch nicht, oder?«, wollte er von ihm wissen.

Sadik sah ihn mit einem offenen Lächeln an, als hätte es eben keine Verstimmung zwischen ihnen gegeben. »Hast du es so eilig, dass sie vom Gut verschwindet?«

Tobias errötete. »Nein, nein! Ich wollte es nur wissen.«

»Drei Wochen wird es schon noch dauern, bis wir sie wieder sich selbst und der Landstraße überlassen können«, schätzte Sadik. »Man wird sehen...«

»Du hast an den Ballon gedacht, nicht wahr?«, erriet Heinrich Heller den Grund von Tobias' Frage.

»Ja«, gab er etwas verlegen zu. »Wenn Jana schon in einer Woche aufstehen kann, wird sie nachts bestimmt das Bett verlassen und nachsehen, was wir zu so später Stunde noch im Hof zu schaffen haben. Denn ganz ohne Lärm wird es doch bestimmt nicht möglich sein, den Ballon zu füllen und aufsteigen zu lassen, oder?«

»Ganz gewiss nicht«, pflichtete ihm sein Onkel mit nachdenklicher Miene bei. »Es wird sogar eine Menge Lärm geben.«

»Es ist kein Zufall, dass uns das Schicksal Jana nach *Falken-*

hof geführt hat«, bemerkte Sadik mit bedeutungsschwerer Stimme. »Es ist Allahs Wille, dass das unheilvolle Fluggerät am Boden bleibt.«

»Unheilvoll ist einzig und allein dein pessimistisches Geunke!«, beschied ihn Tobias.

Sadik zuckte mit den Schultern. »Der Weg, den ihr einschlagt, ist ein gefährlicher Irrweg. Wie jener Weg, auf den der Nomade sein Kamel führte und vor dem Scheich Saadi von Schiras ihn vergeblich mit den Worten warnte: ›Ich fürchte, Mekka wirst du nicht erreichen, denn deine Straße führt nach Turkestan!‹ «

Tobias verdrehte die Augen, doch sein Onkel entgegnete ihm darauf fast heiter: »Mein lieber Sadik, es gibt auch noch eine andere Weisheit, die da lautet: ›Unermessliche Reichtümer liegen tief im Meer verborgen, Sicherheit findest du nur am Ufer.‹ Auch diese Worte stammen von Scheich Saadi.«

Sadik seufzte darauf und schwieg.

»Aber solange Jana noch nicht aus dem Bett kann, hindert uns doch nichts daran, schon einige Ballonaufstiege zu unternehmen, Onkel«, schlug Tobias nun vor.

»Ja, das ist richtig. Es fragt sich nur, ob wir so schnell mit dem Startplatz fertig sind. Und noch hat der Mechanikus die Flaschenzüge und Seilwinden nicht gebracht. Aber die drei Tage, von denen er gesprochen hat, sind ja auch noch nicht verstrichen. Nun, wir werden abwarten und uns entscheiden, wenn alle Vorbereitungen getroffen sind. Das Wetter wird zudem ein gutes Wörtchen bei unserem Vorhaben mitreden. Hoffen wir also, dass der Winter nun endlich hinter uns liegt und es auch weiterhin so mild bleibt.«

Mit dieser Antwort war Tobias zufrieden, und Heinrich Heller lenkte das Tischgespräch geschickt auf ein weniger kontroverses Thema in ihrer Runde, nämlich auf die Hochkultur der Ägypter und ihre unvergleichliche Heilkunst, ein Thema, zu dem Sadik viel zu erzählen hatte, sodass ihr Abendessen doch noch ein harmonisches Ende fand.

Danach trieb sich Tobias immer wieder in der Nähe von Janas Zimmer herum, in der Hoffnung, noch eine Gelegenheit zu einem Gespräch unter vier Augen mit ihr zu finden. Er brannte darauf, sich von ihr die Karten legen zu lassen.

Doch seine Hoffnung erfüllte sich nicht. Denn als sich Sadik endlich in sein Zimmer begab und Tobias zu ihr schlich, fand er sie schon in tiefem Schlaf. Einen Augenblick stand er unschlüssig an ihrem Bett. Dann stellte er das Kästchen mit ihren Tarotkarten auf die Kante der Kommode, sodass es in ihrer Reichweite stand, und so leise, wie er gekommen war, verließ er das Zimmer wieder.

Jana war so völlig anders als die Mädchen, die er vom Kirchgang und von den wenigen Gelegenheiten, bei denen er mit Gleichaltrigen zusammentraf, her kannte. Und ob nun Zigeunerin oder nicht – irgendwie mochte er sie!

Elf Tarotkarten

Ein berittener Bote galoppierte am Morgen des folgenden Tages die Ulmenallee zum *Falkenhof* hoch. Das Schreiben, das der rotblonde Bursche aus Mainz brachte, war vom Buchhändler Florian Kupferberg aus der Großen Bleiche.

Heinrich Heller, dem Lisette das versiegelte Schreiben an den Frühstückstisch brachte, überflog die wenigen Zeilen und nickte zufrieden.

»Wir werden nach dem Mittag nach Mainz fahren, Sadik«, teilte er ihm mit, knüllte die Nachricht zusammen und warf das Papier ins knisternde Kaminfeuer. Und zu Lisette, die abwartend in der Tür stand, weil der Bote eine Antwort mit nach Mainz zurückbringen sollte, sagte er: »Ich werde zur angegebenen Zeit da sein. Sag ihm, dass er das ausrichten soll.«

»Sehr wohl, Herr Professor.«

Niemand sprach am Tisch davon, doch Sadik und Tobias wussten, was der Bote und das Schreiben zu besagen hatten: Die Mitglieder des Geheimbundes würden sich an diesem Tag zu einem ihrer unregelmäßigen Treffen zusammenfinden. An solchen Tagen war Tobias jedes Mal froh, wenn er die Kutsche seines Onkels kurz vor Einbruch der Dunkelheit die Allee heraufrattern hörte. Auch wenn sein Onkel ihm mehr als ein Mal versichert hatte, dass kein Grund zur Besorgnis bestand, weil sie angeblich jedes Risiko vermieden und mit größter Umsicht vorgingen – voller Unruhe war er in den langen Stunden doch.

Die Versammlungen des Geheimbundes fanden grundsätzlich am hellichten Tag statt. »Nur Dilettanten und romantische Schwärmer treffen sich zu nächtlicher Stunde an geheimen Orten«, hatte sich sein Onkel einmal geäußert. »Nächtliches Kommen und Gehen vermummter Gestalten, die gar noch das Licht scheuen, muss stets den Argwohn von Nachbarn und Spitzeln erwecken. Doch wenn man sich zu nachmittäglicher Stunde zu einem Liederkreis trifft oder zur Pflege heimatlichen Brauchtums, wer könnte dahinter so leicht republikanische Umtriebe vermuten?«

Das hatte Tobias eingeleuchtet, wenn auch nicht von seiner Sorge befreit. In den Wintermonaten waren sie sehr selten zusammengekommen, weil die Straßen- und Wetterverhältnisse die lange Fahrt nach Mainz und zurück nicht geraten scheinen ließen. Doch mit dem beginnenden Frühling würden sich auch wieder die Nachmittage häufen, an denen der Geheimbund tagte.

Aber ein Gutes hatte die Fahrt seines Onkels nach Mainz diesmal doch: Sadik würde auf dem Kutschbock sitzen und gleichfalls für viele Stunden fortbleiben. Somit hatte er Zeit genug, um mit Jana zu reden und zu sehen, was sie ihm aus den Karten für eine Zukunft las!

Der Bote war an diesem Tag nicht der Einzige, der aus Mainz auf *Falkenhof* eintraf. Kaum eine Stunde später rollte das Fuhrwerk des Mechanikus durch das Tor in den Hof, hoch beladen und gezogen von zwei kräftigen Apfelschimmeln. Johann Reitmaier hatte Wort gehalten.

»Drei Tage! Fast auf die Stunde genau!«, rief Heinrich Heller voller Freude. »Das nenn ich eines Mannes Wort!«

Johann Reitmaier lachte. Er ähnelte in gewisser Weise seinen Pferden. Ein Klotz von einem Mann mit wenig eleganten Linien. Kurz die Beine, breit das Kreuz und kantig das Gesicht, wenn auch mit ansprechend offenen Zügen. Ein Mann, der zu arbeiten verstand, gar keine Frage. Doch die Hände waren im Vergleich zu seinen Oberarmen ausgesprochen schlank und wussten wohl auch mit einem feinen Bleistift komplizierteste Zeichnungen anzufertigen.

»Ich hab die Nacht zum Tag gemacht. Stets zu Diensten für den Herrn Professor«, erwiderte er.

»Nicht zu Ihrem Schaden, Reitmaier! Ganz wie ich es sagte!«, versicherte Heinrich Heller. »Lisette! Bring dem Herrn Mechanikus einen Krug Bier und eine kräftige Brotzeit! – Jakob! Klemens! Hängt den Pferden eine gute Portion Hafer vors Maul! Sie hatten schwer zu ziehen. Und dann beginnt mit dem Abladen!«

Und während sein Onkel mit dem Mechanikus ins Haus ging, um das Geschäftliche abzuwickeln und ihn zu verköstigen, half Tobias beim Abladen. Vier Flaschenzüge waren es, die der Johann Reitmaier geladen hatte. Doch wirklich von Gewicht waren die beiden Seilwinden. Nur mit vier Mann ließen sie sich vom Fuhrwerk heben, und sie mussten schwere Kanthölzer unterschieben, sonst hätten sich auch acht kräftige Arme noch bis in den Mittag hinein schinden müssen.

Tobias frohlockte, ließ es sich aber gegenüber Sadik nicht anmerken. Mit der Lieferung des Mechanikus hatten sie nunmehr alles auf *Falkenhof,* was sie für den Ballonaufstieg brauchten. Nun mussten nur noch die Pfosten vom Startgerüst aufgerichtet und mit den Seilzügen versehen werden. Länger als zwei Tage konnte das kaum in Anspruch nehmen. Somit blieben ihnen gut fünf Tage, um nachts im Ballon aufzusteigen!

Mit einer Miene, die äußerste Zufriedenheit ausdrückte, und einem noch halb vollen Bierkrug auf der Kutschbank, brach der Mechanikus bald wieder zurück in die Stadt auf. Und Heinrich Heller wies Jakob und Klemens in die Technik der Flaschenzüge ein, zeigte ihnen, wie und wo er sie befestigt haben wollte, und markierte im Hof auch die Stellen rechts und links vom Podest, wo die Seilwinden zu stehen hatten. Und im Handumdrehen war es Mittag geworden, Zeit für ihn und Sadik, nach Mainz aufzubrechen.

»Schau ein wenig nach dem Mädchen und sieh, dass ihr die Zeit nicht zu lang wird«, bat Heinrich Heller seinen Neffen.

»Werd ich, Onkel«, versprach er, um einen gleichmütigen Gesichtsausdruck bemüht, so als würde er sich nicht sonderlich darum reißen.

Doch Sadik durchschaute ihn. »Aber alles mit Maßen! Sie bleibt noch länger als nur diesen einen Tag.«

Tobias gab sich ahnungslos. »Was meinst du damit?«

Sadik griff nach den Zügeln, ließ das Pferd mit einem Schnalzen antraben, wie Tobias es wohl nie in seinem Leben zu Stande bringen würde, und rief ihm noch zu: »Die Zungen der Weiber machen auch aus einer Mistkugel noch Honig!«

Tobias lachte nur. Dann eilte er zu Jana hoch. Sie saß im Bett, die Karten auf der Decke, als hätte sie ihn schon erwartet. Unsinn hatte sich gerade ein Stück Trockenpflaume ins Maul geschoben und gab ein fröhliches Kreischen von sich, das wie ein heiseres Lachen klang. Er sprang mit einem Satz an ihm hoch und krallte sich in seinem Hemd fest.

»Wie fühlst du dich heute?«, fragte Tobias, während er den Zwergaffen kurz streichelte. Dann turnte Unsinn auch schon auf seine Schulter hoch und schwang sich hinüber auf einen der Bettpfosten. Dort hielt er sich mit seinen beiden Hinterpfoten und der linken Vorderpfote fest, während er mit der rechten in seinem Maul stocherte. Dabei rollte er die Augen, dass einem vom Hinschauen schwindelig werden konnte.

»Ausgezeichnet – bis auf das verdammte Stechen und Pochen im Bein«, versuchte sie über ihre Schmerzen zu scherzen. »Unsinn mag dich. Dabei ist er sonst so wählerisch.«

»Sonst?«, wiederholte Tobias scheinbar entrüstet.

Sie lächelte ihn entwaffnend an. »Gut. Das sonst ist gestrichen.«

»Schon besser. Unsinn weiß eben, was er an mir hat. Ich hab ihn unter dem ganzen Kram befreit und versorge ihn ja auch. Sadik würde mit ihm bestimmt nicht ins Freie gehen und an den Haaren ziehen darf Unsinn ihn garantiert auch nicht.«

»Nein, da hast du Recht. Er wird immer ganz stocksteif, wenn Unsinn auch nur in seine Nähe gelangt. Dann ist er wie verändert. Keine Spur von Sanftmut.«

»Araber haben nichts für Affen übrig, das hat was mit ihrem Glauben zu tun«, sagte Tobias und gab wieder, was Sadik ihm über Affen in seiner Heimat erzählt hatte.

»Wenn das so ist, bringt Sadik ja direkt ein Opfer, dass er Unsinn überhaupt im Zimmer duldet«, stellte sie fest.

»Du hast es erfasst. Er ist schon wunderlich. Ich mag ihn sehr, weißt du. Aber manchmal weiß auch ich nicht, woran ich bei ihm bin. Aber kommen lasse ich nichts auf ihn. Einen besseren Freund kann ich mir nicht vorstellen – auch wenn er schon so alt ist.«

»Einen Freund zu haben ist etwas Schönes«, pflichtete sie ihm bei. »Aber sag mal, was hat denn das Hämmern und Sägen zu bedeuten?«

»Ach, Jakob und Klemens richten im Hof ein Gerüst auf. Es hat etwas mit den Experimenten meines Onkels zu tun. Astronomie und so«, log er und brachte dann das Gespräch auf das, weshalb er in erster Linie zu ihr gekommen war. »Ich sehe, du hast die Karten gefunden.«

»Ja. Danke, dass du sie aus dem Wagen geholt hast.«

Er zuckte mit den Achseln, weil er nicht zu gespannt erscheinen wollte. »Wenn du sogar im Traum von diesen Tarotkarten sprichst, müssen sie dir ja eine Menge bedeuten.«

Sie nickte. »Helena hat sie mir geschenkt, als ich sieben war.

Wenn ich alles andere weggeben müsste, was ich besitze, es würde mir nichts so viel ausmachen wie diese Karten.«

»Mir ist bisher noch keiner begegnet, der etwas vom Kartenlegen verstand«, sagte er und wusste nicht, wie er sie dazu bringen sollte, ihr Angebot vom gestrigen Nachmittag noch einmal zu wiederholen. »Onkel Heinrich würde bestimmt darüber lachen, und Sadik… na, bei dem weiß ich nicht. Er glaubt auch an solche Geschichten.«

»Und du?«, fragte sie schlicht.

»Keine Ahnung. Ich versteh nichts davon.«

Sie lächelte. »Aber interessieren würde es dich schon, was die Karten dir zu sagen haben?«

Er fühlte sich bei seinen innersten Gedanken ertappt und errötete leicht. »Ich hab's noch nie getan, also warum soll ich es nicht mal versuchen?«

»*Mich* musst du nicht fragen.«

Tobias rang sich zu einer klaren Antwort durch. »Also gut, befrage die Karten!«

Jana drehte die Karten um, sodass ihre Bilderseiten oben lagen. Sie waren handbemalt und an vielen Stellen schon arg abgegriffen. »Zuerst musst du dir eine der Hofkarten aussuchen, die dich darstellen soll.«

»Hofkarten?«

»Das sind König, Königin, Ritter und Bube«, erklärte Jana. »Ein älterer Mann wählt meistens den König, ein Kind den Buben oder den Ritter, wenn er möchte. Du kannst aber auch eine Karte der Großen Arkana wählen – hier, den Magier etwa oder den Narren.«

»Den Ritter!«, entschied Tobias ohne langes Zögern.

»Eine gute Wahl«, sagte sie, schob die Karten bis auf den Ritter wieder zusammen und reichte ihm den Stoß. »Misch sie gut durch, aber so, dass sich die Karten auch verdrehen und viele auf dem Kopf stehen. Eine umgekehrte Karte hat nämlich eine andere Bedeutung als eine aufrecht stehende.«

»Das ist ja richtig kompliziert«, meinte Tobias.

»Das ist erst der Anfang. Du musst mir jetzt eine Frage stellen, das heißt, du stellst sie den Karten. Aber du musst sie aussprechen.«

»Irgendetwas?«, fragte er und fühlte sich ein wenig unwohl in seiner Haut.

»Ja, was dich eben interessiert. Die meisten Fragen haben etwas mit Geld zu tun, mit Liebe, Problemen, die die Menschen haben, und solchen Dingen. Was interessiert dich denn?«

»Och, eine ganze Menge«, meinte Tobias gedehnt.

»Das muss ich schon genauer wissen. Fangen wir mit *einer* Sache an. Also, entscheide dich für was.«

Tobias kam sich komisch vor, eine präzise Frage an die Karten stellen zu sollen. »Wie... wie wäre es mit der Zukunft?«, schlug er dann vor.

»Die Zukunft ganz allgemein?«, wollte Jana wissen. »Oder irgendetwas Bestimmtes davon?«

»Nein, nein, lassen wir es lieber allgemein«, wehrte er schnell ab.

»Dann sprich die Frage, die dir die Karten beantworten sollen, genau aus«, forderte sie ihn auf.

Er holte Atem, dachte an den Ballon und Paris und fragte dann: »Was wird mir die Zukunft in den nächsten Monaten bringen?«

»Ja, damit kann ich etwas anfangen.« Sie glättete ihre Bettdecke. »Leg den Stoß hier hin und hebe mit der *linken* Hand einen Packen nach links ab und dann von diesem Packen einen weiteren nach links, sodass drei Stöße daliegen.«

»Ist das so wichtig, die Hand und die Richtung?«

»Das ist Tarot-Tradition. Damit rufen wir die Macht der Herrscherin, der Dreifach-Göttin an«, erwiderte Jana und legte die drei Stöße mit der linken Hand nun so wieder zusammen, dass der unterste Packen zuoberst lag.

»Dreifach-Göttin?«, wiederholte Tobias spöttisch. »Göttin ist ja schön und gut, aber warum muss es gleich eine Dreifach-Göttin sein?«

»Drei ist das Symbol für die Natur!«, belehrte sie ihn. »Sie besteht aus Eins und Zwei, den Polen des Lebens, aus denen alles besteht. Eins und Zwei – das sind Mann und Frau. Und Drei ist die Summe von beidem, nämlich die Geburt, die Mutterschaft. Drei umschließt alles. Daher Dreifach-Göttin.«

»So gesehen klingt das natürlich schon anders«, räumte er ein.

»Du darfst den Namen einer jeden Karte nicht wörtlich nehmen, Tobias. Es sind zumeist Symbole, die gedeutet werden müssen.«

»Na, dann fang doch mal damit an!«, forderte er sie auf.

Jana blickte einen Moment nachdenklich auf den Kartenstoß. »Ich glaube, ich mache bei dir eine Befragung mit elf Karten«, entschied sie.

»Warum ausgerechnet elf?«

Sie nahm ihm seine vielen Fragen nicht übel. Es war ja das erste Mal, dass er sich die Karten legen ließ. Sie lächelte daher nur über seine Unwissenheit. »Jeder, der die Karten befragt, hat seine eigene Methode und irgendwelche Legebilder, die er bevorzugt, weil sie ihm zusagen. Aber alle richten sich letztlich doch nach den magischen Zahlen und einer Verbindung solcher Zahlen. So ist ein Legebild mit sieben Karten die Verbindung aus den heiligen Zahlen Drei und Vier – und ergeben eine weitere heilige Zahl, nämlich Sieben.«

»Und elf ist die Kombination aus vier und sieben«, folgerte Tobias.

»Richtig. Vier und Sieben sind die Zahlen, mit denen ich am liebsten arbeite«, sagte sie und ahnte schon sein »Warum?«, denn sie fuhr erklärend fort: »Vier bedeutet im Okkulten das göttliche Gesetz und die vier Welten der Schöpfung.«

»Du meinst die vier Elemente: Feuer, Wasser, Himmel und Erde?«

»Genau. Daher trägt die Karte des Herrschers auch die Zahl Vier. Aber nicht nur da kommt die Vier vor. Auch beim kopfunter Gehängten wirst du die Vier entdecken. Seine Beine sind nämlich so über Kreuz geschlagen, dass sie diese Zahl bilden.«

»Der kopfunter Gehängte? Das ist aber eine grausige Karte! Was hat die denn mit göttlichem Gesetz und Schöpfung zu tun?«, fragte er verständnislos.

Sie lachte. »Ach, das ist gar keine so schlimme Karte, wie sie einem Laien auf den ersten Blick erscheint. Der Gehängte zeigt nämlich einen strahlenden Ausdruck.«

Tobias verzog das Gesicht. »Na, ich würde bestimmt nicht strahlen, wenn man mich aufhängen würde!«

»Der Heilige Petrus wurde mit dem Kopf nach unten gekreuzigt, weil er sich nicht für würdig hielt, denselben Tod zu sterben wie Jesus Christus. Hier hast du die Verbindung zur Schöpfung und zum Göttlichen. Der Tod ist eben nicht nur etwas Schreckliches, Dunkles, sondern auch die Erlösung.«

Tobias spürte, wie ihn die Welt des Okkulten mit ihren merkwürdigen Verbindungen und Deutungen in ihren Bann zog. »Und was ist mit der Sieben?«

»Das ist die Zahl des Wagens, einer Karte, die Sieg und Triumph darstellt. Denn sie ergibt sich aus der Verbindung von Drei, der Karte der Göttin und Herrscherin, und Vier, der Karte des Herrschers. Sieben weist aber auch auf die sieben Planeten hin: Sonne, Mond, Merkur, Venus, Mars, Jupiter und Saturn. Daher symbolisiert sie die Vollendung. Denk nur an die Tonleiter einer Oktave: Sie hat sieben Töne. Der achte Ton wiederholt bloß den ersten auf einer höheren Ebene.«

Tobias war unverhohlen beeindruckt. »Toll. Vier und sieben ergibt elf. Ist Elf auch eine heilige Zahl?«

»Eins und eins ergibt zwei, und die Zwei steht für die Hohepriesterin. Es ist das Symbol des Weiblichen, so wie die gerade Ziffer Eins für das Männliche steht«, sagte sie und errötete etwas. »Jetzt weißt du, warum ich gerade elf Karten nehme.«

»Scheint wirklich alles seinen Sinn zu haben«, räumte er ein. »Geht's jetzt los?«

»Ja. Aber erwarte nicht zu viel. Die Karten sind ein Labyrinth von Deutungsmöglichkeiten und du wirst weder in ihnen die absolute Wahrheit finden noch konkrete Antworten. Wenn wir

Glück haben, geben sie uns einen Ausblick auf Kommendes und eine Anregung, wie wir uns zu verhalten haben.«

»Was immer die Karten mir zu sagen haben, ich bin bereit!«

Jana warf ihm einen schnellen Seitenblick zu und zählte dann elf Karten ab. Die des Ritters lag schon aufgeschlagen auf der Bettdecke.

»Ich beginne zuerst mit einer Befragung mit nacheinander aufgedeckten Karten«, sagte sie. »Damit erhalten wir einen ersten Eindruck. Hinterher werde ich ein Legebild machen, um eine noch genauere Deutung zu finden.«

Tobias nickte nur und blickte gespannt auf die Karten in ihrer Hand. Er stand vor der ersten Wahrsagung seines Lebens!

Narr, Magier und Schicksalsrad

Jana legte die flache Hand auf den Stoß der achtundsiebzig Tarotkarten und schloss die Augen. Tobias konnte ihr ansehen, wie sie sich konzentrierte. Sie richtete ihre gedankliche Kraft auf die Karten. Diese Konzentration war so total, dass sie nicht nur *Falkenhof* vergaß, sondern auch das heiße Pochen in ihrem Bein und die Schmerzen, die immer wieder wie Flammenzungen aus dem Schenkel hoch in ihren Körper schossen.

Tobias wagte sich auf seinem Stuhl am Bettrand nicht zu bewegen. Er merkte gar nicht, dass er den Atem anhielt, sein Herz schlug schneller.

Jana öffnete die Augen, als sie meinte, für die spirituelle Welt des Tarot bereit zu sein. Tobias hatte angenommen, sie würde in Trance fallen oder etwas in der Art. Doch das war nicht der Fall. Augen und Stimme waren klar und normal. Sie hatte sich wirklich nur innerlich gesammelt.

Sie deckte nun die erste Karte auf. »Das Schicksalsrad!« Es klang nicht erstaunt.

Tobias sah auf der Karte ein großes Wagenrad mit sechs Speichen. Eine Hand, die aus dem Nichts kam, wuchs aus den Speichen heraus. Schlange, Einhorn und ein auf dem Rücken hängendes Tier sowie das Gesicht eines alten Mannes waren in den Hintergrund des Rades gezeichnet. Dazu Sternenhimmel und merkwürdige Runen.

»Und? Was bedeutet das?«, fragte er gespannt.

»Es weist auf ein besonderes Ereignis hin…«

»Der Ballon!«, durchfuhr es ihn. Aber dann sagte er sich, dass es jedem ein Leichtes war, einem anderen ein Ereignis zu prophezeien, denn irgendetwas ereignete sich ja immer.

»Vielleicht etwas Unerwartetes«, fuhr Jana fort. »Ob es etwas Gutes oder Schlechtes ist, sagt die Karte nicht. Nur dass sich das Rad deines Lebens in eine besondere Richtung dreht.«

Er grinste. »Gut möglich.«

Sie legte die nächste Karte auf das Schicksalsrad. Es war die Karte Vier. Der Herrscher. Doch er stand auf dem Kopf. Sie runzelte die Stirn.

»Ich sehe Macht und Stärke, Tobias. Aber es sind nicht die guten Seiten der Macht, denn der Herrscher steht auf dem Kopf. Das deutet auf Arroganz und Rücksichtslosigkeit hin und auf ein starkes Verlangen.«

Sie griff zur nächsten Karte.

Tobias erschrak. Ein Knochengerippe, mit der Sense in der Hand. Ein Mann in einem Nachen. Ein Vogelgesicht. Es war ganz eindeutig die Karte des Todes.

Jana bemerkte sein Erschrecken. »Ja, es ist der Tod. Aber das muss nichts Negatives bedeuten. Sterben und Leben sind eins. Diese Karte heißt nicht zwangsläufig, dass jemand sterben wird«, sagte sie schnell. »Sie kann auch darauf hinweisen, dass etwas zu Ende geht – etwa ein besonderer Lebensabschnitt. Aber es wird nicht ohne Schmerz sein.«

»Wie beruhigend«, murmelte Tobias.

Bei der nächsten Karte zeigte nun Jana Betroffenheit. »Der Turm!«, rief sie.

Auf die Karte war ein babylonischer Turm gemalt, der weit in den Himmel ragte. Eine gewaltige Explosion raste aus seinem Inneren und zerriss ihn.

»Wieder ein schlechtes Zeichen?«, fragte er beklommen.

Sie zögerte. »Nach dem Schicksalsrad, dem umgedrehten Herrscher und dem Tod... keine günstige Karte«, räumte sie ein. »Ja, jetzt besteht für mich kein Zweifel mehr. Dir steht eine schwere, schicksalhafte Veränderung bevor, etwas, das alles aus den Fugen reißen wird, dein ganzes bisheriges Leben. Eine Art Katastrophe.«

Tobias schluckte schwer. Ihm fiel augenblicklich Sadiks düstere Warnung ein, dass der Ballon nur Unglück über sie bringen würde. War das hier die Bestätigung? Eine Gänsehaut überlief ihn, und er wünschte, er hätte Jana nie darum gebeten, die Karten für ihn zu befragen. Aber er hatte auch nicht den Mut, ihr jetzt zu sagen, sie solle die Befragung abbrechen.

»Aber wenn etwas auseinander bricht, dann schafft es auch Raum und Platz für Neues«, tröstete ihn Jana. »Die Zerstörung kann dann auch wie eine Befreiung wirken.«

»Aber die vorhergehenden Karten betonen eher das Schlechte, oder?«

»Vorerst ja«, musste sie zugeben, drehte die nächste Karte um und seufzte erleichtert. »Der Narr!«

»Ein Lichtblick in meiner Zukunft? Werde ich doch noch was zu lachen haben?«, versuchte Tobias zu scherzen.

»Der Narr im Tarot hat nicht die Bedeutung, die du dir wohl unter einem Narren vorstellst. Freude und Überraschung kennzeichnen ihn und die Lust, sich optimistisch in Unbekanntes zu stürzen. Der Narr, der die Wahrheit sieht, weil er außerhalb steht. Im Zusammenhang mit den anderen Karten gibt er Zuversicht und Mut und fordert dich auf, deinen Gefühlen zu folgen und nicht zu verzagen. Er bietet dir das Vertrauen an, dass sich das Schreckliche und Schlimme, das dein Leben verdüstert, zum Guten wenden kann, wenn du nur auf deine innere Stimme hörst.«

Tobias fand, dass ihre Deutung des Narren nach der Schwere des Turms und der Todeskarte nicht allzu beruhigend ausfiel, aber ein Lichtblick war es immerhin.

»Lass uns sehen, wie es weitergeht«, sagte Jana und deckte die sechste Karte auf. Zwei gekreuzte Stäbe vor einer düsteren Katakombe waren auf ihr abgebildet. Doch die Karte lag umgekehrt.

»Zwei der Stäbe, Herrschaft«, nannte Jana ihren Namen. »Doch auf dem Kopf. Damit verweist sie auf die Herrscherkarte und betont noch einmal das Element der negativen Macht, des Machtmissbrauchs.«

»Eine gute Karte wäre wohl auch zu schön, um wahr zu sein«, brummte Tobias.

Jana ging zur siebten Karte über. Sie lächelte. »Du warst zu ungeduldig. Hier ist sie. Die Sonne als siebte Karte! Sie trägt die Ziffer Neunzehn. Eins und neun ergibt zehn und zehn weist auf die erste Karte hin, das Schicksalsrad. Sie stehen also in Verbindung. Das ist ein gutes Zeichen, Tobias!« Sie schien nach den vielen düsteren Karten selbst ganz erleichtert. »Licht und Wärme! Lebensmut und Kraftquelle! Trotz aller Prüfungen und schmerzlicher Umwälzungen ist Licht in deiner Zukunft.«

Tobias' innere Anspannung löste sich ein wenig. »Das war auch an der Zeit!«

Er hatte zu früh frohlockt. Die nächste Karte brachte sofort den Dämpfer. Neun der Schwerter, die alle nach unten ragten und einen diffusen Hintergrund durchbohrten.

»Die Karte der Grausamkeit«, erklärte Jana mit leiser Stimme. »Wer das Opfer der Grausamkeit ist, kann ich so nicht sagen. Es kann aber auch Verrat bedeuten. Mehr kann ich dazu nicht sagen.«

»Mir reicht das schon«, sagte Tobias und der Knoten in seinem Magen war wieder da.

»Aber hier kommt der Magier! Die Eins!« Jana strich sich mit einem Lächeln ihr schwarzes Haar aus dem Gesicht. »Die magische Kraft. Der Magier ist in alle diese merkwürdigen Geschehnisse, die dir widerfahren werden, verwickelt. Doch er bleibt lange im Dunkel, weil das Bedrückende lange Zeit vorherrschend ist. Aber er ist stets da und begleitet dich. Merlin, der Magier, bekräftigt, was auch schon der Narr dir rät – nämlich nicht nur dem Verstand und der Willenskraft zu vertrauen, sondern auch deinen Gefühlen zu folgen und dem Unbewussten eine Chance zu geben. Der Magier wird dir helfen, alle Widerstände zu überwinden und dein Ziel zu finden, wenn du dich nur von ihm leiten lässt.«

»Ich hoffe, er stellt sich mir rechtzeitig vor«, murmelte er mit zwiespältigen Gefühlen. »Was sagt denn die nächste Karte?«

Jana legte sie auf. »Acht der Stäbe. Die Karte der Schnelligkeit.«

Tobias beugte sich weiter zu ihr vor, um das Bild besser sehen zu können. Es waren acht Lanzen, die parallel zueinander aus einem Feuer von links unten nach rechts oben aufragten. Etwas wie Feuer schien auch um die Spitzen zu leuchten.

»Und was hat das jetzt zu bedeuten?«

»Streben, Entwicklung – begleitet von Feuer, aber unbeirrbar in der Richtung. Nach dem Magier überwiegt das Positive.«

»So, und jetzt die letzte Karte, Jana.«

Sie drehte sie um.

Tobias erschrak ein wenig. Er hatte die Karte noch nie zuvor gesehen, wusste aber sofort, was er da vor sich hatte: die Karte des Untergangs! Zehn der Schwerter! Die Karte, von der Jana im Fieber phantasiert hatte.

Zehn stahlblaue Schwerter, die wie ein Gitter in die Erde stießen. Alle Schwertgriffe ragten nach oben, während sich die Spitzen in eine karge, wüstenähnliche Landschaft bohrten. Und dort, wo sie in das zerklüftete Gestein hineinstießen, sickerte Blut hervor. Dazwischen abgebrochene Klingenstücke.

»Zum Schluss also noch ein Tiefschlag aus der Tiefe meiner Zukunft«, sagte er mit gequältem Spott.

Jana deutete die Karte nicht sogleich. Angespannt starrte sie auf das Tarotblatt, dann sagte sie mit fast abwesender Stimme:

»Zehn der Schwerter! Ein Bild größter Schwierigkeiten und Gefahren. Ein gescheiterter Plan, zerstörte Hoffnungen … Es tauchen Probleme auf, verschiedene Gefahren und Schwierigkeiten, die ihren Ursprung zum Teil in der Vergangenheit haben. Ja, zusammen mit dem Turm und dem umgekehrten Herrscher und der Karte der Grausamkeit gibt es daran keinen Zweifel. Große Gefahren!«

Ein Schauer durchlief Tobias. Er sagte sich, dass das ganze Kartenlegen doch purer Unfug war und überhaupt nichts bewies. Hatte sein Onkel ihn nicht gelehrt, dass das scheinbar Übersinnliche in den meisten Fällen nichts als Aberglaube und Mangel an Wissen war? Und dass niemand die Fähigkeit besaß, in die Zukunft zu schauen?

Aber dennoch, der Appell an das Rationale, an die Vernunft, half ihm in diesem Moment wenig. Er hatte das Gefühl, von der magischen Welt des Tarots in ein unsichtbares Netz eingewoben zu sein und sich davon nicht mehr befreien zu können. Es war, als hätte Jana mit ihren Deutungen eine Saite in ihm zum Klingen gebracht, von der er bisher nicht geahnt hatte, dass es sie gab. Und nun vermochte er die dunklen Schwingungen nicht mehr zum Schweigen zu bringen.

»Ist – ist das alles?«, stieß er mit heiserer Stimme hervor, als ihm bewusst wurde, dass Jana schon eine ganze Weile schwieg.

Ihr Kopf ruckte hoch. Bei der Deutung der letzten Karte, Zehn der Schwerter, hatte ihre Stimme beinahe tonlos geklungen. Davon war nun nichts mehr zu merken. Sie antwortete ihm lebhaft: »Ja, das ist es, und es ist nicht so schlecht, wie du jetzt vielleicht glaubst. Denn du hast ja ein Gegengewicht. Der Turm und die Sonne, der Narr und der Magier sind auf deiner Seite, Tobias! Mit ihrer Hilfe kannst du diese Gefahren überwinden. Was das für Gefahren sind, kann ich dir natürlich nicht sagen.«

»Das hätte die Sache aber erst richtig interessant gemacht.« Er gab sich betont unbeeindruckt, obwohl dem gar nicht so war.

Jana zuckte mit den Achseln. »Der Tarot ist nun mal kein klares Fenster in die Zukunft, sondern eher wie eine Landschaft im Nebel, die hier und da mal kurz aufreißt und etwas erahnen lässt. Man kann sich auch mal irren.« Sie atmete tief durch. »Das ist es, was ich dir aus den Karten lesen kann. Aber ich kann ja noch ein Legebild machen, um vielleicht noch ein paar genauere Angaben zu erhalten.«

»Nein, danke!«, wehrte er impulsiv und erschrocken ab. »So genau will ich es gar nicht wissen. Was du mir da erzählt hast, reicht mir schon völlig!«

»Vergiss nicht, was ich dir über die mögliche Zukunft gesagt habe. Wer von Gefahren weiß, kann ihnen begegnen«, erinnerte sie ihn und schob die Karten zusammen.

»Legst du dir auch selbst die Karten?«, fragte Tobias.

Jana schüttelte den Kopf. »Das ist das Schwierigste, was es gibt.«

»Aber warum denn?«

»Weil man immer versucht ist, das Positivste aus ihnen herauszulesen, wenn man ungünstige Karten und Konstellationen antrifft, denn es ist ja keine Karte nur schlecht. Erst die Verbindung mit den anderen lässt die Waagschale zu einer Seite hin pendeln. Nur sehr gute und reife Tarotleger können sich von dieser Beeinflussung lösen. Ich habe mir immer von Helena die Karten legen lassen.«

»Und? Ist es immer so eingetroffen?«

»Es hat mir geholfen«, antwortete sie.

Obwohl er sich lächerlich vorkam, war er doch froh, als die Karten wieder im Kästchen lagen und sie sich über ganz andere Dinge unterhielten. Sie erzählte ihm von ihrem Vagabundenleben und den seltsamen Menschen, die man unter den Gauklern und Schaustellern antreffen konnte. Von den Tricks der Zauberer, der angeblichen Dame ohne Unterleib, erklärte ihm, wie in den Boxbuden die Kämpfe abgesprochen und sich schlau dünkende Burschen bei scheinbaren Glücks- und Geschicklichkeitsspielen übers Ohr hauen ließen. Sie wusste eine lustige Geschichte nach der anderen zu erzählen, und es tat ihm gut, befreit lachen zu können. Und er beneidete sie um all die Menschen und Orte und Erlebnisse, von denen sie so anschaulich berichten konnte. Auf ihre Art breitete sie wie Sadik die Welt als einen bunten Teppich vor ihm aus. Man brauchte nur auf die Straße hinaus, so schien es, und schon befand man sich in einem Strudel der unglaublichsten Geschehnisse. Es war geradezu wunderbar!

Der Gedanke an den Ballon war kein schlechter Trost, aber im Vergleich zu Janas aufregendem Leben wog auch er nicht so schwer in der Aufrechnung. Irgendwann würde auch der *Falke* den Reiz des Neuen, Unbekannten verlieren – und was war dann? Nun ja, Paris lief ihm nicht weg. Und dennoch...

Das viele Erzählen ging nicht spurlos an Jana vorbei. Eine Weile versuchte sie es noch zu verbergen, dass sich ihr Körper nach Ruhe und Schlaf sehnte. Doch als ihre Stimme ihren Schwung verlor und Blei in ihre Lider zu strömen schien, sodass sie sie kaum noch aufzuhalten vermochte, sagte sie entschuldigend: »Sei mir nicht böse, aber das Kartenlesen und Erzählen hat mich ganz müde werden lassen. Ich glaube, mir fallen gleich die Augen zu.«

Tobias bekam ein schlechtes Gewissen, als ihm bewusst wurde, wie lange er schon an ihrem Bett saß. Über zwei Stunden! Wie im Fluge waren sie vergangen. »Mein Gott, ich halte dich wirklich vom Schlaf ab! Sadik würde mir den Koran um die Ohren schlagen und noch ein paar Sprüche seines weisen Scheichs, wenn er davon wüsste! Ich verschwinde sofort! Tut mir Leid, wenn ich dich so angestrengt habe...«

Ein Lächeln huschte über ihr Gesicht. »Ohne dich hätte ich mich entsetzlich gelangweilt. Ich wünschte, Sadik würde dich viel öfter zu mir lassen.«

Ihre Worte berührten ihn und er wurde auch etwas verlegen. »Du wirst bestimmt ganz schnell gesund, und dann kann Sadik keine Einwände mehr erheben«, erwiderte er und dachte im selben Moment daran, dass dann aber für sie auch schon bald die Zeit kommen würde, *Falkenhof* zu verlassen und weiterzuziehen. Doch diesen Gedanken verscheuchte er schnell. »Ich führe noch Unsinn auf den Hof, damit er dich nicht gleich weckt, wenn er muss.«

Sie nickte ihm dankbar zu.

»Wo hast du den Affen überhaupt her? Und wieso heißt er Unsinn?«, wollte er dann noch wissen.

»Ein Seemann, der ihn von einer Reise nach China mitgebracht hatte, hat ihn mir in Amsterdam geschenkt. Zwei Wochen vorher hatte ich ihm die Karten gelegt. Er hatte drei Monate an Land verbracht und wollte neu anheuern, konnte sich aber zwischen zwei Schiffen, die für ihn in Frage kamen, nicht entscheiden. Er wollte eigentlich auf der *Albatros* anheuern, doch die Karten standen nicht gut, und ich riet ihm zur *California,* obwohl das Schiff erst ein paar Wochen später in See stechen würde. Er nahm den Rat der Karten an – und das rettete ihm wohl das Leben, obwohl das nicht gewiss ist, denn er war Rudergänger, und vielleicht hätte er das Unglück verhindern können.«

»Was geschah mit der *Albatros?*«

»Sie sank im englischen Kanal nach einem Zusammenstoß mit einem Kohlenfrachter. Es war eine neblige Nacht. Von der *Albatros,* die wie ein Stein sank, überlebte niemand. Zum Dank schenkte er mir Unsinn. Er hatte den Affen so genannt, weil er die ersten Wochen auf See offenbar eine Menge auf dem Schiff angestellt hat.«

Mit Unbehagen dachte Tobias wieder an seine Wahrsagung, als er Unsinn in den Hof führte. Ob vielleicht doch etwas dran war? Das mit der *Albatros* konnte natürlich auch reiner Zufall gewesen sein. Oder vermochte Jana tatsächlich die Zukunft aus den Karten zu lesen?

Fougots Geschenk

Jakob und Klemens hatten schon zwei der hohen Masten aufgerichtet. Sie waren mit derbem Sacktuch gepolstert, um das zudem noch glattes Leinen gespannt war. Kein noch so feiner Holzsplitter sollte die kostbare Hülle aus Taft und Seide einreißen, wenn sie mit den Masten in Berührung geriet.

Als Tobias Unsinn wieder ins Zimmer zurückbrachte, schlief Jana schon tief und fest. Sogar im Schlaf sah sie erschöpft aus. Hatte das Kartenlesen sie so angestrengt?

Er wusste nicht, was er von ihrer Wahrsagung halten und ob er sie ernst nehmen sollte. Gab es das wirklich, dass Karten etwas über die Zukunft sagen konnten? Oder war das nur eine andere Art von Gauklerei? Er wollte Jana nicht unterstellen, dass sie ihm etwas vorgegaukelt hatte. Sie mochte selbst ja an die Magie des Tarot glauben. Aber konnte oder *sollte* auch er es?

Tobias ertappte sich dabei, dass er ruhelos durch die Gänge von *Falkenhof* lief. Seine Schritte hatten ihn ebenso auf den Dachboden gelenkt, wo er oft mit dem Franzosen gefochten hatte, wie in das Zimmer seines Vaters und in die große Bibliothek mit ihrer umlaufenden Galerie und dem großen Globus, den auch ein ausgewachsener Mann nicht umfassen konnte. Er ruhte in einer Aufhängung aus dunklem, geschnitztem Holz. Eine dieser hölzernen Einfassungen umlief die Erdkugel genau auf der Linie des Äquators. Er war aus Leder gefertigt, zeigte in verschiedenen Farben alle Kontinente sowie die Längen- und Breitengrade und ließ sich in der Achse der Pole drehen.

»Was zerbrech ich mir den Kopf darüber! Vielleicht hat Sadik in diesem Punkt gar nicht mal so Unrecht. Man soll nicht jedem Gerede glauben«, sagte er sich, versetzte dem Globus einen Stoß, dass die Kugel sich heftig drehte, und beschloss, nicht weiter darüber zu grübeln. Es würde sich ja zeigen, was an ihren Worten dran war.

Er zog sich eine warme Jacke über, fuhr in der Sattelkammer in seine Reitstiefel und sattelte den Wallach Astor. Der Nachmittag war dafür geschaffen, einen Ausritt zu unternehmen. Im Galopp ging es die Allee hinunter und hinein in den Ober-Olmer Wald. Er ritt bis nach Marienborn, ließ Astor dort die Dorfstraße hinauftraben, vorbei an der Kirche und dem Friedhof, und kehrte dann auf einem anderen Weg nach *Falkenhof* zurück, als die Sonne schon tief im Westen über den Feldern stand.

Gerade hatte er Astor versorgt und gestriegelt, als auch Sadik und sein Onkel zurückkehrten. Er war froh, die beiden wohlbehalten wieder zu sehen.

»Na, wie hast du den Nachmittag verbracht, mein Junge?«, wollte Heinrich Heller wissen, als er aus der Kutsche stieg, einen höchst zufriedenen Ausdruck auf dem Gesicht und ein längliches Paket unter dem Arm.

»Ich habe Jana ein bisschen Gesellschaft geleistet und bin dann ausgeritten.«

»Ein prächtiger Tag für einen Ausritt! Der Frühling wird nicht mehr lange auf sich warten lassen. Ich spüre es in den Knochen.«

»Und wie war es in Mainz, Onkel?«, wollte Tobias wissen, während er ihm ins Haus folgte.

»Die Grenzpfähle im Deutschen Bund stehen noch so wie am Morgen«, scherzte Heinrich Heller gut aufgelegt. »Und unsere Königliche Hoheit, der Großherzog Ludwig, sitzt auch noch fest auf seinem Thron. So gesehen haben wir heute wohl nicht viel ausrichten können.«

»Onkel Heinrich! Du weißt ganz genau, was ich meinte!«, protestierte Tobias.

»Jaja, du versuchst es immer wieder, mir was über unseren … Kreis aus der Nase zu ziehen. Aber das wird dir nicht gelingen«, sagte er vergnügt.

»Du hast selbst gesagt, dass ich alt genug bin, um mir auch über Politik Gedanken zu machen.«

»Allerdings. Aber du bist noch nicht alt genug, um in Dinge eingeweiht zu werden, die die Reife und das Verantwortungsbewusstsein eines Erwachsenen verlangen«, erwiderte sein Onkel ohne jegliche Zurechtweisung. Es war eine sachliche Feststellung. »Die Entscheidung, gewisse Risiken einzugehen, sollte stets auf dem breiten Rücken reiflicher Überlegung und Erfahrung getroffen werden. Der Tag, an dem du Position beziehen musst, kommt auch für dich noch früh genug. Und jetzt schau dir das hier an!« Er drückte ihm das Paket in die Hände.

»Was ist das?«

»Ich habe Monsieur Fougot in Mainz getroffen und er bat mich, doch auf dem Rückweg bei ihm vorbeizukommen und das hier für dich mitzunehmen. Es ist ein Geschenk.«

Tobias glaubte seinen Ohren nicht trauen zu dürfen. »Ein Geschenk für mich? Von dem *Franzosen?*« Er hätte alles andere von Maurice Fougot erwartet, nur das nicht.

Heinrich Heller lächelte. »Jaja, du hast schon richtig gehört, von dem Froschschenkelfresser!«

Tobias' Ohren wurden rot. Fougot hatte seinem Onkel also davon erzählt. *Das* wiederum sah ihm ähnlich!

»Nun sieh schon nach, was es ist!«

Tobias wickelte den Gegenstand aus und war dann sprachlos vor ungläubigem Erstaunen: Er hielt ein sichtlich kostbares Florett mit Scheide und Gürtelschnalle in der Hand. Die Glocke der Waffe war über und über mit kunstvollen Ziselierungen bedeckt, die ihn ein wenig an arabische Ornamente erinnerten, der Griff aus geriffeltem Silber, mit einem dunkelgrünen Smaragd an seinem Ende, und die Klinge aus allerbestem Stahl.

»Eine Toledo-Klinge!«, stieß Tobias dann fassungslos hervor, als er erkannte, was er da in der Hand hielt. »Und die schenkt er mir? Das kann ich nicht glauben!«

»Ich denke, damit hat er wohl gerechnet, denn er gab mir noch ein Schreiben an dich mit«, sagte sein Onkel mit einem belustigten Funkeln in den Augen und zog den Brief aus seiner Rocktasche.

Tobias legte das Florett über einen Stuhl und brach den dunkelblauen Siegellack auf, der den Abdruck von Maurice Fougots Siegelring trug. Das Schreiben war kurz und ganz in der kühlen Tonart gehalten, die scheinbar das Wesen seines ehemaligen Fechtlehrers kennzeichnete.

Monsieur Tobias!

Dieses Florett, das Sie in den Händen halten und das von nun an das Ihre ist, gehörte einst einem spanischen Granden aus Valencia. Er schenkte es vor fast einem Jahrhundert einem jungen Edelmann, den er nach einem Streit zum Duell herausgefordert und zu töten beabsichtigt hatte. Doch er fand in diesem jungen Mann seinen Meister. Dieser verschonte jedoch großmütig sein Leben. In der Folgezeit ging das Florett von einem Meister in die Hände eines anderen. Ich erhielt es vor gut zwanzig Jahren von jenem Mann, der mich ein halbes Jahrzehnt in der Kunst des Fechtens unterrichtete, bis er in mir seinen Meister gefunden hatte – wie ich in Ihnen. Deshalb soll dieses Florett von nun an Ihren Besitz schmücken, bis auch Sie die Klinge vor einem Besseren neigen müssen, der es wert ist, die Tradition dieses Floretts fortzuführen. Gedenken Sie jedoch stets der Mahnung, die in die Klinge eingraviert ist: »Mögen sich Tapferkeit und Fechtkunst stets mit Ehrgefühl und Großmut die Waage halten!«

Maurice Fougot

Tobias musste das Schreiben zweimal lesen, um seine unglaubliche Bedeutung voll zu erfassen. Er wusste nicht, was er sagen sollte. Die Auszeichnung, die dieses Geschenk darstellte, und die noble Haltung, die aus den Zeilen sprach, beschämten ihn. Und er hatte ihn verächtlich einen Froschschenkelfresser genannt!

»Darf ich?«, fragte sein Onkel.

Tobias nickte und reichte ihm stumm den Brief.

»Sehr viel Ehre, die er dir zuteil werden lässt, mein Junge.

Von Kopf bis Fuß ein französischer Edelmann, auch ohne diesen Titel.«

»Und ich…« Tobias brach ab und schüttelte nur den Kopf.

»Du hast ihn unterschätzt, aber das ist nur zu verzeihlich, Tobias. Du hast dir nichts vorzuwerfen. Den Groll, den du ihm gegenüber empfunden hast, hat er mit Kalkül geschürt. Ja, er wollte es so – und ich habe ihm seinen Willen gelassen.«

»Was meinst du damit?«

Heinrich Heller erzählte ihm nun, weshalb Maurice Fougot ihn stets so unnahbar behandelt und seine Fortschritte scheinbar nie eines Lobes für wert befunden hatte. »Man mag sich darüber streiten, ob sein Konzept das einzig richtige war. Aber er hatte nur dein Bestes im Sinn. Das Ergebnis gibt ihm im nachhinein Recht, und darauf kam es ihm an.«

»Fougot hat mir wirklich unglaublich viel beigebracht«, sagte Tobias mit betroffener Nachdenklichkeit, »aber vielleicht hätte ich noch mehr von ihm lernen können, wenn es ihm nicht allein um das Fechten gegangen wäre.«

Der Gedankengang überraschte seinen Onkel. »Ja, das mag sein. Wir werden es wohl nie wissen. Fougot hat den Weg gewählt, den er für den richtigen hielt. Das muss man zumindest respektieren. Nimmst du sein Geschenk an?«

Tobias nahm das Florett auf, fuhr über die Inschrift und bog die Klinge. Sie federte mit einem leisen metallischen Sirren zurück. Die Waffe lag wunderbar in der Hand.

»Wenn Fougot meint, ich hätte sie verdient, dann verhält es sich auch so«, antwortete er auf die Frage seines Onkels. Er lächelte, hob die Klinge vor sein Gesicht, als wollte er einem imaginären Gegner grüßen, und sagte: »*Merci bien,* Maurice Fougot! Nichts für ungut und ich werde Ihr Geschenk in Ehren halten.«

Er brachte das Florett in sein Zimmer und hängte es an den Haken über der Kommode. Dann ging er zu Jana, um ihr von dem Geschenk und dem Franzosen zu erzählen, der ihn all die Jahre an der Nase herumgeführt hatte.

Sadik saß bei ihr. Er hatte ihr wohl den Verband gewechselt, was immer mit einigen Schmerzen verbunden war, wie sie ihm gestanden hatte. Sie sah auch ein wenig mitgenommen aus, doch sie versuchte es zu überspielen.

»Weißt du auch, dass Sadik der größte Geschichtenerzähler ist, den ich kenne? Und ich habe schon viele Leute getroffen, die sich darauf verstanden, ein gutes Garn zu spinnen, etwa der Seemann, der mir Unsinn geschenkt hat.«

»Und ob ich das weiß! Mein Vater hat mal gesagt, Sadik könnte nicht nur tausendundeine Nacht lang den Schlaf mit seinen Geschichten vertreiben, sondern auch den Propheten Mohammed blass vor Neid werden lassen, auf dass dieser sich gezwungen sähe, den Koran noch einmal völlig neu zu schreiben«, gab Tobias zum Besten.

»Das Buch der Bücher ist über jede Kritik erhaben«, erwiderte Sadik. »Der Koran ist eine Mahnung für alle Welten. Sure 68, Vers 52.«

Tobias war schon lange genug mit Sadik zusammen, um auch selbst genügend Verse aus dem Koran zu kennen, und so parierte er Sadiks Worte mit einem anderen Koranzitat: »Wäre er von einem anderen als Allah, sie würden gewiss viele Widersprüche darin finden. Sure 4, Vers 82!«

Sadik konnte sich eines Lächelns nicht erwehren. »Für einen Ungläubigen ist es um deine Korankenntnisse gar nicht so schlecht bestellt. Aber komischerweise sind es stets die weniger wichtigen Stellen, die sich deinem Gedächtnis so gut einprägen.«

»Das muss wohl an meinem Lehrer liegen«, scherzte Tobias und wollte dann wissen, worüber sie geredet hatten.

»Über das Schicksal«, sagte Jana, und Tobias sah, wie ihr Blick kurz zu dem Kästchen mit den Tarotkarten ging.

»Und? Was ist dir dazu eingefallen, Sadik?«

»Die Geschichte von einem weisen Mulla namens Nasrudin«, sagte Jana und fügte hinzu: »Ein Mulla ist ein islamischer Geistlicher, das habe ich schon von ihm gelernt.«

»Oh! Die kenne ich noch gar nicht!« Tobias schaute Sadik auffordernd an.

Der Araber erzählte die Geschichte gern noch ein zweites Mal: »Eines Tages kam ein Mann zum Mulla Nasrudin und wollte von ihm wissen, was denn nun das Schicksal sei. Worauf er zur Antwort erhielt: ›Vermutungen, das ist das Schicksal.‹ Aber damit konnte der Mann wenig anfangen. Der Mulla erklärte daraufhin, wie seine Antwort zu verstehen sei: ›Nun, du vermutest, alles wird sich so entwickeln, wie du es dir wünschst. Geschieht es dann nicht so, nennst du das Pech. Vermutest du aber, dass etwas Schlechtes deiner harrt, und erweist sich diese Vermutung als falsch, dann gibst du ihr den Namen Glück. Du vermutest immer, dass dieses geschehen und jenes nicht eintreffen werde, weil du nicht weißt, was geschehen wird. Die Zukunft ist dir verschlossen und unbekannt. Dir fehlt es an Erkenntnis. Und wenn es dich dann eines Tages trifft, dann nennst du das Schicksal.‹«

»Schön, nicht?«, sagte Jana. »Aber die mit den Blinden und dem Elefanten fand ich noch besser.«

Tobias brauchte den Araber nicht erst lange zu bitten, sie zu erzählen, denn Geschichtenerzählen war sein Element.

»Ja, es ist auch eine meiner Lieblingsgeschichten«, sagte Sadik. »Also, es gab mal eine Stadt weit hinter Ghor, in der nur Blinde wohnten. Eines Tages kam ein König in diese Stadt und zu seinem Gefolge gehörte auch ein Elefant. Als die Blinden davon hörten, waren sie natürlich begierig darauf, dieses Tier kennen zu lernen, denn noch nie zuvor hatte es in ihrer Stadt einen Elefanten gegeben.

In Scharen strömten sie auf den Platz, wo der König sein Lager aufgeschlagen hatte. Und da sie keine Vorstellung hatten, was denn nun ein Elefant war, versuchten sie seine Gestalt zu ertasten, denn sie waren ja blind.

Sie umringten ihn also, und jeder betastete den Teil des Tieres, der in seiner Reichweite lag. Als sie dann zu ihren Mitbürgern zurückkehrten, wollten diese von ihnen wissen, um was für ein wunderliches Geschöpf es sich dabei handelte und welcher Art von Gestalt es denn nun sei.

Danach gefragt, berichtete der Mann, der nur das Ohr des Elefanten befühlt hatte: ›Es ist ein großes lappiges Etwas von rauer Oberfläche, breit und hoch wie eine Decke!‹

Doch der, der am Rüssel gestanden hatte, widersprach ihm: ›Nein, nein, ich weiß, was es ist, nämlich eine lange hohle Röhre, Furcht erregend und gefährlich!‹

Nun lachte der Mann, der Fuß und Beine abgetastet hatte: ›Nichts an ihm ist lang und hohl! Er ist mächtig und fest wie eine Säule!‹

So hatte ein jeder nur einen Teil des Ganzen erfasst und daraus seinen Rückschluss auf die wahre Gestalt und Größe dieses Elefanten geschlossen. Alles war richtig und zugleich doch völlig falsch. Denn sie waren Irrende, die das Ganze nicht begreifen konnten, denn Erkenntnis ist nicht die Gefährtin des Blinden!«

»Ja, die Geschichte gefällt mir auch«, meinte Tobias, »auch wenn du uns damit zu verstehen geben willst, dass uns wie den Blinden die Erkenntnis fehlt.«

»Das trifft uns alle«, versicherte Sadik. »Allahs göttlicher Ratschluss ist auch uns Blinden ein Elefant.«

Im Gang erklang eine Glocke. Lisette rief zum Abendessen.

»Wie wäre es noch mit einem Rätsel zum Abschluss?«, bat Tobias und sagte zu Jana: »Er kennt ganz tolle arabische Rätsel, bei denen man scharf überlegen muss, wenn man sie lösen will.«

Jana nickte begierig. »Rätsel mag ich.«

Ein verschmitztes Lächeln glitt über Sadiks Gesicht. »Ihr wollt also ein arabisches Rätsel? Dann passt mal auf: ›Mein Lieb, reite auf mir, leg deinen Mund an meine Spalte und neige mich ein bisschen, dass ich mich ergießen kann.‹«

Tobias wagte nicht, Jana anzusehen, weil er dieses Rätsel irgendwie unanständig fand, und er spürte, wie seine Ohren rot wurden.

Doch Jana lachte nur und rief: »Ein Wasserkrug!«

Sadik nickte. »Du bist im Rätselraten besser als der junge Herr. Und nun los, Tobias. Dein Onkel wird hungrig sein und Hunger ist für die Geduld ein genauso wenig guter Gefährte wie Blindheit für den, der nach Erkenntnis strebt!«

»Das hast du ganz bewusst getan!«, sagte Tobias vorwurfsvoll zu ihm, als sie draußen im Gang waren.

»Was?« Sadik gab sich ahnungslos, doch um seine Mundwinkel zuckte es verräterisch.

»Na, ihr gerade *so* ein Rätsel zu stellen.«

»Was willst du? Es war ein altes arabisches Rätsel.«

Tobias schüttelte den Kopf. »Manchmal gibst du mir Rätsel auf, Sadik!«

»*Aiwa?* Wieso?«

»Erst machst du so… so geringschätzige Bemerkungen über Zigeuner und Frauen, aber andererseits kümmerst du dich um sie, sitzt stundenlang bei ihr und erzählst ihr Geschichten, und dann wiederum stellst du ihr so ein doch… na ja, anzügliches Rätsel. Daraus werde ich nicht klug.«

»Wie die Männer nicht aus den Frauen, ja?«, zog er ihn auf.

»Aber du magst Jana doch auch!«, sagte Tobias ihm auf den Kopf zu. »Gib es doch zu.«

»Kaffee ohne Rauch ist wie ein Haus ohne Knaben«, antwortete Sadik ihm in Anspielung auf die untergeordnete Rolle der Frau in seiner Heimat. »Doch ein Leben ohne Frauen ist so unwirtlich wie ein Lager ohne Feuer.«

Tobias folgte ihm kopfschüttelnd ins Esszimmer und dachte: »Sadik ist selbst ein Rätsel!«

Erster Aufstieg

Die große Segeltuchplane lag in einem unordentlichen Haufen mitten auf dem Bretterpodest. Nur ihre vier Ecken, in die jeweils ein Eisenring eingenäht war, ragten an den Seiten heraus und wiesen zu den Pfosten hin. Von den Masten liefen Seile zur Plattform hinunter mit einem besonderen Haken an jedem Ende. Diese Haken waren in die Eisenringe eingeklinkt. An jedem Verschluss der Haken war ein zusätzliches Seil angebracht, das jedoch viel dünner war als das Zugseil. Es hatte gerade die Stärke einer Kordel.

Tobias, Jakob, Klemens und Sadik standen hinter einem der Masten, das dicke und das mitlaufende dünne Seil in der Hand. Sie schauten zu Heinrich Heller hinüber, der etwas abseits vom Startplatz mit flammendroter Weste in der Mittagssonne stand, und warteten auf seine Anweisung.

»Anziehen! Hoch mit der Plane!«, rief der grauhaarige Gelehrte, als er sah, dass alle bereit waren. Er beschattete seine Augen mit der flachen Hand. »Aber gleichmäßig! Eins!... zwei... drei... vier... ja, gut so... weiter... die Hakenleine nicht zu stramm halten, Klemens! Ja, so ist es richtig!... Sadik!... Du fällst zurück!... Einen Handschlag mehr, wenn ich bitten darf! Gut, jetzt mit den anderen auf gleicher Höhe bleiben!... Ausgezeichnet!... Prächtig!... Es wird!«

Jetzt blieben sie alle im Takt. Keiner zog zu schnell am Seil, keiner zu zögerlich, und die Plane begann sich gleichmäßig zu entfalten. Tobias lachte übers ganze Gesicht, als alle vier Ecken fast auf gleicher Höhe waren und das Segeltuch die Form eines Trichters annahm. In der Mitte der Plane lag ein altes Wagenrad, das noch mit klobigen Steinen beschwert war. Doch das Gewicht der groben Plane samt Wagenrad und Feldsteinen schien kaum mehr als ein paar Pfund zu betragen. Die Flaschenzüge des Mechanikus Reitmaier machten das Hochziehen zu einem wahren Kinderspiel. Leicht und glatt liefen die Seile über die gut geölten Rollen, bis sich die Plane oben über ihnen in zwölf Meter Höhe gespreizt hatte und die Ecken fast die Masten berührten.

»Ausgezeichnet!«, lobte Heinrich Heller. »Das klappt ja ausgezeichnet. Womit bewiesen wäre, dass Übung den Meister macht! Und nun genauso mit Gefühl wieder ablassen!«

Langsam sank die Plane zwischen den tuchumwickelten Pfosten wieder nach unten.

»So, und jetzt runter mit Wagenrad und Steinen. Wir wollen das Ausklinken üben«, wies Heinrich Heller sie an.

Wenig später stieg die Plane wieder in den sonnigen Märzhimmel über *Falkenhof*, diesmal aber ohne Gewichte.

»Und jetzt kommt es darauf an, dass alle zur selben Zeit an der Hakenleine ziehen!«, erinnerte der Gelehrte seine Ballonmannschaft. »Auf mein Kommando zieht ein jeder von euch mit einem kräftigen Ruck an der Leine! Aber nicht vergessen, das Zugseil dabei in der Linken straff zu halten! Bereit?... Ja? Bei drei gilt es! Also aufgepasst...« Er begann mit lauter Stimme zu zählen. »Eins... zwei... *drei*!«

Vier Hände ruckten kräftig an der Hakenleine. Oben an den Masten sprangen die Verschlüsse in ihren Scharnieren auf und die ausgebreitete Plane fiel augenblicklich in sich zusammen und segelte mit flatternden Enden aus der Höhe auf das Bretterpodest hinunter.

Heinrich Heller strahlte. Seine Konstruktion hatte ihren letzten Test mit Bravur bestanden. Er ließ das Hochziehen und gleichzeitige Aufhaken jedoch noch ein gutes Dutzend Mal üben. Nicht ein einziges Mal missglückte es. Jetzt konnte er ihnen die kostbare Hülle des Ballons anvertrauen!

»Das war es, meine Herrschaften!«, rief er schließlich und klatschte in die Hände. »Ich schätze, *Falkenhof* wird sich bald rühmen können, nicht nur über einen prächtigen Ballon zu verfügen, sondern auch über eine Ballonmannschaft, die keinen Vergleich mit anderen zu scheuen braucht.«

Tobias, Klemens und Jakob nahmen das Lob mit fröhlichem Grinsen entgegen. Am Tag zuvor hatten sie den Startplatz fertig gestellt. Das Wegsenken der Masten hatte sich mit der von Heinrich Heller ausgetüftelten Konstruktion als völlig problemlos erwiesen. Und nachdem die harte Arbeit des Hämmerns, Sägens und Bohrens nun hinter ihnen lag, waren sie mit geradezu überschäumender Begeisterung dabei, sich in der Handhabung der Seilzüge und Reißleinen zu üben. Für sie war die Sache mit dem Ballon eine höchst willkommene Abwechslung im Trott ihrer alltäglichen Arbeit. Nur Sadiks Gesicht zeigte keine Freude, sondern eine Miene düsterer Mahnung. Doch zumindest verzichtete er darauf, seine Bedenken erneut zu äußern. Er hüllte sich in Schweigen und tat, was von ihm verlangt wurde.

Heinrich Heller warf einen Blick auf die Wetterfahne. Sie stand völlig ruhig. Dann verkündete er: »Ich denke, heute Nacht können wir es wagen – den ersten Aufstieg des *Falken*!«

Tobias stieß einen Freudenschrei aus.

»Freu dich nicht zu früh, mein Junge. Es gibt noch eine Menge Arbeit«, dämpfte Heinrich Heller seine Begeisterung.

»Das macht mir nichts«, versicherte Tobias mit glänzenden Augen. »Aber wie hast du es bloß geschafft, Sadik dazu zu bringen, in unserer Seilmannschaft mitzuarbeiten?«

Sein Onkel schmunzelte. »Oh, es war nicht sonderlich schwierig, ihn zu überreden. Ich ließ nur durchblicken, dass wir wohl auf die Hilfe von Lisette angewiesen sein würden, wenn er sich weigere, einen der Seilzüge zu bedienen. Und diese Vorstellung behagte ihm offensichtlich noch weniger, als selbst mit Hand anzulegen.«

Tobias lachte. »Du bist ja richtig durchtrieben, Onkel!« Denn seit Sadik die Krankenpflege von Jana übernommen hatte, war das Verhältnis zwischen ihm und Lisette gespannt. Wenn sie auch kein Wort in ihrer Gegenwart darüber verlor, so brachte ihre ganze Haltung ihm gegenüber doch klar zum Ausdruck, wie unmoralisch sie diesen Zustand fand. Tobias hatte einmal gehört, wie sie ihrer Entrüstung bei Agnes in der Küche Luft verschafft hatte: »Sie ist zwar bloß eine Zigeunerin, aber dennoch gehört es sich nicht, dass er an ihr herumtastet und sie so nackt sieht! Bis hoch zur Hüfte ist die Herumtreiberin doch entblößt, wenn er ihren Oberschenkel untersucht. Ich würde vor Scham im Boden versinken, wenn ich an ihrer Stelle wäre! Aber sie stört das wohl nicht, dass sie sich vor ihm so entblößen muss. Na ja, Zigeuner und Heiden!«

Tobias war damals versucht gewesen, Lisette wegen ihrer lästerlichen Unterstellung zur Rede zu stellen. Aber Agnes hatte ihr schon die passende Antwort gegeben, und er hatte sich gesagt, dass es weder seine Aufgabe war, Lisette zusammenzustauchen, noch dass ein Tadel etwas an ihrer inneren Einstellung ändern würde. Und so hatte er sich wieder von der Tür geschlichen und auch seinem Onkel nichts davon erzählt. Der wusste sowieso, wie Lisette dachte.

»Was heißt hier durchtrieben, Tobias?«, gab sich Heinrich Heller jetzt leicht entrüstet, doch der verschmitzte Ausdruck seiner Augen verriet seine Belustigung. »Ich habe ihn doch nicht gezwungen, sondern ihm nur die Alternative genannt.«

»Eine für ihn nicht akzeptable Alternative!«

Sein Onkel nickte und sagte vergnügt. »Ja, das schien mir auch so, denn er sagte nur: ›Frauen sind wie Heuschrecken: Nichts ist zu bitter für ihre Zähne!‹ und ›Ich werde am Seil stehen, Sihdi.‹ «

»Ja, das klingt ganz nach Sadik Talib.«

»Hilf beim Aufräumen«, sagte Heinrich Heller und wandte sich wieder den Dingen zu, die ihm wichtiger erschienen als Sadiks zwiespältiges Verhältnis zu Frauen. »Und dann fangen wir an, die Eisenfeilspäne umzufüllen und die Säure im rechten Verhältnis zu mischen.«

Sie waren den ganzen Nachmittag damit beschäftigt. Die Fässer erhielten zudem einen neuen Deckel, der zwei verschieden große Öffnungen aufwies: eine für das Nachfüllen der Eisenspäne und der Vitriolsäure und eine kleinere, an der das Rohr angeschlossen wurde, durch das das sich im Fass entwickelnde Gas austreten und in die Ballonhülle fließen konnte. Acht dieser Fässer standen schließlich um den Startplatz verteilt, an jeder Seite zwei. Die Rohre liefen in der Mitte auf dem Bretterpodest in einer Kugel zusammen, die unten flach war, sodass sie einen festen Halt auf den Brettern fand, und an ihrem oberen Ende einen langen Schornsteinaufsatz hatte. Durch dieses dicke Rohr würde das in die Kugel von acht Seiten einströmende Gas gebündelt in den Ballon aufsteigen.

Als all diese Vorbereitungen getroffen waren, setzte die Dämmerung schon ein, und Tobias fand erst jetzt Zeit, für eine halbe Stunde zu Jana aufs Zimmer zu gehen. Seit dem Vormittag war er nicht mehr bei ihr gewesen.

Sie hatte ihn schon vermisst. »Ihr seid ja heute alle sehr beschäftigt auf dem Hof«, sagte sie mit Bedauern, aber auch mit Neugier in der Stimme.

»Ja, es gibt eine Menge Arbeit, und Onkel Heinrich treibt uns ganz schön an. Er nimmt es mit seinen Experimenten sehr ernst und das Wetter ist ideal für seine – Beobachtungen«, sagte Tobias vage.

»Und was sind das für Beobachtungen?«

»Ach, Messungen von Luftströmungen und Luftdichte und so. Er will auch astrologische Berechnungen anstellen, wenn es Nacht ist. Ich versteh selbst nicht viel davon, aber er hat versprochen mich einzuweisen«, sagte Tobias und wechselte schnell das Thema. »Wie hat dir denn der Roman gefallen?« Er hatte ihr den »Robinson Crusoe« zum Lesen gebracht.

»Ganz toll. Ich hab richtig mitgezittert, als die wilden Eingeborenen am Strand aufgetaucht sind und ihren schrecklichen Festschmaus abgehalten haben.« Sie schüttelte sich. »Aber ich hab ihn nicht aus der Hand legen können, bis ich ihn aushatte, obwohl ich schon todmüde war.«

»Dann bring ich dir den ›Ivanhoe‹. Kennst du den schon?«

Sie schüttelte den Kopf. »Ist das auch so was wie der Robinson?«

»Nein, das ist ein Ritterroman. Den hab ich auch an einem Stück verschlungen. Dir wird er bestimmt auch gut gefallen. Wie geht's denn deinem Bein heute?«

»Schon besser. Die Schmerzen haben nachgelassen. Aber dafür juckt es schrecklich unter dem Verband, dass ich mich dauernd kratzen könnte. Aber Sadik meint, das wäre ein gutes Zeichen. Die Wunde verschorft und der Schorf zieht die Haut zusammen, und davon kommt das Jucken. Aber kratzen möchte ich mich trotzdem!«

Tobias lachte mit ihr.

»In ein paar Tagen kann ich vielleicht schon aufstehen«, fuhr Jana fort und seufzte sehnsüchtig. »Es wird auch Zeit. Allmählich halte ich es nicht länger im Bett aus. Ich war noch nie richtig krank, und es macht mich richtig kribbelig, dass ich nichts tun kann. Noch nicht mal auf den Bauch drehen kann ich mich. Na ja, immerhin ist Sadik schon dabei, mir Krücken anzufertigen.«

Tobias fuhr zusammen. »*Was* tut er?«, stieß er ungläubig hervor.

»Er fertigt für mich Krücken an. Aber warum bist du so erstaunt darüber?«, fragte sie, verwundert über seine fast erschrockene Reaktion.

»Ich erstaunt? Ja, also – ich«, stammelte er und suchte fieberhaft nach einer vernünftigen Ausrede. »Ich hätte das Sadik einfach nicht zugetraut.«

»Wieso nicht?« Sie sah ihn prüfend an.

»Na ja, er hat dich zwar gepflegt und alles getan, damit dein Bein wieder in Ordnung kommt und du wieder gesund wirst, aber dass er sich noch die Mühe mit den Krücken aufhalsen würde, hätte ich ihm nicht zugetraut. Weißt du, als Araber hat er ganz schön merkwürdige Ansichten über Frauen«, sagte er schnell, um seine Unsicherheit zu überspielen. »In seiner Heimat zählen nur Jungen etwas. Mädchen sind eher eine Last, weil sie verheiratet werden müssen, eine Mitgift kosten und angeblich nichts als Schwierigkeiten machen. Töchter sind die

Schleudern des Teufels, hat er mal gesagt, und die einzige Medizin für die Schlange und die Frau wäre der Stock.«

Jana zeigte sich darüber überhaupt nicht betroffen, sondern lachte herzhaft. »Ja, das sieht ihm ähnlich! Bei denen gibt es ja auch noch einen Harem. Aber so viel anders denken die Männer hier auch nicht über unverheiratete Töchter und Frauen.«

Tobias ging nicht darauf ein. »Und aus all diesen Gründen habe ich eben geglaubt, er würde sich über die medizinische Behandlung hinaus sonst nicht um dich kümmern. Denn von den Krücken hat er mir kein Wort erzählt«, sagte er und fügte in Gedanken hinzu: »Du arabisches Schlitzohr!«

»Du hast ihn eben unterschätzt«, sagte Jana belustigt. »Ich mag ihn, auch wenn er manchmal etwas kauzig ist. Auf jeden Fall hab ich bald ein Paar Krücken! Das ist schon ein Lichtblick.«

»Ich mag ihn auch, aber kauzig ist er wirklich«, murmelte Tobias, »und manchmal auch so stur, dass man sich richtig mit ihm in die Wolle kriegen kann. So, jetzt muss ich aber wieder zu meinem Onkel, sonst heißt es wieder, ich würde mich vor der Arbeit drücken. Ich schaue später noch mal nach dir.«

Er brachte Jana noch den »Ivanhoe« und suchte dann Sadik. Er hielt sich in Klemens Werkstatt auf, die sich an die Kutschenremise anschloss. Auf einem hohen Schemel hockend, trat er das Fußpedal des Schleifsteins und schärfte sein Messer.

»Würdest du mir mal verraten, was das mit den Krücken auf sich hat?«, sagte Tobias ohne Umschweife.

»Krücken sind ein nützliches Mittel der Fortbewegung, ganz besonders für Menschen, die ein Fußleiden haben oder eine Bruchstelle am Bein noch nicht zu sehr belasten dürfen«, erwiderte Sadik spöttisch.

Tobias ärgerte sich über Sadiks scheinheilige Antwort. »Das ist mir nichts Neues!«

»Warum fragst du dann?«

»Das weißt du ganz genau!«

»Jana braucht Krücken. Oder hast *du* vielleicht vorgehabt, ihr welche anzufertigen?«, fragte Sadik, ohne aus dem Takt seiner rhythmischen Pedalbewegungen zu geraten.

»Darum geht es doch gar nicht!«

»Sondern?«

»Es ist wegen des Ballons, gib es doch zu! Das mit den Krücken hätte noch Zeit gehabt. Aber du baust ihr jetzt schon welche, dass sie möglichst früh loshumpeln kann. Und dann ist es erst mal vorbei mit den Aufstiegen!«, zürnte Tobias.

»Mit eurem Ballon habe ich nichts zu schaffen«, gab Sadik gelassen zurück. »Ich denke nur daran, dass das Mädchen früher oder später Krücken braucht, und ich bin deshalb schon mal an die Arbeit gegangen.«

»Früher oder später! Von wegen! Früher als nötig wird sie die von dir bekommen. Und du weißt ganz genau, dass sie sie dann auch wird benutzen wollen – und zwar so schnell wie möglich!«

Sadik nahm den Fuß von der Trittplatte, ließ den Schleifstein ausrollen und prüfte die Schärfe der Klinge. Dann erst blickte er Tobias an. Er lächelte. »Sag bloß, du willst sie länger als nötig im Bett halten? Ich denke, du magst sie? Nun, dann scheint mir deine Erregung aber sehr unpassend zu sein.«

»Unpassend ist höchstens dein Spott, Sadik«, erwiderte Tobias. »Es geht dir doch in Wirklichkeit gar nicht um Jana. Du willst uns mit den Krücken nur eins auswischen, weil der große Mohammed Ballonflüge im Koran zu erwähnen vergessen hat!«

»Nichts, was in dieser Welt von Bedeutung ist, fehlt im Koran.«

»Sadik, bitte, verdirb uns doch nicht den Spaß«, verlegte sich Tobias nun aufs Bitten. »Wenn Jana die Krücken braucht, soll sie sie haben, aber keinen Tag früher!«

»Ihr entscheidet, ob ihr mit dem Fluggerät aufsteigt und Allahs Zorn auf euch lenken wollt, und ich entscheide, wann das Mädchen seine Krücken erhält«, erklärte Sadik.

»Du bist gemein!«

Erstaunt sah der Araber ihn an. »So? Ich finde es im Gegenteil überaus gerecht.«

»Ach, du bist engstirnig! Unbelehrbar! Pass bloß auf, dass Allahs Zorn nicht dich trifft!«, stieß er aufgebracht hervor und ging.

»Nimm es nicht so tragisch!«, rief ihm Sadik vergnügt nach. »Manchmal gibt Allah eben Nüsse und Mandeln dem, der keine Zähne hat.«

Als Tobias seinem Onkel von den Krücken erzählte und sich darüber beklagte, lächelte dieser nur und sagte mit einem Achselzucken: »Wir werden es nun mal genauso akzeptieren müssen, wie er meine Entscheidungen hinnehmen muss. Aber lass dir deshalb keine grauen Haare wachsen. Der *Falke* ist keine Eintagsfliege.«

Beim Abendessen waren die Krücken kein Gesprächsthema, das hatte ihm Heinrich Heller freundlich, aber bestimmt zu verstehen gegeben. Tobias war daher sehr schweigsam, während sich Sadik nicht das Geringste anmerken ließ. Er unterhielt sich angeregt mit Heinrich Heller, was Tobias' Groll nur noch stärker entfachte. Und er glaubte zu spüren, dass Sadik ihm immer wieder spöttische Blicke zuwarf. Der Ärger verdarb ihm das ganze Essen, dabei hatte Agnes an diesem Abend etwas ganz Besonderes auf den Tisch gebracht.

Seine Stimmung hob sich erst wieder, als die entscheidende letzte Phase in den Vorbereitungen zum Ballonaufstieg begann: das Entfalten und Füllen des *Falken*! Und nun war es Sadik, der seine gute Laune verlor. Es schien, als eiferte er Jakob in seiner Wortkargheit nach, sodass ein Fremder hätte meinen mögen, es auf *Falkenhof* mit zwei Stummen zu tun zu haben!

Ein Dutzend Lampen beleuchteten den Hof. Heinrich Heller hatte strengstens verboten, dass irgendjemand mit offenem Feuer außerhalb des Hauses hantierte. Er duldete nicht mal eine Kerze, obwohl es windstill war, und hatte zudem noch die Anweisung gegeben, in den Zimmern vorerst kein Holz in den Kaminen nachzulegen. Wer wusste denn, ob nicht vielleicht doch noch ein Wind einsetzte, und dann konnte Funkenflug bei einer Verkettung ungünstiger Umstände eine verheerende Wirkung haben. Brandlöcher in der Hülle des Ballons zählten dabei noch zu den eher harmlosen Beschädigungen, denn das Gas, das ihn füllen würde, war explosiv!

Zu viert schleppten sie nun die zusammengefaltete Hülle des Ballons aus dem Lagerschuppen auf das Startpodest, über das zuvor einfache Leinwand ausgelegt worden war. Die schwarze Seide glänzte wunderbar im Licht der Lampen.

Heinrich Heller legte beim Entfalten der Hülle mit Hand an, und er war beinahe noch aufgeregter als Tobias, der es gar nicht erwarten konnte, endlich den Falken zu sehen.

»Vier tuchumnähte Eisenringe unterhalb der Polkappe! Sie müssen zu den vier Masten hin ausgerichtet werden!... Ja, das ist einer von ihnen, Klemens!... Vorsichtig!... Nicht zu heftig am Tuch reißen.«

»Hier ist noch einer!«, rief Tobias und zog unter den Mengen seidigen Stoffes einen gut handtellergroßen Ring hervor, der in schwarzes Tuch eingenäht war. Er hing in einer besonders verstärkten Schlaufe.

Wenig später waren alle vier Ringe gefunden. Der wirre Haufen aus Stoff und Netz wurde auf dem Podest ausgerichtet und dann klinkten die Haken der Seilzüge in die vier Ringe.

»Mit Fingerspitzengefühl!... Nur mit Fingerspitzengefühl!«, ermahnte sie Heinrich Heller, als sie die Hülle nun langsam hoch zogen. »Ja, so ist's gut!... Gebt dem Netz Zeit, sich zu entwirren!... Ja, prächtig!... Nur weiter so!«

Die Hülle entfaltete sich und stieg in die Höhe, wenn auch schlaff und völlig ohne Form, bis sie wie ein riesiger, unförmiger Sack zwischen den Masten hing, überzogen von einem Netz, an dem sie später die Gondel aufhängen würden. Und nun zeigte sich auch der Falkenkopf. Er war aus dunkelroter Seide gefertigt. Darunter prangten die ineinander verschlungenen Buchstaben HH. Sie waren aus goldenem Stoff.

Schwarz, Rot, Gold!

Die Farben der Burschenschaften und der nationalliberalen Bewegung!

Tobias starrte fasziniert zu dem schwarzen Ungetüm hoch. Auch Klemens und Jakob waren beeindruckt von den Ausmaßen des Ballons, der schon jetzt, in nicht gefüllter Form, den Hof beherrschte.

So rasch es gegangen war, die Hülle hoch zu ziehen, so lange dauerte es aber, sie auch mit dem Gas zu füllen, das aus den acht Fässern über die Auffangkugel und durch den Schornsteinaufsatz in den Ballon strömte.

Sadik zog sich zurück, denn vorerst gab es nichts mehr zu tun. Auch für Jakob und Klemens nicht. Das Nachfüllen von Vitriolsäure und Eisenspänen nahm Heinrich Heller lieber selber vor.

Tobias wich ihm dabei jedoch nicht von der Seite. Er führte Handreichungen aus und ließ sich dabei das Mischungsverhältnis genau erklären.

»Wie lange wird es denn noch dauern, bis der *Falke* prall gefüllt ist?«

»Wenn sich meine Berechnungen als richtig erweisen, dürfte die Gasmenge schon in anderthalb Stunden ausreichend sein, um einen Fesselaufstieg zu ermöglichen«, erklärte er, während er mit seinem Neffen zum nächsten Fass ging und dort die Gasentwicklung kontrollierte. »Aber dann ist er noch nicht prall gefüllt.«

»Er hat dann also noch Beulen?«

Heinrich Heller lachte. »Nein, das nicht. Er wird sich schon zu seiner ganzen Pracht entfaltet haben. Aber das Gasvolumen im Innern würde nicht ausreichen, um einen langen Flug zu unternehmen. Dafür müsste man ihn wohl an die vier Stunden mit Gas füllen.«

»Da bin ich ja froh, dass ich nur noch anderthalb Stunden warten muss«, gab Tobias zu.

»Hätten wir einen Heißluftballon, wären wir jetzt schon in der Luft. Ein munteres Feuerchen unter der Öffnung, und zehn

Minuten später kann man schon aufsteigen. Aber dafür sinkt er auch fast genauso schnell wieder. Mit einem gasgefüllten Ballon kann man dagegen lange in der Luft bleiben und auch weite Strecken zurücklegen.«

»Was nennst du weit, Onkel?«

»Nun, von hier nach Paris zum Beispiel.«

»So weit?«, rief Tobias erstaunt. »Aber das sind ja viele hundert Kilometer!«

»Ja, und nicht in zehn, fünfzehn unbequemen Tagesreisen mit der Kutsche zurückgelegt, sondern in derselben Anzahl von Stunden, mein Junge, bequem und herrlich am Himmel dahinschwebend! In der Luft liegt die Zukunft der Fortbewegung!«

»Aber eine Kutsche oder ein Pferd kann man dahin lenken, wo man es haben will«, wandte Tobias ein. »Einen Ballon dagegen nicht. Der ist doch Spielball der Winde.«

»Noch, mein Junge, noch! Eines Tages wird man auch dieses Problem lösen und ein Fluggerät konstruieren, das sich wie eine Kutsche lenken lässt«, versicherte Heinrich Heller. »Ich gebe zu, dass ich nicht weiß, nach welchem Prinzip das möglich sein wird, doch ich zweifle nicht daran. Vielleicht mit einer Art Dampfmaschine.«

»Na, das klingt aber eher nach einem von Sadiks arabischen Märchen«, meinte Tobias skeptisch.

»Früher hat man es auch für ein Märchen gehalten, dass Schiffe eines Tages einmal völlig ohne Segel die Meere befahren und jeden beliebigen Kurs einschlagen können. Die Dampfmaschine hat dieses Märchen Wirklichkeit werden lassen. Warum soll das also nicht mit Fluggeräten auch möglich sein? Der menschliche Erfindungsgeist ist grenzenlos. Schade nur, dass ich das wohl nicht mehr erleben werde.«

Der *Falke* begann sich allmählich aufzublähen und Rundungen anzunehmen. Der Pol stieg langsam auf und wölbte sich über den Masten zu einer schwarzen Kuppel. Und auch der Falkenkopf, der anfangs mehr einem gerupften Huhn als einem

Raubvogel geähnelt hatte, breitete sich nun zu stolzer Größe aus. Die seidigen Bahnen des Ballons verloren ihre unzähligen Falten, glätteten sich und drückten das Netz auseinander, das bis dahin wie ein Vorhang wirrer Leinen heruntergehangen hatte.

Und je mehr der Ballon anschwoll, desto mehr schwoll auch der Stolz in Tobias' Brust. Es war ein wunderbarer, atemberaubender Ballon, wie er da so zwischen den Masten aufragte. Wie eine Blume im Sonnenlicht, so hatte der *Falke* sich unter dem einströmenden Gas entfaltet, und seine ganze Pracht und Schönheit waren jetzt zu sehen.

Er war so stolz und aufgeregt, dass er wünschte, Jana könnte jetzt an seiner Seite stehen und mit ihm diesen erhabenen Anblick erleben.

Endlich gab Heinrich Heller die Anweisung, die Gaszufuhr zu unterbrechen. Die Rohre wurden aus den Stutzen der Fässer gezogen und die Öffnungen abgedichtet. Als das Podest freigeräumt war, wurde die Gondel ans Netz gehängt. Sie bestand aus einer Konstruktion leichter, jedoch stabiler Hölzer, um die dicht an dicht Hanfseile geflochten waren.

An den dafür vorgesehenen, besonders kräftigen Leinen des Netzes, das den Ballon überspannte, wurden anschließend die beiden Seile befestigt, die den *Falken* daran hindern sollten, unkontrolliert in die Luft aufzusteigen und in die Nacht davonzuschweben.

Tobias konnte seine Aufregung und Ungeduld kaum noch bezähmen, je näher der Moment des Starts rückte. Sein Onkel eilte noch einmal ins Haus, weil er vergessen hatte, sein Fernrohr zu den anderen Messinstrumenten in die Gondel zu stellen.

Mitternacht lag schon eine Stunde zurück, als es dann endlich so weit war. Auf Heinrich Hellers Kommando hin wurden die vier Haken ausgeklinkt. Sie lösten sich einwandfrei aus den Ringen und ein Ruck ging durch den Ballon. Die Gondel hob sich etwas vom Bretterpodest.

Heinrich Heller kletterte als Erster in die Gondel und nahm die Lampe entgegen, die Klemens ihm reichte. Vor den vier

Glasscheiben der Leuchte befanden sich Holzschieber, sodass man sie völlig abblenden konnte und dann nur oben aus den Luftlöchern ein schwacher Schimmer drang.

Dann kam endlich die Aufforderung, auf die Tobias so lange gewartet hatte: »Steig ein, Tobias! Jetzt geht es los!«

Tobias schwang sich über den Rand zu seinem Onkel in die Gondel. In seine freudige Erregung mischte sich eine gute Portion Beklemmung, als er spürte, wie der Boden unter seinen Füßen federte. Würde die Gondel ihr Gewicht auch wirklich tragen? Ihm wäre viel wohler gewesen, wenn er einen festen Bretterboden unter den Füßen gehabt hätte statt dieser nachgiebigen Konstruktion aus Hanf und Holzlatten, die ihm nun erschreckend zerbrechlich schien. Doch er ließ sich nichts anmerken. Und als Sadik mit sorgenvoller Miene zu ihnen hoch blickte, zwang er sich sogar zu einem Grinsen.

»Ihr wisst, was ihr zu tun habt!«, rief Heinrich Heller Sadik und Jakob zu, die an den Seilwinden standen.

»Lasst das Seil gleichmäßig abrollen bis zur Fünfzigmetermarke. Wenn ich dann das Licht einmal hin und her schwenke, lasst den Ballon nochmals zwanzig Meter aufsteigen. Beim nächsten Lichtzeichen geht es bis zur Hundertmetermarke. Wenn ihr uns wieder herunterholen sollt, schwenke ich die Lampe mehrmals im Kreis. Noch irgendwelche Fragen?«

Sadik und Jakob schüttelten einmütig den Kopf.

»Also dann!... Lasst den *Falken* in die Lüfte steigen!«, forderte sie Heinrich Heller mit fast pathetischer Stimme auf. Mit einer Hand hielt er sich an der Umrandung der Gondel fest, während er seinen anderen Arm um Tobias' Schulter legte. »Mein Junge, wir lassen jetzt die Mutter Erde hinter uns und erobern das Reich der Vögel! Genieße es! Eines Tages wirst du deinen Enkeln davon erzählen!«

Tobias umklammerte eines der Seile, mit denen die Gondel am Ballon hing, und hatte einen grässlich dicken Kloß im Hals. Er zog es deshalb vor, nur zu nicken, denn er fürchtete, seine Stimme würde ihm vor Aufregung den Dienst versagen.

Sadik und Jakob lösten die Sperren an den Winden und die Seile liefen von den Rollen. Augenblicklich hob sich der Ballon in die Höhe, und zwar mit einer Geschwindigkeit, die Tobias das Gefühl gab, als hätte sich plötzlich der Boden unter ihm geöffnet. Am liebsten hätte er sich in eine Ecke der Gondel gesetzt, die Augen geschlossen und sich nur auf seinen Atem konzentriert, der ihm jetzt stockte. Doch er wollte neben seinem Onkel, der einen Laut des Entzückens von sich gab und ihn begeistert an sich drückte, nicht wie ein Angsthase dastehen.

»Schau nur! Wir steigen! Und wie flott es geht! Ah, ein Falke ist eben ein Falke und keine müde Gans!«, vermochte er sogar noch zu scherzen.

Der Startplatz schien in ein schwarzes Loch unter ihnen zu stürzen, beleuchtet nur an seinem inneren Rand von Lichtern, die in sich zusammenzufallen schienen. Und dann waren sie auch schon über *Falkenhof*. Die Trakte des massigen Gevierts schmolzen in Windeseile zur Größe von Spielzeugklötzen zusammen. Von Sadik, Jakob, Klemens sowie Lisette und Agnes, die den Aufstieg von der Küchentür aus verfolgt hatten, war bald kaum noch etwas zu erkennen. Klein wie Ameisen sahen sie aus.

Und es ging höher und höher in die Schwärze, während das Gut immer kleiner wurde – als würde es sich gleich in der Dunkelheit unter ihnen auflösen.

Doch plötzlich hatte die Aufwärtsbewegung ein Ende. Ein kräftiger Ruck ging durch die Gondel und der *Falke* kam zum Stillstand. Die Fünfzigmetermarke war erreicht. Der Ballon schwankte ein wenig hin und her. Doch dann stand der *Falke* ruhig und majestätisch am Nachthimmel. Gezähmt von den starken Seilen.

Tobias entspannte sich etwas, sein Griff um das Seil lockerte sich und auch sein Herz schien nun wieder dorthin zurückzukehren, wohin es gehörte. Sie standen also fünfzig Meter hoch am Himmel über *Falkenhof*! Und der Gondelboden war auch noch nicht durchgebrochen. Fünfzig Meter auf der Erde waren ein Klacks. Nicht viel länger als ein Trakt des Landgutes. Doch fünfzig Meter lotrecht in die Luft waren etwas völlig anderes, nämlich buchstäblich ein himmelweiter Unterschied.

»Nun sag, ist es nicht ein erhabenes Gefühl, die Erde zu Füßen liegen zu haben? Diese göttliche Stille um uns herum und dieser vogelgleiche Blick, der uns vergönnt ist wie dem Falken in der Nacht? Was für eine Freiheit! Mein Junge, das ist das Leben!«, begeisterte sich sein Onkel, beugte sich in die Nacht hinaus und vollführte mit seinem rechten Arm eine weit greifende Bewegung, als wollte er die Nacht, den Himmel, die unter ihnen liegende Landschaft, ja die ganze Welt in diese Bewegung mit einschließen.

Tobias kannte seinen Onkel kaum wieder. Er, ein vernunftbeherrschter Wissenschaftler und Universalgelehrter, der schon so viel erlebt und gesehen hatte, gebärdete sich ja fast so ausgelassen wie einer von den wortreichen Schaustellern, von denen Jana ihm erzählt hatte.

Er vergaß auf einmal all seine Unsicherheit und stillen Ängste und musste lachen. »Onkel Heinrich! Fall bloß nicht vor Begeisterung aus der Gondel. Das Fliegen ohne Ballon ist noch nicht erfunden worden!«

»Du irrst, mein Junge. Auch das ist schon versucht und mit Erfolg praktiziert worden«, antwortete Heinrich Heller mit ungebrochener Begeisterung, lehnte sich aber nun wieder zurück. »Und zwar von dem tollkühnen Franzosen André Jacques Garnerin. Aus tausend Meter Höhe sprang er an einem Fallschirm in die Tiefe – und schwebte heil und unversehrt zur Erde! Das war am 22. Oktober 1797 über Paris.«

»Wir haben aber keinen Fallschirm dabei.«

Heinrich Heller lachte vergnügt. »Nein, nein, der *Falke* genügt uns voll und ganz, nicht wahr?« Er bückte sich nach der Lampe. »Ich denke, wir steigen noch weiter auf, was meinst du?«

»Du bist hier der Kommandant«, erwiderte Tobias, hatte nun aber auch insgeheim nichts mehr gegen einen weiteren Aufstieg einzuwenden. Dick und prall stand der Ballon über ihnen und die Seile schienen seine Kraft gut bändigen zu können. Was spielte es jetzt noch für eine Rolle, ob sie fünfzig, siebzig oder gar hundert Meter hoch in der Luft standen!

Heinrich Heller zog die Schieber hoch, hielt die helle Lampe über die Gondel und schwenkte sie einmal hin und her. Kaum hatte er die Laterne wieder abgeblendet und in den Holzeimer in der Ecke der Gondel zurückgestellt, als sich der *Falke* wieder in Bewegung setzte.

Die zweite Etappe ihres Aufstieges kam Tobias schon gar nicht mehr so beunruhigend vor. Das Gefühl, den Boden unter den Füßen zu verlieren, stellte sich auch nicht wieder ein. Diesmal genoss er es sogar und verfolgte aufmerksam, wie *Falkenhof* noch mehr zusammenschrumpfte.

»Ach was, wozu noch lange warten«, sagte Heinrich Heller entschlossen, während sie noch stiegen. »Gehen wir gleich auf hundert Meter!« Und schon im nächsten Moment schwenkte er die Laterne.

Hundert Meter!

Nur von zwei Seilen gehalten!

Kurz schoss es Tobias durch den Kopf, was wohl passieren würde, wenn die Seile rissen. Wie hoch würden sie dann steigen? Auch auf tausend Meter? Und wohin würden sie wohl treiben?

Er stellte seinem Onkel diese Frage.

»Oh, bei der Windstille würde es bestimmt kein Rekordflug werden, was die zurückgelegte Strecke über Grund betrifft. Aber mehrere tausend Meter hoch könnte er wohl schon steigen und da oben würde es mächtig kalt werden. Im Sonnenlicht würde er vermutlich sogar bis ins Nichts aufsteigen, denn der *Falke* hat eine schwarze Hülle und reflektiert daher die Sonneneinstrahlung nicht. Sie würde das Gas schneller erhitzen, als es sich abkühlen kann.«

»Also ein Flug in den – den Tod?«, fragte Tobias beklommen.

»Theoretisch ja, praktisch nein, denn der *Falke* verfügt oben am Pol der Hülle über eine Klappe, die man mit dieser Leine hier öffnen kann.« Er deutete auf eine rote Leine, die aus der Öffnung des Ballons zu ihnen in die Gondel herunterhing und um eines der Trageseile gebunden war. »Dann entweicht das Gas und der Ballon sinkt.«

Das fand Tobias sehr beruhigend zu wissen.

»So, und jetzt wollen wir das Ereignis unseres ersten Aufstiegs gebührend feiern, Tobias!«

»Feiern? Womit denn?«

»Mit einem Schluck Champagner, mein Junge! Wie es sich für Jungfernfahrten gehört!«, verkündete sein Onkel fröhlich und brachte aus der bauchigen Ledertasche, in der Tobias nur Messinstrumente vermutet hatte, eine Flasche und zwei in Tücher gewickelte Gläser zum Vorschein. »Es soll doch niemand behaupten können, die Luftschiffer vom *Falkenhof* wüssten ein solches Ereignis nicht gebührend zu feiern!«

Tobias schüttelte über die fröhlichen Anwandlungen seines Onkels lachend den Kopf. »Aber lass den Korken besser nicht knallen!«, warnte er ihn noch rechtzeitig. »Sonst denken Sadik und Jakob, die Hülle wäre geplatzt, und holen uns ganz schnell wieder herunter! Vor allem Sadik wird doch keine Sekunde zögern, wenn er von hier oben einen Knall hört!«

»Richtig, der gute Sadik mit seinen Befürchtungen. Also gut, dann lassen wir es nur leise zischen«, sagte Heinrich Heller und öffnete die Flasche mit Umsicht, sodass der Korken nicht knallend aus dem Hals sprang. Kühl und perlend rann der Champagner in die Gläser.

»Auf den freien Geist von Forschung und Wissenschaft, der uns dieses Erlebnis und so viel anderes beschert hat!«, sprach er dann einen feierlichen Toast aus.

»Und auf alle Abenteurer und Entdecker, die sich ins Unbekannte wagen!«, fügte Tobias rasch hinzu.

»Darauf will ich gern trinken!«

Sie stießen an und Tobias nahm einen kräftigen Schluck. Der Champagner prickelte herrlich im Mund und in der Kehle, und fast fühlte er sich so, als hätte er selbst eine Heldentat vollbracht. Er hätte gern noch ein zweites Glas getrunken, doch sein Onkel meinte, dass es nicht angebracht sei, sich ausgerechnet bei seiner ersten Ballonfahrt einen Rausch anzutrinken.

Das war auch gut so, denn schon nach dem einen Glas fühlte sich Tobias regelrecht beschwingt. Es war zwar Nacht um sie herum, aber dennoch war die Aussicht phantastisch. Sie sahen nicht nur den Ober-Olmer Wald und die Kirchturmspitze von Marienborn, sondern auch Mainz im Osten. Denn dort hoben sich mehrere helle Lichter vor der Dunkelheit ab.

»Das müssen die Laternen auf der Zitadelle sein!«, meinte sein Onkel. »Wir haben heute ein wenig Bewölkung, und wir wollen uns nicht beklagen, aber bei sternenklarer Nacht werden wir von hier aus Mainz ganz deutlich sehen können.«

Dass sich das Gas im *Falken* abkühlte und der Ballon ganz langsam zu sinken begann, merkten sie, als sie etwa eine halbe Stunde in der Luft gewesen waren.

»Siebenundzwanzig Minuten«, stellte Heinrich Heller an Hand seiner Taschenuhr fest. »Das ist nicht schlecht für die Menge Gas, die wir produziert haben. Nun gut, es geht also wieder gen Mutter Erde.« Er griff zur Laterne und gab Sadik und Jakob das verabredete Zeichen.

Die Seile strafften sich auch sofort, als hätte Sadik schon voller Ungeduld darauf gewartet, und gemächlich schwebten sie abwärts. Es war Tobias, als kehrte er ganz langam aus einem aufregend schönen Traum in die Wirklichkeit zurück. Aus einem Traum, der jedoch viel zu kurz gewesen war.

Falkenhof wuchs aus der Dunkelheit, nahm mehr und mehr Konturen an, und bald konnten sie schon deutlich das Bretterpodest mit den vier jetzt weggeklappten Masten sehen, das für den *Falken* nun zum Landeplatz wurde. Ganz sanft setzte die Gondel auf.

Der erste, erfolgreiche Flug des *Falken* lag hinter ihnen.

Streit mit Jana

»Ihr wart gestern Nacht ja noch lange im Hof beschäftigt«, begrüßte ihn Jana, als er am späten Vormittag ihr Zimmer betrat. »Und ausgeschlafen siehst du auch nicht aus.«

»Ich bin ja auch erst nach vier ins Bett gekommen«, erklärte Tobias und brannte darauf, ihr von seinem Ballonflug zu erzählen. Er war so erfüllt von diesem Erlebnis, dass er kaum ruhig auf dem Stuhl sitzen konnte. Mit ihr jetzt darüber zu reden, war das, was er sich am allermeisten wünschte. Wen hatte er denn, dem er seine Gefühle und die Begeisterung schildern konnte?

Mit seinem Onkel darüber zu sprechen, war etwas anderes. Für ihn war er doch immer noch der Junge. Und Sadik wollte vom Ballonflug nichts wissen. Er hatte gestern beim Zusammenfalten des *Falken* tatkräftig geholfen, aber keinen Ton gesagt und sich auch nicht im Mindesten für das interessiert, was sie erlebt hatten. Jakob und der stumme Klemens kamen für ein Gespräch schon gar nicht in Frage, ebenso wenig Agnes und Lisette, die nur mit offenem Mund dagestanden und vor Staunen und Bewunderung kaum etwas Rechtes herausgebracht hatten.

Nur mit Jana hätte er das Aufregende des Ballonfluges richtig teilen können, doch ausgerechnet ihr durfte er davon kein Wort erzählen! Das wurmte ihn, und fast war er versucht, ihr unter dem Siegel der Verschwiegenheit doch alles zu erzählen. Aber konnte er Onkel Heinrich so in den Rücken fallen? Er glaubte zwar, Jana vertrauen zu können. Aber auch das änderte nichts daran, dass er damit sein Wort brach, das er seinem Onkel gegeben hatte. Und das konnte er nicht, sosehr es ihn auch danach drängte, sich ihr anzuvertrauen.

»Du hast mir immer noch nicht so richtig erklärt, um was es sich bei den Experimenten deines Onkels handelt«, sagte Jana nun.

»Weil ich es nicht kann«, erwiderte er und fühlte sich ganz

elend dabei, sie mit solchen Antworten abspeisen zu müssen. Wie gerne wäre er mit allem herausgesprudelt. Doch er konnte, er *durfte* nicht!

Jana schaute verdrossen drein. »Du denkst wohl, ich würde das nicht verstehen, stimmt's?«

»Unsinn.«

»Warum redest du dann immer um den heißen Brei herum?«

»Das tue ich gar nicht!« Tobias fühlte sich in die Defensive gedrängt, und zu Recht, wie er insgeheim zugeben musste. Denn genau das, was sie ihm vorwarf, tat er ja auch!

»Sicher tust du das! Mich kannst du doch nicht für dumm verkaufen. Ich spüre, dass du es mir nicht sagen *willst*!«, hielt sie ihm vor, nicht ärgerlich, aber doch enttäuscht, als hätte sie das nicht von ihm erwartet.

»Haben dir das vielleicht die Karten verraten?« Er versuchte die Angelegenheit ins Scherzhafte zu ziehen.

»Dafür brauche ich keine Karten, sondern muss dir bloß mal in die Augen blicken«, gab sie kühl zur Antwort, drehte den Kopf auf die Seite und sagte: »Ich bin müde. Ich möchte jetzt schlafen.«

Sie war nicht müde, sondern wollte sich nur nicht mit ihm streiten, das war es! Er sah es ihr an, dass sie sich aus Höflichkeit und Dankbarkeit für die Aufnahme und Pflege zurückhielt. Und es schmerzte ihn. Wie ein Schuft fühlte er sich. Erneut bestürmte ihn die Versuchung, sein Wort zu brechen und ihr die Wahrheit zu sagen.

Doch er wusste, wie sehr sein Onkel von ihm enttäuscht sein würde, denn ein Wort war für ihn ein Wort, das nur brach, wer keine Ehre im Leib hatte. Und so ließ er den Moment schweigend verstreichen.

»Es ist wirklich nicht so, wie du denkst, Jana«, sagte er, als er sich vom Stuhl erhob und zur Tür ging.

Sie gab ihm keine Antwort.

Er litt den ganzen Tag unter der Verstimmung zwischen ihnen, obwohl Jana bei seinem nächsten Besuch nach dem Mittag kein Wort mehr davon erwähnte – und auch später nicht. Sie redeten wie früher über alles Mögliche und der Vorwurf schien vergessen. Dennoch spürte er, dass sie anders war, nicht mehr so offen wie vorher.

Er sagte sich, dass er sich damit abfinden müsse, aber es fiel ihm schwer, denn ihm lag viel daran, was sie von ihm hielt. Dessen wurde er sich erst jetzt richtig bewusst. Es bedrückte ihn, dass ihre Beziehung einen unsichtbaren Riss erhalten hatte. Doch es gab nichts, was er dagegen tun konnte. Auch am folgenden Tag nicht. Doch dieser brachte die Wende, wenn auch anders, als er sich das vorgestellt hatte.

Das Wetter zeigte sich von seiner besten Seite, und Heinrich Heller beschloss, in der Nacht wieder mit dem Ballon aufzusteigen.

Kurz nach Mitternacht waren die Vorbereitungen abgeschlossen. Der Ballon hing zu voller Größe aufgebläht zwischen den Masten und wartete nur darauf, in die Lüfte entlassen zu werden.

Es war alles so spannend und aufregend wie beim ersten Aufstieg, und doch war es für Tobias gleichzeitig auch ganz anders. Ein bitterer Tropfen mischte sich in seine Freude, als er zu seinem Onkel in die Gondel kletterte und daran dachte, wie Jana ihm am nächsten Morgen wohl in die Augen schauen würde: verletzt, enttäuscht und stumm.

Gerade hatte Heinrich Heller die Anweisung gegeben, mit dem Abspulen der Seile zu beginnen, und die Gondel schwebte schon ein paar Meter über dem Podest, da rief Sadik plötzlich erschrocken: »*Hasib!*... Achtung!... Blockieren, Jakob!«

Sadik blockierte augenblicklich die Seilwinde. Und obwohl Jakob geistesgegenwärtig reagierte und dem Beispiel des Arabers folgte, liefen von seiner Winde doch ein, zwei Meter mehr Seil ab.

Der Ballon schwankte und die Gondel hing ein wenig schief in der Luft. Tobias und sein Onkel taumelten gegen die Hanfbrüstung.

»Himmel, was hat das...?« Heinrich Heller führte seinen ärgerlichen Ausruf nicht zu Ende.

Denn in diesem Moment tauchte Unsinn, der an Sadiks Seil wie der Blitz hoch geklettert sein musste, auf dem Gondelrand auf und sprang dann mit einem fröhlichen Kreischen Tobias auf die Schulter.

»Heiliger Lazarus! Das ist ja Janas Äffchen! Mir scheint, wir haben einen blinden Passagier an Bord!«, stieß Heinrich Heller hervor, und sein grimmiges Gesicht nahm sofort wieder freundliche Züge an. Bei Sadiks Warnruf hatte er im ersten Moment nämlich befürchtet, es hätte sich plötzlich eine wirklich ernsthafte Komplikation ergeben.

»Wie kommt denn Unsinn in den Hof!«, stieß Tobias verwundert hervor und versuchte das Tier zu packen, doch es entwischte ihm auf den oberen Haltering der Gondelaufhängung.

»Ja, eine gute Frage, mein Junge«, pflichtete sein Onkel ihm bei. »Ich schätze, das verdanken wir Sadiks vorzüglicher Arbeit. Die Krücken sind wohl fertig geworden.«

Tobias schaute zum Westtrakt hinüber – und vor einem der Fenster, die auf den Hof hinausgingen, entdeckte er die Umrisse einer Gestalt. Im nächsten Augenblick war sie verschwunden.

»Jana!«, murmelte Tobias.

»Ja, das Mädchen hat keinen schlechten Augenblick gewählt, um das erste Mal die Krücken zu benutzen«, sagte Heinrich Heller neben ihm mit einem Seufzen. Verärgerung sprach aber nicht aus seiner Stimme.

»Und was jetzt?«

»Ich werde nachher mit ihr sprechen. Aber an der Tatsache, dass sie den Ballon gesehen hat, wird das auch nichts ändern. Wir werden darauf vertrauen müssen, dass sie Stillschweigen bewahrt, wenn sie *Falkenhof* verlässt.«

»Das tut sie bestimmt!«, versicherte Tobias.

»Ah, kennst du sie schon so gut, ja?«, zog sein Onkel ihn auf.

»Sie mag dich, das weiß ich, und sie würde nichts tun, was dir schaden könnte, Onkel.«

Heinrich Heller fuhr sich über den Bart und ignorierte Sadiks Rufe, ob sie den Ballon wieder herunterziehen sollten. »So, so, das Mädchen mag mich, einen alten grauhaarigen Mann. Das wärmt mir das Herz. Doch mir scheint, dass sie es mehr mit den jungen Männern von *Falkenhof* hat«, spottete er gutmütig und tat so, als würde er Tobias' Verlegenheit nicht bemerken. Mit lauter Stimme rief er dann in den Hof hinunter: »Auf was wartet ihr noch? Hoch mit dem Ballon!«

»Aber der Affe!«, schrie Sadik zurück.

»Welchen Affen meinst du?«

»Unsinn natürlich!«, schallte Sadiks grimmige Stimme zurück.

»Was ist gegen einen Affen in einem Ballon einzuwenden, mein Freund? Unsinn ist hier in allerbester Gesellschaft!«, rief Heinrich Heller ihm belustigt zu. »Dies ist kein muselmanischer Ballon, sondern der eines gläubigen Ungläubigen! Also an die Winden, meine Herren, und gleich hoch auf hundert Meter! Allah gebe dir eine ruhige Hand!«

Die Erwiderung erfolgte auf Arabisch, und Tobias musste lachen, als er hörte, wie Sadik sein Pech verfluchte und die Neugier der Frauen. »Schenke einem Weib Vertrauen, und Reue ist dir gewiss!«, hörte er ihn schimpfen.

»Der arme Sadik«, sagte Heinrich Heller amüsiert, als sie ihren Aufstieg nun fortsetzten, mit Unsinn auf dem Ring über ihren Köpfen. »Jetzt ist alles für die Katz gewesen, die ganze Arbeit mit den Krücken. Das genaue Gegenteil hat er damit erreicht. Hätte er sie Jana erst morgen gegeben, wäre sein Plan wohl aufgegangen. Doch jetzt, da sie schon vom Ballon weiß, besteht ja kein Grund mehr, noch etwas vor ihr verheimlichen zu wollen.«

Tobias lachte mit ihm über Sadiks Pech und war gleichzeitig unendlich erleichtert, dass die Geheimniskrämerei nun ein Ende hatte. Er brauchte Jana nicht mehr anzulügen und konnte ihr alles erzählen. So betrachtet, hatte ihm Sadik mit den Krücken ungewollt einen großen Gefallen getan!

»Darf ich nachher zuerst mit ihr reden?«, bat er.
»Ich werde ihr schon nicht den Kopf abreißen.«
»Trotzdem.«
»Wenn dir so viel daran liegt...«
»Ja, bitte.«
»Na schön, ich hab es nicht so eilig«, sagte Heinrich Heller mit einem verständnisvollen Lächeln.

So aufregend der Aufstieg auch war, so ungeduldig wartete Tobias doch auch darauf, dass es wieder hinunterging. Unsinn erwies sich dabei als große Hilfe. Denn der Ballon und vor allem das ihn überspannende Netz hatten es ihm angetan, und zum ersten Mal, seit er mit Jana auf *Falkenhof* war, machte er seinem Namen alle Ehre. Er begnügte sich nämlich nicht damit, auf dem Ring herumzuturnen, sondern fand die vielen Leinen höchst einladend, dieses merkwürdige runde Ding über ihm näher in Augenschein zu nehmen.

»Unsinn!... Komm sofort da runter!«, rief Tobias besorgt, als der Affe immer höher kletterte.

Unsinn hüpfte jedoch unter fröhlichem Kreischen auf dem Netz hin und her. Manchmal hing er nur mit einer Pfote am Seil, blickte zu ihnen hinunter und zog Grimassen. Und das in hundert Meter Höhe!

Tobias wusste nicht, was ihm einen größeren Schrecken einjagte: dass Unsinn plötzlich den Halt verlieren und in die Tiefe stürzen könnte oder dass er mit seinen Krallen die Hülle einriss.

Aber alles Rufen und Locken half nichts. Unsinn hatte den Ballon als idealen Turnplatz entdeckt und dachte nicht daran, seinen Aufstieg abzubrechen.

»Ich glaube, er klettert bis zum Pol hoch und auf der anderen Seite wieder hinunter«, sagte Tobias beunruhigt, als der Zwergaffe aus ihrem Blickfeld entschwand.

»Wenn das alles ist, was er anstellt, würde ich ihn gewähren lassen«, erwiderte Heinrich Heller mit sorgenvoller Miene. »Aber wenn er oben auf der Hülle herumspringt und sich in die Seide krallt...«

»Wir hätten ihn doch besser nicht mitgenommen.«

»Scheint mir auch so. Tja, dann werden wir mal vorsichtshalber wieder zurückkehren.« Er seufzte, griff zur Laterne und gab das Lichtzeichen zum Einholen des Ballons. »Vielleicht bleibt noch Zeit, um etwas Gas nachzufüllen und einen zweiten Aufstieg zu unternehmen. Allmählich muss ich mit meinen Messungen beginnen.«

Als der *Falke* wieder sicher auf dem Podest gelandet war, deutete Jakob mit einem breiten Grinsen auf die Spitze des Ballons. Unsinn saß tatsächlich hoch oben auf der Kuppe.

»Du kommst jetzt sofort herunter, Unsinn! Sonst sind wir die längste Zeit Freunde gewesen!«, rief ihm Tobias zu.

Der Affe neigte den Kopf, als würde er diese Warnung ernsthaft bedenken, kratzte sich dann die Brust – und kletterte tatsächlich am Netz nach unten. Als wollte er sich auch noch über Sadik amüsieren, hangelte er sich ausgerechnet vor dem verschlossenen Gesicht des Arabers am Zugseil hinunter.

Mit drei, vier schnellen Sprüngen war er dann bei Tobias und ließ sich bereitwillig von ihm packen. Er schaute dabei so vergnügt drein, dass Tobias ihm gar nicht böse sein konnte. Mit welchem Recht auch? Was verstand ein Affe schon vom Ballonflug und der Empfindlichkeit von gasgefüllter Seide?

»Geh nur zu Jana«, sagte Heinrich Heller zu seinem Neffen, der zögerte, ob er vorher nicht noch mit anpacken sollte. »Ich erledige das schon mit Sadik und Jakob.«

Sadik sah sehr unzufrieden aus. Ihm war natürlich auch längst klar, dass die Krücken nicht das bewirken würden, was er sich von ihnen erhofft hatte.

»Nimm es nicht so tragisch, Sadik«, sagte Tobias, als wolle er ihn trösten, doch in seinen Augen blitzte fröhlicher Spott. »Wie war das noch mal mit den Nüssen und Mandeln? Richtig! Allah gibt sie manchmal dem, der keine Zähne hat.«

Sadik verzog das Gesicht. »Und unter der Herrschaft der Affen muss man zu einem Hund ›mein Herr‹ sagen«, erwiderte er missmutig.

Tobias lief mit dem Affen auf seinem Arm ins Haus. Er rechnete fest damit, dass Jana nicht schlief, sondern sein Kommen erwartete.

Seine Vermutung erwies sich als richtig. Sie saß zwischen ihren vielen Kissen im Bett, den »Ivanhoe« aufgeschlagen und die Krücken in Reichweite an die Wand gelehnt. Sie war hellwach, und ihr sprühender Blick sagte ihm gleich, dass es nicht leicht sein würde, sich mit ihr zu versöhnen.

»Du hast mich angelogen!«, beschuldigte sie ihn auch sogleich. »Ich habe es gewusst!«

»Das ist nicht wahr! Angelogen habe ich dich nicht«, erwiderte er und gab Unsinn frei, der sofort zu ihr aufs Bett sprang.

»Und ob du gelogen hast! Von wegen Experimente mit Luft und astrologische Beobachtungen! Ihr seid mit einem Ballon aufgestiegen!«

»Ich habe nur nicht die *ganze* Wahrheit gesagt«, räumte er ein. »Aber gelogen war es nicht, denn wegen dieser Experimente hat er sich den Ballon ja anfertigen lassen.«

»Dennoch hast du mich für dumm verkaufen wollen!«, erklärte sie schroff.

»Habe ich nicht! Außerdem erzählst du mir ja auch nicht alles«, entgegnete er. »Du bist doch von deiner Tante und diesem René weggelaufen.«

»Ich brauche nicht wegzulaufen! Sie sind nicht meine Eltern, und deshalb kann ich tun und lassen, was ich will!«

»Aber warum du dich von ihnen getrennt hast, hast du auch für dich behalten«, beharrte Tobias.

»Das ist etwas anderes.«

»Ist es nicht!«

»Doch! Auf jeden Fall habe ich dich nicht angelogen!«

Tobias sank neben ihr auf den Stuhl. Sich so zu streiten wie die Kesselflicker, brachte sie einer Versöhnung nicht näher. »Also gut, ich habe geschummelt und versucht dir etwas zu verheimlichen«, räumte er ein.

»Aha!«, rief sie mit freudlosem Triumph. »Endlich gibst du es zu!«

»Aber gelogen habe ich nicht, und tatsächlich wollte ich es dir schon gleich am ersten Tag erzählen«, fuhr er hastig fort, um ihr erst gar keine Gelegenheit für eine vorwurfsvolle Bemerkung einzuräumen. »Aber ich hatte Onkel Heinrich mein Ehrenwort gegeben, mit niemandem darüber zu sprechen, weil die Geheimhaltung des Ballons für seine Versuche von größter Bedeutung ist. Und hättest du an meiner Stelle dein Wort gebrochen?«

Jana sah ihn mit skeptischer Miene an. »Ist das jetzt die Wahrheit?«

Er hob die Hand zum Schwur. »Ich schwöre es, Jana! Bei allem, was mir teuer ist! Ich hätte wirklich nichts lieber getan, als dir alles vom Ballon und unserem ersten Aufstieg zu erzählen. Aber ich war an mein Wort gebunden.«

Ihr Gesicht wurde weich. »Warum hast du mir das nicht gleich gesagt?«

»Weil du dann doch gewusst hättest, dass ich dir etwas Wichtiges verschweige.«

»Das habe ich auch so gewusst!«

Sie sahen sich an, und dann löste sich die ganze Verstimmung zwischen ihnen in einem befreienden Lachen auf.

»Ich bin richtig froh«, sagte Tobias befreit, »dass Sadik dir die Krücken ausgerechnet heute Abend gebracht hat und nicht erst morgen. Sonst wärst du uns bestimmt nicht auf die Schliche gekommen und mir immer noch gram gewesen, weil ich dich angeblich belogen habe.«

»Jetzt bekommt Sadik von deinem Onkel bestimmt einiges zu hören, und dabei hat er es doch nur gut gemeint, der Arme.«

»Ach was! Da kennst du meinen Onkel schlecht. Er trägt es mit Fassung, und er hat gesagt, er wird dir auch nicht den Kopf abreißen, weil du auf den Flur geschlichen bist. Du hast ja von seinem geheimen Projekt nichts wissen können und somit auch nichts getan, was er rügen könnte«, beruhigte er sie. »Und Sadik tut sowieso, was er für richtig hält. Mein Onkel hat ihm nichts zu befehlen. Ich glaube, er ist auch nur wegen mir auf *Falkenhof* geblieben – wohl weil mein Vater und mein Onkel ihn darum gebeten haben.«

»Da bin ich ja beruhigt.«

»Onkel Heinrich wird aber noch mit dir sprechen und von dir verlangen, dass du kein Wort über den Ballon verlierst, wenn du *Falkenhof* verlässt.«

»Das Versprechen gebe ich ihm gern. Mit wem sollte ich auch darüber reden? Meinst du, er erlaubt mir, dass ich bei eurem nächsten Aufstieg zuschauen kann?«

»Sicher, warum denn auch nicht? Jetzt gibt es doch nichts mehr geheim zu halten«, sagte Tobias zuversichtlich. »Wie lange hast du denn am Fenster gestanden?«

»Nur ein paar Minuten. Ich hab dich noch in die Gondel klettern sehen. Doch als Unsinn dann am Seil hochgeturnt ist, bin ich schnell vom Fenster weg und ins Zimmer zurückgehumpelt. Aber er sah so prächtig aus, euer Ballon.«

Tobias fühlte Stolz. »Ja, findest du?«, fragte er nach. Ihr Urteil bedeutete ihm viel.

Sie nickte eifrig. »Ganz wunderschön! Dieser rote Vogelkopf auf dem schwarzen Stoff und dazu die beiden goldenen Buchstaben! So einen schönen Ballon habe ich noch nicht gesehen, und dabei habe ich schon einige aufsteigen sehen, in Berlin und in Frankreich. Aber keiner könnte eurem das Wasser reichen.«

»Mein Onkel hat ihm den Namen *Falke* gegeben und wir sind schon bis auf hundert Meter aufgestiegen«, berichtete er ihr und kam sich dabei sehr erwachsen und mutig vor.

Jana wollte nun alles über den Ballon und ihre beiden Fesselaufstiege wissen und Tobias stillte ihre Neugier nur zu gern. Endlich konnte er ihr erzählen, wie es war, wenn der Ballon anruckte und die Welt unter einem zurückblieb und ganz klein wurde, während man höher und höher schwebte. Er schwärmte ihr von dem Gefühl des Losgelöstseins, der Freiheit und der Stille vor, ohne sich bewusst zu werden, dass er jetzt fast so überschwänglich klang wie sein Onkel bei ihrem ersten Aufstieg.

»Hast du denn keine Angst gehabt?«

Tobias war im ersten Moment versucht, ihre Frage nachdrücklich zu verneinen, als wäre Angst etwas, das doch ihn nicht befallen könnte. Aber er wollte sie nicht belügen.

»Na ja, am Anfang war mir doch schon etwas mulmig zu Mute«, und zu seiner Ehrenrettung fügte er schnell hinzu: »Ich glaube, Sadik und Jakob wussten noch nicht so recht mit den Winden umzugehen und haben die Seile ganz schön schnell abspulen lassen. Aber das hat sich rasch gelegt, das mulmige Gefühl. Jetzt wird es kaum wieder auftreten.«

Sie nickte verständnisvoll. »Ich glaube, ich hätte auch ein ganz schön flaues Gefühl, wenn ich in so einer Ballongondel stehen und so schnell nach oben steigen würde. Aber dennoch würde ich keine Sekunde zögern.«

»Vielleicht lässt dich mein Onkel ja mal mitfahren«, sagte Tobias spontan.

Zweifelnd sah sie ihn an, doch ihre Stimme hatte einen aufgeregten, hoffnungsvollen Klang: »Meinst du wirklich?«

»Natürlich nicht sofort«, schränkte er ein. »Dein Bein ist ja noch gar nicht richtig verheilt. Es wird also bestimmt noch was dauern. Aber wenn du dich wieder einigermaßen auf den Beinen halten kannst, wird mein Onkel bestimmt nicht so sein, so wie ich ihn kenne. Ich werd schon ein Wort für dich bei ihm einlegen.«

Ihre Augen strahlten voller Vorfreude. »Würdest du das wirklich tun?«, vergewisserte sie sich.

»Wenn ich es doch sage! Ich breche nie mein Wort!«

Jana lehnte sich mit einem Seufzer und einem verträumten Lächeln in die Kissen zurück. »Ich in einem Ballon! Das wäre etwas ganz Tolles! Ein Traum!«

Es klopfte und Heinrich Heller trat ins Zimmer. »Würdest du so freundlich sein, uns beide allein zu lassen und den Männern im Hof zur Hand zu gehen, mein Junge?«, fragte er.

Nur widerwillig räumte Tobias seinen Platz an Janas Seite. »Natürlich«, antwortete er und wünschte, sein Onkel hätte nicht »mein Junge« gesagt, nachdem er von den »Männern« im Hof gesprochen hatte.

»Nun geh schon«, sagte Heinrich Heller, als Tobias zögernd an der Tür stehen blieb, und fügte mit gutmütigem Spott hinzu: »Jana wird schon keinen Rückfall von dem bekommen, was ich ihr zu sagen habe. Du hast mein Wort drauf. Und wenn die Arbeit im Hof erledigt ist, möchte ich, dass du dich geradewegs ins Bett begibst. Es ist nicht gut, dass du dir die Nacht länger als notwendig um die Ohren schlägst!«

Sein Onkel hielt Wort. Am nächsten Morgen berichtete ihm Jana freudestrahlend, dass er sich richtig nett mit ihr unterhalten und ihr erklärt habe, weshalb noch nichts von seinem Ballon in die Öffentlichkeit dringen dürfe. Er hatte ihr nur das Versprechen abgenommen, kein Wort darüber zu verlieren, wenn sie mit ihrem Wagen weiterzog.

»Und ich darf euch auch zuschauen«, fügte sie begeistert hinzu. »Aber erst muss Sadik zustimmen und sicher sein, dass ich meinem Bein noch nicht zu viel zumute.«

Tobias freute sich mit ihr, und bei der nächsten Gelegenheit, als sein Onkel besonders gut gelaunt war, sprach er ihn darauf an, ob Jana nicht irgendwann mit ihnen aufsteigen dürfe.

»Schau an, zwei Ballonaufstiege, und schon genügt dir meine Gesellschaft nicht mehr«, zog er ihn mit angeblicher Enttäuschung auf. »So schnell wird man also von euch jungen Leuten zum alten Eisen geworfen!«

»Onkel Heinrich! Du weißt, dass das nicht stimmt!«, protestierte Tobias.

»Jaja, ich weiß schon, was richtig ist«, sagte der Onkel lachend. »Mal sehen. Ich werde darüber nachdenken.«

Das war zwar keine direkte Zusage, aber ganz bestimmt auch keine Absage. Wenn sein Onkel in solchen Fällen sagte, er wolle nachdenken, hatte sein Nachdenken zumeist ein sehr positives Ergebnis. Daran zweifelte Tobias auch diesmal nicht.

Die nächsten Tage flogen so rasch dahin, dass sich Tobias

später im Rückblick verwundert fragte, warum die Zeit es stets nur dann so eilig hatte, wenn sich das Leben von seiner fröhlichen, aufregenden Seite zeigte.

Der Frühling war nun unwiderruflich ins Land gezogen und ließ die feuchten, kalten Monate des Winters in Vergessenheit geraten. Überall brach die Erde unter den Blumen auf, die sich der Sonne entgegenreckten. Hyazinthen, Krokusse und Forsythiensträucher entfalteten sich zu bunter Pracht, und die Ulmen ließen mit ihren vielen jungen Knospen schon das dichte Blätterkleid erahnen, das ihre noch kahlen Äste bald bedecken und die Allee im Sommer in kühlen, grünen Schatten tauchen würde.

Jana konnte nun schon öfter das Bett verlassen. Tobias führte sie voller Stolz durch die Räume und zeigte ihr die verschiedenen Experimentierstätten seines Onkels, der selbst Vergnügen daran fand, ihr gelegentlich das eine oder andere Experiment zu erklären und ihr einen Einblick in das zu geben, was sein Leben bestimmte. Und des Nachts, wenn Tobias und sein Onkel mit dem *Falken* aufstiegen, sah sie vom Hof aus zu. In dicke Decken gewickelt, weil es nach Sonnenuntergang doch noch empfindlich kühl wurde, und das gestreckte Bein auf einem alten Holzstuhl ruhend, saß sie im Schutz der Durchfahrt zum Westtor. Mit Interesse und Staunen verfolgte sie, wie sich der Ballon unter dem einströmenden Gas aufrichtete, als würde er ganz langsam zum Leben erwachen, und dann mit Tobias und seinem Onkel hoch über ihr im Nachthimmel entschwand, bis er sich in der nächtlichen Schwärze aufzulösen schien.

Und dann folgte die Nacht, in der sich ihr Wunsch erfüllte, einmal auch dort oben am Himmel in der Gondel zu stehen und auf die schlafende Welt hinunterzublicken.

Weder Tobias noch Jana hätte damit gerechnet, dass es in dieser Nacht geschehen würde. Tobias war allein mit seinem Onkel zu einer neuen persönlichen Rekordhöhe von zweihundert Metern aufgestiegen. Der wolkenlose, sternenübersäte Himmel war für astrologische Beobachtungen geradezu ideal gewesen.

Und als der Ballon schließlich wieder auf dem Podest im Hof landete, glaubte er seinen Ohren nicht zu trauen, als sein Onkel Sadik und Jakob zurief: »Nein, nein, bleibt wo ihr seid. Der *Falke* steigt noch ein zweites Mal auf – mit Tobias und dem Mädchen!«

»Du kommst nicht mit?«, stieß Tobias in freudiger Überraschung hervor.

»Ich glaube nicht, dass ihr mich vermissen werdet«, erwiderte Heinrich Heller schmunzelnd. »Und ich bin sicher, dass du ein gutes Auge auf sie hältst und dich als verantwortungsvoller Luftschiffer zeigst.«

»Ganz bestimmt!«, versicherte Tobias.

Sadik hatte Einwände, sie allein aufsteigen zu lassen, doch Heinrich Heller ließ sie nicht gelten. »Papperlapapp! Der Junge weiß so viel über diesen Ballon und wie er zu handhaben ist wie ich! Lass den beiden doch den Spaß!«

»Wie Sihdi Heinrich meinen«, maulte Sadik.

Heinrich Heller nickte nachdrücklich. »Ja. Sihdi Heinrich meint es so. Und nun rein mit dir in die Gondel!«, rief er Jana zu, die vor Überraschung und Freude gar nicht wusste, was sie sagen sollte. Schnell befreite sie sich von ihren Decken, griff nach den Krücken und humpelte über den Hof zum Startpodest. Jakob und Klemens hoben sie in die Gondel. Eine Krücke nahm sie mit hinein.

»Mein Gott, jetzt geht es wirklich gleich nach oben!«, stieß sie aufgeregt hervor, als hätte sie plötzlich Angst vor ihrer eigenen Courage.

»Bleib ganz ruhig. Es ist ganz sicher und nichts dabei, du wirst sehen«, versuchte er sie zu beruhigen.

»Du warst ja schon ein gutes Dutzend Mal hier drin!«, stöhnte sie und hielt sich so krampfhaft an einem der dicken Seile fest, wie auch Tobias es getan hatte.

»Nur ganz ruhig atmen!«, redete er ihr gut zu.

»Seid ihr bereit?«, wollte Heinrich Heller wissen.

Tobias nickte. »Es kann losgehen, Onkel!«

»Dann hoch mit ihnen!«, forderte Heinrich Heller Sadik und Jakob auf. »Aber gemächlich! Denkt an das Mädchen!«

Der Ballon erhob sich wieder in die klare Nachtluft. Ganz gemächlich schwebten sie empor, und der faszinierende Ausblick, der sich ihnen bot, ließ Jana schnell ihre Verkrampfung vergessen. Die Lichter von *Falkenhof* sanken in die Dunkelheit und wurden zu kleinen hellen Punkten. Dann blieb der Ballon mit einem sanften Ruck stehen. Tobias schätzte, dass sie noch unter hundert Meter Höhe waren. Es verwunderte ihn nicht, dass sein Onkel schon hier das Ende des Aufstieges bestimmt hatte. Es machte auch nichts. Denn Jana war auch so schon überwältigt von der Stille, dem mächtigen Rund des Ballons über ihnen und dem sternenübersäten Himmel, der zum Greifen nahe schien.

»Ich habe eine richtige Gänsehaut«, flüsterte sie ergriffen, »so schön ist es. Ich könnte die ganze Nacht hier oben bleiben.«

»Ja, so ein Gefühl habe ich auch immer«, erwiderte er mit ebenso leiser Stimme, als fürchtete auch er, den Zauber mit einem lauten Ton zu brechen.

»Diese Stille – wie in einer Kirche, nur noch schöner und vollkommener«, murmelte sie.

Er erinnerte sich plötzlich an Janas Tarot-Auslegung und lachte leise auf. »Weißt du noch, was du mir vor zwei Wochen aus den Karten gelesen hast?«

»Mhm«, äußerte sie nur, als wäre sie mit den Gedanken ganz woanders.

»Die dunklen Mächte? Die Ereignisse, die mein Leben verändern werden? Das Schicksalsrad? Es stimmt. Aber damit sind bestimmt diese Nächte gemeint, der Ballonflug und die Abenteuer, die noch vor mir liegen, denn bei Fesselaufstiegen wird es nicht bleiben. Wir werden weite Flüge unternehmen«, sagte er und legte in seiner Begeisterung den Arm um ihre Schulter, ohne sich dessen richtig bewusst zu werden. »Das ist es, was in den Karten stand und was das Schicksal mir zugedacht hat!«

Jana berührte kurz seine Hand. »Ja, das wünsche ich dir«, sagte sie verträumt.

Lange standen sie schweigend so an der Brüstung der Gondel und blickten hinaus in die klare, weite Nacht.

DRITTES BUCH

Zeppenfeld

April 1830

Ein Spazierstock aus Ägypten

Tobias irrte. Nicht der Ballon, sondern der nächtliche Besucher, der drei Tage später auf *Falkenhof* eintraf, war es, der das Schicksalsrad in Bewegung setzte. Und zwar mit einem solchen Schwung, dass das Leben aller auf dem Landgut aus der Bahn geworfen wurde. Aber davon ahnte keiner etwas, auch der Mann wohl nicht, der noch zu so später Stunde in einer Kutsche die Allee hochfuhr.

Heinrich Heller saß in seinem Studierzimmer und kam mit seiner Arbeit nicht so gut voran, wie er es sich gewünscht hätte. Ein Grund mochte das Wetter sein. Am Tag zuvor hatte es am Vormittag zu regnen begonnen. Es war kein Sturm, noch nicht einmal ein heftiger Regen. Doch er war beständig und hielt sich nun schon den zweiten Tag, ohne dass er auch nur einmal ausgesetzt hätte. Gleichmäßig strömte er in feinen Fäden vom Himmel, sodass das ganze Land hinter einem grauen, nassen Vorhang verschwamm. Kein Wetter, um mit dem Ballon aufzusteigen.

Tobias war bei Jana im Zimmer und spielte mit ihr Domino. Bisher hatte er nicht einmal gewonnen, und das wurmte ihn insgeheim, auch wenn er es nicht zeigte. Als er Hufschlag hörte, trat er rasch ans Fenster. Er spähte in die regendurchtränkte Dunkelheit hinaus und sah zuerst nur zwei Lichter, die zwischen den Ulmen aufleuchteten und sich rasch näherten. Dann konnte er die Umrisse einer Kutsche erkennen. Zwei Laternen warfen rechts und links vom Kutschbock ihren gelblichen Schein in die regnerische Nacht.

»Eine Kutsche! Da will jemand zu uns!«

»Um diese Zeit?«, fragte Jana verwundert. »Es muss doch schon nach neun sein? Wer unternimmt denn da noch Besuche?«

»Das möchte ich auch gern wissen.« Tobias dachte an Florian Kupferberg und den Geheimbund. »Ich bin gleich wieder zurück! Aber lass die Finger von meinen Steinen!«

Jana lachte. »Weshalb? Ich gewinne ja auch so immer.«

Im Hof erklang der dunkle Ton der schweren Messingglocke, die am Westtor hing und von außen mit einem Seilzug zu betätigen war.

»Das Blatt wird sich schon mal wenden«, erwiderte Tobias und lief auf den Flur hinaus. Als er aus einem der Gangfenster auf den Hof blickte, sah er Jakob mit einer Laterne in der Hand zum Westtor eilen.

Dann platzte er zu seinem Onkel ins Studierzimmer und rief: »Da kommt jemand! Eine Kutsche!«

»Ja, mir war auch so, als hätte ich so etwas gehört«, sagte Heinrich Heller mit einem Stirnrunzeln.

»Erwartest du noch jemanden?«

»Nein, nicht dass ich wüsste«, erklärte sein Onkel, zog seine Uhr aus der Westentasche und ließ den Deckel aufschnappen. »Zwanzig vor zehn. Nicht gerade eine christliche Zeit. Dann muss es sich um irgendetwas Dringendes handeln. Wer es wohl sein mag?«

»Vielleicht ein Bote von Kupferberg?«, fragte Tobias leise.

»Gott bewahre, mein Junge! Das zu so später Stunde würde nichts Gutes bedeuten! Ich hoffe, dass dieser nächtliche Besucher einen weniger beunruhigenden Grund hat, weshalb er um diese Zeit noch auf *Falkenhof* vorstellig wird«, erwiderte Heinrich Heller mit leichter Beunruhigung in der Stimme. »Na, wir werden es ja gleich wissen.«

Augenblicke später klopfte es und Lisette trat ins Zimmer. Sie hielt ein kleines Silbertablett in der Hand, auf der eine Visitenkarte lag.

»Ein Herr wünscht Sie zu sprechen«, meldete sie und legte kurz den Kopf auf die Seite, als müsste sie noch einmal angestrengt überlegen, was er ihr auszurichten aufgetragen hatte. Dann floss es in einem Strom und mit einem Atem von ihren

Lippen: »Er bittet für die späte Stunde seines Besuchs um Entschuldigung. Er sagt, er wäre schon viel früher hier eingetroffen, wenn sich sein Kutscher nicht verfahren hätte. Ja, und dass er ein guter Freund Ihres Bruders ist.«

»Ein Freund meines Vaters?«, stieß Tobias freudig überrascht hervor und blickte erwartungsvoll seinen Onkel an.

Heinrich Heller nahm die Karte vom Tablett, setzte seinen Zwicker auf – und hob die Augenbrauen. »Armin von Zeppenfeld!«, las er laut. »Das ist in der Tat eine Überraschung!«

Tobias hörte den Namen nicht zum ersten Mal. »Gehörte er nicht Vaters letzter Expedition an?«

Sein Onkel nickte. »Das ist richtig. Armin von Zeppenfeld!« Er schüttelte den Kopf. »Lisette, führ ihn zu uns!«

»Wer ist dieser Mann?«, wollte Tobias rasch wissen, als Lisette das Zimmer verlassen hatte. »Vater hat mir nicht viel über ihn erzählt.«

»Das hat seine Gründe, mein Junge. Ich glaube, die Freundschaft der beiden hat auf der Nil-Expedition stark gelitten – um es höflich auszudrücken.«

»Du meinst, sie haben sich zerstritten?«

»So ist es«, bestätigte Heinrich Heller. »Um so verwunderlicher ist sein unangemeldeter Besuch hier. Aber wir werden ja gleich hören, was ihn zu uns geführt hat.«

Energische Schritte wurden auf dem Gang laut. Dann öffnete Lisette die Tür und meldete: »Herr von Zeppenfeld, Herr Professor!«

Heinrich Heller hatte sich erhoben, um den Besucher zu begrüßen. »Bitte, treten Sie doch näher, Herr von Zeppenfeld. Lisette, nimm unserem Gast doch bitte Hut und Umhang ab. Und bring uns heißen Tee! Eine Tasse Tee mit einem Schuss Rum wird Ihnen nach der ungemütlichen Fahrt gewiss genehm sein, nicht wahr?«

»Vorzüglichsten Dank, Herr Professor!« Armin von Zeppenfeld deutete eine zackige Verbeugung an und reichte dem Dienstmädchen seinen pelzbesetzten Umhang und Hut.

»Versichere Ihnen, dass ich Ihre Großzügigkeit, mich jetzt noch zu empfangen, sehr zu schätzen weiß. Wäre schon vor anderthalb Stunden hier gewesen, wenn mein Kutscher etwas heller im Kopf gewesen wäre. Selber schuld. Hätte mit aufpassen müssen. Wenn man will, dass etwas richtig geschieht, muss man es in die eigenen Hände nehmen. Stets meine Devise gewesen. Heute wieder bestätigt gefunden. Nochmals: Bedaure, Sie aus Ihrer verdienten abendlichen Mußestunde gerissen zu haben, verehrter Herr Professor!«

»Meine Muße ist Arbeit und meine Arbeit ist auch Muße«, erwiderte Heinrich Heller. »Und so lange ich nicht im Schlafrock bin, ist das keine Affäre.«

»Zu freundlichst, Herr Professor.«

»Bitte, setzen wir uns doch vors Feuer.«

»Danke verbindlichst!«

Tobias hatte Armin von Zeppenfeld eingehend gemustert. Er war ein hoch gewachsener Mann von etwa vierzig Jahren und eine attraktive Erscheinung. Das volle schwarze Haar lag glatt und sorgfältig frisiert am Kopf, der gut einer klassischen Büste hätte Modell stehen können, wenn nicht dieser Backenbart gewesen wäre. Er zog sich bis zum Kinn hinunter und vereinigte sich mit einem gleichfalls vollen, aber sauber getrimmten Schnurrbart. Seine Gesichtszüge waren markant, wie auch die scharf geschnittene Nase und die Augenpartie. Der elegante dunkle Anzug, die weiße Hemdbrust und die Weste, die von derselben rauchgrauen Farbe war wie seine Krawatte, unterstrichen seine stattliche Erscheinung noch. Die Kleidung saß an ihm wie eine maßgeschneiderte Uniform. Irgendwie hatte er etwas militärisch Zackiges an sich, was sich auch in seiner Art zu sprechen ausdrückte. Ein beeindruckender, aber doch auch merkwürdiger Mann!

Armin von Zeppenfeld begegnete nun seinem forschenden Blick und sein Gesicht verzog sich zu einem Lächeln.

»Der Filius meines Freundes Siegbert, nehme ich an«, sagte er in der ihm eigenen forschen und abgehackten Redeweise.

»Ja, das ist mein Neffe Tobias«, sagte Heinrich Heller.

Tobias reichte dem Besucher höflich die Hand.

»Ganz der Vater! Viel von dir gehört, mein Junge!« Sein Händedruck war so kurz und knapp wie seine Ausdrucksweise. »Ein prächtiger Mann, dein Vater! Musst stolz auf ihn sein, mein Junge!«

»Bin ich auch«, antwortete Tobias und wusste nicht, was er von ihm halten sollte.

»Aber nun setzen Sie sich erst mal und wärmen Sie sich ein wenig. Ah, da ist ja auch schon Lisette mit dem Tee. Tobias, sei so nett und bring uns doch bitte die Karaffe mit dem Rum. Sie steht da drüben, ja, ganz rechts.«

Armin von Zeppenfeld saß steif wie ein Ladestock auf dem Sessel und ließ sich über das Wetter aus, während Heinrich Heller Lisette wieder hinausschickte und das Eingießen selbst besorgte.

»Scheußlicher Regen. Die Straßen ein Meer von Schlamm und Pfützen. Wäre nicht vor die Tür gegangen, wenn ich nicht nach Freiburg müsste. Dringende Geschäfte. Können nicht warten. Zumindest erweckte das Schreiben meines dortigen Kompagnons selbigen Eindruck. Vermutlich alles halb so schlimm. Werden sehen!« Er lachte auf, kurz und trocken.

Heinrich Heller hatte ihnen einen Schuss Rum in den Tee getan. »So, Sie befinden sich also auf dem Weg nach Freiburg«, sagte er und wartete darauf, dass sein Besucher nun erklärte, warum er *Falkenhof* aufgesucht hatte.

Arnim von Zeppenfeld nickte, trank einen Schluck und sagte dann: »Fand die Gelegenheit günstig, Ihnen einen Besuch abzustatten, Herr Professor. Prächtiges Landgut, der *Falkenhof*. Auch bei diesem scheußlichen Wetter. Wollte eigentlich schon vor Monaten Reise unternehmen, doch meine Geschäfte ließen es nicht zu.«

»Schade, dann hätten Sie noch meinen Bruder angetroffen«, warf Heinrich Heller ein. »Siegbert hätte sich gewiss darüber gefreut.«

Tobias glaubte, einen sarkastischen Unterton in der Stimme seines Onkels heraushören zu können. Denn hatte er vorhin nicht erst gesagt, die Freundschaft der beiden hätte in Ägypten ein sehr unschönes Ende gefunden?

Wenn Armin von Zeppenfeld das auch bemerkt hatte, so ließ er sich das nicht anmerken, denn bedauernd fuhr er nun fort: »Gewiss, gewiss. Hatte mir auch fest vorgenommen, aber wie gesagt: dringende Geschäfte. Hörte, der Gute ist wieder gen Ägypten?«

Heinrich Heller nickte nur, nicht bereit, sich über die genauen Pläne seines Bruders auszulassen.

»Beneide ihn um seine Freiheit und seinen Mut. Wird noch Großes leisten. Waren damals schon so nahe am Ziel. Mussten aber umkehren. Wären fast in die Auseinandersetzungen verfeindeter Stämme geraten. Brisante Situation, aber prächtig gemeistert von Siegbert. Wünsche ihm nur das Beste. Wird es gebrauchen können.«

»Und was kann ich für Sie tun, Herr von Zeppenfeld?«, fragte Heinrich Heller nun direkt, der höflichen Reden müde.

»Eine Kleinigkeit, verehrter Herr Professor«, versicherte Armin von Zeppenfeld. »Siegbert vergaß mir etwas zu schicken. War mir schon avisiert worden. Doch der Gute war wohl von seinen Reisevorbereitungen zu sehr in Anspruch genommen. Hatte den Kopf voll mit wichtigeren Dingen. Nehme es ihm auch nicht übel. Wäre mir gewiss nicht anders ergangen.«

Heinrich Heller zog die Augenbrauen hoch. »Was wollte er Ihnen denn schicken?«

Armin von Zeppenfeld machte eine Handbewegung, als wäre die Angelegenheit überhaupt nicht der Rede wert. »Den Spazierstock, verehrter Professor.«

Tobias horchte auf. »Oh, Sie meinen diesen seltsamen Stock, den Eduard Wattendorf ihm letztes Jahr aus Kairo geschickt hat?«, fragte er überrascht.

»In der Tat. Um selbigen handelt es sich«, bestätigte Zeppenfeld und lächelte nun. »Ein dummes Missverständnis.«

Tobias erinnerte sich vage an das, was sein Vater ihm über diesen Mann erzählt hatte. Viel war es nicht, doch er wusste zumindest, dass auch Eduard Wattendorf an der Expedition teilgenommen hatte und anschließend in Kairo geblieben war. Gesundheitlich sehr angeschlagen und wirr im Kopf, wie sein Vater einmal erwähnt hatte – und zwar mit wenig freundlichen Worten. Er hatte sich wohl auch mit Wattendorf überworfen, weil dieser die Expeditonsgruppe in einer lebensgefährlichen Situation schändlich hintergangen und nur noch an die Rettung seines eigenen Lebens gedacht hatte. Und dieser Eduard Wattendorf hatte seinem Vater im Herbst vergangenen Jahres einen höchst ungewöhnlichen Spazierstock geschickt: An Stelle eines runden Knaufes, um den sich die Hand beim Gehen schließen konnte, zierte ein silberner Falkenkopf mit aufgerissenem Maul das obere Stockende. Sein Vater hatte über das Geschenk und den Begleitbrief, in dem offenbar wirres Zeug gestanden hatte, abfällig gelacht und gesagt: »Am liebsten würde ich ihm das dumme Ding um die Ohren schlagen! Kein Geschenk der Welt kann aus der Welt schaffen, was er uns angetan hat! Am wenigsten dieses lächerliche Geschwafel!«

»Wieso ein dummes Missverständnis?«, fragte Tobias unwillkürlich. Der Stock stand jetzt in seinem Zimmer. Sein Vater hatte ihn aus den Augen haben wollen und er hatte ihn nur zu gern genommen.

Zeppenfeld wandte sich ihm zu. »Habe eine Schwäche für Spazierstöcke, mein Junge. Schon seit Jahren. Zweihundert Exemplare umfasst meine Sammlung. Wattendorf wusste davon und versprach mir, diesen Stock mit Falkenkopf zu schicken, den er in Kairo entdeckt hatte. Verträgt aber keine Hitze, der Arme. Ist ihm aufs Gehirn geschlagen und hat ihn ein wenig wunderlich werden lassen. Kein Mann aus hartem Holz wie dein Vater. Strapazen, Gefahren – hat ihn zerbrochen. Aber sei's drum. Wattendorf wusste von meinem Hobby und versprach ihn mir. Musste aber wieder eine seiner wirren Anwandlungen gehabt haben, schickte ihn nämlich an deinen Vater. *Falkenhof* und Falkenkopf. Muss das durcheinander gebracht haben.«

»Aber der Brief war an meinen Vater gerichtet«, wandte Tobias ein.

»Wie gesagt: das Missverständnis eines wirren Kopfes«, tat Zeppenfeld seinen Einwand leichthin ab. »Dein Vater wusste sicherlich nichts damit anzufangen.«

Schwang da nicht eine Frage in seinen Worten mit?

»Das stimmt«, räumte Heinrich Heller ein und forderte seinen Neffen auf: »Sei so gut und bring den Stock doch mal her!«

Nur widerwillig befolgte Tobias die Aufforderung seines Onkels. Er dachte gar nicht daran, den Spazierstock herzugeben! Aber er lief schnell in sein Zimmer und brachte ihn ins Studierzimmer.

»Ein wirklich ungewöhnlicher Stock«, sagte Heinrich Heller, als er ihn in die Hand nahm. »Nicht gerade geeignet für einen Spaziergang.«

Zeppenfeld nickte bekräftigend. »Völlig untauglich! Nichts weiter als ein Sammlerstück.«

Der Stock war aus dunklem Ebenholz gearbeitet und nicht eben zierlich, sondern eher plump. In das Holz waren Kerben und ägyptische Zeichen eingeschnitzt. An seinem dicken Ende ragte über einem silbernen Ring der Falkenkopf auf, groß wie ein Apfel. Der Schnabel war aufgerissen, als wollte er sich im nächsten Moment auf seine Beute stürzen.

»Siegbert schrieb mir. Wusste von Wattendorfs Versprechen. Ein Irrtum wie gesagt. Versprach mir, ihn zu schicken«, fuhr Zeppenfeld eifrig fort und streckte die Hand nach dem Stock aus, einen seltsam erregten Blick in den Augen. »Vergaß es aber. Mache ihm jedoch keinen Vorwurf. War ja auf dem Weg nach Süden und kein großer Umweg nach *Falkenhof*. Sie erlauben, Herr Professor.«

Heinrich Heller reichte ihm zögernd den Spazierstock. »Gut

möglich, dass es sich um einen Irrtum handelt, Herr von Zeppenfeld …«

»Ganz gewiss!«, versicherte dieser und nahm ihn mit glitzerndem Blick entgegen. Seine Hand glitt über den Falkenkopf, fast ein wenig zitternd, als könnte er seiner inneren Erregung kaum Herr werden.

»Aber Vater hat ihn mir geschenkt!«, protestierte Tobias. »Er hätte das bestimmt nicht getan, wenn er geglaubt hätte, dass der Stock einem anderen zusteht!«

Zeppenfeld blickte zu ihm herüber, ein verständnisvolles Lächeln auf dem Gesicht. Doch es erreichte nicht seine Augen. »Geschenkt? Unmöglich! Musst du falsch verstanden haben, mein Junge. Kann ihn dir nur zur Aufbewahrung gegeben haben. So wird's gewesen sein. Ein Ehrenmann, dein Vater. Weiß, was er tut.«

»Genau deshalb!«, beharrte Tobias. »Er hat ihn mir nicht zur Aufbewahrung überlassen, sondern *geschenkt*! Ich weiß es ganz genau!«

Zeppenfeld seufzte und sagte nachsichtig zu Heinrich Heller: »Kinder! Schnell bei der Hand mit absoluten Wahrheiten. Hören nicht immer genau hin. Kenne das. Doch die Dinge liegen anders. Sie verstehen, Herr Professor. Bin aber bereit, ein ordentliches Entgelt zu zahlen. Hat zwar keinen Wert für den Jungen, aber er soll mich nicht in schlechter Erinnerung behalten.«

»Ich will kein Entgelt, sondern den Stock behalten!«, erwiderte Tobias heftig und ärgerte sich, dass Zeppenfeld von ihm wie von einem dummen Kleinkind sprach, das Aufbewahren nicht von Schenken unterscheiden kann.

»Hitziges Temperament, Ihr Neffe. Muss sich noch abschleifen. Bringt aber schon die Erfahrung«, sagte Zeppenfeld gönnerhaft zu seinem Onkel. »Vertraue aber darauf, dass Sie mein Recht an dem Stock anerkennen.«

Heinrich Heller blickte kurz zu Tobias hinüber und antwortete: »Gewiss, doch dazu muss ich erst das Schreiben sehen, das mein Bruder Ihnen geschickt hat.«

»Vergaß es leider mitzunehmen«, erklärte Zeppenfeld. »Beschloss erst unterwegs, Sie aufzusuchen. Werde es Ihnen aber nach meiner Rückkehr unverzüglich zusenden.«

»Dann bedaure ich, Herr von Zeppenfeld.«

Tobias atmete auf.

Zeppenfeld nahm eine noch steifere Haltung an. »Sie haben mein Wort!«, erwiderte er.

Heinrich Heller lächelte. »Aber lieber Herr von Zeppenfeld! Ihr Wort ist über jeden Zweifel erhaben! Nur steht es leider nicht in meiner Macht, etwas aus der Hand zu geben, das sich in der Verfügungsgewalt meines geschätzten Bruders befindet. Ein Ehrenmann wie Sie wird dafür sicherlich volles Verständnis haben«, sagte er zuvorkommend und fügte geschickt hinzu: »Und da es sich ja nur um einen Spazierstock handelt, den Sie Ihrer Sammlung zuführen möchten, hat die Angelegenheit doch auch keine Eile. Ich verspreche Ihnen, dass ich das seltsame Stück umgehend an Ihre Adresse senden werde, sobald ich den Brief meines Bruders an Sie in den Händen halte. Ich denke, dass Ihnen dieses Versprechen genügen wird.«

Zeppenfeld presste die Lippen zusammen und ließ damit erkennen, dass es ihm ganz und gar nicht genügte und er vielmehr davon ausgegangen war, den Spazierstock gleich mitnehmen zu können.

»Nun gut«, sagte er schließlich und rang sich zu einem Lächeln durch. »Bedaure, dass Sie sich zu keiner großzügigeren Haltung durchringen können, verstehe jedoch. Werde mich also noch etwas in Geduld üben.«

»Ich muss leider darauf bestehen«, erwiderte Heinrich Heller und nahm ihm den Stock ab. »Ich werde ihn vorläufig hier in Verwahrung nehmen.«

Zeppenfeld erhob sich abrupt. »Hatte mir mehr erhofft, doch verstehe. Darf mich empfehlen, Herr Professor. Verbindlichsten Dank für das Gespräch und den Tee«, verabschiedete er sich auf seine forsche Art. »Bitte nochmals die Störung zu später Stunde zu entschuldigen.«

»Nicht der Rede wert. Ich nehme an, Sie haben schon ein Nachtquartier«, sagte Heinrich Heller und läutete nach Lisette.

Zeppenfeld nickte. »Gasthof in Marienborn. Einfach, aber sauber!«

Lisette brachte Umhang und Mantel.

»Eine geruhsame Nacht, Herr Professor!« Armin von Zeppenfeld verbeugte sich und folgte Lisette aus dem Zimmer. Als er an Tobias vorbeiging, warf er ihm einen zornigen Blick zu.

»Danke, dass du ihm den Spazierstock nicht gegeben hast«, sagte Tobias, als er wieder mit seinem Onkel allein war. »Es ist so, wie ich es gesagt habe. Vater wollte den Stock nicht, und da hat er ihn mir geschenkt! Von Aufbewahren war nie die Rede gewesen, glaub mir!«

»Nun ja, dein Vater ist manchmal mit seinen Gedanken weit weg und vernachlässigt Angelegenheiten, die für ihn von geringer Bedeutung sind«, erwiderte Heinrich Heller, der Zeppenfelds Behauptung nicht leichtfertig vom Tisch fegen wollte. »Aber auch wenn er tatsächlich einen Anspruch auf den Spazierstock hat, würde ich ihn nicht so ohne weiteres herausgeben. Ich muss schon erst den Brief deines Vaters in der Hand halten.«

»Bestimmt gibt es diesen Brief überhaupt nicht! Es kann ihn gar nicht geben«, sagte Tobias überzeugt. »Sonst hätte er mir das doch gesagt.«

»Warten wir es ab, mein Junge.«

Tobias hätte den Spazierstock gern wieder mitgenommen. Doch da sein Onkel entschieden hatte, dass er ihn bis zur endgültigen Klärung des Besitzverhältnisses bei sich aufbewahren würde, war es zwecklos, danach zu fragen.

»Ich mag ihn nicht!«, sagte er grimmig.

»Zeppenfeld?«

Tobias nickte. »Ja, seine ganze Art gefällt mir nicht. Ich kann mir nicht vorstellen, dass mein Vater und er Freunde gewesen sein sollen.«

»Ganz nach meinem Geschmack ist mir dieser Herr Armin

von Zeppenfeld auch nicht«, pflichtete Heinrich Heller ihm bei. »Eine Spur zu zackig und forsch, der Herr. Aber dass sie einmal Freunde waren, ist eine Tatsache. Nur hat sich diese Freundschaft mittlerweile erheblich abgekühlt – unter der heißen Sonne Ägyptens. Aber was zerbrechen wir uns den Kopf darüber. Ich glaube, ich werde jetzt zu Bett gehen.«

Tobias hätte gern noch mehr über Zeppenfeld und auch über Wattendorf erfahren, bedrängte seinen Onkel jedoch nicht mit weiteren Fragen. Er wünschte ihm eine gute Nacht und ging.

Heinrich Heller blieb noch eine Weile vor dem Feuer sitzen. Wenn er es recht bedachte, war der nächtliche Besuch doch eine höchst seltsame Angelegenheit. Wegen eines Spazierstockes, der zugegeben in seiner Art recht ungewöhnlich war, bei diesem Wetter und um diese Zeit noch vorzusprechen, das schien so gar nicht zu einem Mann wie Zeppenfeld zu passen. Auch dass er ausgerechnet Spazierstöcke sammelte, erschien ihm verwunderlich. Zeppenfeld erweckte so gar nicht den Eindruck, als könnte er überhaupt ein derart kurioses Steckenpferd pflegen.

»Merkwürdig«, murmelte er. Dann aber zuckte er mit den Achseln und stemmte sich aus dem Sessel. Was gingen ihn die Marotten anderer an. Sollte Zeppenfeld doch sammeln, was er wollte. Was hatte er damit zu tun!

Er ahnte nicht, wie viel.

Nacht der Schande

Sadik hielt sich bei Jana im Zimmer auf. Er hatte nach ihrem Bein geschaut und das Ergebnis befriedigte ihn sehr. Der Schorf begann sich schon von der neu gebildeten Haut zu lösen. Bald würde nicht viel mehr als eine unregelmäßige gezackte Narbe zu sehen sein. Nicht mehr lange, und es sprach nichts mehr dagegen, dass Jana wieder weiterzog.

»Du bist aber lange weg gewesen!«, sagte sie schmollend, als Tobias ins Zimmer trat.

»Tut mir Leid, aber ich ahnte nicht, dass es so lange dauern würde. Der Besucher war ein Freund meines Vaters, der mit ihm in Ägypten war. Armin von Zeppenfeld. So abgehackt wie ihn habe ich noch keinen sprechen hören.«

Sadik, der schon in der Tür stand, drehte sich überrascht zu ihm um. »Zeppenfeld auf *Falkenhof*?«, fragte er ungläubig.

»Ja. Bitte bleib doch noch, Sadik«, bat Tobias schnell. »Das war eben eine ganz merkwürdige Geschichte. Vielleicht wirst du schlau daraus!«

Sadik schloss die Tür wieder und holte sich einen Stuhl, während Tobias berichtete, was sich soeben im Studierzimmer seines Onkels abgespielt hatte.

»Und er ist nur wegen dieses Spazierstockes gekommen?«, fragte Jana danach verwundert.

»Ja, und er hat eindeutig gelogen. Von dem Brief, den mein Vater ihm geschrieben hat, glaube ich ihm kein Wort.«

»Ich auch nicht«, pflichtete Sadik ihm bei. »Dass er es überhaupt wagt, sich auf *Falkenhof* zu zeigen, überrascht mich. Doch er wusste wohl, dass dein Vater nicht mehr hier ist, sonst wäre er bestimmt nicht erschienen. Denn als wir endlich Omsurman erreichten, hat dein Vater ihm nämlich in aller Deutlichkeit zu verstehen gegeben, dass er ihm nie wieder unter die Augen treten solle. Dort haben sich ihre Wege getrennt. Auch Wattendorf hat dein Vater keines Blickes gewürdigt. Doch für ihn hatte er nur mitleidige Verachtung übrig, denn Wattendorf war ein gebrochener Mann.«

»Zeppenfeld und Wattendorf, was sind das für Männer, Sadik? Woher kennt mein Vater sie?«

»Da fragst du mich zu viel. Es waren wohl Jugendfreundschaften, die nie einer Bewährungsprobe hatten standhalten müssen – bis zu jener Expedition. Als dein Vater mit ihnen Freundschaft schloss, waren sie allesamt junge Männer aus begütertem Haus, die aber von der Welt noch nichts gesehen hatten. Was später aus ihnen wurde, kann ich nicht sagen. Ich weiß nur, dass Armin von Zeppenfeld ein Ehrgeizling ist – doch ohne die Entschlossenheit und Disziplin, seinem Ehrgeiz eine verantwortungsvolle Richtung zu geben. Dein Vater deutete einmal an, seine Karriere beim Militär hätte nach einem Skandal ein unrühmliches Ende gefunden. Und Eduard Wattendorf war wohl der Spaßmacher der Gruppe, ein Mann der großen Worte, der sich zu großen Taten berufen fühlte und dann erkennen musste, dass er seinen Träumen in der Wirklichkeit nicht gewachsen war. Beide waren bittere Enttäuschungen für deinen Vater, für Sihdi Roland und Sihdi Burlington.«

»Was genau ist damals passiert, dass mein Vater sich mit ihnen überworfen hat?«, wollte Tobias wissen. »Onkel Heinrich weiß wohl auch nicht viel darüber. Aber du warst doch lange mit ihnen zusammen und hast alles miterlebt.«

»*Aiwa*, ich war dabei. Doch ich wünschte, Zeppenfeld und Wattendorf hätten nie unseren Pfad gekreuzt«, sagte der Araber mit geringschätzigem Tonfall. »Und mehr als einmal hat dein Vater es bereut, dass er sich von ihnen hatte überreden lassen, sie mitzunehmen. Sihdi Roland und Sihdi Burlington, der Engländer, sind aus dem Holz, aus dem auch dein Vater geschnitzt ist, Tobias. Hart und doch biegsam. Männer, die sich in der Gewalt haben. Wattendorf und Zeppenfeld dagegen – Männer ohne Charakter, übersteigert in ihrem Selbstbewusstsein und in Zeiten der Bewährung schwach und feige.«

»Du machst es ganz schön spannend«, warf Jana ihm vor. »Oder willst du uns vielleicht nicht erzählen, was damals passiert ist? Ist das so ein großes Geheimnis?«

»Richtig«, pflichtete Tobias ihr bei. »Ich frage mich, warum du mir nicht schon längst von den beiden erzählt hast.«

»Es steht mir nicht zu, Männer wie diese beiden in ein schlechtes Licht zu rücken, wenn dein Vater sich dir gegenüber darüber ausgeschwiegen hat.«

Tobias verzog das Gesicht. Diese Begründung konnte er nicht gelten lassen. »Vater hat sich über tausend Sachen nicht ausgelassen. Und nicht etwa, weil er sie mir vorenthalten wollte, sondern weil er nie richtig Zeit für mich hatte. Ruhe zum Geschichtenerzählen hat er doch nie gehabt, das weißt du ganz genau. Er war viel zu sehr mit anderen, viel wichtigeren Dingen beschäftigt. Immer war er in Eile, weil Korrespondenz zu erledigen, Pläne neu zu durchdenken oder neue Karten zu studieren waren. Noch nicht mal zu den Mahlzeiten hat er sich regelmäßig zu uns gesetzt. Wie hätte er mir da auch lang und breit Geschichten erzählen und mir ein paar Stunden seiner kostbaren Zeit schenken können?« Bitterkeit sprach aus seinen Worten. »Willst du es ihm vielleicht nachmachen, Sadik?«

»*La*, das werde ich nicht«, erwiderte Sadik und Mitgefühl stand in seinen Augen. »Dein Vater hat dir wirklich wenig Zeit geschenkt, das ist wohl sein größter Fehler. Ein Mann von Größe wirft auch lange Schatten und dich vernachlässigt zu haben, ist wohl sein dunkelster.«

Tobias' Miene wurde hart und verschlossen. »Ich kenne ihn nicht anders, und damit werde ich schon fertig. Doch darum ging es nicht. Du wolltest uns erzählen, was damals geschah und wie es zu dem Zerwürfnis zwischen meinem Vater und den beiden kam.«

Sadik nickte. »Warum auch nicht. Es ist nichts, was verheimlicht werden müsste«, sagte er. »Es begann damit, dass unser zweiter Versuch, zu den Nilquellen vorzustossen, daran scheiterte, dass sich die Stämme in dem vor uns liegenden Gebiet jenseits von Chartum bekriegten. Zudem waren wir alle von den Strapazen der vergangenen Monate stark geschwächt und litten unter Malariaanfällen. Wir hatten auch nur noch zwei Kamele.

Auf unserem Rückmarsch schlossen wir uns einer Karawane an, die sich auf dem Weg nach Omsurman befand, einer Handelsniederlassung am Roten Meer. Dort wollten wir Rast einlegen, neue Kräfte sammeln und entscheiden, ob die Expedition abzubrechen war oder ein neuer Vorstoß auf einer anderen Route möglich wäre. Dem Führer der Karawane und Oberhaupt der Sippe, Scheich Abdul Batuta, der uns freundlich gesinnt war, kauften wir frische Reittiere ab und konnten uns auch sonst seiner großzügigen Gastfreundschaft erfreuen. Bis zu jener Nacht, in der Zeppenfeld unser aller Unglück heraufbeschwor.

Im Gefolge des Scheichs befand sich auch eine bildhübsche junge Frau. Wir sahen sie kaum, und sie war stets tief verschleiert. Aber hier und da gab es doch Gelegenheit, einen Blick auf ihre anmutige Gestalt und ihr hübsches Gesicht zu werfen, nämlich wenn wir unser Nachtlager aufschlugen. Einmal riss ein starker Wind, der Vorbote eines kleineren Sandsturmes, ihr sogar den Schleier vom Gesicht. Tarik war ihr Name.«

»Nachtstern«, übersetzte Tobias für Jana.

»Ein schöner Name«, meinte sie.

Sadik nickte. »Ein schöner Name für eine schöne, junge Frau, die einem reichen Teppichhändler im Omsurman versprochen war. Zeppenfeld wusste genau, wie streng Beduinen darauf achten, dass ihre Frauen nicht mit anderen Männern in Berührung kommen, geschweige denn mit Ungläubigen. Und er kannte auch die tödliche Gefahr, in die er uns alle brachte, wenn er zudem noch einer Frau wie Tarik, die unter dem besonderen Schutz des Scheichs stand, nachstellte. Später führte er zu seiner Entschuldigung an, sie hätte ihn zu seinem Tun ermutigt, weil sie den Mann, dem sie versprochen war, verabscheute und nie seine Frau werden könnte. Aber das war eine Lüge! Keine Frau eines *bàdawi*, verheiratet oder unverheiratet, glücklich oder unglücklich, würde so etwas nie auch nur zu denken wagen. Doch er spielte mit dem Feuer – und hätte beinahe unser aller Tod heraufbeschworen.«

Sadik legte eine Pause ein, und Tobias und Jana warteten gespannt, dass er mit seinem Bericht fortfuhr.

»Es war in der achten Nacht unserer gemeinsamen Reise. Wir schlugen in einem Wadi ein Lager auf, entzündeten ein Feuer mit Kameldung und Reisig, das die Karawane mitführte, und setzten uns zum Essen um das Feuer. Scheich Abdul Batuta ließ anschließend die Wasserpfeife kreisen, weil es eine so angenehme Nacht war, und es wurden Geschichten erzählt. Die Rede kam auf die Legende des verschollenen Tals, das irgendwo in diesem Wüstenstrich liegen und ein Geheimnis bergen sollte.«

»Was für ein Geheimnis?«, fragte Jana mit leuchtenden Augen.

»Königsgräber mit reichen Schätzen an Gold und Edelsteinen heißt es in der einen Geschichte, eine paradiesische Oase mit dem klarsten Wasser der Welt, und wieder andere Erzähler wissen dieses Legenden-Tal als einen Ort des Grauens zu beschreiben, als das Tal ohne Wiederkehr. Und einer von Scheich-Batutas Männer beschwor, als wir so in großer Runde um das Feuer saßen und jeder seinen Teil dazu beitrug, dass dieses Tal westlich der Oase Al Kariah, die nur fünf Tagesreisen von uns in der nubischen Wüste lag, zu finden wäre...«

Tobias runzelte die Stirn. »Al Kariah – Das Verhängnis? So heißt doch eine Sure aus dem Koran?«, unterbrach er ihn.

»*Aiwa*, es ist die 101. ›Wer wird dich lehren, was das Verhängnis ist?‹ «, zitierte er ohne Zögern. » ›An jenem Tag werden die Menschen wie verstreute Motten sein und die Berge wie verschiedenfarbig gekämmte Wolle. Der nur, dessen Waagschale mit guten Werken schwer beladen sein wird, der wird ein vergnügtes Leben führen, und der, dessen Waagschale zu leicht befunden wird, dessen Stätte wird der Abgrund der Hölle sein.‹ «

»Und wie kam es dazu, dass diese Oase den Namen ›Das Verhängnis‹ erhielt?«, wollte Tobias wissen.

»Darum ranken sich wieder Legenden. Es heißt, verräterische Ungläubige hätten nach einer schändlichen Bluttat Zuflucht in dieser Oase gesucht. Doch Allah habe sie gestraft und das Wasser vergiftet, sodass sie dort bis auf den letzten Mann den Tod fanden«, erklärte Sadik und fuhr dann in seinem Bericht fort: »Ein anderes, wenn auch nicht weniger schreckliches Verhängnis ereilte uns um Haaresbreite in jener Nacht. Denn plötzlich drang Geschrei aus dem Zelt, in dem sich Tarik befand, und man zerrte Zeppenfeld ins Freie! Wir hatten gar nicht bemerkt, dass er sich aus unserer Runde und in Tariks Zelt geschlichen hatte. Scheich Batutas Männer forderten den Tod des Ungläubigen, der ihre Gastfreundschaft und Hilfe so schändlichst missbraucht und sich Tarik genähert hatte. Er zitterte wie Schilf im Wind und sein Leben war nicht den Sand zwischen seinen Zehen wert. Doch Sihdi Siegbert beschwor den Scheich, das Leben dieses Mannes zu verschonen. Da dein Vater die Hochachtung des Scheichs genoss«, sagte er zu Tobias gewandt, »zeigte er sich geneigt, Zeppenfelds Leben zu verschonen. Doch er stellte Sihdi Siegbert und uns alle vor die Wahl: Entweder Zeppenfeld starb vor unseren Augen noch in dieser Nacht – oder aber wir würden verstoßen werden. Man würde uns nur das lassen, was wir bei uns hatten, als wir auf die Karawane gestoßen waren, und das war erschreckend wenig gewesen. Doch statt der beiden Kamele, die wir noch gehabt hatten, sollten wir nur eines erhalten, denn mittlerweile waren diese beiden wieder gut bei Kräften.

Sidhi Siegbert wusste sofort, wie er sich zu entscheiden hatte. Er sagte: ›Zusammen sind wir aufgebrochen und zusammen werden wir auch zurückkehren – oder den Tod finden!‹ Er hielt zu Zeppenfeld, welchen Abscheu er auch privat für ihn empfand. Für ihn war es eine Frage der Ehre. Und so sahen wir es auch, Sihdi Roland, Sihdi Burlington und ich. Nur Wattendorf war damit nicht einverstanden. Er beschwor uns, doch nicht unser Leben für das von Zeppenfeld zu opfern, denn die Aussichten, mit dem wenigen Omsurman oder eine andere Ansiedlung zu erreichen, waren gering. Er wollte, dass Zeppenfeld für das, was er getan hatte, seine Strafe erhielt – und das war der Tod. Schließlich aber beugte er sich unserem Druck. Beim nächsten Morgengrauen zog die Karawane ohne uns weiter. Wir blieben zurück – mit ein paar Schläuchen Wasser, wenig Proviant und nur einem Kamel. Und Sihdi Siegbert mit einem kostbaren Dolch in seinem Besitz. Scheich Abdul Batuta hatte ihn ihm im Morgengrauen geschenkt, ihn umarmt und ihm Allahs Segen gewünscht.«

»Erst verstößt er ihn und dann überreicht er ihm ein kostbares Geschenk?«, fragte Tobias. »Das scheint mir aber unlogisch.«

»Nicht nach dem Ehrenkodex der Beduinen, mein Junge. Der Scheich achtete ihn wegen der aufrechten Haltung mehr denn je, und dieses Geschenk war Zeichen seiner Wertschätzung und das Einzige, was er noch für ihn tun konnte. Hielten wir den Tod für unabwendbar, sollten wir uns mit seinem Dolch vor einem langen qualvollen Ende bewahren.«

Tobias holte tief Luft. »Ein schöner letzter Freundschaftsdienst!«

»Auf *Falkenhof* und überall in Europa mag man so denken, doch in der Wüste gelten andere Gesetze und ein anderes Verständnis von Ehre«, meinte Sadik und setzte seinen Bericht fort. »So zogen wir dann weiter und teilten uns das eine Kamel. Wir wechselten uns ab. Doch natürlich bestimmte der Langsamste von uns das Tempo, und das war Wattendorf. Er verfluchte Zeppenfeld, weil er uns ins Unglück gestürzt hatte, und uns, die wir ihn gezwungen hätten, seinetwegen zu sterben. Sihdi Siegbert strafte ihn mit Schweigen. Doch dass unser Ende absehbar war, konnte auch er nicht abstreiten. Denn wir kamen nur langsam voran und unsere Wasservorräte schrumpften zusammen.

Als wir zwei Tage später erwachten, war Wattendorf nicht mehr da. Er hatte sich in der Nacht fortgeschlichen – mit dem Kamel und fast allen Wasserschläuchen. Nur der Wasserschlauch, den sich Sihdi Burlington unter den Kopf gelegt hatte, war uns geblieben!«

»Dieser Verräter!«, stieß Jana voller Abscheu hervor. »Damit hat er ja alle anderen dem sicheren Tod ausgeliefert!«

Sadik nickte. »Wir hatten keine Hoffnung mehr und der Tod war nur noch eine Frage von Tagen. Das wenige Wasser würde auch bei äußerster Sparsamkeit kaum zwei Tage reichen. Wir beschlossen, nur noch in der Nacht zu marschieren und uns an den Sternen zu orientieren, und tagsüber im kläglichen Schatten einer Düne oder eines Felsblockes zu verharren. Es war die Hölle auf Erden. Der Durst peinigte uns. Unsere Lippen platzten auf, und wir meinten, von innen heraus zu verbrennen. Zeppenfeld bettelte um den Dolch, weil er seinem Leben ein Ende bereiten wollte. Doch Sihdi Siegbert verweigerte ihm die Waffe. Einmal fand sogar zu ein Kampf zwischen den beiden statt, doch dein Vater schlug ihn nieder.

So ging es drei Tage und drei Nächte. Unser Tod schien nun endgültig bevorzustehen. Längst war der Wasserschlauch leer. Sihdi Burlington lag bewusstlos im Sand, und der Franzose würde die Nacht nicht erleben, wie ich meinte. Und in dieser todesnahen, hoffnungslosen Situation schickte uns Allah die göttliche Rettung – eine kleine Karawane, die aus dem Norden erschien und nach Chartum unterwegs war. Wir bekamen Wasser, zu essen, und Sihdi Siegbert gelang es, sie mit einer gehörigen Anzahl Goldstücke dazu zu überreden, nach Wattendorf zu suchen.«

»Das kann doch nicht sein!«, stieß Tobias ungläubig hervor. »Er hat noch Geld ausgegeben, um nach dem Verräterschwein zu suchen?«

»Er dachte nicht an Rache, sondern an das Versprechen, das er Wattendorfs Familie gegeben hatte – ihn nämlich gesund nach Hause zu bringen.«

»Und? Habt ihr ihn gefunden?«, fragte Jana gespannt.

»Müssen sie ja wohl, da Wattendorf meinem Vater letztes Jahr den Spazierstock aus Kairo geschickt hat. Oder hast du schon mal von Toten gehört, die Geschenke schicken?«, fragte Tobias.

Jana tippte sich gegen die Stirn. »Natürlich. Das hatte ich völlig vergessen!« Und dann fiel ihr ein: »Aber er kann ja auch so überlebt haben, ohne dass sie ihn hätten finden müssen. Immerhin hatte er das Kamel und alles Wasser!«

»Möglich«, räumte Tobias ein und die Blicke der beiden richteten sich wieder auf Sadik.

»O ja, wir haben ihn gefunden. Doch ich will nicht verhehlen, dass ich nicht dafür war, ihn zu suchen. Er hatte uns verraten und unser Wasser gestohlen, und ein schlimmeres Verbrechen gibt es nicht in der Wüste. Was dir einer in die Hand spuckt, das klatsche ihm ins Gesicht, heißt es in meiner Heimat. Nicht so Sihdi Siegbert.« Er zuckte mit den Achseln. »Wir fanden ihn drei Tagesritte westlich der Oase Al Kariah, mehr tot als lebendig. Seine Wasservorräte waren verbraucht, das Kamel verendet. Wattendorf war nicht mehr bei Sinnen. Er phantasierte auf dem ganzen Weg zur Küste. Die Wüste hatte ihn zerbrochen. Erst in Omsurman fand er aus seinen wirren Phantasien zurück ins Leben. Aber ganz normal ist er nicht mehr geworden und von den Strapazen hat er sich auch nicht erholt.«

»Ein Verräter wie er hätte eine ganz andere Strafe verdient«, meinte Tobias.

Jana stimmte ihm zu. »Und was ist dann aus ihm geworden?«, wollte sie wissen.

»In Omsurman trennten wir uns von Zeppenfeld und Wattendorf. Dort war es auch, wo dein Vater, Tobias, Zeppenfeld für ewige Zeiten die Freundschaft kündigte und ihm sagte, er solle ihm nie mehr unter die Augen treten. Denn für das, was er getan hatte, gab es für deinen Vater keine Entschuldigung.«

»Für Wattendorfs Verrat auch nicht!«, sagte Tobias hart.

»Nein, keine Entschuldigung. Aber es war dennoch etwas anderes. Wattendorf hat in Panik und Todesangst gehandelt. Es liegt mir fern, für ihn Partei zu ergreifen. Er war ein schwacher Mensch, der uns jedoch erst *angesichts des Todes* verraten hat, aus Angst um sein Leben und verrückt nach Wasser. Zeppenfeld dagegen hat uns ohne Not in Todesgefahr gebracht.«

»Wenn der Stock aus Kairo geschickt wurde, dann ist Wattendorf also gar nicht nach Hause zurückgekehrt«, folgerte Tobias.

»Nein«, bestätigte Sadik. »Zeppenfeld und Wattendorf hatten es eilig, aus Omsurman zu verschwinden. Sie hatten auch allen Grund dazu, denn in dem kleinen Küstenort wurde die Geschichte ihrer Verfehlungen schnell bekannt. Scheich Abdul

Batuta hielt sich noch immer mit seinen Männern dort auf, und einige freuten sich gar nicht, Zeppenfeld lebend wieder zu sehen. Er fürchtete um sein Leben, und das wohl auch zu Recht. Wäre er länger in Omsurman geblieben, hätte ihn bestimmt in irgendeiner dunklen Gasse der Tod ereilt. Er wusste um die Gefahr. Deshalb nahm er das nächste Schiff, das die Küste hoch nach Sues segelte. Auch Wattendorf schiffte sich auf dem Segler ein.«

»Die beiden Verräter auf einem Schiff! Da hatten sie ja passende Gesellschaft!«, höhnte Jana verächtlich.

»Das bezweifle ich. So verabscheuenswert sich beide auch verhalten hatten, so wenig hatten sie doch jetzt gemein. Wattendorf, der nur noch ein Schatten seiner selbst war, wollte mit Zeppenfeld nichts zu tun haben. Denn für ihn war er ja derjenige gewesen, der sie in Todesgefahr und ihn erst in die Versuchung gebracht hatte, uns zu verraten. Auf jeden Fall segelten sie auf demselben Schiff nach Sues. Von dort begaben sie sich nach Kairo, ob gemeinsam oder getrennt, das vermag ich nicht zu sagen. Wir hörten später nur, als wir nach Kairo zurückkehrten, dass Wattendorf immer noch in der Stadt war und wohl auch nicht beabsichtigte, in seine Heimat zurückzukehren. Es hieß, er wäre krank und nicht fähig, die lange Reise anzutreten. Das ist alles, was ich euch erzählen kann. Denn weder ich noch dein Vater versuchten Kontakt mit ihm aufzunehmen.«

»Eine schlimme Geschichte«, sagte Jana bewegt. »Ein Wunder, dass sie doch noch ein so gutes Ende gefunden hat.«

»Die ganze Expedition stand unter einem schlechten Stern, und Allah sei Dank dafür, dass er uns den Weg zurück ins Leben wies!«, sagte Sadik seufzend.

»Aber was hat dann die Sache mit dem Spazierstock zu bedeuten, den Wattendorf meinem Vater aus Kairo geschickt hat?«, rätselte Tobias. »Und wieso behauptet Zeppenfeld, er wäre ihm versprochen?«

»Ja, das ergibt keinen Sinn«, stimmte Jana ihm zu. »Und woher weiß er überhaupt von dem Stock?«

Sadik hob ratlos die Hände. »Da fragt ihr mich zu viel. Vielleicht haben sich die beiden auf dem Schiff doch wieder versöhnt. Unter Allahs Sonne ist auch das Undenkbare möglich.«

»Also gut, nehmen wir mal an, sie hätten sich wirklich auf dem Schiff oder in Kairo versöhnt«, sagte Tobias. »Das erklärt dann aber immer noch nicht, warum Wattendorf meinem Vater den Spazierstock geschickt hat. Ich habe den Brief zwar nicht gesehen, aber er war ganz ohne Zweifel an meinen Vater gerichtet.«

»Ich sagte doch: Wattendorf war nicht mehr der Mann, der er war, als er nach Ägypten kam«, gab Sadik zu bedenken. »Er war geistig verwirrt und redete allerlei dummes Zeug. So gesehen ist es nicht auszuschließen, dass er Zeppenfeld mit deinem Vater verwechselt hat.«

Tobias schüttelte den Kopf. Es überzeugte ihn nicht, was Sadik zu bedenken gab. »Mein Vater hat sich über Wattendorfs Brief sehr verächtlich geäußert. Er sagte etwas in der Art, dass Wattendorfs Versuche, sein damaliges Tun zu entschuldigen und es durch sein Geschenk wieder gutmachen zu wollen, lächerliches Geschwafel sei. Und das beweist doch eindeutig, dass er genau wusste, *wem* er diesen Brief schrieb.«

Sadik furchte die Stirn. »*Aiwa*, ich erinnere mich wieder. Dein Vater hat so etwas wirklich gesagt. Aber du weißt, ich war damals krank und lag mit Fieber im Bett.«

»Aber damit enden die Merkwürdigkeiten noch nicht«, fuhr Tobias grübelnd fort.

»Du meinst, dieser ganze Stock ist ein sonderbares Geschenk?«, fragte Jana.

»Das auch, obwohl ich glaube, dass Wattendorf meinem Vater nicht von ungefähr einen Spazierstock mit Falkenkopf geschenkt hat. Die Beziehung zum *Falkenhof*, der ja auch das Zuhause meines Vaters seit langem ist, liegt einfach zu deutlich auf der Hand«, erklärte Tobias. »Nein, was ich nicht verstehe, ist Folgendes: Woher wusste Zeppenfeld überhaupt davon?«

Sadik nickte zustimmend. »Eine gute Frage, mein Junge.

Ganz sicher nicht von deinem Vater, dafür würde ich meine Hand ins Feuer legen. Kein Wort hätte dein Vater mehr mit ihm gewechselt, geschweige denn ihm einen Brief geschrieben. Die Zeit dafür wäre ihm zu schade gewesen.«

»Also hat Zeppenfeld gelogen!«, stieß Tobias triumphierend hervor. »Ich wusste es doch. Aber warum? Warum ist er so sehr an diesem Spazierstock interessiert?«

»Ich weiß es nicht«, erwiderte Sadik schlicht. »Und wenn ich ehrlich sein soll, will ich es auch gar nicht wissen. Seine Beweggründe interessieren mich nicht. Zeppenfeld könnte für mich genauso gut tot sein. Ich bin froh, dass ich ihm nicht begegnet bin. So, und jetzt wisst ihr alles über diese beiden Männer. Und ich hoffe, dass dieses düstere Kapitel für immer abgeschlossen bleibt.« Er erhob sich und begab sich in sein Zimmer.

Jana und Tobias waren noch viel zu aufgewühlt von dem, was sie erfahren hatten, um an Schlaf zu denken. Und die Geschichte mit dem Spazierstock war in ihren Augen zu mysteriös, um so darüber hinwegzugehen, wie Sadik es getan hatte.

»Ich sage dir, der Stock hat eine ganz bestimmte Bewandtnis«, sinnierte Tobias. »Und für Zeppenfeld scheint er sogar von großer Wichtigkeit zu sein, wenn er es wagt, hier aufzutauchen und solche Lügenmärchen zu erzählen.«

»Muss er«, pflichtete Jana ihm bei. »Denn sonst hätte sich dieser miese Zeppenfeld doch nicht solche Mühe gegeben, deinen Onkel übers Ohr zu hauen. Ich wette, es war gar kein Zufall, dass er so spät auf *Falkenhof* aufgetaucht ist. Vielleicht hat er gedacht, dass dein Onkel dann nicht mehr so munter ist und sich eher dazu überreden lässt, den Stock herauszurücken.«

»Ja, gut möglich. Dem ist wohl alles zuzutrauen.«

»Wie gut, dass du ihm einen Strich durch die Rechnung gemacht hast.«

Tobias grinste. »Du hättest sehen sollen, wie er mich angefunkelt hat, als er mit leeren Händen wieder abziehen musste. Stinkwütend war er auf mich! Am liebsten hätte er mich gefressen.« Dann wurde er wieder ernst und nachdenklich. »Wenn wir bloß herausfinden könnten, was es mit diesem Stock auf sich hat – und warum ihn Wattendorf meinem Vater geschickt hat.«

»Was ist mit dem Brief, der mit dem Spazierstock geschickt wurde?«, fragte Jana.

Tobias' Gesicht hellte sich auf. »Der Brief! Natürlich! Da muss es ja drinstehen!« Seine hoffnungsfrohe Miene wich jedoch schon im nächsten Moment einem skeptischen Ausdruck. »Wenn er überhaupt noch existiert! Vielleicht hat mein Vater ihn überhaupt nicht aufgehoben, sondern in seinem Ärger zerknüllt und weggeworfen.«

»Vielleicht weiß dein Onkel, ob es den Brief noch gibt«, sagte Jana.

»Ich werde ihn morgen gleich fragen.« Und energisch fügte er hinzu: »Wir werden schon herausfinden, was es mit Zeppenfeld und dem Spazierstock auf sich hat, das schwöre ich dir!«

Zwölf Goldstücke

Heinrich Heller war ihnen keine große Hilfe, auch wenn er sich zu erinnern glaubte, dass sein Bruder den Brief in irgendein Buch gelegt hatte. Aber zum einen war er sich dessen gar nicht so sicher, und zum anderen war das im besten Fall so, als wollte man eine Stecknadel in einem riesigen Heuhaufen suchen. Auf *Falkenhof* gab es tausende von Büchern! Wo sollte Tobias da mit der Suche beginnen? Den ganzen Samstag verbrachte er in der Bibliothek, nahm ein Buch nach dem anderen heraus und blätterte es durch, bis er die Arme kaum noch heben konnte. Ohne Erfolg. Der Brief blieb verschwunden. Als er dann seine Suche im Studierzimmer seines Onkels fortsetzen wollte, gebot ihm dieser Einhalt.

»Nun gib doch endlich Ruhe, Tobias! Was hat dich dieser

Brief zu interessieren!« sagte er. »Er war an deinen Vater gerichtet, nicht an dich. Du wirst dich eben in Geduld üben müssen, bis du ihn selbst nach dem Inhalt fragen kannst.«

»Das kann aber noch ein, zwei Jahre dauern.«

»Und wenn schon.«

»Zeppenfeld hat gelogen! Davon ist Sadik genauso überzeugt wie ich.«

Heinrich Heller seufzte. »Zeppenfeld! Zeppenfeld! Was geht uns dieser Zeppenfeld an, mein Junge? Ich habe dir doch versprochen, dass ich ihm den Spazierstock ohne Legitimation nicht aushändigen werde. Das sollte dich beruhigen. Und wenn er wirklich gelogen hat, was ich persönlich auch für sehr wahrscheinlich halte, dann brauchst du dir erst recht keine Sorgen um deinen Spazierstock zu machen.«

»Aber darum allein geht es doch gar nicht mehr!«

»So? Um was geht es dann?«

»Um das Geheimnis, das mit diesem Stock verbunden sein muss«, erklärte Tobias eindringlich.

Ein belustigtes Lächeln umspielte die Mundwinkel des Gelehrten. »So, so, jetzt ist der Stock schon von einem Geheimnis umwoben. Glaubst du vielleicht, er wäre so etwas wie Aladins Wunderlampe? Oder Merlins Zauberstab? Hat dir das Jana vielleicht eingeredet?«

»Du brauchst gar nicht darüber zu spotten! Und mit Jana hat das nichts zu tun, obwohl auch sie glaubt, dass es ein Geheimnis geben muss!«, erwiderte Tobias verstimmt über die leichtfertige Art, wie sein Onkel die ganze Angelegenheit behandelte. »Irgendetwas muss es mit dem Stock auf sich haben, sonst hätte Zeppenfeld nicht versucht, ihn uns mit Lug und Trug abzuluchsen!«

»Armin von Zeppenfeld mag seine ganz persönlichen, möglicherweise sogar sehr verqueren Gründe haben, weshalb er an diesem vermaledeiten Stock interessiert ist«, räumte Heinrich Heller ein. »Aber das bedeutet noch längst nicht, dass er ein Geheimnis birgt. Gut, er mag viel Geld wert sein, ein außergewöhnliches Sammlerstück. Irgendetwas in der Art. Ich kenne mich auf diesem Gebiet nicht aus und ich habe auch nicht die Absicht, das zu erforschen. Denn er wird den Stock nicht erhalten, das habe ich ihm klipp und klar zu verstehen gegeben. Ohne das vorgebliche Schreiben meines Bruders wird er ihn nicht wieder sehen. Und da wir alle davon überzeugt sind, dass dieses Schreiben nie existiert hat, werden wir auch von Zeppenfeld je wieder etwas hören oder sehen. Und damit möchte ich dieses Thema beendet wissen, mein Junge. Ich habe zu arbeiten, wenn du nichts dagegen hast!«

Schon am folgenden Tag wurde Heinrich Heller eines anderen belehrt. Nach dem Frühstück brachen alle vom *Falkenhof*, mit Ausnahme von Sadik, zum Gottesdienst nach Marienborn auf. Auch Jana.

Tobias hatte gewollt, dass sie bei ihm und seinem Onkel in der Kutsche mitfuhr. Doch sie war nicht dazu zu bewegen, weil sie es nicht für angebracht hielt, in einer Kutsche vor der Kirche vorzufahren. Heinrich Heller unternahm auch keinen Versuch, ihr das auszureden.

»Manchmal kann ein Gefallen auch das Gegenteil bewirken, mein Junge«, sagte er nur zu seinem Neffen.

Und so fuhr Jana mit Agnes, Lisette und Klemens in dem offenen Wagen mit, während Jakob auf dem Bock der Kutsche saß. Alle im Sonntagsstaat. Sogar Jana. Sie trug ein abgelegtes Kleid von Lisette, blau mit kleinem weißen Blumenmuster, das Haar zu einem Zopf im Nacken geflochten. Sie selbst besaß nämlich kein Kleid, sondern nur Pumphosen, und die fand Heinrich Heller für einen Kirchgang doch ein wenig zu zigeunerhaft. Als Tobias sie in Lisettes Kleid sah, fand er, dass sie schon wie eine junge Frau wirkte. Und hübscher als Lisette war sie allemal! Irgendwie war er stolz auf sie und hätte sie gern an seiner Seite gehabt. Aber auch in der Kirche blieben sie getrennt. Denn Jana stellte sich mit Lisette und Agnes auf die andere Seite und viel weiter hinten in eine der Bänke.

Wenn es nach ihm gegangen wäre, hätte er sich den Kirchgang erspart. Aber sein Onkel bestand darauf, dass er ihn zumindest einmal im Jahr zum Gottesdienst begleitete. Schon vor Jahren hatte er sich darüber gewundert, denn häufig genug schimpfte Heinrich Heller auf die Frömmler und Pfaffen und die wissenschaftsfeindliche Kirche.

»Wissenschaftler sind meist erst Atheisten und glauben, unsere Schöpfung allein anhand von Gleichungen und Naturgesetzen begründen zu können«, hatte er ihm damals erklärt, auf den scheinbaren Widerspruch hin angesprochen. »Doch je intensiver man sich mit der Philosophie und den Naturwissenschaften beschäftigt, desto weniger bleibt von dieser gottverneinenden Haltung übrig, mein Junge, weil man beginnt, ein höheres System zu erkennen, das über einfache Formeln und physikalische Gesetze hinausgeht. An einem Gottesdienst teilzunehmen, bedeutet zudem auch nicht, dass man sich gedankenlos den Dogmen der Kirche unterwirft. Für mich ist er vielmehr eine Gelegenheit zur Besinnung, die mit allem Äußerlichen wenig zu tun hat. Für die Institution Kirche mit ihren Dogmen kann man Geringschätzung übrig haben, weil sie die Borniertheit und die Unvollkommenheit des Menschen widerspiegeln, nicht jedoch für den Glauben. Wie du dein späteres Leben in dieser Hinsicht einrichtest, sei dir überlassen. Doch solange ich noch für deine Erziehung verantwortlich bin, wirst du mich gelegentlich begleiten.«

Tobias konnte jedoch nicht behaupten, dass die Kirche für ihn ein Ort der Besinnung war, schon gar nicht, wenn Thadeus Kröchler auf der Kanzel stand. Die weitschweifigen Predigten des dicklichen, kleinen Mannes waren eher einschläfernd. Und so wartete er auch an diesem Sonntag voller Ungeduld darauf, dass Kröchler ein Ende fand.

Er saß eine Reihe hinter seinem Onkel. Gelegentlich riskierte er einen Blick nach hinten, wo Jana saß. Wenn sie seinen Blick auffing, lächelte sie, als wollte sie ihm zu verstehen geben, wie wenig auch sie von Kröchlers Predigt hielt.

Fast gegen Schluss bemerkte er dann Zeppenfeld! Er stand ganz hinten bei der Tür. Schnell blickte Tobias weg. Doch als er sich Augenblicke später noch einmal umwandte, stand Zeppenfeld noch immer dort und schaute ihn an. Er gab ihm ein Zeichen und deutete mit dem Kopf zur Tür. Und ohne eine Reaktion abzuwarten, ging er hinaus.

Tobias war verwirrt. Hatte das Zeichen wirklich ihm gegolten? Wollte Zeppenfeld ihn sprechen? Er zögerte einen Moment, während der Gesang der Kirchengemeinde mit der vorauseilenden Orgel Schritt zu halten versuchte. Dann nahm er kurz entschlossen sein Gebetbuch, drückte sich unter den missbilligenden Blicken der Kirchgänger aus der Bank und eilte den Gang hinunter.

Zeppenfeld stand vor dem Tor zum Friedhof. Sein selbstgefälliger Gesichtsausdruck verriet, dass er nicht daran gezweifelt hatte, dass Tobias erscheinen würde.

Tobias ging zu ihm. »Was wollen Sie?«, fragte er brüsk und gar nicht erst um Höflichkeit bemüht.

Das focht Zeppenfeld offenbar nicht an, denn er gönnte ihm ein Lächeln. »Nicht gut aufgelegt, der junge Herr Heller, nicht wahr? Hab vollstes Verständnis.«

»So?«

»Wäre mir nicht anders ergangen. Hab mich nicht von meiner besten Seite gezeigt gestern.«

»Oh, Sie haben eine?«, bemerkte Tobias sarkastisch.

Zeppenfelds Lächeln gefror ein wenig. »Bist nicht auf den Mund gefallen, mein Junge. Keine üble Anlage. Ist im Leben oft von Nutzen. Manchmal aber auch wenig empfehlenswert. Aber muss nicht meine Sorge sein. Bin nicht dein Vater.«

»Gott sei Dank!«

»Wollen versuchen, vernünftig miteinander zu reden. Habe noch einmal gründlich nachgedacht. Wattendorf ist Fehler unterlaufen. Sicher wie Amen in der Kirche. Ist aber nun mal passiert und muss versuchen, das in Ordnung zu bringen. Betrachtest den Spazierstock nun als dein Eigentum, richtig?«

»Allerdings«, erwiderte Tobias.

Zeppenfeld nickte, als würde er das anerkennen. »Gut, gut. Nehmen einmal an, es verhält sich so. Doch was kannst du schon damit anfangen? Ist ohne Wert für dich, der Stock.«

»Da bin ich aber ganz anderer Meinung«, widersprach er.

»Wert schon, aber nicht so wie für mich. Sammle Spazierstöcke. Meine große Leidenschaft. Erwähnte es gestern schon. Bin deshalb bereit, mehr zu zahlen, als er eigentlich wert ist. Eine ganze Menge mehr!«

Tobias schüttelte den Kopf. »Nein. Ich verkaufe ihn nicht!«

»Rede nicht von ein paar läppischen Kreuzern, mein Junge«, fuhr Zeppenfeld fort und zog einen kleinen Lederbeutel aus dem Mantel. »Biete dir eine stolze Summe. Zwölf Goldstücke. Gehören dir. Kannst zehn solcher Stöcke und bessere davon kaufen. Zähl nach!« Er hielt ihm den Beutel hin.

»Behalten Sie Ihr Geld!«, entgegnete Tobias schroff. »Ich will es nicht. Und wenn es hundert Goldstücke wären, würden Sie ihn nicht erhalten. Für nichts auf der Welt gebe ich ihn her.«

»Nicht so voreilig, mein Freund!«

»Ich weiß alles über Sie!«, sagte Tobias ihm offen ins Gesicht. »Sie sind kein Freund meines Vaters! Er hätte Sie der Tür verwiesen, wenn er gestern da gewesen wäre! Kein Wort hätte er mit Ihnen gesprochen. Sie haben Tarik nachgestellt und alle in Todesgefahr gebracht! Nicht einen Kreuzer würde ich von einem wie Ihnen annehmen!«

Zeppenfelds Augen wurden schmal. »Davon verstehst du nichts! Hatten unsere Differenzen, dein Vater und ich, aber sind längst ausgeräumt. Hat auch nichts mit dem Spazierstock zu tun.«

»Und ob es das hat! Ich glaube Ihnen auch nicht, dass Sie Spazierstöcke sammeln. Bei dem Stock von Wattendorf geht es um etwas ganz anderes! Ich weiß noch nicht, was es ist, aber ich werde es schon noch herausfinden! Sie lügen! Nicht mal mein Onkel glaubt, dass mein Vater Ihnen geschrieben hat. Sonst hätten Sie das Schreiben ja dabeigehabt. Das war eine glatte Lüge, um den Stock in Ihren Besitz zu bringen! Aber so dumm, wie Sie glauben, sind wir nicht!«

Das mühsame Lächeln, das Zeppenfeld bisher noch aufrechterhalten hatte, verschwand von seinem Gesicht. Nun zeigte sich nackte, unverhohlene Wut in seinen Augen.

»Du wirst mich nicht noch einmal einen Lügner nennen, du Rotznase!«, stieß er hervor und packte ihn am Aufschlag der Jacke. »Der Stock gehört mir! Werde ihn auch kriegen! Wirst es nicht verhindern können!«

»Lassen Sie sofort meinen Neffen los!«, rief hinter ihnen die scharfe Stimme von Heinrich Heller. Er eilte mit wehendem Umhang auf sie zu. Zorn rötete sein Gesicht. »Was erlauben Sie sich?«

Zeppenfeld löste seinen Griff mit einem Stoß, sodass Tobias einige Schritte zurücktaumelte, um das Gleichgewicht nicht zu verlieren.

»Er wollte mich bestechen! Mit zwölf Goldstücken! Aber ich hab ihm gesagt, er soll sich sein Geld sonst wohin stecken!«

»Wagen Sie es ja nicht noch einmal, den Jungen anzufassen!«, herrschte Heinrich Heller ihn an.

»Lasse mich nicht von einem grünen Jungen beleidigen!«, erwiderte Zeppenfeld mühsam beherrscht. Seine Mundwinkel bebten. »Hatte es nur gut mit ihm gemeint.«

»Das wage ich zu bezweifeln!«, gab Heinrich Heller kalt zurück. »Und den Spazierstock vergessen Sie, Herr von Zeppenfeld! Er steht nicht zum Verkauf. Und auf das entsprechende Schreiben, das Sie mir avisiert haben, werde ich gewiss noch bis zum Jüngsten Tag warten. Einen guten Tag, mein Herr!«

Zeppenfeld ballte die Fäuste. »Lasse mich nicht so abkanzeln, Herr Professor! Von keinem! Der Stock gehört mir! Habe es im Guten versucht. Kann aber auch anders!«, drohte er wutschnaubend.

»Bitte, versuchen Sie nur, ihn einzuklagen. Es wird Ihnen vor Gericht sehr schwer fallen, Ihren Eigentumsanspruch daran nachzuweisen. Und Sie dürften Probleme haben, die Rolle des

Ehrenmannes überzeugend zu spielen«, erteilte ihm Heinrich Heller eine eisige Abfuhr. »Und nun gehen Sie mir endlich aus den Augen!«

»Werden ja sehen!«, zischte Zeppenfeld und ging zu seiner Kutsche hinüber, die schräg gegenüber auf der anderen Seite der Dorfstraße wartete. Er erteilte dem Kutscher einen knappen Befehl und schlug dann den Kutschschlag vehement zu.

»Warum hast du dich auch mit diesem Mann angelegt!«, warf Heinrich Heller jetzt seinem Neffen vor, dessen Blick der Kutsche folgte. Sie bog auf die Landstraße ein, die nach Mainz führte, und der Kutscher trieb das Pferd zu höchster Eile an.

»Ich habe mich nicht mit ihm angelegt, Onkel«, verteidigte er sich. »Er hat mir zugewinkt und wollte mit mir sprechen. Es ist doch nichts Schlechtes, sich das anzuhören, was einer zu sagen hat. Das hast du selbst gesagt. Man kann viel über sein Gegenüber lernen, wenn man ihn reden lässt. Ich habe mich nur geärgert, als er mich wieder angelogen und so getan hat, als wäre er noch immer Vaters bester Freund. Das hättest du doch auch nicht unwidersprochen hingenommen, oder?«

»Nein«, gab er zu, war aber noch immer ungehalten. »Doch bei Leuten wie diesem Zeppenfeld ist man am besten beraten, wenn man ihnen aus dem Wege geht!«

»Aber jetzt musst du auch zugeben, dass es mit dem Stock etwas ganz Besonderes auf sich haben muss«, beharrte Tobias. »Sonst hätte er sich doch gar nicht an mich herangemacht. Zwölf Goldstücke hat er mir geboten! Da muss doch einfach etwas faul sein!«

»Sehr gut möglich! Aber es ist nicht deine Aufgabe, das herauszufinden. Überlass das deinem Vater!«

»Aber…«, setzte Tobias zu einem Protest an.

»Das reicht, Tobias! Kein Wort mehr über den vermaledeiten Spazierstock! Ich habe wichtigere Dinge zu bedenken als diesen Unsinn!«, schnitt Heinrich Heller ihm das Wort ab und ging zur Kutsche.

Unter verdrossenem Schweigen ging es zurück nach *Falken-*

hof. Tobias war froh, als er wieder mit Jana zusammen war und ihr alles erzählen konnte.

»Ich habe ihn gesehen. Gut sieht er ja aus.«

»Einen Schurken erkennt man nicht an seinem Aussehen!«, erwiderte Tobias ärgerlich.

»Nein, natürlich nicht. Und er hat dir wirklich zwölf Goldstücke dafür geben wollen?«

»Wenn ich's dir doch sage!«

»He, du brauchst doch nicht mich anzufahren, bloß weil dein Onkel so unleidlich zu dir war!«, wies Jana ihn zurecht.

»Tut mir Leid, ich hab's nicht so gemeint«, entschuldigte er sich schnell. »Ich ärgere mich einfach, dass sich mein Onkel so gleichgültig verhält. Er hat den Spazierstock in seinem Zimmer in Verwahrung genommen, und damit ist die Angelegenheit für ihn erledigt.«

»Aber für dich nicht, oder?«

»Natürlich nicht! Für dich etwa?«

Sie saßen vor der Kutschenremise auf einer alten Holzbank und Jana zeichnete mit ihrer Krücke Zeichen in den Sand. »Ja und nein«, sagte sie nachdenklich.

»Was ist denn das für eine Antwort?«, fragte Tobias.

»Es interessiert mich natürlich ganz ungeheuer, was es mit diesem merkwürdigen Spazierstock auf sich hat und warum Zeppenfeld so versessen darauf ist«, erklärte sie mit einem traurigen Unterton in der Stimme. »Aber ich brauche diese Krücke hier schon seit Tagen nicht mehr. Und das weiß nicht nur ich, sondern auch du, Sadik und dein Onkel. Ich bin wieder gesund und könnte schon längst wieder auf der Landstraße sein. Dein Onkel ist bloß zu nett, um mich von sich aus aufzufordern, nun doch endlich *Falkenhof* zu verlassen.«

Tobias hatte das gewusst. Richtig. Doch er hatte nicht darüber nachdenken wollen und das Thema bewusst gemieden. Denn so lange niemand die Sprache darauf brachte, würde Jana auch noch bleiben. Aber damit hatte er sich selbst etwas vorgegaukelt. Und nun war es heraus.

»Hast du es denn so eilig, wieder loszuziehen?«, fragte er.

»Ja und nein«, antwortete sie erneut und lachte kurz auf. »Ich bin es nicht gewohnt, so lange an einem Ort zu bleiben. Und ich will dich auch nicht anlügen: Ich mag das Leben, das Herumziehen und will ständig etwas Neues kennen lernen. Ich glaube, das liegt mir einfach im Blut.«

Tobias sah betreten drein.

»Aber andererseits verlasse ich *Falkenhof* auch sehr ungern«, fuhr sie nun hastig fort und warf ihm einen schnellen Blick von der Seite zu. »Nicht nur, weil es mir hier so gut geht und ihr euch alle so sehr um mich gekümmert habt. Ich mag Sadik und deinen Onkel – und dich mag ich auch.«

»Ja?«, fragte er freudig und doch auch etwas verlegen.

Sie nickte, ohne ihn anzublicken. »Mhm, ja, das tue ich wirklich. Mit dir kann man reden und lachen und überhaupt...« Sie machte eine Pause, als wüsste sie nicht, wie sie ihre Gefühle in Worte fassen sollte. »Gerne gehe ich nicht von euch weg, das musst du mir glauben. Aber ich kann ja nicht beides haben.«

»Ja, das geht wohl nicht, leider«, stimmte er traurig zu. »Wann – wann wirst du denn aufbrechen?«

Sie zuckte mit den Achseln. »In ein, zwei Tagen. Klemens hat das Dach meines Wagens repariert, und Napoleon«, das war der Braune, »strotzt geradezu vor Kraft. Ihm hat die Ruhepause auch sehr gut getan.«

Tobias hatte nun gar kein Interesse mehr an dem Spazierstock. In ein, zwei Tagen würde Jana nicht mehr auf *Falkenhof* sein! Es fiel ihm schwer, sich das vorzustellen. Es war ihm so vertraut geworden, mit ihr zusammen zu sein, dass ihm allein der Gedanke daran, dass sich das bald ändern würde, einen schmerzhaften Stich versetzte. Nicht mal die Aussicht auf weitere Abenteuer mit dem Ballon vermochte ihn darüber hinwegzutrösten.

Er wollte Jana nicht verlieren. Doch sein Verstand sagte ihm, dass weder sie noch er etwas daran würde ändern können.

Ein Haar vom Schweif des Teufels

Mühsam kämpften sich die Männer über die hohen Dünen, die wie Pyramiden aufragten. Hinter jeder erklommenen wartete schon die nächste. Bis zum Horizont erstreckten sie sich. Entkräftet und taumelnd wie Betrunkene wankten sie vom Kamm hinunter ins Dünental, um den nächsten Hang anzugehen. Jeder Schritt eine einzige Qual. Ihre Lungen schienen mit Feuer gefüllt und ihre Lippen waren aufgeplatzt wie die Haut eines Apfels in der Bratröhre. Erbarmungslos brannte die Sonne vom Himmel, überzog die endlose Wüste mit einer Gluthitze und ließ die Luft vor ihren schmerzenden Augen flirren. Immer wieder stürzte einer von ihnen entkräftet in den tiefen, heißen Sand. Wollte liegen bleiben und sterben, auf dass die Qual endlich ein Ende hätte.

»Aufstehen, Tobias!«

Er wollte nicht. Der Falke. Er stand noch immer hoch über ihnen, zog seine weiten Kreise. Ein silberweißer Falke mit gewaltigen Schwingen, die von Horizont zu Horizont zu reichen schienen.

»Steh auf, Tobias!«

Wieder diese eindringliche Stimme. »Lasst mich in Ruhe! Ich will nicht mehr weiter!«

Der Falke stieß vom Himmel. Seine Schwingen verdeckten die blendende Sonne. Das grelle Licht wurde erstickt von seinen Schatten, die von tiefstem Schwarz waren. Er senkte sich auf ihn nieder.

»Tobias!«

»Nein!... Nein!... Lasst mich!« Er krallte sich in den Sand. Tief gruben sich seine Hände hinein, stießen auf etwas Hartes, Langes. Er riss daran, zerrte es aus dem Sand, der es begraben hatte. Es war der Spazierstock mit dem Falkenkopf als Knauf!

»Tobias!... Um Himmels willen, wach doch endlich auf!«

Die Stimme war jetzt noch eindringlicher. Und dann legte sich etwas Kaltes auf sein Gesicht, verschloss seinen Mund.

Tobias erwachte. Verstört schlug er die Augen auf. Die Traumbilder lösten sich in der Dunkelheit auf, die ihn umhüllte. Doch die kalte Hand auf seinem Mund war kein Traum. Jana stand an seinem Bett, in einem langen Nachthemd. Und dann merkte er, dass sie etwas mit der rechten Hand umklammerte. Es war ein Schüreisen.

»Bist du endlich wach, Tobias?«, flüsterte sie.

»Ja!... Was ist?«, stieß er hervor, und ihre Hand erstickte seine Worte.

»Himmel, ich dachte schon, du würdest gar nicht aufwachen. Du musst einen Albtraum gehabt haben. Sei ganz still!«, raunte sie und nahm nun die Hand von seinem Mund.

Er richtete sich auf. »Was machst du hier? Und was willst du mit dem Schüreisen?«, fragte er verwirrt.

»Ich glaube, auf *Falkenhof* ist ein Einbrecher!«

Tobias erschrak. »Bist du sicher?«

»So sicher, wie man sich nachts eben sicher sein kann, wenn man eine Gestalt über den Hof huschen sieht«, sagte sie leise.

»Was für eine Gestalt? Und wo hast du sie gesehen?«

»Ich konnte nicht schlafen, weil mir so viel durch den Kopf ging, und bin deshalb auf den Flur gegangen. Und da habe ich ihn gesehen. Einen Mann. Drüben beim Osttor. Er lief über den Hof zu uns herüber.«

»Und du bist sicher, dass das nicht Jakob oder Klemens war?«, fragte Tobias aufgeregt.

»Ich bin mir nicht sicher. Aber ich glaube es nicht. Er bewegte sich so ganz anders.«

»Zeppenfeld!«

»Ja, daran habe ich auch gleich gedacht. Deshalb habe ich mir schnell den Schürhaken geholt und bin zu dir geschlichen. Sollen wir die anderen wecken?«

Tobias schlug hastig die Decke zurück und sprang aus dem Bett. Eiskalt war der Boden unter seinen Füßen. Er überlegte hastig. »Besser nicht! Wenn es doch nur Jakob oder Klemens ist, dann blamieren wir uns bis auf die Knochen. Mein Onkel ist wegen Zeppenfeld sowieso nicht gut auf mich zu sprechen. Wir sehen erst mal selber nach. Wenn es wirklich ein Einbrecher ist, entkommt er nicht so schnell vom *Falkenhof*!«

»Aber dieser Zeppenfeld ist bestimmt gefährlich!«, wandte Jana ein.

»Du weißt nicht, wie gefährlich ich mit diesem Ding hier bin«, erwiderte Tobias und nahm das Florett, das Maurice Fougot ihm geschenkt hatte, vom Haken über der Kommode. »Oder hast du Angst?«

»Nicht wirklich, nur ein bisschen«, flüsterte sie.

»Dem werden wir es zeigen«, versicherte Tobias und zog das Florett aus der Scheide. »Wenn es wirklich Zeppenfeld ist, weiß ich, wo wir ihn finden werden. Er will den Spazierstock – und der steht im Glasschrank im Studierzimmer meines Onkels. Komm!«

»Vielleicht sollten wir zumindest Sadik...«

»Nein!«, fiel er ihr ins Wort. »Wir werden ihn auf frischer Tat stellen!«

»Wenn das bloß gut geht«, raunte sie.

»Du brauchst bloß Augen und Ohren offen zu halten. Den Rest erledige ich schon«, versuchte er sie zu beruhigen, öffnete die Tür und trat vorsichtig hinaus auf den Gang. Es schien kaum Licht durch die Hoffenster. Ihm war der Flur noch nie so lang und dunkel erschienen wie zu dieser nächtlichen Stunde. Er war nicht halb so ruhig, wie er sich Jana gegenüber gegeben hatte. Die Erinnerung an die Worte, die Sadik ihm nach seiner letzten Fechtstunde mit dem Franzosen gesagt hatte, fuhr ihm durch den Sinn, während er mit Jana an der Wand entlang den Gang hinunterschlich. »Eines Tages wird Blut an deiner Klinge sein!« War dieser Tag jetzt gekommen? Und würde es Zeppenfelds Blut sein?

Ein Geräusch jenseits des Treppenaufganges ließ sie zusammenfahren und auf der Stelle erstarren.

»Da war was!« Janas Stimme war kaum noch zu hören, obwohl sie direkt neben ihm stand.

»Das war eine Tür«, sagte Tobias. »Er ist im Studierzimmer! Jetzt sitzt er in der Falle! Komm, schnell!«

Er löste sich von der Wand und lief nun auf den Teppichen den Gang hinunter, vorbei am Treppenaufgang und der Bibliothek. Dann waren es nur noch wenige Schritte bis zum Studierzimmer seines Onkels.

Eiseskälte erfüllte seinen Körper vom Kopf bis zu den Zehenspitzen. Seine Hand schien um den Griff des Floretts festgefroren zu sein. Würde er in einem wirklichen Kampf genauso überragend sein wie bei Maurice Fougot? Würde er nicht vielleicht wie gelähmt sein, wenn es um Leben und Tod ging? Warum hatte er Sadik nicht vorher gefragt, ob Zeppenfeld ein guter Kämpfer war?

»Tobias!«

»Scht!«, zischte er, versuchte die Selbstzweifel, die auf ihn einstürmenden Gedanken und auch die Angst, die sich nun meldete, zu verdrängen. Er schluckte mehrmals und lockerte seine Finger um den Klingengriff. Dann trat er an die Tür. Er lauschte kurz. Sein Herzschlag wurde noch schneller und hämmernder, als er leise Geräusche vernahm. Es befand sich jemand im Zimmer! Und es war ganz sicher nicht Klemens oder Jakob!

Jetzt musste er handeln!

»Du bleibst hier vor der Tür! Ich hol ihn mir!«

»Bitte, pass auf!«

Ein Schauer durchfuhr Tobias. Noch konnte er zurück und Sadik alarmieren. Nein, dafür war es schon zu spät. Zeppenfeld würde nicht lange brauchen, um den Stock zu finden. So groß war das Zimmer nicht. Es gab kein Zurück mehr. Schon gar nicht vor Jana!

Mit der linken Hand stieß er die Tür auf, so heftig, dass sie ganz in den Raum schwang und gegen die Wand donnerte. Mit dem Florett in der Rechten glitt er mit zwei schnellen Schritten ins Zimmer, erfasste mit einem Blick die Gestalt, die vor dem Glasschrank stand, und schrie: »Rühren Sie sich nicht von der Stelle, Zeppenfeld! Ich bin bewaffnet! Zwingen Sie mich nicht, Sie niederzustechen! Sie kommen hier nicht...«

Die Gestalt fuhr herum und reagierte blitzschnell. Mit dem Unterbewusstsein nahm Tobias wahr, dass dieser Mann vor ihm gar nicht Zeppenfeld war. Dafür war er von viel kleinerer und schmächtigerer Gestalt. Doch er war unglaublich schnell und geistesgegenwärtig – und schleuderte ihm etwas entgegen. Es war die in Bronze gegossene, ziegelsteinhohe Nachbildung der Sphinx.

Tobias versuchte auszuweichen, geriet jedoch auf dem Zipfel des Teppichs unter seinen Füßen ins Rutschen. Er taumelte rückwärts, und die Sphinx traf ihn an der linken Hüfte, ließ ihn vor Schmerz aufschreien und einknicken.

Der Einbrecher hatte den Spazierstock schon vorher gefunden. Er lag neben ihm auf der Kante des Schreibtisches. Fast noch im Werfen hatte er schon danach gegriffen und stürmte nun damit auf Tobias los.

Dieser riss das Florett hoch. Doch der Mann war schon zu nahe, als dass er ihm die lange Klinge hätte auf die Brust setzen können. Damit hatte er seine Chance vertan. Denn im nächsten Moment schlug der Mann auch schon mit dem Spazierstock zu.

Der wuchtige Schlag traf Tobias auf Schulter und Nacken. Der scharfe Schmerz raste bis in seine rechte Hand hinunter, die das Florett nicht mehr halten konnte. Die Waffe klirrte auf das Parkett, während er selbst mit einem gellenden Schrei zu Boden ging.

Der Einbrecher glaubte den Weg frei und stürmte aus der Tür, nicht ahnend, dass Jana dort stand, ein wenig rechts von der Tür im Schlagschatten der Wand. Sie hatte Tobias schreien hören und sah dann die Gestalt aus dem Zimmer stürmen.

Ohne lange zu überlegen, schwang sie das schwere Schüreisen und schlug zu. Der Eisenstab erwischte ihn in Oberschenkelhöhe und fällte ihn wie einen Baum. Aufschreiend schlug er der Länge nach auf den harten Boden. Dabei wurde ihm der Spazierstock aus der Hand geprellt.

Jana sah ihn über die Bodenplatten rutschen, sprang vor und hob ihn auf. Als sie sah, wie sich der Mann mit einem schmerzerfüllten, lästerlichen Fluch aufrappelte und plötzlich ein Messer in der Hand hielt, rannte sie zu Tobias ins Zimmer, schlug die Tür zu, und drehte rasch den Schlüssel zweimal im Schloss um.

»Tobias! Bist du verletzt?«

»Nein, nur etwas angeschlagen«, stöhnte Tobias und kam mühsam auf die Beine. »Der Einbrecher!«, stieß er hervor und bückte sich mit schmerzverzerrtem Gesicht nach seinem Florett. »Wo ist er?«

»Ich hab ihn mit dem Schüreisen erwischt!«, stieß sie mit zitternder Stimme hervor, während auf dem Gang die erregten Stimmen von Sadik und Heinrich Heller zu hören waren. »Den Spazierstock habe ich ihm wieder abgenommen!«

»Gott sei Dank!«, stieß Tobias hervor, legte das Florett auf den Schreibtisch und sank auf den Stuhl, seinen Nacken massierend. Dann wurde er sich seiner unrühmlichen Rolle bewusst, die er gerade gespielt hatte. »Ich Trottel hab mich glatt von dem Schweinehund übertölpeln lassen. Wenn du nicht gewesen wärst, wäre er mit dem Stock entwischt.«

»Hauptsache, wir haben ihn zurück«, tröstete sie ihn und fragte dann besorgt. »Ist dir auch wirklich nichts passiert?«

»Nein, er hat mich mit der blöden Sphinx nur an der Hüfte getroffen und mir dann eins mit dem Stock übergezogen. Verdammter Mist, wie konnte mir so etwas passieren!« Die Wut auf seine eigene Dummheit schmerzte ihn mehr als alles andere. Wie hatte er doch vorher groß getönt, dass er das schon erledigen würde und wie gefährlich er mit dem Florett wäre. Und dann hatte er sich so überlisten lassen!

»Tobias!... Jana?«, rief Heinrich Heller auf dem Gang.

Jana schloss die Tür auf. »Wir sind hier, Herr Heller!«, rief sie.

»Himmelherrgott, was hat der Lärm zu bedeuten, Kinder?

Was ist passiert?«, stieß er erschrocken hervor, als er zu ihnen ins Zimmer eilte.

»Wir haben einen Einbrecher überrascht! Er hatte es auf den Spazierstock abgesehen«, sprudelte Jana hervor. »Aber wir haben ihn in die Flucht geschlagen.«

»Zeppenfeld war hier?«, rief Heinrich Heller ungläubig.

»Nein, nicht Zeppenfeld, ein anderer Mann. Aber bestimmt hat Zeppenfeld ihn geschickt!«, stieß Tobias hervor. »Er lässt andere die Drecksarbeit für sich erledigen. Das passt zu ihm.«

Der Schreck fuhr seinem Onkel nachträglich in die Glieder. »Hat er dir etwas getan, mein Junge?«

»Nein, nein, ich bin in Ordnung. Hab nur eins mit dem Stock abbekommen und bin gestürzt«, sagte Tobias verdrossen.

Sadik erschien mit einer Lampe. Er war ganz aufgeregt. »Jemand ist auf *Falkenhof* eingestiegen! Ich war im Hof. Das Osttor steht offen. Ein Mann ist davongeritten, ich habe ihn aber nicht erkannt. Und drüben in der Ecke zwischen Ost- und Südtrakt hängt ein Seil vom Dach!«

»Das war Zeppenfelds Handlanger!«, stieß Heinrich Heller zornig hervor. »Er wollte den Spazierstock.«

Jakob, Klemens, Agnes und Lisette waren von dem Geschrei und Gepolter auch aus dem Schlaf gerissen worden und längst aus dem Bett. Alles lief aufgeregt durcheinander.

»Zieht euch etwas an«, sagte Heinrich Heller zu Jana und Tobias, wohl wissend, dass nicht daran zu denken war, nach diesem Vorfall gleich wieder zu Bett zu gehen. »Kommt dann in den Salon. Agnes, bereite uns Tee und für die beiden eine heiße Schokolade.«

Tobias nahm sein Florett an sich und humpelte mit Jana aus dem Zimmer. »Danke, dass du ihnen nicht erzählt hast, wie dumm ich mich benommen habe«, sagte er, als sie den Gang zu ihren Zimmern hinuntergingen. »Dass ich auch auf dem blöden Teppichende ausrutschen musste!«

»Du warst sehr mutig. Ich weiß nicht, ob ich mich das getraut hätte«, sagte sie. »Du hast einfach Pech gehabt.«

»Zum Glück hast du ihn gestoppt. Sonst wäre er tatsächlich mit dem Stock abgehauen. Toll, wie du das hingekriegt hast. Ich habe gehört, wie er aufgeschrien hat und zu Boden gegangen ist«, sagte er voller Bewunderung für ihr beherztes Handeln.

Sie lachte. »Der hat gar nicht gewusst, wie ihm geschah, so schnell hat ihn mein Schüreisen erwischt. Schade, dass ich nicht ein bisschen tiefer gehalten habe, dann hätte er heute garantiert keinen Schritt mehr getan.«

»Ja, schade. Aber auf jeden Fall muss er mit leeren Händen zu Zeppenfeld zurück. Mann, wird der toben!«

Jana blieb vor ihrem Zimmer stehen. »Ich zieh nur schnell Lisettes Kleid über.«

»Und vergiss nicht die Nachtmütze abzunehmen!«

»Magst du sie nicht?«

»Nicht sosehr wie dein Haar.«

Sie lächelte ihn an und huschte dann rasch in ihr Zimmer.

Wenig später saßen sie mit Sadik und Heinrich Heller im Salon. Die heiße Schokolade tat gut. Nicht dagegen die Strafpredigt, die Heinrich Heller ihnen hielt.

»Es war unvernünftig von euch, auf eigene Faust loszuziehen und allein den Einbrecher stellen zu wollen! Das hätte schlimme Folgen haben können«, redete er ihnen streng ins Gewissen. »Warum habt ihr uns nicht geweckt?«

»Weil wir nicht wussten, ob es so war«, erwiderte Tobias kleinlaut. »Jana hatte im Hof ja nur eine Gestalt gesehen. Es hätte auch Jakob sein können oder Klemens.«

»Aber spätestens, als ihr wusstet, dass da jemand in meinem Zimmer war, hättet ihr Alarm schlagen müssen!«

»Aber da war es doch schon zu spät!«, verteidigte sich Tobias. »Er wäre doch jeden Moment aus dem Zimmer gekommen. Ehe ihr erschienen wärt, wäre er längst über alle Berge gewesen!«

»Mhm, ja, schon... Aber vernünftig war es ganz und gar nicht«, brummte sein Onkel.

»Wenn ich nicht ausgerutscht wäre, wäre er mir auch nicht entkommen«, versicherte Tobias.

Sadik lächelte nachsichtig. »Wenn dein Gegner ein Schakal ist, dann folge ihm nicht bis zu seinem Schlupfwinkel«, sagte er und fügte erklärend hinzu: »Mut und Können allein genügen nicht, um einen Gegner zu besiegen. Die Wahl des Ortes für einen Kampf ist genauso entscheidend wie die Wahl der Waffen. Dir ist ein großer Fehler unterlaufen, indem du *in* das Zimmer gestürzt bist, Tobias. Das Zimmer ist zu klein, um mit einer Waffe wie dem Florett viel ausrichten zu können. Dafür brauchst du mehr Bewegungsspielraum. Du hättest ihn im Flur abpassen, allenfalls aber in der Tür stehen bleiben müssen.«

Tobias verzog das Gesicht. »Das ist mir nachher auch aufgegangen. Aber da war es schon zu spät.«

»Ein Haar vom Schweif des Teufels bringt Segen, heißt es«, sagte Sadik ernst. »Ein solches Haar hat dich diese Nacht berührt, und der Segen mag sein, dass du daraus eine Lehre ziehst.«

Tobias nickte. »Aber immerhin hat Jana ihn beinahe kampfunfähig geschlagen!« Er fand, dass ihr Handeln noch gar nicht so recht gewürdigt worden war.

»Wir sind dir dafür auch sehr dankbar, Jana«, holte sein Onkel das nun nach und lobte sie. Sogar Sadik fand es nicht unter seiner Würde, sich ihm anzuschließen und ebenfalls eine anerkennende Bemerkung über die Lippen zu bringen.

»Bist du denn jetzt auch endlich davon überzeugt, dass der Stock eine ganz besondere Bedeutung haben muss?«, wandte sich Tobias dann an seinen Onkel. »Von wegen Sammlerstück! Wenn es das nur wäre, würde er sich doch nicht solch verbrecherischer Methoden bedienen.«

»Nein, das ist kaum anzunehmen«, räumte Heinrich Heller ein. »Es scheint wirklich so, als verberge sich etwas ganz anderes dahinter. Aber ich fürchte, dass uns nur Zeppenfeld selber die Lösung dieses Rätsels verraten kann, was er natürlich nicht tun wird. Wattendorf wird es wohl auch wissen, möglicherweise auch dein Vater, Tobias, aber Kairo ist weit – von Madagaskar ganz zu schweigen.«

»Aber vielleicht finden wir den Brief, den Wattendorf Vater geschickt hat. Und wenn nicht, könntest du doch Wattendorf eine Nachricht nach Kairo schicken. Bestimmt gibt es eine Möglichkeit, dass der Brief ihn erreicht«, schlug Tobias vor.

»Mein Junge, weißt du, wie lange das dauern kann, bis wir aus Kairo eine Antwort erhalten? Mehrere Monate! Sofern Wattendorf überhaupt geruht, uns über den Spazierstock und seine Bedeutung Aufschluss zu geben!«

»Mit Geduld erhält man auch von unreifen Trauben Sirup«, meinte Sadik dazu.

Heinrich Heller nickte. »Natürlich, du hast Recht, Sadik. Einen Brief zu schreiben bedeutet keinen großen Aufwand. Einen Versuch ist es allemal wert. Ich werde morgen also ein entsprechendes Schreiben aufsetzen.«

»Und was wirst du wegen Zeppenfeld und dieser Einbruchsgeschichte unternehmen?«, wollte Tobias wissen.

»Nichts«, lautete die schlichte Antwort.

Unglauben trat auf Tobias' Gesicht. »Nichts?«, wiederholte er. »Aber das... das kannst du doch nicht einfach so hinnehmen, dass er irgendeinen Schurken dafür bezahlt, bei uns einzubrechen!«

»Was schlägst du denn vor, was ich tun soll?«, wollte sein Onkel wissen.

»Na ja...«

»Wir haben nichts gegen ihn in der Hand. Ihr seid ja noch nicht mal in der Lage, den Einbrecher genau zu beschreiben. Was nutzt es da, die Polizei auf den Plan zu rufen, damit sie hier herumschnüffelt?«, sagte Heinrich Heller eindringlich zu ihnen. »Dass wir der festen Überzeugung sind, dass Zeppenfeld hinter dem Einbruch steht, ist kein Beweis. Er hat für diese Zeit garantiert ein hieb- und stichfestes Alibi. Nein, ihm können wir nichts anhaben, so ärgerlich das auch ist.«

»Dein Onkel hat Recht«, sagte Jana bedrückt. »Beweise haben wir keine. Zeppenfeld hat das schlau angestellt.«

Es wurmte Tobias zutiefst, dass Zeppenfeld ungeschoren davonkommen sollte. Aber er sah ein, dass ihm nicht beizukommen war. Und er konnte es seiner Dummheit zuschreiben, dass es so abgelaufen war. Hätte er den Einbrecher gestellt und nur richtig in Schach gehalten, hätte dieser ihnen seinen Auftraggeber bestimmt ans Messer geliefert, um seine eigene Haut zu retten. Doch er hatte ihn entwischen lassen. Es war also besser, still zu sein.

Heinrich Heller bemerkte den niedergeschlagenen Gesichtsausdruck seines Neffen. »Es besteht kein Grund, den Kopf hängen zu lassen, mein Junge. Es hätte viel schlimmer kommen können. Das Wichtigste ist, dass euch nichts passiert ist. Ihr habt den Einbrecher in die Flucht geschlagen, und Zeppenfeld hat nicht erhalten, was er wollte. Wir sind jetzt gewarnt. Ich werde den Spazierstock von nun an einem Ort verschließen, wo auch der raffinierteste Einbrecher ihn nicht finden wird. Aber ich glaube nicht, dass Zeppenfeld so töricht ist, es ein zweites Mal zu versuchen. Er weiß, dass er sich damit die Schlinge um den Hals legen könnte.«

Sadik schien nicht so sehr davon überzeugt zu sein, dass Zeppenfeld es bei diesem einen Versuch belassen würde, denn er sagte: »Der Esel ging sich zwei Hörner holen und kam mit eingeschnittenen Ohren wieder: Der hungrige Schakal weicht dem Löwen, doch er kehrt wieder, wenn der Löwe satt ist.«

»Soll er es nur versuchen. Den Stock wird er gewiss nicht auf dem Präsentierteller vorfinden, mein lieber Sadik«, entgegnete Heinrich Heller. »Und nun sollten wir versuchen noch ein paar Stunden Schlaf zu finden.« Er nahm den Stock mit dem Falkenkopf mit.

Tobias wartete lange auf den Schlaf. Unruhig wälzte er sich im Bett von einer Seite auf die andere, lauschte immer nach verräterischen Geräuschen und grübelte ohne Ergebnis darüber nach, warum Zeppenfeld so versessen auf den Spazierstock war. Er musste der Schlüssel zu einem sehr wichtigen Geheimnis sein.

Doch zu welchem?

Trauriger Abschied

Es blieb still auf *Falkenhof*. Nichts Ungewöhnliches geschah am nächsten Tag und in der darauf folgenden Nacht. Zeppenfeld ließ sich nicht blicken. Auch keine andere verdächtige Gestalt. Es schien, als hätte sich Zeppenfeld in die Niederlage geschickt und damit abgefunden, dass der geheimnisvolle Spazierstock für ihn in unerreichbare Ferne gerückt war.

Tobias hatte dennoch ein ungutes Gefühl. Er traute der Ruhe nicht und glaubte vielmehr, dass Zeppenfeld nicht so leicht aufgeben würde und nur Zeit brauchte, um sich einen anderen Plan auszudenken.

An dem Morgen jedoch, an dem Jana ihre wenigen Sachen zusammenpackte und von *Falkenhof* aufbrach, hatte er weder für den Spazierstock noch für Zeppenfeld einen Gedanken übrig. Er fühlte sich todunglücklich und musste sich zusammenreißen, um nicht allen auf dem Landgut offen zu zeigen, wie es innerlich um ihn bestellt war.

Napoleon war schon vor den Kastenwagen gespannt. Agnes hatte Jana zum Abschied noch einen großen Korb voll Proviant geschenkt. Schinken und Würste aus der Räucherkammer, ein frisch gebackenes Brot, ein Dutzend Eier, Käse und Plätzchen, die sie am Abend zuvor gebacken hatte. Und Lisette hatte ihr scheinbar großherzig das Kleid geschenkt, nachdem Heinrich Heller sie unter vier Augen darum gebeten und ihr Tuch für ein neues versprochen hatte.

Jana hatte sich auch schon von Jakob verabschiedet und sich bei Klemens bedankt, dass er ihr Wagendach ausgebessert hatte. Die Bretter ruhten Nut in Nut, dass der Regen nicht ins Innere dringen würde, denn Regen würde es noch viel geben.

Heinrich Heller wollte von Dank nicht viel wissen. »Tu immer das, was du dir wünschst, das ein anderer in derselben Situation für dich tun soll. Gute Fahrt, Jana!«

Auch Sadik fasste sich kurz.

»Danke für mein Leben«, sagte Jana zu ihm. »Ich werde dich und deine Heilkunst immer hoch in Ehren halten.«

Er lächelte. »Der Mensch ist ein Ort des Vergessens. Aber ich gebe dir noch ein Rätsel mit auf die Reise. Das scheint mir sicherer, mich bei dir in Erinnerung zu halten.«

»Und wenn ich es hier schon löse?«

»Dafür müsstest du schon ein halbes Beduinenmädchen sein«, meinte er und stellte ihr das Rätsel. »Lässt sterben, bringt ans Leben und ist selber tot. Geht ohne Fuß in jede Richtung, bald wird es gesehen unten auf der Erde, und bald siehst du es erhaben in den Wolken.«

Jana rätselte, konnte es aber auf Anhieb nicht lösen. »Ich finde es schon heraus, Sadik«, versicherte sie ihm.

»*Ma'as-salama inscha'allah*... Auf Wiedersehen, wenn Allah es will, Zigeunerin«, sagte er, und diesmal war das »Zigeunerin« weich und ohne spöttischen Beiklang.

Und dann war Tobias mit ihr allein auf dem Hof. »Ich wünschte, du könntest bleiben.«

»Es geht nicht. Du weißt es.«

Er verzog das Gesicht. »Weißt du schon, wo du hin willst?«

»Nach Süden, Richtung Worms. Dort findet ein großes Maifest statt. Vielleicht schaffe ich es noch rechtzeitig. Aber in den kleineren Ortschaften wird es auch Feste geben. Kann auch sein, dass ich mich unterwegs irgendeiner Gruppe anschließe. Das weiß ich vorher alles nicht.«

»Und ich hocke hier auf *Falkenhof*«, sagte er bedrückt. »Ich beneide dich um deine Freiheit. Du kannst wirklich tun und lassen, was du willst. Niemand redet dir drein und schreibt dir etwas vor.«

Jana stand vorn am hohen Rad des Wagens, bekleidet mit ihren Schnürstiefeln, braunen weiten Hosen, deren Enden über den Stiefeln zugebunden waren, und einem bunten Flanellhemd. Darüber hatte sie eine hüftlange schwarze Jacke angezogen, die mit bunten Sternen bestickt war. Das Band mit den

Glasperlen zog sich um ihre Stirn und an ihren Ohren baumelten Münzen aus Goldblech.

»Du hattest damals Recht, Tobias«, gab sie scheinbar ohne jeden Zusammenhang zur Antwort. »Ich habe dir etwas vorenthalten und nicht die ganze Wahrheit gesagt. Das Leben auf der Landstraße ist nämlich nicht der wunderbare Regenbogen der Freiheit und des Frohsinns. Man ist viel allein, und sehr oft fühle ich mich einsam und unglücklich und wünschte, ich würde irgendwo hingehören, an einen festen Ort mit einer richtigen Familie. Das ist ein Teil der anderen Seite, Tobias. Und denke ja nicht, dass wir überall gern gesehen sind. Von wegen! Ich bin schon oft mit Unrat beworfen und bespuckt worden. Und immer wieder machen sich Kinder und Jugendliche einen Spaß daraus, mich und Unsinn mit Steinen zu bewerfen, weil man ihnen erzählt hat, dass wir keine Rechte hätten und allesamt nur Diebe sind, die nachts den Hühnern die Hälse umdrehen und stehlen, was ihnen unter die Finger gerät.«

»Nein, davon hast du mir noch nichts erzählt!«, sagte er betroffen.

»Wer erzählt schon gern, wie gemein andere Menschen mit einem umspringen«, fuhr sie bitter fort. »Wenn ich in ein Dorf komme, passiert es gar nicht mal so selten, dass sie mir das Wasser aus dem Dorfbrunnen verweigern oder verlangen, dass ich dafür bezahle. Manchmal erlauben sie mir noch nicht mal, dass ich anhalte, sondern schlagen mit Knüppeln auf den Wagen oder auf den armen Napoleon, damit ich nur schnell wieder aus ihrem Dorf verschwinde. Die Zigeunerin mit dem Hexenblick heißt es dann! Und jeder Strauchdieb, der mich irgendwo stehen sieht, meint, ich wäre eine Dirne, nur weil ich allein unterwegs bin. Manche haben schon versucht, mich zu vergewaltigen. Aber das ist ihnen schlecht bekommen!«

»Diese Schweine! Aber wie kannst du sie dir vom Hals halten?«

Sie lachte freudlos auf. »Nicht mit Muskelkraft, sondern nur mit Köpfchen. Manchen kann ich das, was sie vorhaben, im Guten ausreden, indem ich ihnen kostenlos die Karten lege. Die anderen, die unbedingt ihren Spaß mit mir haben wollen, lasse ich ganz nahe heran. Dann tue ich so, als hätte ich nun doch nichts dagegen, mich mit ihnen hinters Gebüsch zu legen – bis ich dann mein Messer raushabe und es ihnen gegen den Bauch drücke. Dann vergeht ihnen ganz plötzlich der Spaß und sie werden zahm wie Schoßhunde.«

Er sah sie erschrocken an. »Und wenn es mehrere sind?«, wollte er wissen.

»Dieses Pack ist feige«, erwiderte sie verächtlich. »Wenn ich ihnen sage, dass ich einen von ihnen garantiert erwischen werde und vielleicht auch noch einen Zweiten, dann ist es aus mit ihrem Mut, und es bleibt bei großmäuligen Drohungen und vielleicht ein paar Steinen aus sicherer Entfernung.«

Tobias dachte daran, wie sie den Einbrecher mit dem Schüreisen niedergeschlagen hatte, und glaubte ihr jedes Wort.

»René war auch so einer, wenn er es auch geschickter anzustellen versuchte«, offenbarte sie ihm nun den wahren Grund, warum sie allein weitergezogen war. »Solange ich ein Kind war und noch nicht – noch nicht wie eine Frau aussah, war er nett und hat mir viel beigebracht. Doch im letzten Jahr versuchte er immer wieder, mich zu verführen, hat mich betatscht, wenn Helena es nicht sehen konnte, und hat sich eines Nachts sogar zu mir in den Wagen geschlichen.«

»So ein Dreckskerl, sich an dir zu vergreifen!«, stieß Tobias hervor. »Ist deine Tante denn nicht dagegen eingeschritten?«

»Er hat ja immer aufgepasst, dass sie nichts davon mitbekam, und ich konnte es einfach nicht übers Herz bringen, es ihr zu sagen. Sie hängt sehr an ihm. Deshalb habe ich mich unter einem Vorwand von ihnen getrennt. René ist mir noch gefolgt. Er wollte mich zwingen zurückzufahren. Doch ich habe ihm gesagt, dass ich ihm nachts im Schlaf die Kehle durchschneiden würde, wenn er mich nicht ziehen ließe!«

Tobias schluckte. »Hättest du das wirklich getan?«

»Vielleicht nicht gerade das, aber irgendetwas hätte ich bestimmt getan!«, erklärte sie, eine wilde Entschlossenheit in Stimme und Augen. »Ich lasse mich von keinem herumstoßen und schon gar nicht zu solchen Sachen zwingen! Ich bin kein Flittchen, nur weil ich durch die Lande ziehe, jongliere und die Karten schlage!«

»Mein Gott, so habe ich mir das nicht vorgestellt«, murmelte er bestürzt. »Du solltest besser nicht allein unterwegs sein.«

Sie lächelte nun wieder, als wollte sie das Gesagte vergessen machen. »Ach, es ist ja nicht so, als würde hinter jeder Wegbiegung ein Strauchdieb lauern. Manchmal vergehen Wochen und Monate, bis so etwas mal wieder passiert. Sei unbesorgt, ich bin mein ganzes Leben so herumgezogen und weiß mich meiner Haut schon zu erwehren. Ich wollte dir einfach nur erklären, dass es nicht nur reiner Spaß und Sonnenschein ist, solch ein Leben zu führen. Alles hat eben seine guten und seine schlechten Seiten.«

»Dann wünsche ich dir, dass du von den schlechten Seiten so wenig wie möglich mitbekommst – und wenn einmal doch, sie so gut meisterst wie bisher«, gab er ihr aus tiefstem Herzen mit auf dem Weg.

»Das ist lieb von dir.«

»Wirst du mir mal schreiben, wo du bist und wie es dir geht?«

»Ich verspreche es dir. Es ist nicht so, wie Sadik gesagt hat. Der Mensch ist nicht nur ein Ort des Vergessens.«

Tobias wurde es schwer ums Herz. »Ob wir uns jemals wieder sehen werden?«

»Ganz bestimmt!«

»Was lässt dich so sicher sein?«

»Die Karten haben es mir gesagt.«

Erstaunt sah er sie an. »Du hast dir selbst die Karten gelegt? Ich denke, das tust du nie, weil es so schwierig ist, die richtige Deutung zu finden.«

Sie lächelte ein wenig verlegen. »Gewöhnlich tue ich es ja auch nicht. Aber warum soll ich nicht mal die optimistischste Möglichkeit, die die Karten mir anbieten, für die richtige halten?« Und verschmitzt fügte sie hinzu: »Außerdem habe ich die Karten ja auch nicht nach *meiner* Zukunft befragt, sondern nach deiner. Ich habe nämlich danach gefragt, ob du mich wieder sehen würdest, und nicht umgekehrt!«

Er lachte. »Na, wenn das mal nicht hart an Haarspalterei grenzt!« Und wieder ernst sagte er: »Ich hoffe sehr, dass die Karten Recht behalten, Jana.«

»Ich auch, Tobias.« Sie sah ihm dabei in die Augen, ihr Blick ging ihm durch und durch und ließ es ihn noch schwerer werden, seine aufgewühlten Gefühle unter Kontrolle zu halten.

Unsinn turnte auf dem Kutschbock herum und kreischte, als wollte er zum Aufbruch drängen.

Jana griff in ihre Jackentasche. »Ich möchte dir das hier schenken. Es soll dir Glück bringen, wie es mir Glück gebracht hat«, sagte sie und drückte ihm etwas in die Hand.

Es war eine kleine dunkle Holzkugel, etwas kleiner als eine Walnuss. Erst glaubte er, es wäre ein winziger Globus. Doch bei näherem Hinsehen sah er, dass es sich bei dem filigranen Schnitzwerk, das die Kugel überzog, nicht um Kontinente handelte, sondern um ineinander verschlungene Zeichen aus dem Bereich der Magie und des Tarot.

»Die Vier und die Sieben!«, rief er und drehte die Holzkugel herum. Die Vier stand auf dem Kopf, und der gewöhnlich nach oben zeigende kurze Strich, mit dem man eine Vier begann, war gleichzeitig der senkrechte Balken der Sieben.

»Ja, meine Glückszahl«, sagte Jana. »Lucas, ein Liliputaner, mit dem wir lange durch Preußen gezogen sind, hat diese Kugel geschnitzt und mir vor Jahren geschenkt. Da sind auch das Schicksalsrad«, wies sie ihn auf weitere Zeichen hin, »das magische Auge, der Kelch, die Sonne, Narrenkappe und Zwei der Schwerter, das Zeichen für Frieden. Es soll dir Glück bringen.«

»Ich werde es immer bei mir tragen«, versprach er bewegt und blinzelte, um die Tränen aus seinen Augen zu halten.

»Damit würdest du mir eine große Freude bereiten. Und jetzt muss ich los. Leb wohl. Im Herbst komme ich vielleicht auf diesem Weg zurück«, sagte sie, einen feuchten Schimmer in den Augen, beugte sich schnell vor und gab ihm einen Kuss auf die Wange. Dann schwang sie sich rasch auf den Kutschbock, griff zu den Zügeln und ließ Napoleon antraben.

Die Kugel fest in der rechten Hand umschlossen, ging er neben dem Wagen her. Am Tor blieb er stehen. Sie winkte ihm noch einmal zu, dann rumpelte der Wagen die Allee hinunter.

Mit einem entsetzlichen Kloß im Hals schaute er dem Wagen nach. Das magische Auge auf der Rückseite wurde kleiner und kleiner. Dann ging die Allee in den Wald über und Janas Kastenwagen verschwand hinter den Bäumen.

Er setzte sich auf den Stein und schaute noch eine ganze Weile die Allee hinunter, als hoffte er, sie würde umkehren und im nächsten Moment wieder aus dem Wald auftauchen. Was für ein unsinniger Gedanke. Im Herbst würden sie sich erst wieder sehen. Vielleicht.

Mit dem Zeigefinger rollte er die kunstvoll geschnitzte Holzkugel in seiner Handfläche hin und her. War dies alles, was ihm von Jana blieb? Es war viel zu wenig. Die magischen Zeichen verschwammen vor seinen Augen.

Als er sich eine Träne aus den Augenwinkeln wischte, war er froh, dass niemand es sah.

Die Hütte des Köhlers

Ohne Jana erschien ihm *Falkenhof* trist und ohne Leben. Es würde nie mehr so sein, wie es vor ihr gewesen war. Zwar hatte sich auf dem Landgut nichts verändert und alles war wie eh und je, doch *er* hatte sich verändert.

Heinrich Heller blieb nicht verborgen, wie bedrückt sein Neffe war, und er war einfühlsam genug, ihm nicht mit den tröstlichen Weisheiten eines alten Mannes über seinen Schmerz hinweghelfen zu wollen.

»Warum unternimmst du nicht einen Ausritt, Junge?«, schlug er ihm vor, als Tobias in sich gekehrt bei ihm in der Experimentierwerkstatt saß und immer wieder die kleine Holzkugel zur Hand nahm. »Ein bisschen Bewegung wird dir bestimmt gut tun. Das Wetter ist gut, und wenn bis heute Abend kein Wind aufkommt, können wir wieder mit dem Ballon aufsteigen.«

Tobias schaute auf, gab ihm aber keine Antwort. Sein Blick sagte genug.

»Ich weiß, dass dir das Mädchen viel bedeutet«, fuhr sein Onkel mitfühlend fort. »Irgendwie ist sie in den Wochen auch mir ans Herz gewachsen. Aber dich nur deinen traurigen Gedanken hinzugeben, ändert auch nichts daran. Lenke dich ab, beschäftige dich, mein Junge, nimm Astor und galoppier über die Felder. Dann wird es dir leichter ums Herz.«

Tobias zweifelte daran, war aber dennoch dankbar für den Vorschlag. Er wollte allein sein und mit keinem sprechen. Sich in irgendeine Ecke zu verdrücken oder sich in sein Zimmer einzuschließen, hätte wenig erwachsen ausgesehen. Auszureiten erschien ihm daher als die beste Möglichkeit, allen gut gemeinten Ratschlägen und Fragen aus dem Weg zu gehen. So ging er hinüber in den Stall und sattelte Astor, der ihn freudig begrüßte und darauf brannte, die Hufe fliegen zu lassen.

Er ließ dem Pferd seinen Willen und auch die Wahl des Weges. Mal im Trab und dann wieder im trommelnden Galopp ging es an den Feldern und Äckern vorbei. Er hatte keinen Blick für die Bauern und Knechte, die das Land bestellten, die schwere Erde mit dem Pflug aufbrachen und mit saatgefüllten Säcken um den Bauch die langen Furchen entlangschritten, die klobigen Schuhe schwer von klumpender Erde. Auch für den frischen Duft des Frühlings, der von den blühenden Sträuchern und den Wildblumen auf den Wiesen aufstieg, hatte er keinen Sinn. Seine Ohren waren taub für den vielstimmigen Gesang der Vögel und das Sirren der Bienen, die zur ersten Ernte ausschwirrten. Und die Sonne auf seinem Gesicht vermochte mit ihrer wärmenden Kraft nicht bis in sein Herz vorzudringen.

Immer wieder überlegte er, ob er Astor nicht auf die Landstraße lenken und Jana hinterherreiten sollte. Mit ihrem Kastenwagen gelangte sie nicht schnell voran, und bestimmt könnte er sie in einer guten Stunde eingeholt haben. Aber was dann? Es war keine Lösung. Früher oder später müsste er ja doch umkehren, und er würde alles nur noch viel schmerzvoller empfinden.

Und doch schlug er einen Bogen zurück zur Landstraße und sprengte fast die ganze Strecke im Galopp bis nach Marienborn. Dort aber zwang er sich zur Vernunft und kehrte um.

Astor brauchte eine Atempause, und so ließ er ihn in einen gemächlichen Trab fallen, während er an Jana dachte und die Wochen, die sie zusammen verlebt hatten. Fast einen Monat war sie auf *Falkenhof* gewesen. Wie kurz und doch auch lang war diese Zeit gewesen!

So sehr war er in seine Gedanken versunken, dass er die beiden Reiter hinter sich erst bemerkte, als sie bis auf zwanzig Pferdelängen zu ihm aufgeschlossen hatten und ihre Tiere plötzlich angaloppieren ließen.

Der schnelle Hufschlag hinter ihm ließ ihn aufschrecken. Noch nichts Böses ahnend, schaute er sich um. Zwei Männer auf schnellen Pferden. Einer von ihnen trug einen verschlissenen Soldatenrock. Der andere einen grauen Umhang und eine Lederkappe, die er tief in die Stirn gezogen hatte. Wenig Vertrauen erweckende Gestalten.

Und dann bemerkte er den dritten Reiter, der weit hinter den zweien folgte. Ein großer Mann, der kerzengerade im Sattel saß und jetzt etwas an die Augen hielt, was im Licht reflektierte. Ein Fernglas!?

Zeppenfeld!

Ein Verdacht, mehr war es nicht, denn der Reiter war noch zu weit weg, um seine Gesichtszüge erkennen zu können. Doch die Haltung passte zu ihm! Und wenn er es wirklich war, dann gehörten diese beiden Gestalten, die nun herangaloppiert kamen, zu ihm!

Diese Beobachtungen, Vermutungen und Gedanken waren eine Sache von nur wenigen Sekunden. Erschrocken rammte Tobias seinem Pferd die Absätze in die Flanken und galoppierte los: »Lauf, Astor! Lauf!«, feuerte er ihn an. »Sie dürfen uns nicht einholen!«

Astor streckte sich und gab sein Bestes. Doch er hatte schon einen langen Ritt hinter sich, war viele Kilometer galoppiert und hatte viel von seinen Kräften aufgezehrt.

Immer wieder warf Tobias einen gehetzten Blick zurück und stellte mit wachsendem Schrecken fest, dass sein Vorsprung immer mehr zusammenschmolz. »Lass mich nicht im Stich, Astor! Zeig ihnen, was in dir steckt!... Vorwärts, lass jetzt nicht nach! Es ist nicht mehr weit bis *Falkenhof*! Lauf! Lauf! Lauf! Sie dürfen uns nicht einholen! Du schaffst es! Ich weiß es!«

Doch der halbe Ober-Olmer Wald lag noch vor ihnen! Sie würden ihn weit vor der Allee schon eingeholt haben. Astor konnte mit ihren offensichtlich ausgeruhten Pferden nicht mithalten. Er konnte das Rennen nicht gewinnen. Nicht mit Schnelligkeit.

»Ich muss versuchen, sie anders abzuschütteln!«, fuhr es ihm durch den Kopf – und er riss Astor in einem riskanten Manöver von der Straße links in den Wald hinein. Dreck und Steine flogen hoch, als sein Pferd auf die abrupte Richtungsänderung ansprach, dabei aber beinahe im weichen Erdreich am Wegrand wegrutschte. Doch es fing sich wieder und brach durch das Unterholz.

Tobias duckte sich tief über den Hals von Astor, um den tief hängenden Ästen der Bäume auszuweichen und nicht von ihnen aus dem Sattel gehebelt zu werden. Doch er konnte nicht vermeiden, dass kleinere Zweige und Sträucher gegen Arme und Beine peitschten.

Er biss jedoch die Zähne zusammen, achtete nicht auf die schmerzhaften Schläge, die ihn trafen, und hetzte sein Pferd immer tiefer in den Wald hinein. Und jede Gelegenheit nutzte er, um einen Haken zu schlagen.

Doch wenn er geglaubt hatte, seine Verfolger bei diesem Querfeldeinritt abschütteln zu können, so hatte er sich getäuscht. Die beiden Reiter blieben ihm dicht auf den Fersen und versuchten ihn in die Zange zu nehmen und ihm den Weg abzuschneiden. Auch der dritte Reiter, von dem er nun überzeugt war, dass es sich bei ihm um Zeppenfeld handelte, hatte seinem Pferd die Stiefel zu schmecken gegeben und aufgeholt.

Tobias hörte den schnellen, fliegenden Atem von Astor, spürte, wie ihm der Schweiß ausbrach, wusste, dass er dieses Rennen nicht gewinnen konnte – und wollte dennoch nicht aufgeben. Er mobilisierte die letzten Kräfte seines Pferdes und jagte es zwischen den Bäumen hindurch, übersprang einen moosüberwucherten Stamm, der quer im Weg lag, und schlug erneut einen Haken.

Augenblicke später fand die ungleiche Jagd ihr abruptes Ende. Eine dicht stehende Baumgruppe, undurchlässig wie eine Mauer, tauchte vor ihm auf. Er riss Astor nach rechts, wo das Gelände leicht anstieg, und benutzte die Enden der Zügel als Peitsche.

Und dann tauchte vor ihnen ein Graben auf, ein schmaler Einschnitt im Waldboden, nur ein paar Meter tief und kaum zwei Pferdelängen breit.

»Spring!«, schrie Tobias.

Doch Astor war am Ende seiner Kräfte und verweigerte den Gehorsam. Fast von einem Moment auf den anderen kam er am Rand des Grabens zum Stehen, stemmte die Vorderhufe in den weichen Waldboden und knickte ein.

Der Sturz war unvermeidlich. Tobias hatte sich zu sehr aus dem Sattel erhoben, war in den Steigbügeln stehend geritten und hatte sich zu sehr nach vorn gebeugt, um Astor, so gut es ging, von seinem Gewicht zu entlasten und den Ästen auszuweichen.

Wie vom Katapult geschossen, flog er über den Hals des Pferdes hinweg, hörte seinen eigenen, gellenden Schrei, der sich mit Astors schrillem Wiehern vermischte, und riss noch instinktiv die Arme schützend vors Gesicht. Im nächsten Augenblick schlug er auch schon auf dem Boden auf, wurde mehrmals um seine Achse geschleudert und blieb unten in dem Graben liegen, benommen, einer Bewusstlosigkeit nahe.

Steh auf! Lauf! rief eine Stimme in ihm. Doch er konnte nicht. Ein dunkles Tuch legte sich über seine Augen, und das Rauschen in seinen Ohren schwoll an, als läge er zu Füßen eines Wasserfalls.

Er spürte nicht den Stiefel, der ihn herumstieß und auf den Rücken rollen ließ. Und die Stimmen über ihm drangen aus nebeligen Tiefen.

Als er die Augen aufschlug, spürte er etwas Kaltes, Hartes unter seinem Kinn und blickte entlang der Klinge eines Säbels, die in ein stoppelbärtiges Gesicht mit höhnisch blickenden Augen überging.

»Gönn dir 'ne Atempause, Kleiner! Du hast sie dir verdient«, sagte das Gesicht über dem Säbel spöttisch. »Hättest dir das Genick brechen können. Wäre doch schade, wenn du dir jetzt 'ne aufgeschlitzte Kehle einhandeln würdest.«

»Nimm die Klinge weg, Tillmann«, sagte neben ihm eine barsche Stimme. »Der ist so beduselt wie du nach drei Kannen Branntwein. Schau dir mal seinen glasigen Blick an. Der ist jetzt so gut auf den Beinen wie 'ne Puddingente.«

»Lass das man meine Sorge sein, Stenz«, erklärte das Bartgesicht, das auf den Namen Tillmann hörte. »Der miese Bastard hätte mich mit seinem verfluchten Florett fast aufgespießt wie der Ludwig die Ratten in der Speisekammer. Bin ihm gerade noch zuvorgekommen.«

»Hast dich auch verdammt dusselig angestellt, wenn dir so 'n Dreikäsehoch die Suppe versalzen hat«, erwiderte Stenz geringschätzig.

Tobias verdrehte die Augen und konnte den anderen Mann jetzt sehen. Es war der mit dem verblichenen Soldatenmantel. Er war von untersetzter, kompakter Gestalt mit Hängebacken und einem aufgedunsenen Gesicht. Seine Augen waren klein wie Murmeln. Eine rote Narbe zog sich quer über seine Stirn.

»Du quatschst 'nen Scheiß«, ärgerte sich Tillmann. »Du wärst mit deinem fetten Bauch doch gar nicht erst das Seil hochgekommen. Also halt's Maul!«

»Und pass du besser auf, dass du unser Goldstück nicht aufschlitzt wie 'n Weihnachtskarpfen, sonst dreht dir unser feiner Pinkel die Rübe eigenhändig auf den Rücken«, warnte Stenz ihn. »Da ist er ja.«

Zeppenfeld geriet ins Blickfeld, wie stets elegant mit pelzbesetztem Umhang gekleidet.

»Wir haben das Bürschchen«, sagte Tillmann, nach Anerkennung heischend.

»Habe Augen im Kopf! Und jetzt weg mit dem Säbel, Tillmann!«, befahl ihm Zeppenfeld und sagte voller Sarkasmus zu Tobias: »Ist solch grobe Behandlung nicht gewöhnt, der junge Herr Heller. Kommt aus feinem Haus, wenn auch manchmal zu vorlaut in der Rede. Dennoch, wollen ihm mehr Respekt bezeugen.«

»Respekt?« Tillmann spuckte aus, zog aber den Säbel zurück. »Mit 'ner blanken Waffe ist er auf mich los. Und der andere Kerl hätt mir fast mit 'nem Prügel den Schädel eingeschlagen. Da ist noch was offen, mein Herr!«

»Nimmst den Mund zu voll, Tillmann! Nicht nur heute! Hattest deine Chance. Hätte nicht schief gehen dürfen!«, wies Zeppenfeld ihn scharf in seine Schranken. »Kannst froh sein, noch bei mir in Lohn zu stehen.«

Stenz grinste breit. »Hab ihm schon mal gesagt, dass er fürs Quatschen nicht bezahlt wird«, biederte er sich an. »Liegt ihm quer im Magen, dass ihm so 'n Bürschchen das Laufen beigebracht hat.«

Zeppenfeld beachtete ihn gar nicht. Sein Augenmerk galt jetzt Tobias. »Was gebrochen beim Sturz?«, fragte er auf seine abgehackte Art, und es sprach direkt Sorge aus seiner Stimme. »Arme und Beine bewegen!«

Die Benommenheit und der Schock wichen langsam von ihm und er hob erst den rechten, dann den linken Arm. Dann die Beine. Gebrochen hatte er sich nichts. Aber bestimmt ein paar Prellungen zugezogen. Und in seinem Schädel brummte es. Aber er konnte alles bewegen, ohne dass er stechende Schmerzen verspürte. Das viele Laub, das sich in dem Graben gesammelt hatte, war wohl ausschlaggebend für den glücklichen Ausgang seines Sturzes gewesen.

»Versuche aufzustehen!«, forderte Zeppenfeld ihn auf. »Stenz, hilf ihm. Wird wacklig sein. Mächtig weit geflogen. Schüttelt man nicht so leicht ab.«

Stenz beugte sich zu Tobias hinunter, packte ihn unter dem Arm und zog ihn hoch. Er fühlte sich sehr zitterig.

»Was wollen Sie von mir?«, stieß er dann hervor. Eine dumme Frage, das wusste er. Er versuchte sich von Stenz zu befreien, doch der Griff um seinen Oberarm war wie eine Eisenklammer. »Sie haben sich mit dem richtigen Gesindel umgeben. Wenn Sie denken, wir wüssten nicht, dass Sie den Einbruch geplant und diesen Tillmann nach *Falkenhof* geschickt haben, dann haben Sie sich geschnitten!«

»Ah, Zunge auch keinen Schaden genommen. Bin beruhigt! Wäre untröstlich gewesen, wenn nicht. Fehlt nur noch eine Prise Schliff. Aber werde dir schon beibringen«, erwiderte Zeppenfeld im Hochgefühl seines Triumphes, trat auf ihn zu und versetzte ihm eine schallende Ohrfeige.

Tobias verbiss sich den Schmerzschrei. »Nicht vor ihm!«, schoss es ihm durch den Kopf. Seine Wange brannte wie Feuer. »Feigling!«, stieß er hervor.

Zeppenfeld lächelte. »Nur meine Antwort auf deine frechen Reden am Sonntag. Lasse mich nicht von einer Rotznase wie dir beleidigen. Soll dir eine Lehre sein. Zukünftig auch kein Gerede von Gesindel, junger Herr. Werden ein wenig Zeit miteinander verbringen. Wollen, dass es gesittet zugeht. Würde auch dein Vater von dir erwarten.«

»Nehmen Sie bloß nicht den Namen meines Vaters in den Mund!« Tobias ließ sich nicht einschüchtern. »Er ist ein Ehrenmann – und Sie das genaue Gegenteil!«

»Der braucht noch ’n paar hinter die Ohren«, meinte Tillmann und erweckte den Eindruck, als hätte er sich am liebsten höchstpersönlich darum gekümmert. »Führt ’n zu lockeres Mundwerk, der Kleine. Würde mir das von dem Spund nicht gefallen lassen.«

Zeppenfeld beließ es jedoch bei der einen Ohrfeige. »Beabsichtige nicht, ihn zu meinem Erben einzusetzen. Haben jetzt auch Wichtigeres zu bedenken. Schafft ihn aufs Pferd!«

Astor stand mit zitternden Flanken zwischen den Bäumen. Stenz half Tobias in den Sattel, auch wenn der sich gegen seine Hilfe wehrte, während Tillmann die Zügel hielt. Beide achteten darauf, dass er keine Chance bekam, ihnen zu entwischen.

»Wo bringen Sie mich hin?«, wollte er wissen, als ihn die beiden gedungenen Schurken in ihre Mitte nahmen. Tillmann hatte seinen Säbel wieder blank gezogen und hielt ihn quer über seinen Schoß, als hoffte er auf eine Gelegenheit, ihn auch zu benutzen.

»Wirst sehen!«, sagte Zeppenfeld knapp und übernahm die Spitze.

Sie ritten nach Südwesten. Zur linken Hand schien die tief hängende Nachmittagssonne durch die Baumspitzen. Tobias war erstaunt, wie gut sich Zeppenfeld auskannte. Statt sich aus dem Staub zu machen, wie sein Onkel angenommen hatte, hatte er die Zeit offensichtlich gut genutzt, um die Gegend kennen zu lernen und diese beiden Galgengesichter aufzutreiben, vermutlich in Mainz, wo man derlei Gestalten in den Kneipen unten am Rhein zu dutzenden antraf. Tillmann und Stenz waren genau die Sorte Männer, die sich stets der Armee verschrieben, die am besten zahlte, und deren Gewissen so durchlässig war wie ein löchriger Putzlappen.

Tobias ahnte bald, wohin es ging – zur einsam gelegenen Hütte des alten Isaac Diehl. Er hatte bis zu seinem Tod vor zwei Jahren in einer schäbigen Unterkunft auf einer kleinen Lichtung gehaust und sein Brot, zu mehr hatte es meist nicht gereicht, als Köhler verdient. Längst waren die mannshohen, halbkugelförmigen Lehmöfen in sich zusammengefallen, und viel besser konnte es auch um seine Hütte nicht bestellt sein.

Seine Vermutung bestätigte sich, als Zeppenfeld zielstrebig auf die Heimstatt des Köhlers zuhielt und die Hütte wenig später vor ihnen auftauchte. Schon von weitem sah sie wenig vertrauenserweckend aus. Das Dach war an mehreren Stellen eingefallen. Die Wände schienen sich noch mehr nach innen geneigt zu haben, und die Säcke, die ehemals vor den beiden Fenstern links und rechts der Tür gehangen hatten, waren verrottet und bestanden nur noch aus Fetzen.

»Kein Vergleich zu *Falkenhof,* bist aber nicht minder herzlich willkommen. Werden das Beste daraus machen, damit du uns in guter Erinnerung behältst«, spottete Zeppenfeld und saß ab. »Schätze aber, werden nicht lange das Vergnügen deiner Gesellschaft haben.«

»Sie wollen ihn erpressen! Das ist es doch, was Sie vorhaben!«, sagte Tobias in ohnmächtiger Wut.

»Erpressen? Ein ehrenwerter Handel, Junge, nichts weiter«, erwiderte Zeppenfeld fröhlich. »Tauschen beide etwas, was uns lieb und teuer ist. Nichts gegen einzuwenden. Werden beide auf unsere Kosten kommen.«

»Mein Vater hätte Sie damals in der Wüste den Männern des Scheichs überlassen sollen! Sie haben es nicht verdient, was er für Sie getan hat!«, schleuderte er ihm voller Verachtung ins Gesicht. »Sie sind durch und durch verdorben!«

Tillmann zerrte Tobias unsanft aus dem Sattel. »Blas die Backen nicht so auf, sonst setzt es was, und ich sorg dafür, dass du Staub frisst!«, herrschte er ihn an, packte ihn am Arm, stieß mit dem Stiefel die Tür auf und versetzte ihm einen Stoß, dass er ins Innere der Hütte stolperte.

»Keine Tätlichkeiten, Tillmann! Nur auf meine Anweisung!«, warnte Zeppenfeld. »Kostbarer als zehn von deiner Sorte, der Junge. Müssen ihn recht hegen.«

»Mein Gott, ich wüsst schon wie«, knurrte das Bartgesicht und stiefelte hinter Tobias in die Köhlerhütte.

Sie bestand nur aus einem einzigen großen Raum, etwa zehn mal fünf Schritte in der Grundfläche. Jetzt, da außer einem klobigen Tisch, drei Hauklötzen, die wohl mal als Sitzgelegenheit gedient hatten, und einer selbst gezimmerten Kommode ohne Schubladen sonst nichts mehr in der Hütte stand, wirkte der Raum groß. Früher hatte der alte Diehl rechts vom Eingang sein Werkzeug aufbewahrt, Brennholz aufgestapelt und seine wenigen Habseligkeiten in einem offenen Schrank mit Brettern gelagert. Der Schrank war verschwunden. In einer Ecke entdeckte Tobias noch ein zertrümmertes Fass. Das Dach war rund um den Kamin, der über der Feuerstelle an der hinteren Längswand aufragte, eingebrochen, sodass der Himmel zu sehen war. Es war ein trostloser Ort.

»Setz dich und halt dein Maul!«, befahl Tillmann, obwohl er gar nichts gesagt hatte, und wies mit seinem Säbel auf einen der Hauklötze.

Zeppenfeld trat ein, gefolgt von Stenz, der einen kleinen Sack trug. Er warf seinen Soldatenmantel über die dreibeinige Kommode, klirrte mit seinem Degen gegen den Tisch und zog den Sack auf, während er sich auf einem der anderen Hauklötze niederließ.

»Schätze, auf die gelungene Partie können wir uns einen genehmigen«, sagte er mit einem fragenden Blick zu Zeppenfeld und holte eine Flasche aus dem Sack, der offenbar ihren Proviant enthielt. »War 'n scharfer Ritt und der Vogel sitzt ja sicher im Kasten.«

»Aber in Maßen«, ermahnte ihn Zeppenfeld. »Haben noch eine Kleinigkeit zu erledigen.«

Stenz grinste. »Na und? Was kann denn jetzt noch in die Hose gehen? Der Alte von ihm«, er zog den Korken mit den Zähnen aus dem Flaschenhals und deutete dann auf Tobias, »muss doch jetzt mit dem Stock rausrücken, wo wir den Kleinen unter unsere Fittiche genommen haben. Der wird doch nicht so dusselig sein, wegen so 'ner komischen Krücke dem Kleinen sein Leben aufs Spiel zu setzen. Die Sache ist geritzt, mein Herr. Unser Pulver ist trocken und die Lunte brennt jetzt unter dem Hintern von seinem Gnädigsten.«

Tillmann grinste. »Und dann ist Zahltag, fünf Stücke in Gold, für jeden, wie vereinbart.«

Tobias lachte verächtlich auf. »Da habt ihr euch aber billig verkauft. Mir wollte er schon zwölf Goldstücke geben. Aber vermutlich seid ihr noch nicht mal so viele Kreuzer wert.«

Stenz und Tillmann sahen sich an.

»Nichts für ungut, mein Herr«, sagte Tillmann dann gedehnt und einen habgierigen Blick in den Augen. »Aber bei rechtem Licht betrachtet, haben wir ja unseren Hals riskiert, und wo Sie schon der Rotznase zwölf Gold…«

Ärger flackerte in Zeppenfelds Augen auf. »Kannst dir deinen sauren Atem sparen, Tillmann!«

Stenz mischte sich ein, im Tonfall unterwürfig, aber in der Sache die Partei seines Komplizen ergreifend. »Bei allem Respekt, mein Herr. Aber erst war ja nur die Rede von 'nem kleinen Einstieg, und dafür wär'n die ausgehandelten zehn Goldstücke auch ein rechter Lohn gewesen. Aber nun geht's um Entführung, und das ist schon 'n stärkerer Tobak. Womit ich sagen will…«

Zeppenfeld schnitt auch ihm das Wort ab, mit einer Handbewegung, als wollte er sich einer lästigen Fliege erwehren. »Verstehe vollkommen, was du sagen willst, Stenz. Wollt den Preis hoch treiben. Nun gut. Nie kleinlich gewesen. Zeige mich gern von meiner großzügigen Seite«, erklärte er mit näselnder Stimme. »Ist ein guter Tag. Auch wenn viel Glück, dass uns der Junge in Marienborn unverhofft über den Weg geritten ist. Hat uns allen viel Arbeit und Warten erspart. Wer weiß, wann die Gelegenheit wieder so günstig gewesen wäre. Werde also nicht so sein. Kriegt jeder sieben Goldstücke. Sollt nicht sagen, hätte euch nicht anständig bezahlt.«

Tillmann grinste. »Das ist ein Wort, mein Herr. Wusste doch, dass Sie 'ne gute Arbeit gerecht entlohnen würden.«

Stenz nickte nicht weniger zufrieden. »'n feiner Herr weiß

eben, was sich gehört, Tillmann. Darauf trinke ich einen! Auf Ihr Wohl!« Er setzte die Flasche an die Lippen und nahm einen kräftigen Schluck. Gluckernd rann ihm der Branntwein durch die Kehle.

»He, lass mich nicht auf'm Trocknen sitzen, Stenz!«, rief Tillmann ungeduldig. »Hab für die Flasche genauso meine Kreuzer aus dem Beutel hingelegt wie du! Dafür will ich mehr sehen als nur 'n feuchten Flaschenboden!«

Stenz setzte die Flasche ab, fuhr sich mit dem Handrücken über den Mund und erwiderte gut gelaunt: »Musst dich immer gleich wegen jedem Furz aufregen, Tillmann. Ist noch genug drin, um dir die Schwarte von innen zu wärmen, Kamerad.« Er drehte sich um und reichte ihm die Flasche hinüber.

Tobias hatte die ganze Zeit nach vorn gebeugt auf dem Hauklotz gesessen und den Anschein erweckt, als würde er noch immer unter den Nachwirkungen des Sturzes leiden. Doch der Ritt zur Hütte hatte ihm Zeit genug gegeben, die Benommenheit abzuschütteln. Als Stenz sich nun umdrehte und sein Degen dabei zur Seite schwang, reagierte Tobias blitzschnell. Seine Hand schoss vor, umfasste den Griff und riss den Degen im Aufspringen aus der Scheide.

»Verdammt! Stenz!«, stieß Zeppenfeld erschrocken hervor.

Stenz griff nach der Glocke, doch zu spät. Tobias glitt einen schnellen Schritt zurück und zog ihm die Schneide durch die Hand, als er nur noch die Klinge zu fassen bekam.

Brüllend ließ Stenz los, seine blutende Rechte nach oben haltend und das Gelenk mit der linken Hand umklammernd, als könnte er so die Blutung zum Stillstand bringen.

»Kommt mir bloß nicht zu nahe!«, schrie Tobias und wich zur Tür zurück. Er hatte sie jetzt alle vor sich. Stenz war ausgeschaltet. So blutrot seine Hand war, so leichenblass war sein Gesicht. So schnell würde dieser Schurke keine Waffe mehr in der Hand halten können. Aber er hatte es immer noch mit Zeppenfeld und Tillmann zu tun. Und beide waren bewaffnet.

»Verdammte Idioten!«, schrie Zeppenfeld außer sich vor

Wut, sprang auf und zog seinen Degen blank, hielt sich aber noch zurück. »Den Jungen aufhalten, Tillmann!«

Dieser Aufforderung hätte es gar nicht bedurft. Denn mit einem Fluch hatte Tillmann die Flasche fallen lassen und zum Säbel gegriffen.

»Nichts lieber als das!«, stieß er mit leuchtenden Augen hervor. »Es wird ihm nicht gefallen, was er gleich zu schmecken kriegt. Verteufelt unverdaulich, blanker Stahl!«

»Will ihn lebend! Reicht, wenn du ihm den Degen abnimmst«, warnte Zeppenfeld und rief Tobias zu: »Vernünftig, Junge! Hast keine Chance, uns zu entkommen. Lass fallen! Wirst sonst noch verletzt!«

»Das werden wir ja sehen!« stieß Tobias hervor. Eine wilde Erregung erfüllte ihn, versetzte seinen ganzen Körper in höchste Anspannung und Konzentration. Er stand fast nur auf den Zehenspitzen, bereit, augenblicklich auf einen Angriff zu reagieren. Diesmal galt es wirklich. Und er durfte sich nicht den geringsten Fehler erlauben. Alles, was Maurice Fougot ihn gelehrt hatte, musste sich jetzt in einem tatsächlichen Kampf bewähren. Tillmann brannte nur darauf, ihn mit seinem Säbel niederzustechen, das stand deutlich auf sein Gesicht geschrieben. »Dieses Rattengesicht wird eher sein eigenes Blut schmecken als mir die Waffe abnehmen!«

»Dir werd ich's zeigen, du mieses Bürschchen!«, stieß Tillmann hervor und griff an.

Er versuchte es mit einem geraden, einfallslosen Stoß, den Tobias mit Leichtigkeit abwehrte. Er wusste, dass er sich nicht lange mit Tillmann abgeben durfte, denn Zeppenfeld wurde sofort in den Kampf eingreifen, wenn er sah, dass ihm sein Handlanger nicht gewachsen war.

Deshalb ging er augenblicklich zum Gegenangriff über. Sein Degen klirrte gegen die breite Klinge des Säbels, parierte einen zweiten, überhasteten Ausfall, blieb aber in Klingenkontakt. Mit einer kraftvollen Drehung riss er Tillmann den Säbel weit nach links, sodass sein ganzer Körper nun völlig ungeschützt war. Er hätte ihn töten können. Doch dieser Gedanke durchzuckte ihn nur als theoretische Möglichkeit. Er wollte sich seine Freiheit erkämpfen, mehr nicht.

Wie der Franzose es ihn gelehrt hatte, setzte er deshalb nach, stieß ihm die Klinge in den rechten Oberarm, sprang zurück und brachte im Augenblick von Tillmanns tierischem Aufschrei einen zweiten Treffer an. Vergleichsweise harmlos im Grad der Verletzung, doch ungemein effektiv: Die scharfe Klingenspitze rasierte ihm den oberen Lappen des rechten Ohres ab. Tillmanns Schrei erklomm noch schrillere Höhen, während er rückwärts taumelte. Sein rechter Arm hing schlaff nach unten. Mit Entsetzen fasste er nach seinem verstümmelten Ohr.

Dieser Kampf hatte nur wenige Sekunden gedauert. Doch beinahe eine Sekunde zu lang. Denn als Tobias seinen ersten Treffer angebracht hatte, war es Zeppenfeld gedämmert, dass der Junge ein Meister in der Klingenführung und Tillmann ihm nicht gewachsen war.

Und er war vorgesprungen, um in den Kampf einzugreifen.

Tobias gelang es gerade noch, seinen Körper aus dem Stoß herauszudrehen, der seinem linken Oberschenkel gegolten hatte. Zeppenfeld brauchte ihn lebend, das war sein großer Vorteil. Doch ganz entging er Zeppenfelds Klinge nicht. Sie fetzte seine Hose auf und fügte ihm einen Schnitt zu.

In der Erregung des Kampfes spürte Tobias den Schmerz überhaupt nicht. Angst, Konzentration und Entschlossenheit hatten sich in ihm zu einem unbeschreibbaren Gefühl vermischt. Es war, als strömte in diesen Momenten an Stelle von Blut eine flüssige Droge durch seinen Körper, die alle Eindrücke, die nicht zu diesem Kampf gehörten, unterdrückte und ihn befähigte, in der Spanne eines Wimpernschlages Entscheidungen zu treffen, ohne dass sie einer Überlegung bedurften. Ihm war, als hätte ein anderer Tobias die Macht über ihn ergriffen.

Zeppenfeld fluchte, federte zurück und wollte ihn mit einer Finte täuschen. Doch Tobias durchschaute dessen Vorhaben schon im Ansatz, parierte den Stoß, blieb wie bei Tillmann jedoch in Klingenkontakt und fegte ihm mit einer doppelten, kraftvollen Drehung den Degen aus der Hand. Er flog über den Tisch hinweg und landete auf dem Boden.

Bevor Zeppenfeld wusste, wie ihm geschah, hatte Tobias ihm auch schon die Klinge auf die Brust gesetzt. »Sagen Sie Stenz, er soll die Hand vom Messer lassen!«, rief Tobias mit vor Erregung zitternder Stimme, als er sah, wie dieser mit der Linken nach dem Messer an seiner Seite griff. »Oder ich stoße Ihnen die Klinge in die Brust!«

Zeppenfeld stand wie zur Salzsäule erstarrt, fassungslos über das Geschehen und blankes Entsetzen in den Augen. Die Spitze des Degens hatte sich schon durch seine Kleidung gebohrt. Ein kurzer Ruck und die Klinge würde *ihn* durchbohren!

»Nicht, Stenz!«, stieß er heiser hervor. »Finger vom Messer! Jetzt zu spät! Habt es vermasselt, ihr Schwachköpfe. Den Jungen unterschätzt!«

Mit hasserfüllten Augen starrte Stenz zu Tobias hoch. Seine Hand blutete noch immer. Hinter ihm kauerte Tillmann wimmernd am Boden. Die ganze rechte Gesichtshälfte blutverschmiert. Blut tränkte auch seine Jacke, wo Tobias ihm den Oberarm durchstochen hatte.

»Verflucht sollst du sein, du Bastard!«, stieß Stenz hervor, nahm jedoch die Hand vom Messer. »Du hast uns diesmal übertölpelt! Aber du wirst nicht lange Freude daran haben, das schwöre ich dir!«

»Feiges Verbrecherpack! Mit Typen eures Schlages sollte man kurzen Prozess machen. Mit Ihnen auch, Zeppenfeld!«, erwiderte Tobias.

Dieser hatte sich vom Schock erholt. Ein kaltes, überhebliches Lächeln erschien auf seinem Gesicht. »Bist nicht aus dem Holz geschnitzt, um jetzt noch zuzustechen, mein Junge. Du hast gewonnen. Wirst dich damit zufrieden geben. Bist kein Mörder, der Wehrlose absticht wie ein Schwein beim Schlachtfest. Tillmann und Stenz ja – du nicht. Ganz dein Vater. Konnte auch nicht über seinen Schatten springen. Immer Ehrenmann. Prächtiger Zug an ihm. Äußerst nützlich in Situationen wie diesen. Kann man stets fest drauf bauen. Große Beruhigung«, höhnte er.

»Halten Sie den Mund!«, herrschte ihn Tobias an und überlegte fieberhaft, was er nun tun sollte.

Zeppenfeld gab nichts darauf. Er wusste, dass ihm Tobias nichts tun würde, solange er sich nicht von der Stelle bewegte. »Wirst uns laufen lassen müssen, mein Junge. Bleibt dir nichts anderes übrig. Rühre mich nicht von der Stelle. Kannst tausendmal drohen. Durchschaue dich. Gib dich damit zufrieden. Kannst uns nicht nach *Falkenhof* schleppen.«

Tobias hatte das auch schon erkannt. »Los, umdrehen! Und wenn Sie nicht tun, was ich Ihnen sage, werde ich sehr wohl zustechen. Nicht töten, aber schmerzhaft wird es sein, das verspreche ich Ihnen!«

Zeppenfeld lächelte höhnisch, drehte sich aber um. Und als Tobias ihm befahl, sich mit dem Gesicht nach unten hinzulegen, befolgte er auch dies.

Tobias trat schnell zu Stenz, hielt ihn mit dem Degen in Schach und forderte ihn auf, das Messer mit den Fingerspitzen herauszuziehen und ihm vor die Füße zu werfen. »Aber ganz vorsichtig!«, warnte er ihn und verstärkte den Klingendruck, damit er erst gar nicht auf dumme Gedanken verfiel.

»Mit dir rechnen wir schon noch ab!«, zischte Stenz, tat aber, wie ihm geheißen.

»Versucht es nur!«, erwiderte Tobias grimmig, bückte sich nach dem Messer und hob es mit der linken Hand auf. »Doch beim nächsten Mal werdet ihr nicht so billig davonkommen. Und ich weiß nicht, ob Zeppenfeld euch so viel zahlen kann, dass es sich lohnt, für ihn am Galgen zu hängen oder zu verbluten!«

Zeppenfeld drehte den Kopf ein wenig. »Kannst stolz sein, mein Junge. Geht an dich, dieses Gefecht. Ist aber noch längst kein gewonnener Krieg. Schmutzige Angelegenheit, so ein

Krieg. Versteh mich ganz gut darauf. Mein Wort drauf. Habt keine Chance, Krieg zu gewinnen, du und dein Onkel.«

»So? Haben wir nicht? Wer liegt denn jetzt im Dreck?«, fragte Tobias verächtlich und ging rückwärts zur Tür. Seine Blicke sprangen zwischen Zeppenfeld und Stenz hin und her. Letzterer erschien ihm der Gefährlichste von ihnen allen. Er verbiss sich den Schmerz und war in seinem Hass auch in der Lage, ihn anzugreifen, trotz der aufgeschnittenen Hand. Um Tillmann brauchte er sich dagegen nicht zu sorgen. Dem stand der Sinn ganz sicher nicht danach, sich ein zweites Mal mit ihm anzulegen. Zumindest heute nicht.

»Eine überraschende Wende, gewiss«, räumte Zeppenfeld ein. »Aber nicht von Dauer. Könnt mir nicht das Wasser reichen. Halte mich nämlich nicht an eure Spielregeln. Wird ein schmutziger Krieg. Seid gut beraten, den Stock freiwillig rauszugeben. Erspart euch damit viel Kummer. Hast mein Wort drauf, Junge. Ist nicht das Wort eines Ehrenmannes! Werde mir holen, was ich haben will. Egal wie!«

»Scheren Sie sich zum Teufel! Den Stock werden Sie nie bekommen, was Sie auch versuchen werden! Wir wissen jetzt, was für ein Lump Sie sind!« Tobias schob die Tür mit dem Fuß auf.

»Bezweifle das sehr. Kennst mich noch längst nicht!«

Tobias würdigte ihn keiner Antwort mehr, sondern lief zu den Pferden hinüber, die rechts von der Hütte angebunden standen. Hastig durchtrennte er mit Stenz' Messer die Bauchgurte der drei Sättel, stieß sie von den Rücken der Pferde, durchschnitt auch die Zügel, die um die dünnen Stämme zweier Birken gebunden waren, und scheuchte die Pferde in den Wald. Das Messer schleuderte er in ein Gebüsch, den Degen behielt er jedoch.

Als Zeppenfeld in der Tür erschien, seinen Degen in der Hand, saß Tobias schon auf Astor und galoppierte davon. Er wusste, dass sie ihn nicht verfolgen konnten. Dennoch trieb er Astor zu höchster Eile an, der sich mittlerweile wieder ein wenig erholt hatte und ihn schnell voranbrachte.

Als er aus dem Wald heraus war und die Allee von *Falkenhof* vor ihm lag, merkte er erst, dass er am ganzen Leib zitterte. Er hatte noch immer das blutüberströmte Gesicht von Tillmann vor Augen, das verstümmelte Ohr, und spürte unüberwindbare Übelkeit in sich hoch steigen. Er hielt an, rutschte aus dem Sattel und erbrach sich. Kalter Schweiß stand ihm auf der Stirn, während sich sein Magen nach außen kehren wollte. Er würgte und spuckte. Er zitterte noch immer, als er wieder aufsaß. Den Degen, den er Stenz abgenommen hatte, ließ er achtlos im Gras liegen. Blut klebt an der Klinge.

Das Westtor stand weit offen. »Jakob!«, schrie er, als er in den Hof ritt. »Jakob! – Klemens!«

Die beiden Männer liefen aus dem Osttrakt.

»Schließt sofort das Tor!«

Jakobs Blick fiel auf die aufgefetzte Hose. »Jesus Maria, der junge Herr ist verletzt! Was ist passiert?«, stieß er hervor.

»Das Tor! Schließt das Tor zu!« Tobias wusste selbst nicht, warum ihm das jetzt so wichtig war. Nie und nimmer konnte Zeppenfeld mit den beiden Verletzten so schnell die Pferde eingefangen haben und ihm gefolgt sein. Nicht mit den durchschnittenen Sattelgurten. Und dennoch wollte er das Tor geschlossen wissen.

Die aufgeregte Stimme seines Neffen alarmierte Heinrich Heller. Er stürzte aus der Werkstatt und sah mit Erschrecken, wie Tobias zitternd neben seinem Pferd stand.

»Tobias! Um Himmels willen! Was ist geschehen?«

»Zeppenfeld! Er hat mir aufgelauert – im Wald hinter Marienborn. Mit zwei Komplizen«, berichtete Tobias stockend. »Sie haben mich zur Hütte des alten Köhlers geschleppt. Dort habe ich Stenz den Degen entrissen. Es ist zum Kampf gekommen... Habe sie beide erwischt... Stenz und Tillmann... Dem fehlt jetzt ein Stück vom Ohr... Zeppenfeld hätte mich fast noch gekriegt... hat mich aber nur am Bein gestreift... Und dann habe ich ihm die Klinge auf die Brust gesetzt!«

Entsetzen trat auf das Gesicht des Gelehrten und seine Haut

nahm fast die Farbe seines Bartes an. »O mein Gott!«, flüsterte er erschüttert, dann aber riss er sich zusammen. »Dem Himmel sei Dank, dass du ihnen entwischen konntest. Ich bin stolz auf dich. Kannst du allein gehen? Soll ich dich stützen?«

Tobias schüttelte den Kopf. »Es ist wirklich nur ein Kratzer, Onkel. Es brennt nur. Aber du hättest die beiden anderen sehen sollen.«

»Komm ins Haus«, drängte Heinrich Heller. »Sadik? Zum Teufel, wo steckst du? Sadik! Er muss sich deine Verletzung ansehen.«

Es war wirklich nur eine harmlose Schnittwunde, daumenlang und nicht einmal fingernageltief. Sadik säuberte sie und rieb seine besondere Salbe in die Wunde. Tobias erzählte dabei, was ihm widerfahren war.

»Ich ahnte es«, sagte Sadik mit kalter Wut. »Zeppenfeld ist ein Schakal. Man muss ihn zur Strecke bringen, bevor er Gelegenheit hat, weiteres Unheil anzurichten.«

Heinrich Heller nickte. »Du hast Recht.«

»Wir sollten sofort zur Hütte reiten und sehen, ob wir sie noch stellen können«, schlug der Araber vor und legte einen Verband an. »Dass du ihnen die Sattelgurte durchgeschnitten hast, war schlau, Tobias. Wenn wir Glück haben, fehlt es ihnen an Stricken. Und wie du die Männer beschrieben hast, dürften sie kaum in der Lage sein, ohne Sattel zu reiten.«

Heinrich Heller schloss sich ohne Zögern seiner Meinung an. »Wir reiten sofort los. Jakob und Klemens nehmen wir mit. Ich hole nur schnell die Schrotflinte!«

»Ich bin aber dabei!«, verlangte Tobias.

»Kommt gar nicht in Frage! Das ist zu gefährlich!«

»Ich bin allein mit allen dreien fertig geworden. Wieso soll es da auf einmal gefährlicher sein, wenn wir nun zu fünft sind?«, begehrte Tobias auf. »Ich kann besser fechten als jeder von euch! Das habe ich bewiesen.«

»Ich glaube nicht, dass wir dem etwas entgegensetzen können, Sihdi Heinrich«, sagte Sadik.

»Also gut!«, stimmte Heinrich Heller widerwillig zu, riss das Fenster auf und rief zu Jakob und Klemens in den Hof hinunter: »Sattelt noch vier Pferde! So schnell es geht!«

Tobias holte das Florett, das ihm Maurice Fougot geschenkt hatte, aus seinem Zimmer, schnallte es sich um und eilte dann ein wenig humpelnd die Treppe in den Hof hinunter. Es dauerte ihm viel zu lange, bis endlich alle Pferde gesattelt waren. Jakob und Klemens hatten sich mit langen Mistgabeln bewaffnet. Sadik vertraute auf seine Kunstfertigkeit mit dem Messer. Er trug jetzt zwei am Gürtel. Und sein Onkel hatte sich die doppelläufige Schrotflinte umgehängt.

»Ihr lasst keinen herein!« wies Heinrich Heller Agnes und Lisette an, die verängstigt im Hof standen.

Dann preschten sie durch das Westtor, die Allee hinunter und hinein in den Wald. Als sie endlich die Lichtung erreichten, lag sie ausgestorben vor ihnen. Beide Hähne der Schrotflinte gespannt und von Sadik und Tobias flankiert, stieß Heinrich Heller die Tür der Hütte auf. Auch sie war verlassen. Von dem Kampf, der sich hier abgespielt hatte, zeugte nur noch die ausgelaufene Branntweinflasche am Boden und Blutspuren auf einem Hauklotz und auf dem Tisch, der einen schmutzig braunen Händeabdruck aufwies. Dort hatte sich jemand mit blutverschmierter Hand aufgestützt. Tobias blickte schnell weg.

»Ausgeflogen das Gesindel!«, stieß Sadik enttäuscht hervor und schob sein Messer wieder in die Scheide.

»Sie können nicht weit sein«, meinte Heinrich Heller. »Zeppenfeld ist bestimmt nach Marienborn geritten. Er hat sich doch dort im Gasthof einquartiert. Er wird kaum geflohen sein, ohne seine Sachen vorher abzuholen!«

Und sie ritten so schnell nach Marienborn, wie es ihre Pferde erlaubten. Doch auch dort kamen sie zu spät. Schon vor über einer halben Stunde war Zeppenfeld im Gasthof aufgetaucht. Allein. Er hatte seinen Kutscher angeschrien, in Windeseile die Kutsche fahrbereit zu machen, war in sein Zimmer gestürmt, hatte überstürzt seine Reisetaschen gepackt und dem Wirt achtlos Geld hingeworfen, für das er noch eine ganze Woche hätte bleiben und fünf weitere Leihpferde hätte haben können.

»... und dann ist der feine Herr mit der Kutsche losgerast, als wäre der Leibhaftige persönlich hinter ihm her«, beendete der Wirt seinen Bericht über das ihm wunderliche Verhalten seines spendablen Gastes.

»Der Leibhaftige hat ihn wohl kaum so sehr geschreckt wie wir!«, sagte Heinrich Heller ärgerlich.

»Hatte der Herr vielleicht Differenzen mit Ihnen, Herr Professor?« fragte der Wirt, begierig auf die Hintergründe. Denn dass die Reitergruppe vom *Falkenhof* bewaffnet war, war ihm nicht entgangen.

»So kann man es nennen«, knurrte der Gelehrte.

»Warum reiten wir ihm nicht nach?«, fragte Tobias.

Heinrich Heller schüttelte mit grimmiger Miene den Kopf, und Sadik antwortete in seinem Sinne, als er sagte: »Der Kerl ist längst über alle Berge. Er ist weit vor uns in Mainz, sofern das sein Ziel ist.«

Heinrich Heller forderte seinen Neffen auf, dem Wirt die beiden anderen Männer zu beschreiben, und drückte diesem dann eine Münze in die Hand. »Falls sie sich hier blicken lassen, was ich aber stark bezweifle, schicken Sie mir jemanden nach *Falkenhof* und lassen mich das wissen. Dann erhalten Sie noch mal das Gleiche.«

Der Wirt versicherte, dass sich der Herr Professor auf ihn verlassen könne und er Augen und Ohren offen halten werde, erfuhr zu seinem sichtlichen Bedauern jedoch nicht, was sich denn nun ereignet hatte.

Die Enttäuschung war bei allen groß, besonders bei Tobias. Und als sie wieder auf *Falkenhof* waren, verwandelte sie sich in ohnmächtige Wut. Sein Onkel, von einer nicht minder starken Gefühlsregung erfüllt, legte ihm nämlich mit erzwungener Sachlichkeit auseinander, dass Zeppenfeld auch jetzt nicht beizukommen wäre.

»Es gibt keine Zeugen, Tobias! Deine Aussage wird nicht das

Geringste bewirken, weil sie im besten Fall gegen die von Zeppenfeld steht. Und wenn er die beiden Männer, Stenz und Tillmann, noch bei sich hat, werden die jeden Meineid schwören und behaupten, dass du lügst und dass sie nie dort in der Hütte waren. So liegen die Dinge nun mal.«

»Er kommt also wieder mal ungeschoren davon!«

»Ja, leider. Aber immerhin sind seine beiden Komplizen ganz gehörig blessiert, wie du gesagt hast, auch wenn das nur ein schwacher Trost ist.«

»Allerdings!«

»Ich könnte nach Mainz reiten und mich dort einmal umsehen«, warf Sadik ein. »Die Sache mit Zeppenfeld lässt sich auch ohne Richter aus der Welt schaffen. Nach unseren Gesetzen ...«

Heinrich Heller ließ ihn erst gar nicht ausreden. »Deine Gesetze haben hier keine Gültigkeit, Sadik! Blutrache mag unter Beduinen ein geeignetes Mittel sein, aber nicht hier! Das wäre Meuchelmord, und damit wären wir nicht besser als er. Ich möchte deshalb nichts mehr davon hören. Ich habe dir nie irgendwelche Vorschriften gemacht, aber wenn du etwas in dieser Richtung unternimmst ...«

Sadik hob die Hand. »Schon gut, Sihdi Heinrich. Es war nur so ein Gedanke.«

»Vergiss ihn schnell wieder. Wir werden unsere Vorkehrungen treffen, damit Zeppenfelds Vorhaben zum Scheitern verurteilt ist. Ansonsten sind uns die Hände gebunden. Ich bin selbst wahrlich nicht glücklich darüber, aber wir werden uns damit abfinden müssen.«

Nach dem Abendessen, das sehr freudlos ausfiel und Agnes fast volle Töpfe zurück in die Küche bescherte, nahm Sadik Tobias zur Seite. »Zeppenfeld wird uns noch einmal über den Weg laufen. Und dann wird er seine gerechte Strafe erhalten, das verspreche ich dir!«

»Ich hoffe, das geschieht schon bald!«

Sadik legte ihm eine Hand auf die Schulter. »Der Jäger erhitzt sich, während sich der Vogel gemütlich die Federn putzt. Hab

Geduld. Er will den Stock. Der Stock ist hier auf *Falkenhof.* Deshalb wird er auch hier erscheinen – und wir werden ihn erwarten.«

Einen wahren Trost gab es für Tobias dennoch. Zeppenfelds Worten hatte er entnehmen können, dass dieser die Absicht gehabt hatte, *Falkenhof* zu beobachten und eine passende Gelegenheit für eine Geiselnahme abzuwarten. Hätten er, Tillmann und Stenz damit schon am Morgen begonnen, wäre ihnen Janas Aufbruch sicher nicht entgangen. Und Tillmann wäre aufgegangen, dass dieses Mädchen ihn im Flur niedergeschlagen hatte und nicht ein zweiter Bursche, wie er fälschlich glaubte.

Die Vorstellung, dass Jana ihr Opfer hätte sein können und diesen Schurken ausgeliefert gewesen wäre, jagte ihm einen Schauer den Rücken hinunter. Bestimmt hätten sie keine Veranlassung gesehen, sanft mit ihr umzugehen, wäre sie in ihren Augen doch nur ein Zigeunermädchen gewesen. Und Tillmann hätte sie dafür büßen lassen, dass sie sein Vorhaben mit dem Schüreisen vereitelt hatte.

Was für eine glückliche Fügung, dass Zeppenfeld und seine Komplizen nichts von ihr wussten und noch nicht in der Nähe von *Falkenhof* auf der Lauer gelegen hatten.

Jana.

Die Sehnsucht und der Schmerz kehrten wieder zurück. Er wünschte, sie wäre bei ihm. Mit ihr hätte er reden können. Sie hätte verstanden, wie zerrissen er sich fühlte, wenn er an Stenz und Tillmann und die Verletzungen dachte, die er ihnen zugefügt hatte. Er war stolz, dass ihm das gelungen war, aber auch erschrocken. Er würde die Schreie und das viele Blut niemals vergessen.

Wo war Jana jetzt? Wo würde sie mit Napoleon und Unsinn ihr Nachtlager aufschlagen? Ob sie wohl auch an ihn dachte und ihn vermisste? Bestimmt. Zumindest ein bisschen.

Er nahm die geschnitzte Kugel zur Hand, und er hielt sie auch dann noch fest umschlossen, als ihn der Schlaf in eine düstere Welt voller Albträume hinabzog.

Ruhe vor dem Sturm?

Zeppenfelds Drohung nahm man ernst auf *Falkenhof.* Von Stund an blieben beide Tore verschlossen. Niemandem durfte geöffnet werden, ohne dass Sadik oder Heinrich Heller ihn persönlich in Augenschein genommen hatte. Waffen wurden bereitgehalten, um ein gewaltsames Eindringen abwehren zu können. Sogar ein nächtlicher Wachdienst, der von Sonnenuntergang bis Morgengrauen ging, erschien Heinrich Heller keine übertriebene Vorsichtsmaßnahme zu sein. Die vier Männer wollten die Wache zuerst allein übernehmen. Doch Tobias ließ es nicht zu, dass man ihn davon ausschloss. Und den Einwand seines Onkels, dass die Wachdauer von zwölf Stunden durch vier besser teilbar sei als durch fünf, ließ nicht nur ihn, sondern auch Sadik in Gelächter ausbrechen, und die Nacht wurde durch fünf geteilt.

Nächtliche Ballonaufstiege gab es keine mehr. Sie mussten davon ausgehen, dass Zeppenfeld *Falkenhof* auch nachts unter Beobachtung hielt. Gerade in dieser gefährlichen Situation die Neugier der Nachbarschaft und das Interesse der Herrschaften von den umliegenden Gütern zu erwecken, hätte fatale Folgen haben können.

»Stell dir vor, das Landvolk läuft draußen zusammen und ständig treffen Kutschen von den anderen Landgütern ein«, malte Heinrich Heller seinem Neffen aus, als sie über die zu treffenden Vorkehrungen sprachen. »Wie leicht kann da einer unserer Aufmerksamkeit entgehen und in einem unbeobachteten Moment bei uns eindringen. Nein, keine Ballonaufstiege mehr, so schwer es mir auch fällt – und dir gewiss auch, Tobias! Aber wir müssen vernünftig sein. Mit Zeppenfeld ist nicht zu spaßen. Das wissen wir jetzt.«

Tobias konnte das ganz gut verschmerzen und fand den nächtlichen Wachdienst nicht der Rede wert, auch wenn der

April seinem Ruf als wechselhafter Geselle alle Ehre machte und ihnen in so mancher Nacht ungemütliches regnerisches Wetter bescherte. Was ihn viel härter traf, war das strikte Verbot seines Onkels, *Falkenhof* allein zu verlassen.

»Keine Ausritte mehr ohne Begleitung!«, bestimmte er. »Und ich wünsche darüber auch keine Diskussion. Einmal ist es gut gegangen. Beim nächsten Mal wird dir Zeppenfeld keine Gelegenheit zur Flucht geben.«

Voller Ungeduld wartete Tobias deshalb darauf, dass etwas passierte. Insgeheim hoffte er, Zeppenfeld möge schon bald etwas unternehmen, damit er und Sadik mit ihm abrechnen konnten. Er zweifelte nicht daran, dass sie bei allen ihren Vorsichtsmaßnahmen seinen Plan durchschauen würden.

Doch es geschah nichts. Ein Tag nach dem anderen verging, ohne dass sich auch nur eine verdächtige Gestalt in Sichtweite von *Falkenhof* zeigte. Und die Nächte waren genauso ereignislos. Bis auf den Vorfall mit der Eule, die sich einmal in den Hof verirrt und im Rundgang des Osttores mit ihren Flügeln geschlagen hatte. Das Geräusch hätte Tobias beinahe veranlasst, alle auf dem Gut mit einem gellenden Alarmschrei aus den Betten zu reißen.

Zeppenfeld und seine Komplizen schienen wie vom Erdboden verschluckt. Auch vom Wirt in Marienborn traf keine Nachricht ein, dass irgendein Fremder gesehen worden wäre. Ereignislos gingen Tage und Nächte ineinander über.

»Täusch dich nicht«, sagte Sadik einmal zu Tobias, als dieser enttäuscht die Vermutung aussprach, Zeppenfeld hätte wohl doch aufgegeben. »Es ist die Ruhe vor dem Sturm und sie gefällt mir gar nicht.«

»Was soll er denn schon groß noch aushecken können?«, wandte Tobias ein. »Er weiß, was ihm blüht, wenn er uns noch einmal in die Quere gerät.«

»Würde sich der Wolf vor der Schildkröte fürchten, so hätte ihn Allah mit einem Pelz aus Sackleinen ausgestattet«, warnte Sadik ihn. »Und Zeppenfeld ist ein Wolf.«

»Pah! Zeppenfeld ist ein feiger Hund!«

Sein Onkel schien zu einer ähnlichen Überzeugung gelangt zu sein, denn er ließ sich nicht davon abhalten, mehrmals nach Mainz zu fahren.

Als sich Tobias in der zweiten Woche darüber beschwerte, dass er *Falkenhof* nicht verlassen dürfe, während sein Onkel sich keine derartigen Beschränkungen auferlegte, sagte der zu ihm: »Das ist auch etwas völlig anderes, mein Junge. Ich kann mich nicht auf *Falkenhof* einigeln. Ich werde jetzt in Mainz dringend gebraucht. Der Winter war lang und es liegt eine Menge Arbeit vor uns. Außerdem wird sich Zeppenfeld nicht an uns heranwagen«, fügte Heinrich Heller hinzu. »Sadik hat eine Flinte unter den Decken auf dem Kutschbock liegen und ich habe die Schrotflinte griffbereit. Wir sind also bestens gerüstet. Soll sich Zeppenfeld nur zeigen! Sadik brennt darauf, ihm zu begegnen. Aber diesen Gefallen wird er ihm nicht tun. Es würde ihm auch nichts bringen. Der Spazierstock ist auf *Falkenhof.* Und wenn er etwas unternimmt, dann wird es dort passieren.«

An den Tagen, wenn Heinrich Heller mit Sadik mittags nach Mainz fuhr, händigte er seinem Neffen die Pistole aus, mit der Tobias von seinem Vater das Schießen gelernt hatte, und vertraute Jakob eine zweite Schrotflinte an, die er von seiner ersten Fahrt nach Zeppenfelds gescheitertem Versuch der Geiselnahme mitgebracht hatte.

An diesen langen Nachmittagen verbrachte Tobias die Zeit damit, das freie, gut einsehbare Gelände um das Gut herum zu beobachten, das Florett umgeschnallt und die Pistole im Gürtel. Er kam sich dann wie ein Pirat oder ein Ritter vor, der den feindlichen Angriff erwartete – und mit einer Mischung aus Bangen und grimmiger Erwartung stellte er sich vor, wie er Zeppenfelds Männer in die Flucht schlagen würde. Aber dieser Angriff erfolgte nicht.

Das ereignislose Warten zog sich in die dritte Woche. Der April neigte sich seinem Ende zu und das Leben auf *Falkenhof* lief fast wieder in seinen geregelten Bahnen. Die Spannung der ersten Tage war längst einer mehr beiläufigen Vorsicht gewichen, der jedoch spürbar das Element der Bedrohung fehlte.

Tobias dachte viel an Jana und sie fehlte ihm mehr denn je. Aus purer Langeweile setzte er seine Studien fort, verbesserte mit Sadiks Hilfe seine Arabisch-Kenntnisse, die jedoch kaum einer Verbesserung bedurften. Er las auch viele französische Bücher, weil Paris ihn wieder lockte, und vertiefte sich in Ermangelung anderer Anreize wieder ins Englische.

Aber nichts war eine wirkliche Herausforderung, denn das Lernen fiel ihm leicht. Die Früchte fielen ihm sozusagen in den Schoß, ohne dass er sich dafür groß hätte anzustrengen brauchen. Er besaß nun mal die seltene Begabung, eine Seite in einem Buch zu überfliegen, um ohne mühsames Pauken zu behalten, was er gelesen hatte.

»Du hat ein Gedächtnis wie eine *camera obscura*«, hatte sein Onkel einmal mit neidvoller Bewunderung gesagt. »Nur dass dein Gehirn nicht acht Stunden Belichtungszeit braucht, um für ewig festzuhalten, was durch deine Augen in dein Gedächtnis gelangt ist. Ein wahrhaft göttliches Geschenk.«

Von seinem Onkel hatte Tobias auch nicht viel, denn er arbeitete angestrengt wie nie an seinen Schriften für den Geheimbund und hatte zudem die Niederschrift einer Abhandlung über Goethes Farbenlehre in Angriff genommen.

»Es ist mir ein Rätsel, wie ein so genialer Mann wie Goethe, der doch wirklich Einsichtskraft und Urteilsvermögen in so vielen Dingen bewiesen hat, eine derart lächerliche Farbentheorie aufstellen kann«, ereiferte er sich einmal, als ihm Tobias mit seinen Lehrbüchern Gesellschaft leistete. »Und dann auch noch so verbohrt ist zu behaupten, dass all seine anderen großen Werke wie der Faust und der Götz im Vergleich zu seiner Farbenlehre ohne Bedeutung wären!«

Tobias war mit Goethes Werken wohl vertraut. Karl Maria Schwitzing war ein großer Verehrer des Weimarers und hatte seinen Unterricht wochenlang nur dessen Dramen gewidmet. Doch von einer Farbenlehre war nie die Rede gewesen.

»Was hat denn der Herrgott unserer deutschen Dichtung deiner Meinung nach für falsche Farben angerührt?«, fragte Tobias spöttisch.

Sein Onkel tippte mit seinem Zeigefinger auf eine englische Schrift. »Das hier ist die Abhandlung von Isaac Newton zu diesen Themen. *Opticks* heißt sie, verfasst 1704. Darin hat der großartige englische Wissenschaftler seine wissenschaftlichen Ergebnisse zum Licht festgehalten. Newton führt darin aus, dass im Licht der Sonne alle Farben enthalten sind und dass das weiße Licht ein Phänomen ist, zusammengesetzt aus den *nichtweißen* Spektralfarben.«

Tobias dachte an die Prismenversuche seines Onkels. Oft genug hatte er selbst gesehen, wie sich das weiße Licht brach und zu Farben aufspaltete.

»Und? Was hat Goethe daran auszusetzen?«, wollte er wissen.

»Er zerreißt Newton in der Luft! Vierzig Jahre der Forschung hat Goethe in seine Versuche investiert und schließlich ein monumentales mehrbändiges Werk von 1400 Seiten geschrieben – und was ist sein Ergebnis?« Heinrich Heller legte eine Pause ein. »Ein geistiger Furz, wenn du mir diese derbe Bemerkung erlaubst, mein Junge. Um es simpel zu erklären: Er ist überzeugt, dass die Farben ganz und gar nicht im weißen Licht *enthalten* sind, sondern ›von dem Lichte und von dem, was sich ihm entgegenstellt, hervorgebracht‹ werden. Für ihn sind Farben ›Taten des Lichtes‹, die *erst entstehen,* wenn dem Licht in Form eines Mediums wie Rauch, Dunst, Wasser und Glas etwas entgegengesetzt wird! Und diese wirre Behauptung feiert er als die Krönung seines langen Schaffens!«

»Und du bist jetzt zu Newtons Ehrenrettung angetreten«, spottete Tobias.

»In der Tat!«

»Mir wäre es lieber, du würdest dich weniger um Goethes Farbentick kümmern als um das, was wir hinsichtlich Zeppenfeld unternehmen können«, sagte Tobias und brachte damit das Gespräch auf ein ihm viel wichtiger erscheinendes Thema. »Wir können doch nicht bis in alle Ewigkeit darauf warten, dass etwas geschieht! Und ich habe auch keine Lust, quasi Gefangener auf *Falkenhof* zu sein.«

»Und was soll ich deiner Meinung nach unternehmen? Etwa Sadik losschicken und ihm freie Hand lassen?«

»Ich weiß es nicht«, brummte Tobias. »Ich weiß nur, dass mir hier bald die Decke auf den Kopf fällt.«

Heinrich Heller sah ihn durch seinen Zwicker prüfend an. »Nun rück schon mit der Sprache raus. Ich seh dir doch an, dass dir etwas durch den Kopf spukt. Irgendetwas hast du dir ausgedacht. Nun denn: heraus damit!«

»Lass mich nach Paris gehen!«

»Paris.« Sein Onkel seufzte. »Und du meinst, da wärest du vor Zeppenfeld sicher.«

»Auf jeden Fall nicht viel gefährdeter als hier!«

»Es ist eine lange Reise dorthin, und wer weiß, ob Zeppenfeld nicht versucht, dich auf dem Weg nach Paris in seine Gewalt zu bringen.«

»Dann gib mir Sadik mit! Zusammen werden wir allemal mit ihm und seinen Komplizen fertig!«, versicherte Tobias. »Außerdem könnten wir es doch bestimmt so einrichten, dass niemand von unserer Abreise etwas erfährt. Wir könnten irgendwo eine Kutsche bereithalten und uns bei Nacht und Nebel aus *Falkenhof* wegstehlen. Wir würden schon schnell merken, ob uns jemand verfolgt. Sadik versteht sich darauf.«

»Das hast du dir ja schon gut zurechtgelegt.«

»Zeppenfeld kann nicht überall sein, Onkel. Und er hat auch keine halbe Armee, die rund um *Falkenhof* auf der Lauer liegt. Er ist nichts weiter als ein Schurke.«

»Den man nicht unterschätzen soll.«

»Das habe ich auch nicht behauptet. Aber es lässt sich bestimmt einrichten, dass er nichts von unserer Abreise und unserem Ziel erfährt. Es ist bloß eine Frage guter Planung.«

»Hast du schon mit Sadik darüber gesprochen?«

»Nein. Ich wollte dich nicht vor vollendete Tatsachen stellen.«

»Oh, das klingt ja so, als wolltest du mir gar keine andere Wahl lassen!«

Tobias schüttelte den Kopf. »So ist es nicht, Onkel. Aber irgendetwas muss geschehen. So kann das nicht weitergehen. Für dich ist das ja nicht so schlimm. Du führst dein Leben wie immer, bist mit deinen Studien und Experimenten beschäftigt und bist zudem noch dauernd in Mainz bei – bei deinen Freunden. Abgesehen davon, dass du eine Schrotflinte mitnimmst, wenn du ausfährst, und Sadik ebenfalls bewaffnet ist, hat sich für dich nichts geändert. Kein Wunder, dass dir die Situation nichts ausmacht. Aber was ist mit mir? Ich bin fast drei Wochen nicht mehr vors Tor gekommen. Und ich habe keine Lust, von Sadik und Jakob eskortiert zu werden, wenn ich mal Lust auf einen Ausritt habe. Ich könnte ebenso gut verbannt wie Napoleon auf einer Insel sitzen. So sieht es aus!«

Bedrückt hatte ihm Heinrich Heller zugehört, und er musste zu seiner Schande einräumen, dass er sich über Tobias' Lage so noch keine Gedanken gemacht hatte. Er hatte nur seine Sicherheit im Sinn gehabt, dabei aber völlig übersehen, dass diese totale Beschränkung auf *Falkenhof,* ohne jede Ablenkung, für seinen Neffen auf Dauer wirklich eine Zumutung bedeutete.

»Tut mir Leid, dass ich dem so wenig Beachtung geschenkt habe, Tobias«, sagte er nun schuldbewusst. »Du hast natürlich recht. Es kann so nicht weitergehen. Mir ist zwar nicht ganz wohl bei dem Gedanken, dich nach Paris zu schicken. Aber möglicherweise bist du dort wirklich besser aufgehoben als hier. Ich werde gleich mit Sadik reden und hören, was er davon hält. Das verspreche ich dir. Wenn wir es sehr umsichtig angehen, könnte es wohl doch gelingen, jedes Risiko für dich auszuschließen.«

Sadik brachte keine Einwände hervor. Er war wie Tobias davon überzeugt, die Abreise unbemerkt bewerkstelligen zu können. Es bedurfte nur einiger Tage der Vorbereitung. Und wenn sich Tobias nicht sehr täuschte, dann war auch er bei aller Zuneigung zu seinem Onkel begierig darauf, dem eintönigen Leben auf *Falkenhof* den Rücken zu kehren.

Und so wurde beschlossen, diese geheime Abreise in Angriff zu nehmen. Tobias und Sadik hockten den ganzen Abend und die halbe Nacht zusammen, um einen Plan auszuarbeiten, wie sie vorgehen wollten. Beide waren mit großer Begeisterung bei der Sache.

Heinrich Heller dagegen hatte ein ungutes Gefühl, Tobias nach Paris reisen zu lassen, auch wenn er seine Zustimmung gegeben hatte und ihn unter Sadiks Schutz wusste. Was war, wenn alle Täuschungsmanöver misslangen, die die beiden ausheckten?

»Ach, es sind wohl nur die Ängste eines alten Mannes, der für diese Art Aufregungen nicht mehr geschaffen ist. Es wird schon alles gut gehen«, versuchte er sich zu beruhigen. »Und im schlimmsten Fall werde ich eben den verdammten Stock herausrücken. Zum Teufel mit dem Ding! Ich hätte ihn gleich Zeppenfeld überlassen sollen! Dann wäre der Junge erst gar nicht in Gefahr geraten.«

Festungsbelagerung

Am nächsten Tag fuhr Heinrich Heller wieder einmal mit Sadik nach Mainz. Sie wollten die Gelegenheit nutzen, schon die ersten Vorbereitungen zu treffen. Einer von Heinrich Hellers Freunden würde sich ganz sicher bereit erklären, in zwei Tagen mit einer Kutsche nachts in den Hügeln hinter Essenheim auf sie zu warten. Diese Ortschaft lag ein gutes Stück südlich des Ober-Olmer Waldes.

Tobias hatte mit Sadik beschlossen, sich diesem Ort in einem weiten südwestlichen Bogen zu nähern. Sie wollten schon um Mitternacht aufbrechen, sich aber erst zwei Stunden vor Morgengrauen mit dem Mann aus Mainz hinter Essenheim treffen. Dieser sollte schon am Tag zuvor Mainz verlassen und Station in Stadecken machen, das noch ein Stück weiter südlich lag als Essenheim. Sie würden also Zeit genug haben, um sich davon zu überzeugen, dass ihnen niemand folgte. Es konnte eigentlich gar nichts schief gehen.

Eigentlich.

Tobias verbrachte den Nachmittag damit, schon einen Teil der Dinge in seinem Zimmer zurechtzulegen, die er mit nach Paris nehmen wollte. Dabei stöberte er auch seinen voll gestopften Bücherschrank nach spannenden Romanen durch, von denen er annahm, dass sie Jana gefallen würden.

An Jana hatte er nämlich auch gedacht, als er seinem Onkel die Reise nach Paris ans Herz gelegt hatte, wohlweislich aber kein Wort darüber verloren. Auch nicht zu Sadik. Wenn sie erst einmal unterwegs waren, würde er ihn schon dazu überreden können, über Worms zu fahren und dort ein paar Tage zu bleiben, falls Jana dann noch dort sein sollte. Sadik würde ihm diesen Gefallen gewiss nicht abschlagen.

So war Tobias nicht nur beschäftigt, sondern auch schon in allerbester Reisestimmung. Was Zeppenfeld und den Spazierstock betraf, so tröstete er sich mit der Einsicht, dass das Rätsel um Wattendorfs Stock ohne die Hilfe seines Vaters vorerst wohl doch nicht zu lösen war. Aber er würde seinen Onkel auf jeden Fall noch einmal daran erinnern, dass er versprochen hatte, einen Brief nach Kairo zu schicken und Wattendorf um Aufklärung zu bitten. Vielleicht antwortete er ja.

Es begann an diesem Tag früh dunkel zu werden, denn der Himmel war bezogen. Regenwolken ballten sich in der Ferne zusammen und das Licht der sinkenden Sonne war ohne Feuer.

Tobias fragte sich schon, wo denn bloß sein Onkel und Sadik blieben, als er endlich Hufschlag hörte – und augenblicklich alarmiert war. Denn was er vernahm, war das Trommeln eines galoppierenden Pferdes. Er sah, wie die Kutsche aus dem Wald raste. Sadik nahm die Kurve mit voller Geschwindigkeit, sodass die Kutsche gefährlich schlingerte. Deutlich war das Knallen der Peitsche zu hören!

»Zeppenfeld und seine Bande sind hinter ihnen her!«, schoss es ihm durch den Kopf. Mit einem Satz war er bei der Kommode, riss die oberste Schublade auf und griff zur Pistole. Dann rannte er auch schon aus dem Zimmer, hetzte den Flur und die Treppe hinunter und schrie nach Jakob und Klemens.

Jakob stürzte mit dem Schrotgewehr aus der Werkstatt. »Ist es das Pack?«, rief er.

»Es sieht so aus!«, rief Tobias ihm zu, während er zum Westtor lief. »Sadik jagt mit der Kutsche die Allee hoch, als wäre der Teufel hinter ihm her.«

Jakob stellte die Flinte gegen die Wand der Durchfahrt und hob schnell den schweren Balken aus den Eisenhalterungen. Tobias riss eine Flügeltür auf, Jakob die andere, und im nächsten Augenblick donnerte die Kutsche an ihnen vorbei in den Hof, eine lange Staubschleppe hinter sich herziehend, die ihnen Dreck und Sand um die Ohren schleuderte.

»Das Tor verriegeln!«, brüllte ihnen Sadik zu.

Jakob und Tobias beeilten sich, die Aufforderung zu befolgen. Doch zu ihrer Verwunderung tauchten keine Reiter auf der Allee auf.

Sie rannten in den Hof.

Sultan, ein rassiger Wallach und das beste Pferd im Stall von *Falkenhof,* stand mit fliegenden Flanken im Geschirr. Sein kastanienbraunes Fell glänzte von Schweiß, und Schaum stand vor seinem Maul.

»Ist Zeppenfeld hinter euch her?«, rief Tobias aufgeregt.

Sadik sprang vom Kutschbock, das Gesicht erschreckend ernst. »Ja, der auch. Aber wenn's das mal bloß wäre«, gab er düster zur Antwort. Er warf einen schnellen Blick zu Jakob hinüber, der sich sofort des Pferdes angenommen hatte. Und mit gedämpfter Stimme setzte er hinzu: »Der Geheimbund ist aufgeflogen! Zeppenfeld hat seine Finger mit drin. Und deinen Onkel hat eine Kugel erwischt.«

Tobias gab einen Laut des Entsetzens von sich. Sein Onkel tot? Das konnte nicht sein! Eine eisige Hand schien seine Brust zusammendrücken zu wollen. Er stürzte zur Tür und riss sie auf.

»Onkel Heinrich!... O Gott, du lebst!«

»Natürlich lebe ich, mein Junge! Was hast du denn erwartet? Dass ich mich einfach so verdrücke?«, versuchte Heinrich Heller zu scherzen, während er mit schmerzverzerrtem Gesicht in der Ecke der Kutsche lehnte. »Meine Zeit ist noch nicht gekommen, auch wenn Zeppenfeld da anderer Meinung ist. Es liegen noch eine Menge unvollendeter Arbeiten auf meinem Schreibtisch und ich gedenke sie auch alle zum Abschluss zu bringen.«

»Aber du bist verwundet!«, stieß Tobias hervor, zwischen Erleichterung und Entsetzen hin und her gerissen. Sein Onkel trug um seine linke Schulter einen provisorischen Verband aus dem Stoff, der einmal die Deckenbespannung im Innern der Kutsche gewesen war. Und der Verband war blutdurchtränkt!

»Nun mach nicht so ein entsetztes Gesicht, mein Junge. Mir ist schon Schlimmeres widerfahren«, versuchte Heinrich Heller ihn zu beruhigen und rutschte auf der Bank zur Tür. Tobias hielt ihm seine Hand hin, um ihn zu stützen.

»Sadik hat die typisch arabische Schwäche der Übertreibung. Glatter Schulterdurchschuss. Hab zwar etwas Blut verloren und bin daher ein bisschen zitterig auf den Beinen. Aber das reicht nicht aus, um mich mit meinen Ahnen zu vereinen. Bin zwar alt, aber zäh. Ja, gib mir deinen Arm. Die Kugel war nicht halb so schlimm wie Sadiks Höllenfahrt. Ich dachte, er wollte alles dransetzen, dass wir uns überschlagen und uns alle Knochen im Leib brechen.«

»Sie waren hinter uns her, Sihdi!«

»Aber nicht mehr, als wir aus Mainz raus waren, mein Guter. Ich muss schon sagen, du kennst dich in der Stadt zehnmal besser aus als ich. Ohne dich hätten sie uns tatsächlich gefasst.«

»Sie müssen sich sofort hinlegen, Sihdi«, drängte Sadik. »Und dann muss ich mich um Ihre Verletzung kümmern. Überlass ihn mir, Tobias. Kümmere du dich darum, dass Jakob und Klemens die Zufahrten im Auge behalten. Zeppenfeld und seine Männer werden nicht lange auf sich warten lassen. Und wenn sie sich zu nahe heranwagen, dann feuert Warnschüsse ab. Aber über ihre Köpfe! Dein Onkel hat Schwierigkeiten genug.«

»Mein Freund, du beherrschst die Untertreibung genauso gut wie die Übertreibung«, murmelte Heinrich Heller.

Tobias holte die Schrotflinte aus der Kutsche, gab sie Klemens und teilte den beiden Männern mit, was sie zu tun hatten. Dann eilte er zu Sadik und seinem Onkel ins Haus.

Heinrich Heller lag im Salon auf der Couch, den Oberkörper entblößt, und Sadik kümmerte sich um die Wunde. Agnes hatte mit todesbleichem Gesicht heißes Wasser und saubere Tücher gebracht.

»Was ist in Mainz passiert, Sadik?«, fragte Tobias.

»Wir sind verraten worden«, antwortete sein Onkel und verzog das Gesicht, als Sadik die Wunde reinigte.

»Verraten? Von wem?«

»Von Konrad Nagelbrecht, dem Graveur. Ich bin sicher, dass er es war, der uns an Pizalla oder Zeppenfeld verraten hat«, berichtete Heinrich Heller, musste aber immer wieder eine Pause einlegen, wenn der Schmerz ihn übermannte. »Niemand sonst kann es gewesen sein. Nagelbrecht steckt in Schwierigkeiten, hatte sich mit seinem neuen Geschäft übernommen. Und dann kam auch noch die schwere Krankheit seiner Frau hinzu, die im Geschäft gestanden hat. Er war schon bei unserem letzten Treffen so merkwürdig gedankenabwesend, überhaupt nicht so gesprächig wie sonst und auch nicht mit dem üblichen Elan bei der Sache. Wir dachten uns aber nichts dabei, denn wir wussten ja von seinen Problemen zu Hause und im Geschäft. Dass er sich für das heutige wichtige Treffen entschuldigt hatte, hat uns nicht stutzig werden lassen. Angeblich hatte sich der Gesundheitszustand seiner Frau verschlechtert, so hörte ich es von Kupferberg. Doch das war eine Lüge. Er hat uns verkauft, hat seine Gesinnung verkauft für einen Beutel Goldstücke, dieser Judas!«

»Warum war das Treffen heute so wichtig?«

»Wir hatten eine Flugschrift vorbereitet, mit deren Druck wir heute begonnen haben. Kupferberg hat im Keller seines Hauses eine kleine Presse, auf der wir schon seit Jahren unsere Aufrufe drucken. Und es gehörte zu unseren ungeschriebenen Gesetzen, dass wir alle zugegen waren, wenn ein neues Pamphlet bei ihm in Druck ging. Um das Risiko mit ihm zu teilen, aber auch um die Arbeit zu beschleunigen. Deshalb waren wir heute auch vollzählig, bis auf den Nagelbrecht, den Judas in unseren eigenen Reihen. Und dann forderte Pizalla Einlass. Er hatte gleich ein Dutzend Gendarmen mitgebracht.«

»Und wie bist du ihnen entkommen?«, fragte Tobias, fassungslos und bestürzt über den Verrat.

»Das verdanke ich Sadik«, erklärte sein Onkel. »Als Pizalla ins Haus stürmte, gefolgt von den Gendarmen, hielt ich mich zufällig bei Kupferbergs Frau in der Küche auf. Probst und Reinach hatten mich an der Presse abgelöst, und ich wusch mir die Hände, um danach die Platte mit zubereiteten Broten zu meinen Freunden in den Keller zu tragen. In diesem Moment hämmerte Pizalla vorn an die Tür. Ich hörte seine Stimme. Dann gab es einen fürchterlichen Tumult, und diese tapfere Frau packte mich am Kragen, riss die Tür zum Hinterhof auf und stieß mich hinaus. Aber viel weiter wäre ich nicht gekommen – wenn Sadik nicht gewesen wäre.«

»Es war Allahs Wille, dass ich Sultan schon eingespannt hatte und Zeppenfeld noch erkannte«, wehrte Sadik ab, strich Salbe auf die Wunde und begann sie fachmännisch zu verbinden.

Heinrich Heller verzog das Gesicht, bäumte sich unter Schmerzen auf und atmete mehrmals keuchend durch, ehe er seinen Bericht fortsetzen konnte: »Wir hatten die ersten Packen Flugschriften fertig und Sadik sollte sie zur Anlegestelle hinunterbringen. Dort wartete ein Flussschiffer auf uns, der einem ähnlichen Geheimbund in Frankfurt angehört, mit dem wir schon seit Jahren engen Kontakt halten. Die Männer sind wahre Republikaner und haben stets unsere kritischen Schriften in Frankfurt unter die Leute gebracht.«

»Und dann tauchte Zeppenfeld auf?«

Heinrich Heller nickte. »Ja, so war es. Der Hof hinter Kupferbergs Haus hat nämlich zwei Zufahrten. Eine davon zu bewachen, hatten offenbar Zeppenfeld und seine Männer übernommen. Es waren vier. Er hat wohl noch einen dritten Schurken angeheuert. Als sie sahen, wie ich zur Kutsche rannte, schrie Zeppenfeld etwas, und ein Schuß fiel. Die Kugel traf mich in die Schulter. Doch ich schaffte es noch in den Wagen und dann jagte Sadik auch schon los. Fast hätte Sultan sie über den Haufen gerannt. Es war eine Sache von wenigen Augenblicken, mein Junge. Unser Glück war, dass Zeppenfeld und seine Bande nicht zu Pferd waren, sonst wären wir ganz sicher nicht mehr aus der Stadt gekommen.«

Tobias fühlte sich wie benommen. Der Schuss hätte seinen Onkel töten können. »Aber wieso konnte ausgerechnet Zeppenfeld eure Spur finden?«

»Wenn das Glück günstig ist, legt der Hahn Eier auf einen Pflock«, brummte Sadik, »wenn es aber den Rücken kehrt, dann schlägt der Schakal über dem Sohn des Löwen sein Wasser ab.«

Heinrich Heller nickte zustimmend. »Eine gute Nase, eine Prise Glück und das Gold in seinen Taschen, alles zusammen ist es wohl gewesen. Männer wie er und Pizalla finden stets so zielsicher zusammen wie Honig und Bienen. Er muss sich gut umgehört und mich in Mainz beobachtet haben. Das hat Pizalla gewiss auch getan, aber ihm war kein Erfolg beschieden, hatte er doch nie etwas in der Hand. Möglich, dass Zeppenfeld einen jeden von uns genau unter die Lupe genommen und mit dem Spürsinn des Schurken erkannt hat, dass Nagelbrecht das schwächste Glied unserer Kette war. Und im Gegensatz zu Pizalla verfügt Zeppenfeld über die nötigen Geldmittel, um einem Mann, der sich in aussichtsloser Lage wähnt, die Zunge zu lockern. Mit Sicherheit ist Nagelbrecht nicht zu Pizalla gegangen, sondern hat uns an Zeppenfeld verkauft, das beweist schon dessen Erscheinen im Hof. Zeppenfeld hat sein Wissen dann Pizalla angeboten – seine Bedingungen gestellt. So oder ähnlich mag es gewesen sein. Letztlich ist es aber auch egal. Er hat auf jeden Fall seine Drohung wahrgemacht und uns einen beinahe vernichtenden Schlag versetzt.«

»Aber das ergibt keinen Sinn«, wandte Tobias verstört ein. »Er interessiert sich doch bestimmt nicht für deine politische Einstellung und all das! Was kann ihm das denn bringen. Es ist doch Wahnsinn, dass er auf dich hat schießen lassen!«

»Ganz und gar nicht«, widersprach sein Onkel. »Er wäre am Ziel gewesen, wenn mich Pizalla oder die Kugel erwischt hätte. Pizalla hätte dann *Falkenhof* auf den Kopf gestellt, um noch mehr Beweise für meine verbotenen Aktivitäten ans Tageslicht zu fördern. Und Zeppenfeld wäre mit von der Partie gewesen – auf der Suche nach dem verfluchten Spazierstock. Der gehörte garantiert mit zu dem Handel, den er mit Pizalla geschlossen hat. Du hättest dagegen nichts ausrichten können.«

»Sie sollten zwei Narkoseschwämme nehmen, Sihdi«, riet ihm Sadik nun.

»Kommt gar nicht in Frage! Ich kann schon was ertragen«, wehrte Heinrich Heller ab. »Ein halber Narkoseschwamm, mehr nicht, Sadik! Es wird noch eine lange Nacht und ich muss einen klaren Kopf behalten.«

Sadik versuchte gar nicht erst, ihn überreden zu wollen.

»Was machen wir denn jetzt?«

Heinrich Heller kam nicht mehr dazu, ihm zu antworten. Denn Sadik hatte die Hand gehoben und lauschte. »Da sind sie schon!«

Jetzt hörte auch Tobias das Hufgetrappel. Es klang nach einer großen Reitergruppe. »Zeppenfeld und Pizalla mit seinen Leuten?«

»Zeppenfeld ganz sicher«, meinte Heinrich Heller. »Ob Pizalla auch dabei ist, das weiß ich nicht. Sadik, sorg dafür, dass sie sich nicht zu nahe heranwagen.«

»So dumm wird er nicht sein«, knurrte Sadik. »Leider.«

Tobias eilte mit Sadik hinaus. Sie liefen zum Westtor und Sadik nahm Jakob das Schrotgewehr ab. Er öffnete die kleine Sichtluke im rechten Torflügel.

»Zeppenfeld, seine drei Banditen und sechs bewaffnete Gendarmen«, stellte er fest.

»Auch Pizalla?«

»Ich kenne ihn nicht.«

»Lass mich mal sehen!« Tobias drängte sich an das kleine Fenster. Die Reiter hatten in sicherer Entfernung gehalten. Auch wenn das Licht nicht mehr so gut war, konnte er doch sehen, dass sich ein kleiner Glatzkopf nicht unter ihnen befand.

Zeppenfeld hatte sein Pferd hinter eine Ulme gelenkt. »Professor!«, schrie er zum *Falkenhof* herüber. »Geben Sie auf! Keine Chance für Sie zu fliehen! Sitzen in der Falle! Haben das Spiel verloren. Reiten sich nur tiefer rein, wenn Sie nicht Tor öffnen!«

Ein Fenster wurde im Westtrakt aufgerissen. »Fahren Sie zum Teufel, Zeppenfeld!«, hörte Tobias die erregte Stimme seines Onkels. »Sie kommen hier nicht rein! Sie haben sich zu früh gefreut! Sadik, zeig Ihnen, was dieses Gesindel zu erwarten hat, wenn sie *Falkenhof* nicht fernbleiben.«

Krachend fiel das Fenster zu.

»Wer es wagt, sich mehr als zehn Schritte zu nähern, wird mit Blei gespickt!«, schrie Sadik zurück, schob die Flinte durch die Öffnung und feuerte rasch hintereinander beide Läufe ab. Die Detonationen hallten im Hof wider und die Schrotladungen prasselten wie Bleihagel durch die Kronen der Ulmen.

Die Gendarmen wichen zurück und hatten Mühe, ihre scheuenden Pferde zu zähmen. Auch Zeppenfelds Männer suchten nun bessere Deckung.

»Wird nichts nutzen! Aus *Falkenhof* schlüpft keiner mehr

heraus. Werden die Nacht hier wachen, bis morgen Verstärkung eintrifft. Wird ein Leichtes sein, das Gut mit einer Kompanie Soldaten zu stürmen!«, brüllte ihnen Zeppenfeld höhnisch zu. »Wird Ihren Hals kosten, Herr Professor! Hätten das billiger haben können. Wünsche vergnügliche Nacht!« Er rief seinen Männern und den Gendarmen einen Befehl zu, worauf sie auszuschwärmen begannen und sich um das Gut herum postierten, in sicherer Entfernung, aber doch nahe genug, um jeden Fluchtversuch vereiteln zu können.

Sadik und Tobias beobachteten durch die Luke, dass einer der Gendarmen nach Mainz zurückritt. »Er wird Bericht erstatten und Verstärkung holen«, murmelte Tobias ahnungsvoll. »Und dann werden sie uns belagern!«

Sadik verzog das Gesicht. »Es wird keine lange Belagerung geben. Oder glaubst du, wir könnten *Falkenhof* mit Jakob, Klemens, Agnes und Lisette gegen eine Einheit Soldaten oder Gendarmen verteidigen? Keine Nacht werden wir uns halten können. Was wir tun, ist nichts als Zeit schinden. Wenn Pizalla wirklich mit einem starken Aufgebot an Bewaffneten vor *Falkenhof* erscheint, wird es kein Blutvergießen geben.«

»Aber was soll denn jetzt werden?«, fragte Tobias völlig verstört.

»Das sollten wir deinen Onkel fragen«, erwiderte Sadik. Er gab das Gewehr an Jakob zurück, der neue Patronen in den Lauf schob. »Haltet sie euch vom Leibe, Jakob. Schießt über ihre Köpfe hinweg. Aber gebt euch nicht zu erkennen. Und lasst auch eure Stimmen nicht hören. Wenn es zum bitteren Ende kommt, habt ihr von nichts gewusst und mit der ganzen Sache auch nichts zu tun gehabt. Geschossen habe nur ich!«

»Das ist aber nicht rechtens«, wandte Jakob ein. »Wir werden unseren Mann stehen und nicht zulassen, dass diese Schurken den Herrn Professor…«

»Du wirst tun, was man dir sagt!«, fiel ihm Sadik freundlich, aber energisch ins Wort. »Du kannst dem Sihdi von viel größerem Nutzen sein, wenn du gar nicht erst in den Verdacht der

Mitwisserschaft gerätst. Das gilt genauso für deine Frau und Agnes – und auch für dich, Klemens.«

Klemens Ackermann funkelte ihn an, als wäre er wild entschlossen, gegen jede noch so große Übermacht anzutreten und *Falkenhof* notfalls auch allein zu verteidigen.

»Nur Warnschüsse!«, hämmerte Sadik besonders ihm ein. »Denn wenn hier Blut fließt, hat euer Herr sein Leben verwirkt! Und dann könnt ihr so tapfer sein, wie ihr wollt: Für das Blut, das *ihr* vergossen habt, wird *er* bezahlen müssen.«

Das verfehlte seine Wirkung nicht. Der Ausdruck wilder Kampfbereitschaft wich einem entsetzten Blick. Klemens schüttelte heftig den Kopf – das wollte er natürlich nicht.

»Wir werden nichts tun, was dem Herrn Professor schaden könnte«, versicherte auch Jakob.

»Gut, dann verhaltet euch auch danach. Gebt euch in keiner Weise zu erkennen. Und wenn es etwas zu reden gibt, werde ich das tun – oder der Sihdi. Und jetzt auf eure Posten!«

Tobias und Sadik kehrten in den Salon zurück, um sich mit Heinrich Heller zu besprechen. Der Gelehrte saß in einem Sessel, fast grau das Gesicht und scharf die Linien auf Stirn und Wangen. Er hielt ein großes Glas Cognac in der Hand.

»Lumpenpack im feinen Tuch!«, stieß er zornig hervor. »Mein Bruder hätte nicht einen Finger für ihn rühren sollen!«

Sadik blieb vor dem Kamin stehen und schob ein Holzscheit mit der Schuhspitze tiefer ins Feuer. »Die Belohnung für eine Wohltat sind gewöhnlich zehn Ohrfeigen«, erwiderte er sarkastisch. »Und wenn die Wolken voller Teig wären, würde es täglich Brot regnen.«

Heinrich Heller nahm einen ordentlichen Zug, verzog das Gesicht und sagte dann: »Du hast Recht, Sadik. Das Geschehene lässt sich nicht mehr ändern. Überlegen wir lieber, wie es weitergehen soll.«

»Eine große Auswahl an Möglichkeiten bleibt nicht, Sihdi. Wir können die schnellsten Pferde satteln und versuchen zu flüchten.«

»Aussichtslos«, sagte Heinrich Heller sofort. »Auch wenn ich unverletzt wäre. Wir kämen nicht weit.«

Sadik pflichtete ihm mit einem Nicken bei. »Wir können andererseits *Falkenhof* heroisch bis zum letzten Mann verteidigen. Klemens und Jakob wären dafür gewiss zu begeistern, auch wenn nichts zu gewinnen ist als ein Strick.«

»Sadik! Bist du von allen guten Geistern verlassen?«, erregte sich der Gelehrte. »Es wird kein Blutbad auf *Falkenhof* geben! Ich will, dass niemand Schaden nimmt. Noch nicht mal dieser Lump Zeppenfeld. Jetzt geht es nicht mehr nur allein um mich, sondern wir alle sind in Gefahr. Ruf sofort Jakob und Klemens hierher, damit ich...«

Tobias unterbrach seinen Onkel. »Ist schon alles erledigt. Sadik hat ihnen längst eingetrichtert, dass es zu keinem Blutvergießen kommen darf. Sie haben es auch begriffen. Du kannst also ganz beruhigt sein.«

Heinrich Heller warf dem Araber einen ungehaltenen Blick zu. »Warum provozierst du mich erst so, wenn du doch schon in meinem Sinn gehandelt hast?«

»Ich habe nichts weiter als unsere Möglichkeiten aufgezählt, Sihdi«, erklärte Sadik gelassen. »Die ersten beiden sind also verworfen. Bleibt uns nur die dritte und letzte Wahl.«

»Und wie lautet die?«, fragte Tobias.

»Dein Onkel muss mit Zeppenfeld verhandeln.«

»Er soll vor ihm in die Knie gehen?«, rief Tobias empört.

»Er soll sein Leben retten!«

Heinrich Heller mischte sich ein. »Ich hätte nichts dagegen, mit diesem Lumpen zu verhandeln. Diplomaten tun ihr ganzes Leben nichts anderes, als mit dekorierten Lumpen zu verhandeln. Aber ich wüsste nicht, was das ändern sollte. Meine Freunde sind verhaftet, und Pizalla wird spätestens am Morgen hier auftauchen, um auch mich abzuholen. Daran kann auch Zeppenfeld nichts ändern.«

»Er will den Spazierstock, nichts weiter«, erwiderte Salik. »Geben Sie ihm das verdammte Ding und verlangen Sie, dass er die Gendarmen von einer Verfolgung zurückhält. Dann hätten wir einen Vorsprung von gut zehn, zwölf Stunden.«

Heinrich Heller lächelte freudlos. »Nein, mein lieber Sadik, das werde ich ganz sicher nicht tun. Aber ganz davon abgesehen, dass ich nicht glaube, dass Zeppenfeld sein Wort halten würde, werde ich mich nicht darauf einlassen. Was würden mir die zehn Stunden Vorsprung denn schon bringen? Nichts! Und wenn ich es sogar bis nach Frankreich schaffen würde. Was hätte ich davon? Man würde mein ganzes Vermögen konfiszieren und damit auch meinen Bruder aller Vermögenswerte berauben, weil ich auch sein Geld verwaltet habe. Nein, nein, ich bin zu alt, um irgendwo im Exil von den milden Gaben anderer zu leben. Flucht kommt für mich nicht in Frage.«

Sadik zuckte mit den Achseln. »Dann gibt es nichts, was wir noch tun könnten, und Ihnen ist der Kerker gewiss, Sihdi.«

»Ja, mit diesem Gedanken werde ich mich wohl anfreunden müssen«, räumte Heinrich Heller ein. »Aber es wird mir schon gelingen, die Kerkerzeit so kurz wie möglich zu halten. Es gibt auch Leute in einflussreichen Positionen, die mir freundlich gesinnt und sogar den einen oder anderen Gefallen schuldig sind. Und da mir das Privileg vergönnt ist, recht vermögend zu sein, werde ich trotz allem viel für meine Freunde und mich tun können. Du kennst doch das Sprichwort: Wer tausend Goldstücke besitzt, darf reden, wer nur ein Silberstück sein eigen nennt, hat stumm zu sein.«

Sadik lächelte grimmig. »Wir sagen: Wenn du reich genug bist, kannst du sogar den Kadi reiten. Aber auch mit all Ihrem Geld werden Sie lange Zeit im Kerker verbringen müssen.«

Heinrich Heller nickte. »Allerdings. Deshalb müsst ihr auch flüchten!«, sagte er zu seinem Neffen gewandt. »Du und Sadik. »Pizalla wird euch nicht verschonen. Sadik ganz sicher nicht. Dafür wird Zeppenfeld sorgen. Allein schon seine Komplizen, denen du so übel mitgespielt hast, werden darauf drängen, dass du deinen Teil abkriegst. Und Kerker ist eine schreckliche Sache für einen jungen Menschen.«

Tobias wurde sich erst jetzt so richtig bewusst, dass es längst nicht mehr nur um seinen Onkel, den Geheimbund und den Spazierstock ging, sondern dass sie alle in höchster Gefahr schwebten. Sogar ihm, Tobias, drohte der Kerker!

»Aber du hast doch selbst gesagt, dass Flucht aus *Falkenhof* ausgeschlossen ist«, wandte er ein – und kannte schon im nächsten Moment die Antwort seines Onkels.

»Du hast den Ballon vergessen, mein Junge!«

Sadik zuckte sichtlich zusammen. »Flucht mit dem Ballon? *La!*«, rief er entsetzt. »Niemals! Das ist Wahnwitz! Eine Katastrophe gäbe das! Unmöglich! Sie würden uns vom Himmel holen! Abstürzen würden wir! Nein, keine zehn Kamele kriegen mich in diese Todesgondel!«

»Sadik!«, rief Heinrich Heller beschwörend. »Der Junge muss flüchten und du auch! Ich könnte es nicht ertragen, ihn und dich im Kerker zu wissen. Ihr müsst weg von hier und euch in Sicherheit bringen. Und es ist möglich. Noch! Siehst du das denn nicht ein?«

»Doch, doch, aber nicht mit dem Ballon!«

»Aber der *Falke* ist doch zur Flucht einfach genial, Sadik! Bei der schwarzen Hülle werden sie uns erst sehen, wenn es längst zu spät ist, etwas gegen den Aufstieg zu unternehmen. Wir haben heute Wind und werden deshalb bestimmt schnell wegtreiben. Und wie sollen sie uns in der Nacht zu Pferd folgen? Der Ballon ist unsere Rettung!«, versuchte Tobias ihn zu überzeugen. Er selbst war spontan von der Idee begeistert. Er würde alles versuchen, um vor Pizalla und der Einkerkerung zu flüchten. Und natürlich würde er den Spazierstock mitnehmen. Zeppenfeld würde toben.

Sadik ließ jedoch nicht mit sich reden. Allein schon die Vorstellung, mit dem Ballon aufzusteigen, ließ panische Angst in seinen Augen aufflackern. So mutig und tollkühn er sonst auch war, der Ballon machte aus ihm einen völlig anderen Menschen. Seine Angst war so groß, dass er sich in Illusionen flüchtete, über die er bei normaler Geistesverfassung nur abfällig gelacht hätte.

»Ich werde Zeppenfeld und die Posten draußen ablenken«, sprudelte er hastig hervor. »Ja, jetzt habe ich es! Wir bereiten den Ballon zum Aufstieg vor. Dann verwirren wir die Wachen durch ein doppeltes Ablenkungsmanöver.«

Heinrich Heller blickte ihn mit skeptisch hoch gezogenen Brauen über seinen Zwicker hinweg an. »So? Und wie soll das aussehen?«

»Jakob nimmt die Kutsche und jagt, was das Zeug hält, aus dem Osttor. Nicht nur die Wachen im Osten werden darauf reagieren. Garantiert stürmt erst mal alles hinter ihm her. Das ist der erste Köder, und Jakob hat natürlich keine Chance, ihnen zu entkommen. Schon gar nicht mit der Kutsche. Aber er soll sie ja auch bloß vom Ballon ablenken – und von mir. Denn ich galoppiere kurz hinter Jakobs Aufbruch mit Sultan aus dem Westtor«, führte er hastig aus. »Zu dem Zeitpunkt wird unter den Gendarmen und Zeppenfelds Leuten größte Verwirrung herrschen. Einige werden der Kutsche gefolgt, andere instinktiv zum Osttrakt gelaufen sein. Damit stehen die Chancen für mich, den Schutz des Waldes zu erreichen, ausgezeichnet. Niemand wird mich aufhalten, Sihdi! Warum lassen wir den Ballon nicht einfach leer aufsteigen und Tobias reitet an meiner Seite?«

»Kommt gar nicht in Frage, Sadik! Die Flucht mit dem Ballon ist zehnmal sicherer als dieser Plan, den du dir da ausgedacht hast – und der nicht funktionieren wird«, wehrte Tobias ab.

Sadik funkelte ihn an. »Ich schwöre es, und Allah sei mein Zeuge: Sie werden auf das Ablenkungsmanöver hereinfallen!«

»Die Gendarmen vielleicht. Nicht aber Zeppenfeld und seine Komplizen«, hielt ihm Tobias nicht weniger erregt vor. »Zweimal haben wir ihn schon haushoch unterschätzt. Ein drittes Mal soll uns das nicht passieren. Zeppenfeld ist wahrlich nicht auf den Kopf gefallen, Sadik! Er hat Augen im Kopf und weiß, dass die Allee, die in den Wald führt, die einzig Erfolg versprechende Fluchtroute ist. Im Osten ist das Land völlig offen, ohne jeden Schutz für einen Flüchtenden. Nichts als Felder und

Wiesen. Allein im Ober-Olmer Wald könnten wir Verfolger abschütteln. Natürlich weiß er das. Und deshalb hat er sich ja auch genau dort mit seinen Männern postiert. Schau doch hinaus! Du wirst auf der Westseite keine Gendarmen finden, sondern nur Zeppenfelds Männer. Und ich wette, dass keiner von ihnen auf seinem Posten schläft. Zeppenfeld hat eine Prämie auf uns ausgesetzt, darauf gehe ich jede Wette ein.«

Sadik ließ sich jedoch nicht beirren. »Du musst nur Vertrauen haben, Tobias! Es wird klappen. Astor und Sultan sind explosiv im Antritt. Wir können es schaffen und sie im Wald abhängen. Hab nur Vertrauen!« Er bettelte fast.

Tobias sah ihn verstört an. Er begriff einfach nicht, wieso sich Sadik den doch auf der Hand liegenden Tatsachen so beharrlich verschloss. Was er da vorschlug, war reinster Irrsinn im Vergleich zu der Sicherheit, die ihnen der Ballon bot. Es schmerzte ihn, dass Sadik jede Vernunft vermissen ließ und an einem Fluchtplan festhielt, der von vornherein keine Aussicht auf Erfolg hatte.

»Mein Gott, Sadik! Was ist nur mit dir los?«, fragte er betroffen. »Siehst du denn nicht, dass wir damit direkt in Zeppenfelds Arme und in unseren Untergang rennen würden?«

Sadiks Gesicht zeigte einen gequälten Ausdruck. »Dann nimm du den Ballon und lass es mich zu Pferd versuchen! Ich werde dich schon finden. Wir vereinbaren einen geheimen Treffpunkt.« Seine Stimme war ein beschwörendes Flüstern.

Heinrich Heller hatte mit verkniffener Miene dem Wortwechsel der beiden gelauscht, ohne den Blick von Sadik zu nehmen. Jetzt sagte er: »Eigentlich hast du Recht, Sadik! Getrennt marschieren und vereint schlagen.«

Tobias sah seinen Onkel ungläubig an. »Das kann doch unmöglich dein Ernst sein! Wenn Sadik…«, brauste er auf.

»Schweig!«, gebot ihm Heinrich Heller streng. »Du wirst den Ballon nehmen und Sadik nimmt Sultan! Die Zersplitterung der gegnerischen Kräfte, die er vorgeschlagen hat, leuchtet auch mir ein. Mit Zeppenfeld und seinem Gesindel wird er schon fertig. Eine Ladung Schrot im Vorbeireiten wird sie schon auf Distanz halten. Und Jakob wird das Seine tun, um von deinem Ballonaufstieg abzulenken. Wir werden vier Treffpunkte festlegen, für jede Windrichtung eine. Sadik sieht ja, in welcher Richtung der *Falke* weggetrieben wird. Allein kommt er auch viel schneller voran. Ja, so sehe ich für euch beide die besten Chancen.«

Sadik nickte eifrig. »Ich finde Tobias schon, Sihdi! Sie können sich auf mich verlassen. Sie werden keinen von uns fassen.«

»Aber Eile tut not«, drängte Heinrich Heller jetzt. »Der *Falke* muss entfaltet und mit Gas gefüllt werden, und zwar mit so viel Gas, wie nur irgendwie möglich. Der Ballon muss schnell Höhe gewinnen, um außer Sichtweite zu gelangen. Sadik, sorge dafür, dass umgehend Ballon und Gondel aus dem Schuppen geholt sowie Fässer und Rohre auf den Hof geschafft werden. Agnes und Lisette sollen dabei helfen.«

»Ich werde das sofort in Angriff nehmen«, versicherte Sadik, sichtlich froh über Heinrich Hellers Zustimmung zu seinem Fluchtplan. Er wandte sich zur Tür, um sich sogleich in die Arbeit zu stürzen.

»Aber vermeidet Lärm im Hof! Und du bleibst noch einen Moment, mein Junge. Es dürfte ratsamer sein, meine politischen Aufzeichnungen dem Feuer zu übergeben, bevor sie in Pizallas Hände fallen. Wir wissen ja nicht, wann der Bluthund hier eintrifft. Du kannst mir dabei zur Hand gehen«, sagte Heinrich Heller zu seinem Neffen, während Sadik schon aus dem Zimmer eilte. »Eine Stütze kann ich jetzt in jeder Beziehung gut gebrauchen.«

Tobias konnte sich nicht erinnern, jemals wirklich zornig auf seinen Onkel gewesen zu sein. Doch jetzt war er es. Es ging ihm einfach nicht in den Kopf, dass er Sadiks wahnwitzigen Plan tatsächlich gutgeheißen und abgesegnet hatte. Waren sie denn alle mit Blindheit geschlagen? Sein Onkel hatte doch sonst einen so scharfen, nüchternen Verstand! Saß ihm nach dem Verrat von Nagelbrecht, dem schmerzhaften Schulterdurchschuss und angesichts des drohenden Kerkers der Schock so tief in den Gliedern, dass er vorübergehend sein gesundes Urteilsvermögen verloren hatte? So musste es sein. Denn eine andere Erklärung konnte es nicht geben.

Tobias gab sich keine Mühe, seinen Zorn vor ihm zu verbergen, als er ihn auf dem Weg zu seinem Studierzimmer stützte.

Als die Tür hinter ihnen zufiel, sagte Heinrich Heller belustigt: »Du schneidest ein Gesicht, als wolltest du mich am liebsten fressen.«

»Ich verstehe nicht, wie du darüber noch witzeln kannst!«, erwiderte Tobias hitzig. »Wie könnt ihr beide bloß so verbohrt sein und glauben, irgendjemand könnte aus *Falkenhof* zu Pferd entkommen!«

»Sadik...«

Doch Tobias war jetzt nicht zu bremsen. Diesmal ließ er sich nicht zum Schweigen verdonnern. »Sadik muss nicht mehr ganz bei Verstand sein! Und du auch nicht, dass du seinem Plan zugestimmt hast! Er wird nie und nimmer den Wald erreichen. Zeppenfeld wird ihm Sultan mit einer schnellen Schrotladung unter dem Hintern wegschießen, bevor er auch nur ein Drittel der Strecke hinter sich gebracht hat. Mein Gott, er wartet doch bloß darauf, dass einer von uns so einen sinnlosen Verzweiflungsausbruch versucht. Dann hat er die Geisel, die er braucht, um hier einzudringen und uns den Spazierstock abzunehmen! Dabei haben wir doch den Ballon, Onkel Heinrich! Und es herrscht heute kräftiger Wind. Ehe sie begreifen, was da in den Himmel steigt, sind wir schon aus der Reichweite ihrer Pistolen und Schrotflinten. Aber auch mit ein paar Löchern in der Hülle könnten wir immer noch schneller und weiter fliegen als sie uns zu Pferd bei Nacht querfeldein folgen könnten. Deshalb begreife ich nicht, wieso du Sadik in sein Verderben reiten lässt! Das ergibt keinen Sinn!«

Heinrich Heller sank mit einem unterdrückten Stöhnen auf seinen Schreibtischstuhl. »Das hat er wirklich«, murmelte er und holte aus der Tabaksdose den Schlüssel für die Schublade, in der er seine brisanten, politischen Aufzeichnungen aufbewahrte.

Tobias runzelte die Stirn. »Wer hat was?«

»Na, Sadik, den Verstand verloren«, pflichtete ihm sein Onkel bei, als wären sie nie gegenteiliger Meinung gewesen. »Diese Idee mit dem Teufelsritt ist geradezu lachhaft. Sultan ist ein gutes Pferd, aber doch kein fliegender Teppich.«

Jetzt verstand Tobias gar nichts mehr. »Du – du findest also auch, dass der Plan keine Aussicht auf Erfolg hat?«, vergewisserte er sich.

»Er könnte genauso gut versuchen, im Handstand flüchten zu wollen«, versicherte Heinrich Heller mit beißendem Spott und zog die Schublade auf.

»Ja, aber – warum hast du dann zugestimmt, Onkel?«

»Hast du nicht gesehen, in welch panische Angst es ihn versetzt hat, als ich vorschlug, mit dem Ballon zu flüchten?«

»Ja, schon.«

»Von diesem Augenblick an war er wie verwandelt. Keinen noch so logischen Einwand hätte er gelten lassen. Nicht mit tausend Engelszungen hätten wir ihn bereden können, mein Junge. Sein Mut und seine Tapferkeit sind über alle Zweifel erhaben. Doch auch der Heldenhafteste hat seine große Schwäche, seine Achillesferse! Offenbar ist das bei Sadik die Höhenangst oder etwas in der Art«, erklärte Heinrich Heller. »Auf jeden Fall hat da bei ihm der Verstand ausgesetzt. Deshalb habe ich nicht mehr versucht, ihn überreden und von der Aussichtslosigkeit seines Planes überzeugen zu wollen. Weil ihn Worte nicht erreicht hätten.«

»Panische Angst, das muss es sein. Anders kann ich mir sein Verhalten auch nicht erklären«, pflichtete Tobias ihm bei. »Aber gerade weil Sadik nicht ganz bei Verstand ist, dürfen wir nicht zulassen, dass er sich ins Unglück stürzt. Er ist unser Freund! Ich kann ihn da nicht einfach hinausreiten lassen!«

Heinrich Heller nickte nachdrücklich. »Das wird auch nicht

geschehen. Es ist unsere Pflicht, auf ihn aufzupassen, wenn er vorübergehend nicht selber dazu in der Lage ist. Dafür sind Freunde da. Es wird keinen selbstmörderischen Ritt geben.«

»Ja, aber wie kommt Sadik dann aus *Falkenhof* hinaus?«

Sein Onkel lächelte ihn verschmitzt an. »Wie ich es von Anfang an gesagt habe: mit dem Ballon natürlich! Er weiß nur noch nichts davon. Und ich denke, dabei sollten wir es vorerst auch belassen. Die große Erleuchtung erfolgt für ihn noch früh genug. Möge Allah diesmal auf der Seite der Ungläubigen sein – immerhin geht es ja um die Rettung eines tapferen und gläubigen *bàdawi!*«

VIERTES BUCH

Auf der Flucht

Mai – Juni 1830

Doppelte Täuschung

Die schwarze Hülle des *Falken* hing zwischen den Pfosten, die acht Fässer standen an ihrem Platz und das erste Gas begann durch das Röhrensystem in den Ballon zu strömen. Damit war der körperlich anstrengendste Teil der Fluchtvorbereitungen abgeschlossen. Sadik wollte Sultan schon satteln, doch Tobias konnte ihm das ausreden.

»Es wird noch mindestens vier Stunden dauern, bis der Ballon richtig prall mit Gas gefüllt ist. Soll Sultan solange gesattelt herumstehen?«

»Vier Stunden? Geht es denn nicht mit weniger Gas?«, nörgelte Sadik, der nicht wieder zu erkennen war. Es war, als hätte ein zweites, bisher verborgenes Ich, verängstigt und blind, die Kontrolle über ihn an sich gerissen.

Tobias wäre gern freundlich zu ihm gewesen, doch sein Onkel hatte ihm geraten, ihm eher die kalte Schulter zu zeigen. Sadik durfte keinen Verdacht schöpfen. Deshalb erwiderte er recht schroff: »Nein, das geht nicht! Vom Ballonflug verstehst du nichts. Also rede mir nicht rein.« Damit wandte er sich ab und füllte noch einmal Vitriolsäure nach.

Dann rief Heinrich Heller die beiden zu sich.

»Damit nachher in der Hektik nicht etwas vergessen wird, möchte ich die wichtigen Dinge schon jetzt mit euch besprechen. Ich habe hier auf der Karte zwei Kreise um *Falkenhof* eingezeichnet. Der erste Kreis hat einen Radius von zwanzig Kilometern. Der *Falke* wird auch im ungünstigsten Fall so weit gelangen. Diese vier roten Kreuze auf der Kreislinie kennzeichnen die Treffpunkte. Der zweite Kreis hat einen doppelt so großen Radius mit ebenfalls vier markierten Orten, wo ihr wieder zusammenfinden sollt. Ihr könnt die Karte hinterher eingehend studieren. Ich lege dir aber ans Herz, Tobias, noch innerhalb des ersten Kreises den Ballon zu landen, damit du schneller wieder mit Sadik zusammen bist.«

»*Aiwa,* der Meinung bin ich auch«, sagte Sadik.

Tobias vermied es, seinen Onkel anzuschauen. Dieses ganze Gerede mit den Kreisen war nichts weiter als eine Farce und diente dem alleinigen Zweck, Sadik auch weiterhin in Sicherheit zu wiegen.

»Wenn du meinst...«, gab er sich mürrisch, ganz seine Rolle spielend.

»Ich meine es nicht nur, sondern ich erwarte von dir, dass du dich daran hältst!«, sagte sein Onkel, als wolle er ihm ins Gewissen reden.

»Gut, ich werde landen, wenn ich in die Nähe von einem der Punkte auf dem ersten Kreis komme«, versprach Tobias ein wenig lustlos. »Und was ist dann?«

»Ihr werdet euch zunächst einmal nach Speyer begeben«, erklärte sein Onkel. »Dort wohnen gute Freunde von mir. Claus Detmer und seine Frau Benita. Ganz reizende Leute. Er ist ein Scholar und Komponist. Ein feiner Mann«, sinnierte er. »Seine Frau schreibt Lyrik und gar nicht mal die schlechteste. Allein mit der Prosa hapert es bei ihr. Da folgt die Feder mehr dem Gefühl als der Schärfe des Verstandes.«

»Und wo finden wir die beiden?«, wollte Tobias wissen.

»Auf dem Tannenweg, stadtauswärts in Richtung Havler. Fragt nach der Schlosserei von Peter Hille. Sie sind quasi Nachbarn.«

»Und du bist sicher, dass sie uns verstecken werden?« Der Gedanke, sich Fremden anzuvertrauen, behagte ihm gar nicht.

»Bei ihnen findet ihr ganz sicher herzliche Aufnahme. Und dort fallt ihr auch gar nicht auf, was ein ganz wichtiger Punkt ist!«

Tobias zuckte mit den Achseln. »Wir sind Fremde! Wie soll das nicht auffallen, wenn sie nicht mal mitten in der Stadt wohnen?«

»Der Mann ein Musikus und die Frau stets auf den Schwingen der lyrischen Muse – das ist schon ungewöhnlich genug. Aber zudem sind die Detmers noch bekannt dafür, dass sie ein offenes Haus führen und ständig Gäste haben. Wochenlang. Bei ihnen verkehren brotlose Schriftsteller und überspannte Maler, exzentrische Lyriker und Künstler, deren einzige Kunst darin besteht, große Reden zu führen und sich auf Kosten anderer faul durchs Leben zu schlagen«, spottete Heinrich Heller. »Ein wahrlich buntes Völkchen, das sich bei ihnen unterm Dach ein Stelldichein gibt. Aber euch soll es nur recht sein, denn gerade deshalb werdet ihr keine Aufmerksamkeit erregen. Die Nachbarschaft hat sich längst an diese seltsamen Gesellen gewöhnt, die bei ihnen kommen und gehen.«

»Wir könnten gezwungen sein, eine andere Richtung einzuschlagen«, gab Sadik zu bedenken. »Ein Ort nahe der französischen Grenze, wo wir auf Nachricht von Ihnen warten könnten, wäre dafür ganz günstig.«

»Ja, daran habe ich auch schon gedacht. Furtwipper ist mir eingefallen. Ein kleines Nest an der Grenze, etwa auf der Höhe von Straßburg. Dort gibt es einen einsam gelegenen Gasthof. Er heißt *Zur Goldenen Gans,* und sein Patron ist Gerd Flossbach, wird aber von allen nur Vierfinger-Jacques genannt. Ein exzellenter Koch und wahrer Jakobiner«, versicherte Heinrich Heller. »Ihm vertraue ich genauso blind wie dem Musikus in Speyer. Von dort ist es nur ein Katzensprung hinüber nach Frankreich.«

»Ich möchte aber wissen, wie es dir ergangen ist – und was dir bevorsteht«, sagte Tobias bedrückt. »Ich kann doch nicht einfach so nach Paris weiterreisen, als wäre gar nichts passiert. Wie bekommen wir Nachricht von dir?«

»Ich werde Jakob schicken. Erst nach Speyer und dann zu Vierfinger-Jacques. Nicht mal Pizalla kann Jakob etwas anhaben. Er ist nur mein Stallknecht. Ihm wird also nichts geschehen. Ich werde ihn gleich zu mir rufen und ihm sagen, was er zu tun hat. Er kann dann auch schon mal die Goldstücke verstecken, die ich ihm geben werde«, fügte er schmunzelnd hinzu.

Doch das Lächeln entglitt ihm, als ein heißer Schmerz von seiner Schulter ausstrahlte.

Sadik sprang auf. »Ich hole Ihnen noch einen halben Narkoseschwamm, Sihdi!«

»Setz dich! Ich bin noch nicht zu Ende! Wer weiß, ob dafür nachher noch Zeit ist!«, sagte er schroff. »Ich werde, wie gesagt, Jakob schicken. Wenn ihr in sechs Wochen, vom heutigen Tag an gerechnet, nichts von mir gehört habt, reist ihr nach Paris weiter. Versucht von dort aus Kontakt aufzunehmen. Ich weiß euch dann ja bei Monsieur Roland. Sechs Wochen! Keinen Tag länger! Gebt mir euer Ehrenwort, dass ihr euch daran haltet!«

Sie gaben es ihm.

»Ihr werdet Geld brauchen für Pferde...«, er verbesserte sich schnell, »Tobias wird zumindest eins brauchen, und für Logis und Kost. Zum Glück habe ich immer eine beachtliche Summe im Haus.«

»Was ist mit dem Spazierstock?«, fragte Tobias.

Ein freudloses Lächeln huschte über das müde Gesicht des Gelehrten. »Wie ich dich kenne, wirst du *Falkenhof* ohne ihn nicht verlassen wollen, nicht wahr?«

»Ganz bestimmt nicht! Zeppenfeld soll er jedenfalls nicht in die Hände fallen! Und er gehört mir! Vater hat ihn mir geschenkt!«, erklärte Tobias entschlossen.

Sein Onkel seufzte. »Der Stock ist nur ein Fluch, mein Junge. Aber ich weiß, dass ich ihn dir nicht ausreden kann. Obwohl ich es lieber sähe, wenn du auf ihn verzichten würdest.«

»Nein, niemals, Onkel!«, lehnte Tobias ab. »Da lasse ich nicht mit mir handeln.«

»Zeppenfeld wird euch verfolgen, wenn er den Stock auf *Falkenhof* nicht findet, das ist dir doch klar?«

»Ich gebe ihn nicht her! Und wie soll er uns denn finden, Onkel? Du hast mir zudem dein Wort gegeben, dass du ihn Zeppenfeld nicht aushändigen wirst«, erinnerte er ihn. »Willst du das jetzt brechen? Ein Mann steht zu seinem Wort, das hast du mir mehr als einmal gesagt.«

»Gemach, mein Junge, gemach«, beruhigte ihn sein Onkel. »Ich stehe schon zu meinem Wort, auch wenn mir nicht wohl dabei ist, aber du wirst den Spazierstock bekommen.«

Sie redeten noch über einige andere wichtige Details der Flucht, prägten sich die Adressen des Musikus in Speyer, von Vierfinger-Jacques in Furtwipper und Jean Roland in Paris ein und studierten gemeinsam die Karten. Dann kehrte Tobias in den Hof zurück, um Eisenfeilspäne und Säure nachzufüllen, während Sadik seine wenigen persönlichen Habseligkeiten zu einem Bündel verschnürte, das er sich hinter den Sattel schnallen wollte.

Der Ballon hatte seine schlaffe Form schon verloren und begann sich am Pol zu wölben. Wie ein riesiger schwarzer Teig ging er auf. Aber es waren immer noch mehrere Stunden hin, bis das Gasvolumen einen raschen Aufstieg garantieren würde.

Acht Feuer loderten rund um *Falkenhof*, sodass das freie Feld zwischen dem Landgut und den Wachposten gut erhellt war. Aber im Nähren der Feuer erschöpfte sich auch schon die Aktivität der Männer, die das Gut umstellt hatten. Zeppenfeld und seine Komplizen unternahmen keinen Versuch, sich mit Gewalt Zugang zu *Falkenhof* zu verschaffen. Dafür waren sie zu schlecht gerüstet und auch zahlenmäßig nicht stark genug. Die Gendarmen waren am wenigsten daran interessiert, ihre Haut zu Markte zu tragen. Ihr Befehl lautete, den Herrn Professor an der Flucht zu hindern und ihn wenn möglich festzunehmen. Ersteres war ihnen gelungen, Letzteres würde bis zum Morgen warten müssen. Denn vom Erstürmen einer kleinen Festung war nicht die Rede gewesen. Und da mit einer Umstellung des Landgutes eine Flucht ausgeschlossen war, konnte man mit dem Verlauf der Dinge recht zufrieden sein und im Bewusstsein, seine Pflicht getan zu haben, auf die Vorgesetzten und die Verstärkung warten.

Die Ungewissheit, wann denn nun die Verstärkung aus Mainz eintreffen würde, zehrte an Tobias' Nerven. Immer wieder lauschte er in die Nacht mit der Befürchtung, das dumpfe

Trommeln einer herangaloppierenden Einheit Soldaten zu vernehmen. Wie viel Zeit blieb ihm noch? Sollte er es nicht schon mit halb gefülltem Ballon versuchen? Waren die Soldaten erst eingetroffen, wäre ein Ballonaufstieg reinster Selbstmord. Eine Gewehrsalve würde den *Falken* zerreißen und ihnen den sicheren Tod bringen.

Tausend Ängste quälten ihn, während er auf dem Hof von Fass zu Fass eilte, mit Eisenspänen und Säure hantierte und die Säcke an die Gondel band, die Jakob und Klemens mit Erde füllten. Das Gas schien so langsam wie nie zuvor durch die Rohre zu strömen. Mit einem Heißluftballon wären sie jetzt längst auf und davon gewesen. Hatte er auch das richtige Mischungsverhältnis eingehalten? Doch, so hatte Onkel Heinrich es ihm beigebracht. Aber trotzdem stimmte etwas nicht! Was war nur mit dem Ballon? Warum blähte er sich nicht weiter auf? Hatten sie ihn vorhin zu hastig entfaltet und hochgezogen, sodass er Risse bekommen hatte? Unsinn! Wie konnte er erwarten, innerhalb von Minuten den Ballon sich wölben zu sehen?

Was war mit dem Wind? Er sprang immer wieder um. Der Wetterhahn auf dem Südtrakt zeigte mal nach Süden, dann nach Osten. Jetzt schwang er sogar nach Nordosten herum und blieb dort stehen! Der Wind würde sie geradewegs nach Mainz treiben. Gott sei Dank, er drehte wieder nach Osten!

Tobias durchlitt ein Wechselbad nach dem anderen. Doch die Stunden vergingen, ohne dass aus Mainz Verstärkung eintraf. Und der Ballon wurde praller und praller – und Sadik immer nervöser. Wie ein Tiger in Gefangenschaft lief er vor den Stallungen auf und ab. Sultan stand gesattelt bereit. Sein Bündel hatte er auch schon auf den Rücken des Pferdes geschnallt.

»Wir können nicht mehr länger warten, Tobias! Wir müssen los!«, drängte er. »Wenn die Soldaten eintreffen, war alles vergeblich!«

Tobias schickte einen Blick zum *Falken* hoch. »Wir können bald los. Nur noch eine letzte Füllung.«

Sadik stöhnte gequält auf. »Hörst du denn nicht, wie das Gewebe jetzt schon ächzt? Willst du, dass er aus den Nähten platzt?«

»Was du hörst, kommt von den Haltetauen«, erklärte Tobias, füllte überall noch einmal auf und lief dann ins Haus, um seine Sachen, die er mitnehmen wollte, aus dem Zimmer zu holen. Viel war es nicht. Außer der Kleidung, die er am Leibe trug, hatte er einen alten Anzug seines Vaters eingepackt. Sein Onkel hatte ihm dazu geraten.

»Nimm auch einen abgescheuerten Hemdkragen mit und eine altmodische Krawatte. Von mir kriegst du einen Zwicker, dessen Gläser mir schon vor zehn Jahren zu schwach waren. Zieh das nach der Landung an und gib dich als Hauslehrer aus. Du siehst jetzt schon ein, zwei Jahre älter aus, als du bist. In den Sachen deines Vaters wird man dir die Rolle des arbeitslosen Lehrers abnehmen. Man wird nach einem Jungen suchen, nicht nach einem herumziehenden Lehrer auf der Suche nach einer neuen Arbeitsstelle.«

»Und Sadik? Er fällt doch überall auf.«

»Er muss sich etwas einfallen lassen. Phantasie hat er ja genug – wenn er erst mal wieder bei Vernunft ist.«

Tobias stopfte die Sachen in einen großen Leinensack, warf nach kurzem Zögern noch vier Bücher hinein, die er für Jana ausgesucht hatte, steckte sich sein Messer hinter den Gürtel und beschloss dann, auch das Metronom mitzunehmen. Die Toledo-Klinge trug er schon umgeschnallt.

Als er den Gang hinunterging, fielen ihm plötzlich die Tagebücher seines Vaters ein. Wer wusste, wie Pizalla und Zeppenfeld auf *Falkenhof* hausen würden? Alles auf den Kopf stellen würden sie, hatte sein Onkel gesagt, das Unterste nach oben kehren. Und dabei würde bestimmt das eine oder andere in den Taschen der Soldaten und von Zeppenfelds Männern verschwinden!

Tobias überlegte nicht lange. Er lief zur Wäschekammer und leerte eine kleine weidengeflochtene Truhe, in der Lisette ihre gestärkten weißen Schürzen aufbewahrte. Sie hatte vorn einen

Verschluss mit einem Holzpflock und an den Seiten zwei feste Griffe. Damit begab er sich ins Zimmer seines Vaters. Die Tagebücher nahmen kaum die Hälfte des Platzes in Anspruch. Er stopfte noch seinen Kleidersack mit hinein, den Walknochen und ein paar andere Dinge, die ihm aus dem Zimmer seines Vaters mitnehmenswert schienen.

Bücher, auch wenn sie nur wenig Platz beanspruchen, haben ein beachtliches Gewicht. Das merkte Tobias, als er die Weidentruhe hinunter in den Hof schleppte. Sein Kleidersack hatte ihm nicht halb so viel Mühe bereitet.

Sadik half ihm, sie über den Rand der Gondel zu heben. »Allmächtiger, was hast du denn da drin? Kanonenkugeln als Ballast?«

»Vaters Tagebücher! Sie sollen Zeppenfeld nicht in die Hände fallen.«

Sadik schüttelte den Kopf. »Damit kommen wir nicht weit, Tobias. Wir haben erst mal nur ein Pferd. Es muss schon uns beide tragen. Diese Bücherkiste zusätzlich kann Sultan nicht verkraften!«

»Dann verstecke ich sie nach der Landung, wo sie keiner finden kann«, beruhigte Tobias ihn erst einmal.

Heinrich Heller trat auf den Hof. Er stützte sich auf einen Spazierstock, während er Wattendorfs geheimnisvolles Geschenk unter den Arm geklemmt hielt.

»Ich hoffe, du bereust es nicht, den Stock mitgenommen zu haben, mein Junge«, sagte er sorgenvoll, als Tobias ihm den Falkenstock abnahm und in die Gondel legte.

»Bestimmt nicht, Onkel! Zeppenfeld soll ihn jedenfalls nicht kriegen!«

Sadik ging mit Sultan, den er am kurzen Zügel hinter sich herführte, zu ihnen über den Hof. »Sihdi, wir können nicht länger warten! Es wird Zeit!«

Heinrich Heller warf einen prüfenden Blick zum Ballon hoch und nickte dann. »Ja, das ist es wohl.« Er seufzte. »Jetzt heißt es Abschied nehmen.« Er blickte zu Jakob hinüber, der hinter ihnen an der Gondel stand, und wollte wissen: »Ballast und Proviant an Bord, Jakob? Alles bereit?«

»Alles bereit, Herr«, lautete Jakobs Antwort.

Tobias schluckte und wagte nicht, seinen Onkel oder gar Sadik anzublicken.

»Sadik, mein Freund, ich lasse dich nur ungern ziehen. Es gibt so vieles, was ich dir noch sagen möchte. Du hast unser aller Leben bereichert... Ach, mir fehlen die Worte, mein Guter«, sagte Heinrich Heller, nahm die Hände des Arabers mit sichtlich innerer Bewegung in seine Hände und hielt sie fest. »Ich wünschte, ich könnte dir den Abschied geben, den du verdient hast. Ich hoffe, du wirst mich trotz allem in guter Erinnerung behalten – und möge der Allmächtige, welchen Namen er auch tragen mag, es fügen, daß wir uns eines Tages wiedersehen.«

Sadik war nicht weniger bewegt, aber auch verwirrt. »Sihdi Heinrich! Weshalb sollte ich Sie nicht in guter Erinnerung behalten?«

»Weil ich bei aller Achtung für deinen Glauben manche deiner Koranauslegungen für geistige Verwirrungen halte«, erklärte Heinrich Heller und nickte.

Tobias spürte, wie Jakob hinter sie trat, und ihm wurde ganz heiß. Wenn Sadik sich jetzt umdrehte, würde es eine Katastrophe geben!

»*Aiwa,* aber...«

In dem Moment schlug Jakob zu.

Sadik gab einen erstickten Laut von sich, verdrehte die Augen und fiel in sich zusammen wie eine Marionette, deren Fäden plötzlich erschlaffen.

Jakob ließ den Knüppel fallen und fing Sadik auf.

»Hast du auch nicht zu hart zugeschlagen?«, fragte Tobias.

»Mit Daunenfedern kannst du keinen steinigen und mit 'ner Kopfnuss keinen bewusstlos schlagen. Ich hab ihm kräftig eins übergezogen. Kann also nicht dafür garantieren, dass er keine Kopfschmerzen haben wird, wenn er wieder aufwacht«, sagte Jakob trocken und zog den Bewusstlosen zur Bretterplattform.

»Mach dir mal um Sadik keine Sorgen. Besser eine dicke Beule und einen Brummschädel als eine Kugel zwischen den Rippen und zehn Jahre Kerker«, rechtfertigte Heinrich Heller die brutale Art des Vorgehens. »Er hat uns keine andere Wahl gelassen. Es wäre zu gefährlich gewesen, ihn anders überwältigen zu wollen – für uns und für ihn.«

»Ich hoffe bloß, er bleibt lange genug bewusstlos«, sagte Tobias in dumpfer Ahnung. »Am besten für die ganze Dauer der Ballonfahrt.«

»Das wünsche ich euch beiden von Herzen, mein Junge. So, und jetzt müssen wir uns wirklich beeilen. Klemens, bist du bereit?«

Der Stumme nickte. Er hatte Astor vor die Kutsche gespannt, die schon auf das Osttor ausgerichtet war.

»Auch das Schreiben an den Doktor in Finthen?«

Der Knecht nickte erneut und schlug sich mit der flachen Hand vor die Brust, wo der Brief an den Arzt in der Jackentasche steckte.

»Gut. Du bist losgeschickt worden, weil ich einen Arzt brauche. Sonst weißt du gar nichts«, erinnerte ihn Heinrich Heller noch einmal. »Spiel die Rolle des einfältigen Trottels, Klemens. Die Kerle haben nichts anderes verdient.«

Klemens verzog das Gesicht zu einem breiten, fröhlichen Grinsen. Die Leute außerhalb von *Falkenhof* hatten ihn immer für einen harmlosen Trottel gehalten, nur weil er verwachsen und stumm war. Das kam ihm jetzt zugute.

»Ich weiß, du wirst deine Sache schon gut machen. Dir wird keiner etwas anhängen«, sagte Heinrich Heller zuversichtlich.

Tobias hatte indessen die Riemen geöffnet, mit denen Sadik sein Bündel hinter den Sattel geschnallt hatte, und es in die Gondel gelegt.

Sein Onkel drückte ihm zwei Lederbeutel in die Hand. »Pass gut darauf auf! Damit kommt ihr zehnmal bis nach Paris. Kauft euch zwei gute Pferde oder reist mit der Kutsche. Doch umgeht die Grenzstationen. Sadik versteht sich auf so etwas.«

Tobias steckte die Beutel ein. »Onkel...« Er wusste nicht, was er im Augenblick des Abschieds sagen sollte. Tränen standen ihm in den Augen. *Falkenhof* war sein Zuhause gewesen und Onkel Heinrich ihm wie ein Vater. Ihn hier zurückzulassen und zu wissen, dass ihm der Kerker gewiss war, erschien ihm wie Verrat an dem Mann, dem er so unendlich viel verdankte – Wärme, Geborgenheit, Wissen und Selbstvertrauen.

»Warum kommst du nicht doch mit, Onkel? Der Ballon trägt uns drei mit Leichtigkeit, und du kannst doch von Paris aus versuchen...«

Heinrich Heller legte ihm die Hand auf den Arm. »Lass es gut sein, Tobias. Mein Entschluss ist wohl überlegt. Glaube mir, wenn ich dir sage, dass ich nicht aus falschem Stolz oder einer Art Märtyrertum hier bleibe. Mir stehen schwere Zeiten bevor, gewiss. Aber wenn ich mir nicht sicher wäre, für meine Freunde und mich eine glimpfliche Strafe erwirken zu können, würde ich nicht zögern, euch zu begleiten. Ich bereue nichts, und es besteht auch für dich kein Grund, den Kopf hängen zu lassen. Wir haben jetzt alle eine Zeit der Prüfungen vor uns, und ich bin sicher, dass wir sie gestärkt überstehen werden. Habe Vertrauen in mich, wie ich es in dich habe! Und nun lass uns Lebewohl sagen, mein Junge, und den Abschied kurz machen!«

Tobias schämte sich seiner Tränen nicht, als er seinen Onkel umarmte.

»Sieh zu, dass du in die Gondel kommst!«, sagte Heinrich Heller dann und schob ihn zurück. »Aber warte mit dem Durchtrennen des Seils, bis ich Zeppenfeld herangelockt habe und Klemens die Aufmerksamkeit der Wachen auf sich gezogen hat.«

Tobias nickte, wischte sich die Tränen aus den Augen und stieg in die Gondel. Jakob hatte Sadik schon hineingewuchtet. Der Araber hockte in der Ecke und lehnte mit dem Kopf an dem festen Geflecht, als wäre er nur mal kurz eingenickt. Er war eingekeilt von der Weidentruhe und vom Proviantsack, den Agnes angeschleppt hatte und dessen Inhalt wohl Marschverpflegung bis nach Paris sein sollte. Obendrauf lag Sadiks Bündel.

Jakob schob schnell eine Schrotflinte und einen Beutel mit Munition über den Rand zu Tobias in die Gondel. »Nichts gegen Ihre Fechtkünste, junger Herr, aber Lumpenpack rottet sich gern zusammen, und dann ist mit einer Ladung Schrot mehr und schneller geholfen als mit einer einzigen Klinge.«

»Danke, Jakob.« Er drückte ihm die Hand. »In vier Wochen in Speyer oder spätestens in sechs im Gasthof *Zur Goldenen Gans!*«

»Ich werde da sein. Sie haben mein Wort drauf!«, versicherte der Knecht und ging zum Westtor, wo Heinrich Heller schon auf ihn wartete.

Tobias zog sein Messer. Der Ballon wurde von einem dicken Seil gehalten, das quer über die Gondel lief und an den beiden Seilwinden vertäut war. Das Gewicht der schweren Winden vermochte den *Falken* kaum noch zu bändigen, so prall gefüllt war er. Das Seil ächzte hörbar unter dem enormen Druck, den der nach oben drängende Ballon ausübte.

Tobias vermutete, dass er das Seil mit der Klinge bloß anzuritzen brauchte, um es zum Reißen zu bringen. Deshalb verharrte seine Hand mit dem scharfen Messer eine gute Handbreite über dem Seil.

Noch war es nicht so weit. Erst kamen noch die Ablenkungsmanöver von seinem Onkel und Jakob.

Heinrich Heller machte den Anfang. Er stand am Westtor, eine große weiße Serviette an seinem Spazierstock. Vorsichtig öffnete er die Luke und spähte hindurch. Dann sagte er zu Jakob: »Zeppenfeld und seine Männer halten die Allee im Auge. Ich versuche mein Bestes. Geh du jetzt zum Osttor rüber und nimm schon den Balken runter. Aber vorsichtig! Wenn ich dir das verabredete Zeichen gebe, reißt du das Tor auf. Dann ist Klemens an der Reihe.«

Jakob nickte und verließ ihn.

Heinrich Heller stieß den Spazierstock mit dem weißen Tuch

durch die Luke und rief: »Zeppenfeld? Ich will mit Ihnen verhandeln!... Zeppenfeld!... Hören Sie mich?«

Zeppenfeld trat ein wenig aus den Schatten der Bäume hervor. »Höre Sie sehr gut, Professor! Gibt aber nichts zu verhandeln!«

»Sie wollen den Spazierstock! Und wenn Sie den haben wollen, werden Sie mit mir verhandeln müssen!«

»Werde ihn schon bekommen!«

»Eine Hand voll Asche und einen geschmolzenen Klumpen Metall werden Sie erhalten!«, erwiderte Heinrich Heller, hustete und fuhr dann mit gepresster Stimme fort: »Werde den verdammten Stock nämlich zu Kleinholz machen und mir an dem Feuer die kalten Füße wärmen, wenn Sie nicht bereit sind, mit mir einen Handel zu schließen.«

»Herr Professor! Werden nicht so dumm sein!« Zeppenfeld klang entsetzt. »Stock ist – Vermögen wert!«

»Das kümmert mich einen Dreck! Entweder wir verhandeln, oder das Ding landet umgehend im Feuer!«, drohte Heinrich Heller.

»Bin zu Handel bereit!«, ertönte es sofort von Zeppenfeld. »Unter Umständen! Welche Bedingungen?«

»Verdammt noch mal, erwarten Sie, dass ich mir hier die Kehle aus dem Leib schreie? Einer Ihrer gedungenen Halsabschneider hat mir eine Kugel in die Schulter verpasst, falls Ihnen das entfallen ist. Ich hab mich in meinem Leben schon mal besser gefühlt. Wenn Sie mit mir verhandeln wollen, müssen Sie sich schon zu mir begeben – oder haben Sie Angst, ich könnte Sie über den Haufen schießen?«, höhnte Heinrich Heller.

Zeppenfeld lachte selbstsicher. »Sind ein Staatsfeind, aber kein Mörder. Jakobiner mit der Feder, nicht mit der Guillotine! Werden also verhandeln«, rief er und ging die Allee hoch.

Heinrich Heller hielt einen Augenblick den Atem an, ob auch Zeppenfelds Männer näher aufrückten, wie er gehofft hatte.

Denn je weiter sie sich näherten, desto später würden sie den Ballon entdecken. Das war der ganze Sinn dieser Aktion.

Und sie kamen wirklich mit Zeppenfeld näher!

»Erwarte Ihre Forderungen, Professor! Muss sich aber in Grenzen halten!«, rief Zeppenfeld und blieb zwanzig Meter vor dem Tor stehen.

»Der Stock ist ein Vermögen wert! Das haben Sie selbst gesagt!«

»Nur für mich! Außerdem: Können Sie nicht laufen lassen, Professor. Müssen verstehen. Kann aber ein gutes Wort für Sie einlegen. Prächtiger Bursche, der Pizalla.«

»Sie haben Nagelbrecht bestochen, nicht wahr?« Damit lockte Heinrich Heller ihn näher heran. »Ich weiß, dass Nagelbrecht uns an Sie verraten hat! Niemand sonst kann es gewesen sein.«

Zeppenfeld lachte. »Ein Mann mit Ambitionen – und leeren Taschen. Hat sich geziert, der Gute. Mächtig lange sogar. Musste noch einen Batzen nachlegen. Aber Nagelbrecht ist jetzt nicht weiter wichtig.«

Heinrich Heller täuschte wieder einen Hustenanfall vor. »Hören Sie, Zeppenfeld, ich hole mir hier noch den Tod. Ich will drinnen mit Ihnen reden«, und mit gedämpfter Stimme, fügte er hinzu, »schon wegen der Gendarmen! Was ich Ihnen vorzuschlagen habe, ist nichts für deren Ohren.«

»Wollen mich in eine Falle locken, Professor!«, stieß Zeppenfeld argwöhnisch hervor.

»Machen Sie sich doch nicht lächerlich! Was soll ich denn mit Ihnen als Geisel anfangen? Glauben Sie, die Gendarmen würden mich dann einfach so abziehen lassen? Oder Pizalla? Und wo sollte ich auch hin? Ich bin verletzt! Und wenn ich hätte flüchten wollen, hätte ich schon über alle Berge sein können, bevor Sie hier eingetroffen sind.«

Das leuchtete Zeppenfeld ein. »In der Tat. Geiselnahme sinnlos. Ohne Nutzen. Würde nur Schlinge um Hals noch fester ziehen. Nehme Ihre Einladung an.«

»Gut, ich öffne das Tor«, sagte Heinrich Heller scheinbar unbesorgt, dass Zeppenfeld und seine Komplizen die Gelegenheit dazu nutzen könnten, *ihn* zu überwältigen.

Er zog die Luke zu, jedoch nicht ganz, und rüttelte mit der rechten Hand am Balken, während er durch den Spalt nach draußen spähte. Seine Ahnung hatte ihn nicht getrogen. Er sah, wie Zeppenfeld seinen Männer ein Zeichen gab, und schattenhafte Gestalten huschten hinter den Bäumen entlang. Auch Zeppenfeld beschleunigte nun seine Schritte.

Heinrich Heller wartete noch ein, zwei Sekunden. Dann zog er die Luke rasch ganz zu, schob den Riegel vor und hob den Spazierstock.

Darauf hatten Klemens und Jakob gewartet. Mit aller Kraft riss Jakob die Flügel des Osttores auf. Mit nur einer winzigen Verzögerung ließ Klemens die Peitsche über Astors Kopf knallen und klatschte ihm die Zügel auf den Rücken, sodass er aus dem Stand nach vorn sprang und losgaloppierte.

Jakob presste sich neben der Flügeltür an die Wand.

Die Kutsche raste an ihm vorbei ins Freie, den Feldweg hinunter, der in Richtung Finthen führte, und Klemens hörte nicht auf, die Peitsche knallen zu lassen. In das scharfe Knallen mischten sich die Alarmrufe der Gendarmen auf der Ostseite, Flüche, die vom Westtor ertönten, und dann Hufschlag.

Heinrich Heller stürzte aus dem Durchgang des Westtores. Er blickte zu Jakob hinüber, der das Tor rasch wieder geschlossen hatte und durch die Luke der dahinjagenden Kutsche nachschaute. Seine hoch erhobene Hand galt Tobias.

Noch nicht! Noch einen Augenblick! hieß das Zeichen.

Tobias hielt sich mit der linken Hand an einem der Gondelseile fest, während die rechte das Messer umklammert hielt, dass die Knöchel weiß hervortraten. Sein Herz raste und er spürte ein entsetzliches Zittern in den Beinen. Ein Muskel zuckte nervös über seinem rechten Augenlid. Gleich würde die Hand seines Onkels fallen, ein kurzer Schnitt – und der Ballon würde aufsteigen, von keinem Seil gehalten!

Dies war kein Fesselaufstieg!

Das war ein Aufstieg – ja, wohin? Abenteuern und Gefahren entgegen, die er sich noch gar nicht vorzustellen vermochte?

Was war, wenn...?

Die Hand seines Onkels fiel.

Jetzt!!!

Nächtliche Sturmfahrt

Tobias reagierte wie eine Maschine. Die scharfe Schneide der Klinge setzte auf dem Seil auf, er drückte das Messer hinunter und zog es zugleich mit aller Kraft nach unten.

Es schnitt durch das dicke Tau, als glitte es durch Butter und nicht durch feste Seilstränge. Ein Bersten wie splitterndes Holz. Ein scharfer Knall. Wie Peitschen schlugen die beiden Seilenden zu beiden Seiten des Podestes auf den Hof.

Ein jäher Ruck schleuderte Tobias nach hinten. Der Ballon schien fast in den Nachthimmel zu schießen. Und sofort wurde er vom Wind erfasst und nach Osten getragen, kaum dass er auch nur halb aus dem Geviert heraus war.

Tobias stieß einen unterdrückten Schrei aus, als das Dach des Ostflügels auf ihn zuraste. Im nächsten Moment musste die Kollision erfolgen. Die Gondel würde die Dachziegel wie ein Geschoss durchschlagen, in berstenden Balken hängen bleiben, und die unbändige Kraft der riesigen Gaskugel über ihm würde den halben Dachstuhl einreißen.

Doch der Auftrieb war stärker als die Abdrift. Die Gondel fegte haarscharf über den First hinweg. Und dann waren sie frei vom Geviert. *Falkenhof* lag unter ihnen.

Tobias schob das Messer mit zitternder Hand in die Scheide und sah, wie Klemens die Kutsche im wilden Galopp über den Feldweg jagte. Er wurde von vier Reitern verfolgt. Doch da sie sich von den Seiten näherten und über den schweren Ackerboden mussten, hatten sie ihn noch nicht erreicht. Auf der anderen Seite von *Falkenhof* liefen mehrere Gestalten um die Ecke. Das mussten Zeppenfeld und seine Männer sein. Und sie waren es, die den Ballon zuerst entdeckten.

Er hörte ihre aufgeregten Schreie. Der Wind wehte ihre Stimmen zu ihm hoch. Deutlich konnte er die von Zeppenfeld heraushören. Und dann flammten dünne Feuerlanzen unter ihm auf, wie winzige Blitze zuckten sie zu ihm hoch, begleitet von scharfem Krachen.

Sie schossen auf ihn!

Tobias sprang von der Gondelbrüstung zurück und kauerte sich neben Sadik. Ihr Schicksal würde sich in diesen wenigen Augenblicken entscheiden. Der Ballon gewann so schnell an Höhe wie bei keinem der Fesselaufstiege. Doch eine Spanne von zehn, zwanzig kritischen Sekunden blieb noch, vielleicht sogar einer Minute. Und das war eine entsetzlich lange Zeit, wenn auf einen gefeuert wurde. Noch konnte man sie mit ein paar glücklichen Treffern zum Absturz bringen.

War das eine Kugel, die unter ihm vorbeisirrte? Oder war es der Wind, der in den Leinen sang? Etwas schlug dumpf in den Gondelboden ein. Diesmal war er sicher, dass es eine Kugel war. Sie feuerten noch immer auf ihn und den Ballon. Angst schnürte ihm den Hals zu. Er wünschte, er wäre bewusstlos wie Sadik. Falls ein Unglück geschah und sie abstürzten, würde er nichts davon merken. Ein gnädiger Tod.

Jede Schussdetonation ließ ihn zusammenzucken, und er wartete darauf, dass die Hülle des *Falken* aufriss. Das herausströmende Gas würde das Loch in Windeseile meterweit auffetzen, und sobald das Gas entwichen war, würde der Ballon in sich zusammenfallen und mit der Gondel wie ein Stein in die Tiefe stürzen.

Doch nichts dergleichen geschah. Das Krachen der Gewehre wurde schnell leiser und der Ballon wölbte sich auch weiterhin in unversehrt praller Fülle über ihm. Sie mussten sich schon außer Reichweite ihrer Gewehre befinden!

Tobias wagte wieder einen Blick über den Gondelrand und erschrak im ersten Moment. Er hatte gewusst, dass der Ballon schnell an Höhe gewann, doch dass er *so* rasch aufstieg, hätte er nicht für möglich gehalten.

Falkenhof ließ sich nicht einmal mehr als Geviert erkennen. Auch die Feuer waren einzeln nicht mehr zu erkennen. Alles Licht um und in *Falkenhof* verschmolz zu einem hellen Fleck in der Dunkelheit.

Sie hatten es geschafft! Sie waren entkommen!

Doch Tobias fühlte keinen Triumph, als er in die Nacht zu jenem Ort hinunterblickte, der sechzehn Jahre lang sein Zuhause gewesen war – sein *geliebtes* Zuhause trotz aller Abenteuersehnsucht. Erleichterung und grimmige Genugtuung erfüllten ihn, weil Zeppenfeld nun mit leeren Händen dastand und vor ohnmächtiger Wut vermutlich einen Tobsuchtsanfall erlitt. Sein Plan war gescheitert.

Doch stärker als alles andere in ihm waren der Schmerz und die Angst um seinen Onkel. Jetzt wurde ihm bewusst, dass er ihm noch nicht einmal zugewinkt hatte. Nach dem Durchtrennen des Seils war alles so schnell gegangen, dass er daran überhaupt nicht mehr gedacht hatte. Was würde bloß aus ihm werden? Onkel Heinrich in einem kalten Kerker, in dem es nach Moder und Unrat stank? Diese Vorstellung ließ ihn erschauern. Würde er ihn je wieder sehen?

Seine Augen füllten sich mit Tränen, und er empfand es gar nicht als lächerlich, dass er in die Nacht hinauswinkte, obwohl der Ballon längst nicht mehr am Nachthimmel zu erkennen war, geschweige denn seine Gestalt. Und er bereute, dass er ihm nicht einmal gesagt hatte, wie viel er ihm bedeutete, welch wunderbare Kindheit und Jugend er ihm auf *Falkenhof* bereitet hatte und… ja, wie sehr er ihn liebte. Ja, gespürt hatte sein Onkel das gewiss. Nur ausgesprochen hatte er es nie, weil er geglaubt hatte, nicht die richtigen Worte zu finden. Jetzt tat es ihm Leid. Er würde vielleicht nie wieder die Möglichkeit haben, seinem Onkel all das zu sagen.

Lichter zu seiner Rechten. Mainz. Das breite Band des Rheins. Lautlos glitten Stadt und Fluss weit unter ihm hinweg. Der Wind trug sie nach Osten, während der *Falke* immer noch weiter aufstieg.

Tobias dachte plötzlich an Jana und ihre Wahrsagung. Die Karten hatten nicht gelogen. Es war fast alles so eingetroffen, wie sie es aus den Karten gelesen hatte. Er wusste jetzt, wer der umgekehrte Herrscher war, die negative Macht: Zeppenfeld! Die dunklen Machenschaften, Gefahren und schicksalhaften Veränderungen, von denen sie gesprochen hatte – all das hatte sich bewahrheitet.

»Es wird etwas passieren, das alles aus den Fugen reißen wird, dein ganzes bisheriges Leben. Eine Art Katastrophe.« Das waren ihre Worte gewesen, nachdem sie das Schicksalsrad, den umgekehrten Herrscher, den Turm und die Todeskarte in den elf Karten gefunden hatte.

Die Katastrophe war über *Falkenhof* hereingebrochen und hatte tatsächlich sein ganzes bisheriges Leben aus den Fugen gerissen. So hatte er sich seine Abenteuer bei Gott nicht erträumt!

Tobias fröstelte, doch es war nicht die nasskalte Nachtluft, die ihn erschauern ließ. Dunkle, konturlose Ängste bedrückten ihn, aber auch sehr konkrete. Wohin würde sie der Wind treiben? Wann sollte er die Reißleine ziehen und den Abstieg beginnen? Würde es ihnen gelingen, unerkannt nach Speyer oder nach Furtwipper zu gelangen?

Voller Sorge sah Tobias, wie der Ballon in die Wolken eintauchte und damit jede Orientierung verhinderte. Die Karten, die Onkel Heinrich ihm mitgegeben hatte, nutzten nun gar nichts mehr, um ihren Flug- und Fluchtweg zu verfolgen.

Er war jetzt froh, den Kompass eingesteckt zu haben, der auf seines Vaters Schreibtisch gelegen hatte. Als er ihn aus der Truhe holen wollte, regte sich Sadik und stöhnte. Er kam zu sich!

Tobias vergaß den Kompass und kniete sich vor ihn. Und in Gedanken schickte er ein Stoßgebet gen Himmel. Mochten Allah, Jesus Christus, Mohammed und alle Heiligen jetzt ihnen beiden zur Seite stehen!

Sadiks erster Gedanke galt offenbar auch Allah, denn als er den Kopf hob und nach seinem Hinterkopf fasste, murmelte er: »Allmächtiger! Befrei mich von dieser Karawane! Es müssen tausend Kamele sein, die über meinen Kopf hinwegtrampeln!«

Tobias öffnete den Proviantbeutel und holte die Wasserflasche hervor. »Sadik«, sagte er sanft. »Möchtest du etwas Wasser?«

Sadik richete seinen Blick auf ihn. »Tobias!« Er klang, als hätte ihn diese Feststellung erschöpft. »Was ist mit mir passiert? Mir dröhnt der Schädel, als wäre ich kopfüber in einen leeren Brunnen gefallen. Bin ich gestürzt?«

Tobias nickte. »Es hat dich mächtig getroffen, Sadik.« Jakob hatte sich nicht eben zimperlich gezeigt. Eine gute halbe Stunde war Sadik mindestens bewusstlos gewesen, wenn nicht sogar noch länger.

»Beim Barte des Propheten, das muss es wohl ... so wie ich mich fühle«, stöhnte Sadik und versuchte sich aufzurichten. »Als hätte mir jemand eine Kaffeemühle ins Gehirn gestellt, die nun munter gedreht wird.«

»Hier, nimm einen Schluck. Vielleicht geht es dann ein wenig besser.«

»Aber Zeppenfeld hat uns nicht geschnappt, oder?« In seiner Verwirrung glaubte er wohl, den Ritt schon hinter sich gebracht zu haben.

»Nein, wir sind ihm entwischt.«

Sadik verzog das Gesicht, nahm die Flasche und sagte verwundert: »Wo nur so plötzlich der viele Nebel herkommt?«

»Ja, er setzte ganz schnell ein, fast wie im Fluge. Aber in der Gegend hier ist das nichts Ungewöhnliches«, erklärte Tobias doppeldeutig, innerlich jedoch ungeheuer gespannt, wie Sadik reagieren würde, wenn er begriff, wo er sich befand.

Sadik setzte die Flasche an die Lippen, hob den Kopf – und erkannte in der grauen Dunkelheit, die sie umgab, die Umrisse der Gondelbrüstung und die zum Korbring aufstrebenden Seile.

Seine Augen weiteten sich vor Entsetzen, dass Tobias das Weiß in ihnen aufleuchten sah. Er verschluckte sich, ließ die Flasche fallen, prustete das Wasser hinaus und stieß einen Schrei aus, der fast stimmlos war.

»Beruhige dich, Sadik! Wir sind in Sicherheit! Der Start liegt längst hinter uns. Wir haben Zeppenfeld und dem ganzen Gesindel ein Schnippchen geschlagen. Es ist alles...«

Sadik fand seine Stimme wieder. »Der Ballon!... Ich bin im Ballon!... Nein!... Nein... Allah!... Im Namen des Allbarmherzigen!... Nein!«, schrie er außer sich vor Entsetzen. »Der Ballon!... Ihr habt mich niedergeschlagen und in den verfluchten Ballon gezerrt!... Ich will hier raus!« Mit verzerrtem Gesicht richtete er sich auf.

Tobias versetzte ihm augenblicklich mit der flachen Hand einen Stoß vor die Brust, sodass Sadik sofort wieder in die Ecke der Gondel sank.

»Du kannst hier nicht raus! Wir sind schon ein paar hundert Meter hoch! Wir haben dich doch nicht vor deinem Schwachsinnsritt bewahrt, damit du hier oben zum hundertprozentigen Selbstmörder wirst! Du bleibst schön hier sitzen, hast du mich verstanden!«, befahl er mit energischer Stimme.

In Sadiks Augen flackerte panische Angst. »Ich kann nicht! Lass mich raus, Tobias!... Ich sterbe!... Lass mich raus!«

Tobias packte ihn hart an den Schultern und rüttelte ihn. »Sadik! Verdammt noch mal, sieh mich an!«, schrie er ihm fast ins Gesicht, weil nun auch er es mit der Angst zu tun bekam. Angst um Sadik. Wenn er ihn nicht halbwegs zur Vernunft brachte, würde er vielleicht in seinem Wahn tatsächlich versuchen aus dem Ballon zu springen.

»Wir sind in den Wolken! Das um uns herum ist kein Nebel, *das sind Wolken!...* Wir sind zwei-, dreihundert Meter hoch! Du kannst nicht einfach aussteigen, als wenn das eine Kutsche wäre oder ein verdammtes Kamel! Hörst du mich? Es wäre dein sicherer Tod! Du musst dich beruhigen! Sadik, gib mir eine Antwort! Aber reiß dich zusammen!«

»Wir – wir – werden – sterben!«, drang es ächzend über Sadiks Lippen.

»Unsinn!«, erwiderte Tobias scharf. »Wir sind hier so gut aufgehoben wie in Abrahams Schoß. Ein Ballon ist eine sichere Sache. Und wir werden ganz weich landen, du wirst sehen. Mein Gott, hab doch etwas Vertrauen!«

»Allah zürnt!«, keuchte Sadik, duckte sich noch tiefer in die Ecke, was Tobias ganz recht war, und begann zu zittern. »Ich höre, wie er uns verflucht! Sein Zorn wird uns treffen, und Allahs Zorn ist so fürchterlich wie nichts auf der Welt!«

»Dummes Zeug. Allah freut sich viel eher, daß du mit mir im Ballon entkommst, statt von Zeppenfelds Männern aus dem Sattel geschossen zu werden. Und das Einzige, was du hörst, ist Donnergrollen. Irgendwo zieht ein Gewitter auf«, erwiderte Tobias leichthin – und erstarrte im nächsten Moment.

Ein Gewitter war nichts, worüber man sich sorgen musste, wenn man sich auf *Falkenhof* von festen Mauern umgeben und einem soliden Dach geschützt wusste. Doch mit einem Ballon in ein Gewitter zu geraten, war etwas ganz anderes!

»Rühr dich bloß nicht aus deiner Ecke!« Tobias sprang auf, versuchte das trübe Grau, das an ihm vorbeiflog, mit seinen Blicken zu durchdringen und lauschte erschrocken auf den Donner, der schnell lauter wurde.

Er umklammerte die Brüstung mit beiden Händen und versuchte die Richtung festzustellen, aus der das Gewitter heraufzog. Doch mal ertönte das Grollen hinter seinem Rücken, mal von rechts. Drehte sich etwa der Wind jetzt ständig? Trieben sie vielleicht im Kreis und gelangten gar nicht voran? Stieg der Ballon noch immer, oder wehte der Wind die Wolken nur durcheinander?

Ein grelles Weiß zuckte in der grauen Dunkelheit auf und blendete ihn, sodass er eine Hand vor die Augen riss. Dann ein ohrenbetäubendes Krachen. Der Schlag fuhr ihm durch die

Glieder und ließ ihn zusammenzucken. Es war, als stürzte der Himmel über ihnen zusammen.

Sadik hielt die Stunde seines Todes für gekommen. »Im Namen Allahs, des Allbarmherzigen! Lob und Preis sei Allah, dem Herrn aller Weltenbewohner, dem gnädigen Allerbarmer, der am Tage des Gerichts herrscht. Dir allein wollen wir dienen und zu dir allein flehen wir um Beistand...«

Tobias konnte bald nur noch Wortfetzen von Sadiks Gebetsstrom verstehen, denn das Unwetter brach nun mit aller Naturgewalt los. Ein Blitz nach dem anderen zuckte aus den Wolken und tauchte die Nacht in schmerzhafte Helle, gefolgt von ohrenbetäubendem Krachen, das Tobias durch Mark und Bein ging.

Er war schon versucht gewesen, die Reißleine zu ziehen und ihren Abstieg einzuleiten. Doch die Angst, der Wind könnte gedreht und sie wieder gen *Falkenhof* zurückgetrieben haben, ließ ihn zögern.

Was sollte er tun?

Er erinnerte sich einer Regel, die sein Onkel ihm einmal beigebracht hatte, als er noch klein gewesen war und Angst vor Gewittern gehabt hatte. »Licht reist schneller als der Schall, mein Junge! Gewitter sind meist viel weiter weg, als man meint! Du kannst es dir selber ausrechnen!« Richtig, man musste nur die Sekunden zählen, die zwischen Blitz und Donner verstrichen. Dann konnte man sich ausrechnen, wie weit oder wie nahe das Gewitter war.

Ein Blitz!

Tobias zählte. »Einundzwanzig, zweiundzwanzig...«

Er fuhr zusammen, als scheinbar neben ihm eine mächtige Eiche von der Axt eines Riesen gespalten wurde. Es war kein Donnern, sondern ein scharfes Bersten, als wollte die Welt auseinander brechen.

Das Gewitter war nahe! Tobias wollte die Reißleine ziehen! Nur fort aus diesem Inferno!

Der nächste Blitz.

Unwillkürlich zählte er wieder. »Einundzwanzig, zweiundzwanzig, dreiundzwanzig...«

Es krachte.

Entfernten sie sich von dem Gewitter? Hoffnung regte sich in Tobias.

»...wahrlich, Allah nimmt nur deren Reue gütig an, die unwissentlich Böses taten und bald darauf Buße tun. Solchen wendet Allah sich erbarmend zu, und Allah ist allwissend und weise...«

Bange Minuten verstrichen, und Tobias zählte die Sekunden zwischen Blitz und Donnern, die Rechte an der Reißleine. Doch er brauchte den Abstieg nicht einzuleiten. Drei Sekunden waren der kürzeste Abstand. Danach entfernten sie sich rasch vom Zentrum des Gewitters.

»Das Gewitter kann dem Ballon nichts mehr anhaben!«, rief Tobias Sadik zu, der noch immer mit bebender Stimme betete. »Wir sind jetzt schon über fünf Kilometer von ihm entfernt. Und mit jedem Augenblick treiben wir weiter von ihm weg. Wir haben noch mal Glück gehabt.«

Sadik reagierte überhaupt nicht. Wie in Trance betete er weiter: »Allah weiß am besten, was in euren Seelen ist. Wenn ihr recht gesinnt seid, dann gewiss ist Er verzeihend denen, die sich wieder und wieder zu ihm wenden...«

»Hörst du mir überhaupt zu, Sadik? Das Gewitter ist weit weg. Allahs Zorn trifft andere, wenn du schon davon überzeugt bist, dass Allah das Gewitter geschickt hat.«

»...und Er ist es, der Reue annimmt von seinen Dienern und Sünden vergisst«, betete Sadik mit geschlossenen Augen, »und Er weiß, was ihr tut...«

Tobias gab es auf. Es nutzte nichts, ihn ansprechen zu wollen. Die Gebete waren wie eine Mauer, hinter der Sadik Zuflucht gefunden hatte und die ihn vor seinem Entsetzen schützte.

»Na, besser du betest dir die Lippen wund, als dass du hier den Derwisch der Lüfte spielst und durchdrehst«, murmelte

Tobias in dem Versuch, der Situation eine erfreuliche Seite abzugewinnen. Doch er wünschte, er hätte mit Sadik reden können. Vernünftig. Auch er hätte eine Aufmunterung jetzt gut vertragen können. Doch er musste mit der Situation allein fertig werden und sich eben selbst aufmuntern.

Wie sah denn ihre Lage überhaupt aus? Leicht bis stark umnebelt, so viel war mal sicher. Und wenn er sich nicht täuschte, hatte der Wind erneut gedreht. Doch es gab auch Positives festzustellen. Er hatte die Reißleine nicht zu ziehen brauchen. Das Gewitter stellte keine Bedrohung mehr dar, und der Donner klang aus der Ferne bald nur noch wie das missmutige Grollen eines Raubtieres, dem eine verlockende Beute entgangen war.

Fortuna hatte ihre schützende Hand über sie gehalten. Hoffentlich leistete sie ihnen noch recht lange Gesellschaft und zeigte sich nicht von ihrer launischen Seite!

Tobias zog den Umhang enger um seine Schultern. Allmählich wurde es ihm bis in die Knochen kalt. Viel Bewegungsspielraum bot so eine Gondel nicht. Er musste schon auf der Stelle treten, um warme Füße zu bekommen. Aber auch nicht zu fest. Wer wusste, wie viel der Boden aushielt?

Wie lange waren sie schon in der Luft? Wie dumm, dass er vergessen hatte, eine Uhr mitzunehmen! Eine Stunde? Anderthalb? Er wusste es nicht zu sagen. Fest stand für ihn nur, dass der *Falke* seinen zügigen Aufstieg beendet hatte. Das Gas begann sich abzukühlen, der Auftrieb reichte gerade noch aus, um die Höhe zu halten.

»... und Er ist es, der Wasser niedersendet, aus der Wolke. Damit bringen wir alle Art Wachstum hervor, Grünes, aus dem gereihtes Korn in Ähren sprießt. Und aus der Dattelpalme niederhängende Datteltrauben. Und Gärten mit Trauben, die Olive und den Granatapfel, deren Früchte einander ähnlich und unähnlich sind. Betrachtet ihre Frucht, wenn sie Früchte tragen, und wie sie reifen. Wahrlich, hierin sind Zeichen für Leute, die glauben ...«

»Sechste Sure, ungefähr in der Mitte, um Vers hundert«, fuhr es Tobias durch den Kopf, während er die Geschwindigkeit des Ballons zu schätzen versuchte. Es wehte ein frischer Wind. Eine Flugstrecke von dreißig Kilometern pro Stunde war mindestens drin.

Dann begann der Ballon zu sinken. Das nebelige Grau um sie herum riss auf. Die Wolken gaben sie frei und endlich konnte der Blick wieder in die nächtliche Weite schweifen.

Tobias zog seine Karten zu Rate, als er den Kirchturm eines Dorfes und gleich dahinter zwei weitere Ansiedlungen sehen konnte. Doch es brachte nichts. Der Weg, den der *Falke* innerhalb der letzten beiden Stunden zurückgelegt hatte, ließ sich nicht mehr rekonstruieren. Er vermochte noch nicht einmal zu sagen, ob sie sich jetzt auf der rechtsrheinischen oder linksrheinischen Seite befanden. Der Kompass sagte ihm nur, dass sie sich mit guter Fahrt nach Südsüdost bewegten. Die Sinkgeschwindigkeit war nicht sehr stark. Kein Grund, beunruhigt zu sein. Noch trug die Gondel alle Ballastsäcke. Sie würden sich also noch recht lange in der Luft halten können. Und je weiter der Ballon sie trug, desto geringer fielen Zeppenfelds Chancen aus, sie aufzuspüren.

Etwa eine Viertelstunde später schnitt Tobias den ersten Sack auf. Der Sand rann in einem breiten Strom aus dem langen Schlitz und verwehte in einem weiten Fächer, der sich in der Nacht verlor.

Der Ballon stieg wieder auf.

Tobias fand Gefallen an dem Spiel. Er vergaß für einige Zeit alle düsteren Gedanken und Befürchtungen und konzentrierte sich ganz auf das Steigen und Sinken des *Falken.* Auf eine Art war diese völlige Beschränkung auf die Flugbewegungen des Ballons der Trance nicht unähnlich, in die Sadik mit seinem Gebet gesunken war.

»... und unter Seinen Zeichen ist dies, dass Himmel und Erde stehen fest auf Seinen Befehl ...«

Tobias nahm Sadiks monotones Rezitieren nicht mehr bewusst wahr. Die Zeit war gekommen, sich mit dem Gedanken an die Landung vertraut zu machen. Zwölf gefüllte Säcke hatten an der Gondel gehangen, drei an jeder Seite. Mittlerweile war die Zahl der vollen Säcke auf vier zusammengeschrumpft. Arg geschrumpft war auch ihre Flughöhe. Bestenfalls zweihundert Meter, schätzte er.

Doch wo sollte er landen? Die Landschaft unter ihm schien überwiegend aus dicht bewaldeten Hügelketten und Bergen zu bestehen. Und die freien Flächen, die Wiesen, Felder und Weiden kennzeichneten, lagen nicht auf ihrer Route. Der Ballon schien sie zu meiden!

Tobias sah sich gezwungen, einen weiteren Sack zu leeren. Aber der Auftrieb war nicht so stark wie noch beim ersten Sack. Zu viel Gas war wohl schon aus der Hülle entwichen, und die starke Abkühlung hatte das Ihre getan, um den Höhen- und Weitenflug des *Falken* zu stoppen. Der Ballon würde sich keine zwanzig Minuten mehr in der Luft halten.

Und dann sah er endlich eine weite, baumlose Fläche hinter dem scheinbar endlosen Wald auftauchen. Erleichterung durchströmte ihn. Er hatte auch nur noch zwei Säcke. Das würde wohl gerade noch reichen, um den *Falken* sicher über die Baumwipfel hinwegzubringen! Schade, dass Onkel Heinrich das nicht sehen konnte. Er wäre stolz gewesen, wie er den Flug gemeistert hatte.

»Sadik! Wir landen gleich!«, schrie er ihm zu und schnitt den vorletzten Sack auf, als sich die Baumspitzen bedrohlich näherten und nach der Gondel zu stoßen schienen.

»Allah hat uns einen idealen Landeplatz geschickt! Halte dich bereit!«

Im nächten Moment erfasste ihn pures Entsetzen. Was er für Wiesen und Äcker gehalten hatte, war in Wirklichkeit die stille dunkle Fläche eines großen Sees!

Tobias schrie auf und hieb mit dem Messer in den letzten Sack.

Ihm antwortete ein Schrei vom Seeufer, gefolgt vom wilden Gebell zweier Hunde und einem vielstimmigen Chor in Panik versetzter Schafe. Ein Hirte hatte mit seiner Schafherde hier sein Nachtlager aufgeschlagen. Der Regen aus Erde, Sand und kleinen Steinen hatte ihn ebenso jäh aus dem Schlaf gerissen wie seine Hunde und Schafe. Letztere jagten in alle Himmelsrichtungen davon.

»Heilige Mutter Gottes, erbarme dich meiner!«, schrie der Hirte zu Tode geängstigt auf und ging in die Knie. Ihm musste der schwarze Ballon mit dem feuerroten Falken, der so plötzlich und wie aus dem Nichts aufgetaucht war, wie die Heimsuchung des Satans erscheinen.

»Unser auch!«, schrie Tobias zurück und wandte sich hastig Sadik zu. »Schluss jetzt mit dem Beten, Sadik! Wir haben nicht mal mehr zwei Meter Luft unter dem Gondelboden! Sadik! *Sadik!*«, schrie er ihn an, so laut er konnte. »Wir landen gleich! ... *Auf einem See!...* Alles, was wir nicht wirklich brauchen, muss über Bord! ... Leere Säcke, Seile ... alles! Oder kannst du schwimmen?«

Die Gondel streifte kurz über die Wasseroberfläche, tauchte mit der Ecke, in der Sadik saß, ein wenig ein.

Ob es sein Schrei war oder der erste Schwall kalten Wassers, der Sadik aus seiner Trance riss, Tobias sollte es niemals erfahren. Es interessierte ihn auch nicht. Er stand am Rand einer Panik, und es ging ihm nur darum, dass Sadik endlich zu sich kam.

Abrupt brach der Suren-Wortstrom ab und Sadik schoss wie von der Tarantel gestochen hoch. »Allah!«, schrie er, als er sich rundum von Wasser umgeben sah. »Steh uns bei! Wir ersaufen wie die Ungläubigen im Wadi!«

»Schmeiß das Schleppseil über Bord!«, schrie Tobias ihm zu, der nun mit fieberhafter Eile alle Säcke losschnitt. Zwölf Stück samt Halteleinen brachten auch ein hübsches Gewicht zusammen.

Das Seil klatschte ins Wasser. Ohne langes Zögern griff Tobias nun zur Schrotflinte und schleuderte sie dem See in seinen dunklen Rachen. Dann packten seine Hände den schweren Proviantsack, den Agnes mit hochrotem Gesicht aus der Küche angeschleppt hatte. Zum Teufel mit den schweren Schinken und halben Käserädern! Sie hatten Geld genug, um sich im nächsten Ort eindecken zu können. Hinaus damit!

Er spürte schon, wie sich die Verringerung der Last auswirkte. Der Ballon stieg wieder!

»Die Truhe muss raus!«, rief Sadik mit schriller Stimme.

Tobias fuhr herum. »Sadik! Fass sie nicht an! Wir steigen schon wieder! Wir schaffen es! Da drüben ist das Ufer!«

»Ich will nicht ersaufen!... Ein wahrer *bàdawi* ersäuft nicht! Jeder andere Tod ist mir lieber! Die Truhe mit den Büchern muss raus!« Sadik hatte sie schon hochgehoben.

Tobias fiel ihm in den Arm, kämpfte mit ihm. Der Deckel klappte auf und der Inhalt verstreute sich über den ganzen Gondelboden. Aus einem der Tagebücher flatterten lose Seiten heraus.

Verdattert ließ Sadik die leere Truhe los.

Ein Blatt wehte an Tobias vorbei. Er versuchte es zu fassen, doch es flog über den Gondelrand hinaus in die Nacht. Tobias stürzte sich zu Boden und seine Hand griff nach einer zweiten Seite, die gleichfalls wegwehen wollte.

»›Wattendorfs Brief!«, schoss es ihm durch den Kopf. Er wusste nicht, was diesen Gedanken in ihm hervorrief, denn er konnte ja nichts Genaues erkennen. Ob es Instinkt war, Ahnung oder aber doch ein unbewusstes Erkennen, dass diese krakelige Schrift nichts mit der seines Vaters gemein hatte – er wusste es auch später nicht zu ergründen, was ihn so sicher gemacht hatte. Seine Hand schloss sich um das Papier, als wollte sie sich nie wieder öffnen.

»Tobias! Die Bücher müssen über Bord!«, schrie Sadik über ihm in panischer Angst.

Tobias fuhr hoch. Sie hatten es über den See geschafft. Doch nun sprang sie die Mauer der Bäume an. Die Gewichtsverringerung hatten den Ballon keine dreißig Meter steigen lassen und nun ging es schon wieder rapide abwärts! Diesmal war es endgültig.

»Zu spät, Sadik!«, brüllte Tobias, als sie den Baumkronen entgegenflogen. »Halte dich gut fest! Es wird eine harte Landung geben! Wir werden mitten in die Bäume…«

Ihm blieb nicht mal die Zeit, den Satz zu beenden. Die Gondel rauschte durch eine Krone und bockte wie ein störrischer Esel, dass Tobias fast hinausgeschleudert worden wäre, weil er sich nur mit der linken Hand festhielt, denn die rechte hatte sich eisern um das Blatt Papier geschlossen.

Sadik fluchte.

Noch ein Baumwipfel schlug peitschend mit seinen Ästen nach ihnen und versuchte sie aus der Gondel zu werfen. In der dritten Baumkrone fand die Ballonfahrt ihr Ende. Die Gondel brach tief ein. Äste splitterten, doch andere packten mit ihren Gabelungen nach den Seilen, dem Korbring und dem Netz und gaben ihre Beute nicht mehr her. Eine letzte verzweifelte Kraftanstrengung des ermatteten Ballons. Ein Ruck ging durch die Gondel. Sie wurde halb auf die Seite gerissen. Doch die Kraft der Äste triumphierte, und die Hülle sank wie ein schwarzes Trauertuch nieder, breitete sich wie ein Leichentuch über die Spitzen der nahe stehenden Bäume. Das restliche ausströmende Gas war wie ein Seufzer. Ein letzten Flattern und Reißen von Taft und Seide, als spitze Zweige ihre nachtschwarze Beute aufspießten. Dann herrschte Stille.

Der *Falke* war gelandet. Sein erster freier Flug war gleichzeitig auch sein letzter gewesen. Doch er hatte Tobias und Sadik in die Freiheit getragen!

Verschollenes Tal im Wüstensand

Tobias lag halb auf der Seite und hielt sich mit der linken Hand immer noch am Tragseil der Gondel fest. Er wagte sich nicht zu bewegen. »Ein Dankgebet wäre jetzt am Platz, Sadik«, sagte er halb ernsthaft, halb mit Galgenhumor. »Die Landung hätte vielleicht eine Spur sanfter ausfallen können, aber wir wollen nicht kleinlich sein, was meinst du?«

Sadik stieß einen Stoßseufzer aus, der aus der allertiefsten Tiefe seiner Seele kam. »Die Erde hat uns wieder! Allah sei gepriesen für seine unermessliche Güte!«, murmelte er dann, offenbar fassungslos, dass der Tod sie nicht ereilt hatte. »Allah sei gepriesen für seine Güte!«

»Nichts für ungut, Sadik. Allah hat sicher hier und da seine Hand im Spiel gehabt, wenn ich auch nicht so genau weiß, wann das war. Aber vergiss nicht Onkel Heinrichs Ballon. Ehre wem Ehre gebührt. Immerhin hat uns der Ballon heil aus *Falkenhof* rausgebracht und auch über dem See nicht schlappgemacht. Und ich gehe jede Wette ein, dass wir der ganzen Zeppenfeld-Bande jetzt mindestens eine gute Woche voraus sind.«

»Es war Allahs Wille!«, erklärte Sadik.

»Dann war es auch Allahs Wille, dass wir dich daran gehindert haben, Zeppenfeld in die Arme und seinen Komplizen vor die Gewehrläufe zu reiten«, erwiderte Tobias. »Wie ein fußlahmes Kaninchen auf freiem Feld hätten sie dich abgeschossen! Und dass Allah etwas gegen den Ballonflug hat, davon wirst du ja jetzt endlich geheilt sein, oder?«

»Allahs Ratschluss und Güte sind dem Menschen ein Rätsel«, antwortete Sadik orakelhaft.

»Zuerst wollen wir uns mal um das Rätsel kümmern, wie wir hier am besten raus und nach unten gelangen, ohne uns die Knochen zu brechen«, meinte Tobias. »Wäre nach alldem ein unrühmliches Ende.«

»Für jeden Bart gibt es eine Schere und für jedes Problem eine Lösung«, gab Sadik zur Antwort. »Ist bei dir irgendein starker Ast in Reichweite, an dem du dich festhalten und an den du eines der Tragseile der Gondel knoten kannst?«

Tobias grinste. Das war wieder der alte Sadik, der weder Tod noch Teufel fürchtete (Ballonflüge ausgenommen!) und in gefährlichen Situationen einen kühlen Kopf bewahrte. Er sah sich um. »Ja, schräg über mir. Aber dafür muss ich aufstehen.«

»Im Liegen steigen wir ganz sicher nicht aus diesem Affenkäfig!«, brummte Sadik.

Tobias richtete sich langsam auf und hoffte, dass die Gondel fest zwischen den Ästen saß und nicht plötzlich in die Tiefe rauschte. Sie rutschte jedoch nur ein Stück zur Seite weg und dann hatte Tobias auch schon den dicken Ast gepackt.

»Schneid das Seil über dir durch, schlinge es mehrmals um den Ast und verknote es gut!«

Tobias freute sich, dass ihm Sadik wieder klare, durchdachte Anweisungen gab. Schnell hatte er die Gondel gesichert. Nun wagte auch Sadik, sich zu erheben, und zusammen knoteten sie ein zweites Seil an einen anderen, gegenüberliegenden Ast.

»Wir werden uns abseilen«, meinte er. »Das ist das Sicherste. Sind diese Nacht genug Gefahren eingegangen.«

Sie zerrten Teile der Gondelaufhängung und des Netzes zu sich heran, durchtrennten die Leinen und verknoteten die einzelnen Stücke zu einem Seil.

»So, das müsste lang genug sein«, sagte Sadik schließlich und ließ das Seil in die Tiefe. Es war sehr dunkel. Der Waldboden ließ sich mit bloßem Auge nicht erkennen, denn die Hülle des *Falken* hatte sie in schwärzeste Dunkelheit getaucht. Kein noch so schwacher Schimmer Sternenlicht drang durch den Taft und die Ballonseide. Deshalb ruckte Sadik immer wieder leicht am Seil und überließ sich ganz seinem Fingerspitzengefühl. Dann sagte er zufrieden: »Da! Jetzt ist es unten aufgestoßen. Achtzehn Meter! Ich klettere zuerst runter.«

»Und was ist mit unseren Sachen?«, wollte Tobias wissen.

Das Blatt, das er für Wattendorfs Brief hielt, hatte er in seine innere Jackentasche gesteckt und dabei unwillkürlich nach Janas Holzkugel getastet, die er an einer dünnen Lederschnur um den Hals trug. Sie war noch da. Gott sei Dank!

»Was soll schon sein? Schmeiß das Zeug runter! Wir sammeln es unten auf! Wird schon nichts davon beschädigt werden. Das Wichtigste von allem hast du ja schon in den See geworfen – nämlich unseren Proviant«, brummte Sadik, schob sich den Tragegurt seines Bündels über die Schulter und kletterte am Seil hinunter.

Tobias dachte gar nicht daran, die kostbaren Tagebücher seines Vaters hinunterzuwerfen und durch die Äste flattern zu lassen. Sie würden dabei sehr wohl Schaden nehmen. Deshalb räumte er seinen Kleidersack aus, stopfte alle Kleider in die Hose, band die Hosenbeine zusammen und warf das Bündel dann hinunter.

»Angekommen!«, rief Sadik. »Das nächste! Beeil dich!«

Tobias legte alle Tagebücher in den Sack. Er zählte einundzwanzig Stück. Das konnte stimmen. Er hatte sie vorher nicht gezählt. Schnell knotete er die Öffnung zu und warf den Sack hinunter. Laut krachte er durch die Äste und schlug dann auf.

Tobias legte den Spazierstock diagonal in die Truhe und darüber seinen warmen Umhang, der ihm beim Hinabklettern nur hinderlich sein würde. In den Umhang wickelte er das Metronom, den Walknochen und die anderen Dinge, die er noch mitgenommen hatte, verschloss die Truhe und ließ sie den Kleidern und Büchern folgen. Sie langte unten jedoch nicht an. Irgendwo auf halbem Weg blieb sie im Geäst hängen.

Es bereitete Tobias einige Schwierigkeiten, mit dem Florett an seiner Seite aus der Gondel zu klettern und sich am Seil hinabzulassen. Immer wieder blieb die lange Waffe hängen und er musste anhalten, das Florett lösen, wieder zwischen seine Beine klemmen und dann den Abstieg fortsetzen. Die festhängende Truhe bekam er los, indem er heftig am Ast rüttelte, auf dessen Zweigen sie gelandet war.

Und dann hatte er wieder festen Boden unter den Füßen. Er lachte unwillkürlich. »Wir haben es geschafft, Sadik! Wir haben es geschafft! Ich weiß nicht, wie weit wir vom *Falkenhof* weg sind, aber gleich um die Ecke sind wir garantiert nicht gelandet!«

»Es hätte Schlimmeres passieren können«, pflichtete der ihm bei. »Aber wir wollen die Nacht nicht vor dem Tag loben. Morgen werden wir ja wohl herausfinden, wohin es uns verschlagen hat.« Er sah zu, wie Tobias Kleider und Bücher in die Truhe räumte. »Und du gehst also davon aus, dass wir diese dumme Truhe, die so überflüssig ist wie ein Kropf, gemeinsam durch den Wald schleppen, ja?«

Tobias grinste zu ihm hoch, obwohl es so dunkel war, dass Sadik kaum mehr als seine Umrisse wahrnehmen konnte. »Wozu sind Freunde da, mein lieber Sadik?«

Dieser seufzte geplagt, bückte sich und packte einen der Griffe. »Wenn jemand ein Geschenk auf einem Esel bringt, so erwartet er ein Geschenk, das auf einem Kamel daherkommt«, sagte er verdrossen.

»He, langsam!«, rief Tobias. »In welche Richtung?«

»Das liegt doch auf der Hand! Natürlich dahin, wo das meiste Licht ist, wo die Bäume nicht so dicht stehen, und von dort zum nächsthelleren Fleck, bis wir endlich auf einen Weg oder eine Straße stoßen.«

»Das kann eine Weile dauern«, murmelte Tobias ahnungsvoll in Erinnerung des letzten Ausblicks aus der Gondel. Vor sich hatte er nur Wald gesehen. Und den Schäfer zu suchen und ihn nach dem Weg zu fragen, war nicht ratsam. Erst mal hätten sie Stunden gebraucht, um wieder auf die andere Seite zu gelangen. Und dann wäre es noch sehr ungewiss, ob sie ihn dann dort noch angetroffen hätten. Wer wusste, wie tief ihn die nächtliche Ballon-Offenbarung verstört hatte.

Tobias' Ahnung bestätigte sich. Sie irrten Stunden durch den Wald, bis sie schließlich auf einen schmalen Pfad stießen. Dann begann es auch noch zu regnen. Stumm und erschöpft folgten sie dem Weg, die Truhe zwischen sich, die mittlerweile statt Bücher Mühlsteine zu enthalten schien.

Mehr als einmal fühlte sich Tobias versucht vorzuschlagen, es für diese Nacht gut sein zu lassen und irgendwo einen geschützten Platz zu suchen. Doch er verbiss sich das, weil Sadik stur weiterging.

Endlich wich der Wald zurück und gab den Blick auf Weiden und Felder frei.

»Sadik! Eine Hütte! Da drüben!«, stieß Tobias aufgeregt hervor und wies auf ein windschiefes Gebäude zwischen Feld und Wald. Sie liefen darauf zu und es stellte sich als Heuschober heraus.

»Der Bauer scheint sich nicht viel aus nassem Heu zu machen«, knurrte Sadik missmutig, als sie durch das offen stehende Brettertor in den Schober traten. Das Dach war an vielen Stellen schadhaft und der Regen hatte auch hier den Boden aufgeweicht.

Tobias sah sich um. »Es ist ja noch gar keins drin. Bis zum ersten Schnitt ist es noch ein paar Wochen hin.«

»Ein Bauer, der sich nicht um die Dächer seiner Heuschober kümmert, ist sein Pulver nicht wert«, sagte Sadik ärgerlich und sah sich nach einer einigermaßen trockenen Stelle um. »Dem hier muss es zu gut gehen.«

»Oder sehr schlecht«, wandte Tobias ein und folgte ihm tiefer in den Schober. An manchen Stellen schoss das Regenwasser in fingerdicken Schnüren vom Dach herunter.

»O nein! Ein armer Bauer hätte das Dach schon im Winter trocken gehabt, mein Junge! Arme Leute passen auf das wenige, das sie besitzen, auf! Setz ab. Hier schlagen wir unser Lager auf. Die Ecke ist zwar nicht gerade wüstentrocken, aber was Besseres werden wir unter diesem Sieb von Dach nicht finden.«

Sie stellten die Truhe zwischen sich, sodass sie sich mit dem Rücken gegen die Heuschoberwand und seitlich auf die Truhe lehnen konnten.

Tobias hüllte sich in seinen langen Umhang, der schwer vor

Nässe war. Ihm war kalt und er hatte Hunger. In seinem Magen schien ein Marder an den Wänden zu nagen und ein Wolf zu knurren.

Sadik zog sich seine Decke um die Schultern und lachte grimmig auf. »Nur zu! Du hast ja gewusst, was wichtig für uns ist. Dann öffne mal deinen Sack, damit wir uns den Magen füllen können«, forderte er ihn spöttisch auf. »Teil aus, was du zu bieten hast. Wie wäre es mit einem saftigen Buchrücken? Oder sollte ich nach dem langen Marsch doch besser mit zarten Romanseiten vorlieb nehmen, um Bauchdrücken zu vermeiden?«

»Sadik, bitte!«

»Ach, ich vergaß! Eine Scheibe Metronom ist sicherlich eine genauso große Köstlichkeit wie Agnes' geräucherter Schinken«, fuhr dieser jedoch unerbittlich fort. »Und ein Stück Walknochen wird uns bestimmt so auf der Zunge zergehen wie das Gebäck der guten Frau. Also, auf was wartest du, Tobias? Herzhaft hineingebissen in die Sudanexpedition!«

»Hör mit dem Quatsch auf, Sadik«, grollte Tobias. »Ich bin genauso hungrig wie du. Aber wir haben nun mal nichts!«

»*Aiwa,* weil du mit dem Proviantsack so schnell bei der Hand warst«, sagte Sadik grimmig.

»Hätte ich vielleicht zulassen sollen, dass du Vaters Tagebücher in den See wirfst? Sein Lebenswerk?«, hielt er ihm vor. »Hättest du ihm dann noch in die Augen sehen können?«

»Na ja, du hättest wenigstens den Schinken zurückbehalten sollen, zumindest aber die Dose mit Gebäck«, erwiderte Sadik, der eine Schwäche für süßes Gebäck hatte.

»Ja, mit Schinken und Gebäck wären wir bestimmt auch nicht viel früher in den Bäumen gelandet«, räumte Tobias ein und bereute nun, als ihm der Hunger zusetzte, dass er so radikal gewesen war und gleich den ganzen Sack über Bord geworfen hatte.

»Reue füllt keinen leeren Magen«, sagte Sadik, doch ohne Vorwurf. »Der Hungrige frisst sogar Heuschreckenbeine, sagt man bei uns. Aber wo sollen wir hier Heuschreckenbeine auftreiben?«

»Morgen legen wir uns neuen Proviant zu«, versuchte ihn Tobias zu trösten.

»Heute ein Huhn ist besser als morgen eine Ziege.«

Tobias fiel das lose Blatt ein, das aus einem der Tagebücher geflattert war und das er noch im letzten Moment hatte festhalten können.

»Ich glaube, ich habe Wattendorfs Brief gefunden!«

»Hoffentlich ist er aus Oblatenteig.«

Tobias schlug den Umhang zurück und suchte in seinen Jackentaschen, in die er sich allerlei Kleinkram gestopft hatte, nach der Dose mit den Schwefelhölzern, dem kleinen Glasfläschchen mit Schwefelsäure und dem Kerzenende.

Als er alles gefunden hatte, holte er eines der Tagebücher aus der Truhe, legte es sich quer über seine Beine und stellte Kerzenstummel, Zündholzdose und Schwefelsäurefläschchen darauf. Der Dose entnahm er ein einziges der kostbaren Zündhölzer, dessen eines Ende mit einem Gemisch aus Schwefel, chlorsaurem Kali und Zucker überzogen war. Dann öffnete er vorsichtig den Verschluss des mit Säure gefüllten Fläschchens, das bauchig wie eine reife Pflaume und auch nicht viel größer war. Der Verschluss war oben zu einer kleinen Schale geformt. Tobias nahm den Verschluss in die linke, die Flasche in die rechte Hand, beugte sich zur Seite, damit die Säure nicht auf seine Sachen tropfte und bis auf seine Haut durchbrannte, und versuchte nun im Dunkel, die teelöffelkleine Vertiefung mit Säure zu füllen.

»Da ist mir die Zunderbüchse zum Feuermachen aber lieber«, meinte Sadik.

Tobias drückte die Flasche neben sich in den aufgeweichten Boden, griff zum Zündholz und tauchte es in die konzentrierte Schwefelsäure. Augenblicklich entzündete sich das chlorsaure Kali. Eine kleine Stichflamme schoss hoch und setzte das Holzstäbchen in Brand. »*Voila!* Schon geschafft! Du müsstest dich mit deiner Zunderbüchse noch eine halbe Ewigkeit abrackern, um Feuer zu entzünden«, freute sich Tobias, der sich jedes Mal wie ein kleiner Zauberer fühlte. Zündhölzer waren eine phantastische Erfindung.

Er hielt das brennende Zündholz an den Kerzendocht, verschloss die kleine Flasche gut und steckte auch die Dose mit den Zündhölzern wieder ein. Dann zog er das zerknitterte Blatt aus der Innentasche, glättete es auf seinem Knie und hielt es dann ins Licht der Kerze.

»Ich hab's doch gewusst! Es ist wirklich Wattendorfs Brief an meinen Vater!«, stieß er begeistert hervor und war der festen Überzeugung, das Geheimnis des Spazierstocks gleich gelüftet zu haben. Doch schon ein zweiter forschender Blick belehrte ihn eines anderen.

»Mist, verdammter!«, fluchte er.

»Was ist? Doch nicht aus Oblatenteig?«, spottete Sadik, der sich nicht sehr für Wattendorfs Epistel zu interessieren schien.

»Was? ... Nein, aber das ist nur die zweite und letzte Seite des Briefes«, erklärte Tobias enttäuscht. »Ich bin sicher, dass es der andere Teil des Briefes war, der da aus dem Ballon gesegelt ist. Wenn du doch bloß die Finger von meiner Truhe gelassen hättest!«

»Als es darum ging, sie zu tragen, klang das aber ganz anders in meinen Ohren. Außerdem ist die letzte Seite eines Briefes immer der interessanteste Teil, besonders bei einem Schwätzer wie Wattendorf«, erwiderte Sadik gleichgültig. »Was für einen Unsinn hat er denn zu Papier gebracht?«

Tobias schüttelte mit verdrossener Miene den Kopf. »Ich weiß auch nicht – offenbar ein Gedicht und dann nur noch ein paar Sätze. Ich lese sie dir vor:

»›So, jetzt habe ich mein Wissen in deine Hände gelegt, Siegbert. Du wirst das Rätsel gewiss schnell lösen. Das Unheil, das Armin über uns gebracht und das mich in der Stunde der Versuchung hat schwach werden lassen, soll dir den Ruhm bringen, der dir gebührt. Ich bin zu krank, um noch einmal zurückzukehren. Rupert und Jean haben die Schlüssel zu den ver-

steckten Pforten im Innern. Doch ohne dich werden Sie nie herausfinden, wo sich diese Pforten für ihre Schlüssel befinden. Nur du kannst ihnen den Weg weisen, wenn du sie an deinem Ruhm beteiligen willst. Dir allein gebe ich hiermit den Schlüssel zum großen Tor. Das ist meine Sühne – und sie soll deinem Stern als Forscher und Entdecker unsterblichen Ruhm bringen.

Eduard Wattendorf.‹

Das ist alles.«

»Unsterblicher Ruhm! Das ist in der Tat Wattendorf! Von unsterblichem Ruhm hat er vor unserem Aufbruch täglich und endlos geschwafelt – solange wir im kühlen Schatten eines Innenhofes saßen, gut zu essen und zu trinken hatten und es nur ums Pläneschmieden ging«, sagte Sadik verächtlich. »Nachher verdorrte sein Redestrom zu dürren Flüchen und Verwünschungen.«

»Du, Sadik…«

»*Aiwa,* was ist?«

»Dieses Gedicht! Ich werd nicht schlau daraus. Ich glaube, das ist das Rätsel, von dem Wattendorf schreibt. Aber es ist völlig verworren.«

»Hätte auch nichts anderes erwartet«, meinte Sadik. »Ich habe dir doch erzählt, dass er nicht mehr normal war, als wir ihn nach vielen Tagen endlich halb tot fanden und nach Omsurman brachten. Aber lies schon vor. Du gibst vorher ja sowieso keine Ruhe. Vielleicht hat Wattendorfs Gedicht wenigstens eine einschläfernde Wirkung auf dich. Ich jedenfalls bin müde wie ein Scheich nach einem Stammespalaver.«

Tobias bezweifelte, dass Wattendorfs Gedicht ihm zu schnellem Schlaf verhelfen würde. Eher traf wohl das Gegenteil zu.

Er hielt das Blatt näher an die flackernde Kerze, denn Wattendorfs zitterige Handschrift war für jedes Auge eine Zumutung, und begann vorzulesen:

»›Die Buße für die Nacht
Die Schande und Verrat gebar
Der Falke hier darüber wacht
Was des Verräters Auge wurd gewahr

Den Weg der Falke weist
Auf Papyrusschwingen eingebrannt
Im Gang des Skarabäus reist
Verschollenes Tal im Wüstensand

Die Beute nur wird abgejagt
Dem Räuber gierig Schlund
Wo rascher Vorstoß wird gewagt
Würgt aus des Rätsels Rund.‹«

»Und das ist es?«, fragte Sadik.

Tobias nickte. »Ja, das ist alles. Kannst du was damit anfangen?«

»Nein, tut mir Leid. Aber eins ist sicher: Seine Dichtkunst steht seiner Charakterstärke und seinen Talenten als Entdeckungsreisender in nichts nach«, sagte er verächtlich und gähnte.

Tobias beugte sich zu ihm hinüber, den Briefbogen in der erhobenen Hand. »Sadik! Mir ist egal, was Wattendorf für ein Mann ist! Wichtig ist doch im Augenblick nur, dass ich den Brief gefunden habe. Und ob Wattendorf ein miserabler Dichter ist oder nicht, soll uns auch nicht interessieren. Aber in diesem rätselhaften Gedicht stecken alle Antworten!«, sprudelte es aus ihm begeistert hervor. »Jean Roland und Rupert Burlington, Vaters andere Freunde, haben nur den Schlüssel zu einem Teil des Geheimnisses. Doch mein Vater hat den Hauptschlüssel. Und er steckt in diesem verqueren Rätselgedicht! Wenn wir das lösen, wissen wir, warum Zeppenfeld so versessen auf den Stock ist. Dann haben wir das Geheimnis gelöst, Sadik! Es geht um das verschollene Tal! Das wissen wir jetzt!«

»Ja, gut möglich«, gab dieser mit schläfriger Stimme zu, klang aber nicht, als brannte er darauf, das Rätsel auch zu lösen.

Das verstimmte Tobias. »Dich scheint das überhaupt nicht zu berühren!«, sagte er wütend.

»Das mag ein wenig an den lebhaften Ereignissen des Tages und der Nacht liegen«, spottete Sadik, »und auch ein wenig an der späten Stunde.«

»Wie kannst du jetzt schlafen wollen!«

Mit einem Stoßseufzer schlug Sadik die Decke, die er sich über den Kopf gezogen hatte, zurück und sah gequält zu ihm hinüber. »Meinst du nicht, dass es mit dem Lösen des wattendorfschen Rätsels auch noch Zeit bis morgen hat, mein Freund? Es läuft uns ja nicht weg – auch deine Bücherkiste nicht, mit der wir uns morgen wieder abplagen müssen. Und wer weiß, wo wir eine Gelegenheit finden, Pferde zu kaufen? Also gib endlich Ruhe und versuch ein wenig Schlaf zu finden. Es erwartet uns morgen vor dem verfluchten Heuschober weder ein gedeckter Tisch noch eine Kutsche! Und Rätsel mit knurrendem Magen und Blasen an den Füßen lösen zu wollen – dem kann ich nichts abgewinnen. Gute Nacht!« Die Decke fiel wieder über sein Gesicht.

»Störrisch wie ein alter Kameltreiber!«, schmollte Tobias.

»Ein Esel bleibt ein Esel, auch wenn er Dorfrichter wird!«, tönte es dunkel unter der Decke zurück.

»Und rechthaberisch bist du auch noch!«

»Wer den Fettschwanz nicht kennt, ist begeistert vom Pürzel«, erwiderte Sadik. »Du brauchst noch etwas Zeit, um das eine vom anderen unterscheiden zu können. Und jetzt will ich schlafen. Bitte!«

Tobias gab es auf. »Dann schlaf du«, brummte er.

»Allah belohne dich für deine Güte.«

Tobias schüttelte nur den Kopf und versuchte dem Rätsel in Gedichtform auf die Spur zu kommen. Aber seine Gedanken erwiesen sich als faul und träge. Auch seine Lider kümmerten sich wenig darum, dass er Sadik am Morgen doch eigentlich des Rätsels Lösung präsentieren wollte. Sie fielen ihm immer wieder zu. Sadiks gleichmäßiger Atem, in den sich ab und zu ein leiser Schnarchton schlich, hatte etwas ungemein verlockend Einschläferndes.

Tobias sah ein, dass es keinen Zweck hatte, gegen die Müdigkeit ankämpfen zu wollen. So faltete er das Papier zusammen, löschte die Kerze und machte es sich zwischen Bretterwand und Truhe so bequem wie eben möglich.

Der Regen trommelte mit monotoner Gleichmäßigkeit auf das schadhafte Dach. Kurz gingen seine Gedanken zu Onkel Heinrich. War Pizalla schon eingetroffen? Hatte Zeppenfeld ihre Verfolgung aufgenommen? Wohin hatte sie der Ballon getragen?

Die Ereignisse der vergangenen Wochen erschienen ihm im Rückblick unwirklich, dem bunten Kaleidoskop eines wilden Traumes entsprungen. Die Ballonaufstiege, Janas Rettung, Zeppenfeld und seine Schurken, der Kampf in der Köhlerhütte, die nächtliche Flucht aus *Falkenhof* mit dem Ballon, das Rätsel um den Spazierstock und Wattendorfs merkwürdiges Gedicht.

Er war in einen Strudel von Abenteuern geraten, der ihm den Atem nahm und von dem er ahnte, dass er gerade erst begonnen hatte. Was würden die nächsten Wochen und Monate bringen? Erst Paris. Und dann vielleicht Ägypten?

Tobias blickte in die regenschwere Dunkelheit. Sie würden das Rätsel um den Falken lösen, das schwor er sich. Und er würde nach Jana suchen! Und er würde sie finden! Koste es, was es wolle. Gemeinsam mit Sadik würden sie das Geheimnis um das verschollene Tal lüften.

Er lächelte, und übergangslos verschwammen seine Gedanken mit den Träumen, die der Schlaf brachte.

Zeittafel

1783	Die USA werden unabhängig, Friede zu Versailles und Paris Der erste Menschenflug in der Geschichte. Ballonaufstieg über Paris. Flugdauer: 25 Minuten
1785	Erste Kanalüberquerung Dover–Calais mit einem Ballon Cartwright entwickelt den mechanischen Webstuhl
1789	Mit dem Sturm auf die Bastille beginnt die Französische Revolution Die Dampfmaschine ist technisch ausgereift Mozart komponiert die »Zauberflöte«
1794	Erstes Gesetzbuch in deutscher Sprache (Allgemeines preußisches Landrecht) Die erste optische Telegrafenlinie wird in Deutschland eingerichtet
1795	Paris: Einführung des Normalmaßes (Meter)
1797	André-Jacques Garnerin springt als erster Mensch aus einem Ballonkorb mit einem Fallschirm ab
1801	Preußen: Bürgerschulen, Vorläufer der Realschulen
1803	Der englische Fabrikant Wise fertigt die ersten gebrauchsfähigen Schreibfedern aus Stahl Dampfgetriebene Taxi-Droschken werden in London eingesetzt

1804 Napoleon wird Kaiser
Höhenrekord von 7376 m mit Gas-Freiballon durch die französischen Wissenschaftler Joseph Gay-Lussac und Jean Baptiste Biot

1805 Der Mathematikprofessor Friedrich Wilhelm Jungius erhebt sich – 22 Jahre nach der Erfindung des Ballons – als erster Deutscher mit einem Ballon in die Luft
Nelsons Sieg bei Trafalgar
Der Franzose Chancel erfindet die Vorläufer der Zündhölzer (so genannte Tauch- oder Tunkzündhölzer)

1806 Stiftung des Rheinbundes
Goethe beendet Faust I. Teil

1807 In Preußen wird die Leibeigenschaft abgeschafft

1808 Der Engländer Humphry Davy erfindet die elektrische Bogenlampe

1809 Napoleons erste Niederlage bei Aspern

1810 Andreas Hofer, Tiroler Freiheitsheld, wird von den Franzosen erschossen
Beginn einer nationalen Bewegung in Deutschland

1811 Berlin: Erster Turnplatz von Turnvater Jahn eingerichtet

1812 Preußen erhebt sich gegen Napoleon
Arbeiter zerstören in England Textilmaschinen

1813/14	Befreiungskriege gegen Napoleon, Völkerschlacht bei Leipzig, Gasbeleuchtung in Londons Straßen Die Londoner »Times« nimmt als erste Zeitung eine Schnellpresse in Betrieb
1815	Napoleons Rückkehr an die Macht für 100 Tage, Schlacht bei Waterloo Gründung des Deutschen Bundes (Heilige Allianz) Gründung der Burschenschaften
1816	Dem Franzosen Joseph Niepce gelingt die erste fotografische Wiedergabe von Bildern nach dem von ihm erfundenen Ätzdruckverfahren
1816/17	Wirtschaftskrise und Hungersnot in Deutschland
1817	Wartburgfest
1818	Entwicklung der ersten Rechenmaschinen
1819	Karlsbader Beschlüsse, Verfolgung nationalliberaler und reformbestrebter Persönlichkeiten, Professoren, Studenten etc. Firma Krupp wird gegründet Das erste Dampfschiff fährt von New York nach Liverpool
1820/21	Revolution in Spanien, Portugal, Piemont und Neapel Champollion entziffert die ägyptischen Hieroglyphen
1821–29	Griechischer Unabhängigkeitskrieg

1823	Abfall der spanischen Kolonien in Südamerika, Bildung unabhängiger Republiken (Simon Bolìvar) Beethoven komponiert die Neunte Symphonie Erste Schreibmaschine mit Typenhebeln
1825	Eröffnung der ersten Eisenbahnstrecke in England Stockton–Darlington
1826	Arbeiterunruhen in Westdeutschland
1828	Der Londoner Baumeister Richard Walker erfindet das Wellblech
1829	Jedlicka entwickelt den Elektromotor
1830	Eroberung Algiers durch französische Truppen Juli-Revolution in Paris, Vertreibung der Bourbonen

Auswahl-Bibliographie

Politik

Brückner, Peter: »...bewahre uns Gott in Deutschland vor irgendeiner Revolution!«, Berlin 1975

Hürten, Heinz: »Restauration und Revolution im 19. Jahrhundert«, Stuttgart 1981

Bergeron, Louis u. a.: »Das Zeitalter der europäischen Revolution 1780–1848, Frankfurt am Main 1969

Jarausch, Konrad H.: »Deutsche Studenten 1800–1970«, Frankfurt am Main 1984

Sieburg, Friedrich: »Im Licht und Schatten der Freiheit«, Stuttgart 1969

Wedekind, Eduard: »Studentenleben in der Biedermeierzeit«, Göttingen 1927

Wehler, Hans-Ulrich: »Deutsche Gesellschaftsgeschichte 1815–1845/49«, München 1987

Willms, Johannes: »Nationalismus ohne Nation – Deutsche Geschichte 1789–1914«, Düsseldorf 1983

Valentin, Veit: »Geschichte der Deutschen«, Köln 1979

Vovelle, Michel: »Die Französische Revolution – Soziale Bewegung und Umbruch der Mentalitäten«, München/Wien 1982

Alltagsleben, Kultur und Gesellschaft

Bahns, Jörn: »Biedermeier-Möbel«, München 1979

Berhard, Marianne: »Das Biedermeier – Kultur zwischen Wiener Kongreß und Märzrevolution«, Düsseldorf 1983

Daly, Cesar: »Interior Designs of the 19th Century«, London 1988

Dering, Florian: »Volksbelustigungen«, Nördlingen 1987

Heisenberg, Werner: »Wandlungen in den Grundlagen der Naturwissenschaft«, Stuttgart 1948

Craig, Gordon A.: »Geschichte Europas – 1815–1980«, München 1983
Weber-Kellermann, Ingeborg: »Landleben im 19. Jahrhundert«, München 1987
Weber-Kellermann, Ingeborg: »Frauenleben im 19. Jahrhundert«, München 1983
Bock, Helmut (Hersg): »Unzeit des Biedermeiers – Historische Miniaturen zum Deutschen Vormärz 1830–1848«, Köln 1986
Pollack, Rachel: »Der Haindl-Tarot«, München 1988

Ballonflug, Technik und Entdeckungsgeschichte
Ege, Lennart: »Ballons und Luftschiffe 1783–1973, Zürich 1973
Stoffregen-Büller, Michael: »Himmelfahrten – Die Anfänge der Aeronautik«, Weinheim 1983
Straub, Heinz: »Fliegen mit Feuer und Gas – Die Geschichte der Ballon- und Luftschiffahrt«, Stuttgart 1984
Paturi, Felix R.: »Chronik der Technik«, Dortmund 1988
»Vom Faustkeil zum Laserstrahl«, Stuttgart 1982
Harrer/Pleticha: »Entdeckungsgeschichte aus erster Hand«, Würzburg 1968
Roberts, Gail: »Atlas der Entdeckungen«, München 1976
Simons, Peter: »Entdeckungsreisen in Afrika«, Braunschweig 1984
»Great Adventures that Changed the World«, Pleasantville, New York 1978

Ägypten
»Der Koran – Das Heilige Buch des Islam«, Übertragen von Ludwig Ullmann, München 1959
Yücelen, Yüksel: »Was sagt der Koran dazu?«, München 1986
Mohammed: »Die Stimme des Propheten«, Zürich 1987
Fuchs, Walter R.: »Und Mohammed ist ihr Prophet«, München 1975

Hunke, Dr. Sigrid: »Der Arzt in der arabischen Kultur« (Sonderdruck aus »Allahs Sonne über dem Abendland« von Dr. S. Hunke), Stuttgart 1978
Taeschner, Franz: »Geschichte der arabischen Welt«, Stuttgart 1964
Fagan, Brain M.: »Die Schätze des Nil«, Hamburg 1980
»Das Kamel auf Pilgerfahrt«, Leipzig 1978
Casson, Lionel: »Das Alte Ägypten«, Niederlande 1975
Fürst von Pückler-Muskau: »Aus Mehemed Alis Reich«, 1844

Liebe Leser,

Ein arabisches Sprichwort lautet: »Ein Buch ist wie ein Garten, den man in der Tasche trägt.« Ich hoffe, dass euch dieser Roman, der in den Gärten meiner Phantasie entsprungen ist, gefallen hat.

Seit vielen Jahren schreibe ich nun für ein ständig wechselndes Publikum, und diese Arbeit macht mir große Freude. Doch warum tauschen wir zur Abwechslung nicht mal die Rollen – und ihr schreibt *mir?* Keine Sorge, Romane sollen es nicht sein. Ich würde mich schon über ein paar Zeilen freuen, denn es interessiert mich sehr, was euch an meinem Roman gefallen hat – und was nicht.

Also, wer Lust hat, möge sich gleich hinsetzen und schreiben. Ich freue mich sehr, wenn ich Post von meinen Lesern erhalte. Wenn ihr möchtet, dass ich euch eine signierte Autogrammkarte zuschicke, die auf der Rückseite auch meinen Lebenslauf enthält, vergesst bitte nicht, das Rückporto für einen Brief als Briefmarke beizulegen – zur Zeit ist das eine 1-DM-Briefmarke. Schickt bitte keinen selbst adressierten Rückumschlag und gebt euren Namen und eure Adresse in Druckbuchstaben an. Da ich viel durch die Welt reise und Informationen für neue Romane sammle, kann es manchmal schon etwas dauern, bis ich dazu komme, euch zu antworten. Also habt ein wenig Geduld – meine Antwort kommt bestimmt.

Hier ist meine Adresse:
Rainer M. Schröder • Gaulstraße 30 • 51688 Wipperfürth
Weiterhin viel Lesevergnügen
und mit ganz herzlichen Grüßen,

Jugendbücher ab 12

Abby Lynn

von Rainer M. Schröder

ABBY LYNN - die fesselnde Geschichte eines jungen Mädchens, das trotz widrigster Umstände sich selbst und ihren Idealen treu bleibt.

Abby Lynn

Verbannt ans Ende der Welt

Abby Lynn ist gerade vierzehn Jahre alt, als sie an einem kalten Februarmorgen des Jahres 1804 in den Straßen Londons einem Taschendieb begegnet. Angeblich der Komplizenschaft überführt, verschwindet sie hinter den Mauern des berüchtigten Gefängnisses von Newgate. »Verbannung« lautet nach qualvollen Wochen des Wartens das Urteil. Verbannung zu sieben Jahren Sträflingsarbeit in der neuen Kolonie Australien.

Abby Lynn

Verschollen in der Wildnis

Abby ist glücklich auf Yulara, der Farm der Chandlers. Seit kurzer Zeit ist das ehemalige Sträflingsmädchen Andrew Chandlers Frau. Eines Tages macht sie sich mit einem Nachbarn auf zu dessen Farm. Doch dort kommt der Planwagen nie an. Obwohl die tagelange Suche einer vielköpfigen Patrouille ohne Ergebnis bleibt, will Andrew nicht an den Tod seiner jungen Frau glauben. Gemeinsam mit dem Fährtenleser Baralong versucht er sich Gewißheit über Abbys Schicksal zu verschaffen. Andrew lernt, auch unsichtbare Zeichen zu verstehen und wird mit den geheimnisvollen Traumpfaden und Mythen der Aborigines vertraut. Und er begreift, welchen Schaden die Arroganz der Siedler in dieser Welt anrichten wird.

Erschienen bei C. Bertelsmann

Als Taschenbuch bei OMNIBUS

OMNIBUS

Der Taschenbuchverlag für Kinder und Jugendliche
von C. Bertelsmann